COLLECTION FOLIO

Luc Lang

Les Indiens

Gallimard

© *Éditions Stock, 2001.*

Luc Lang enseigne l'esthétique à l'École nationale supérieure des Beaux-Arts de Cergy.

Il a publié trois romans chez Gallimard : *Voyage sur la ligne d'horizon*, 1988 (prix Freustié) ; *Liverpool marée haute*, 1991 ; *Furies*, 1995, et nombre d'articles d'esthétique sur l'art contemporain dans des catalogues d'exposition, des ouvrages collectifs ou des cahiers de recherche. Son roman, *Mille six cents ventres*, a obtenu le prix Goncourt des lycéens en 1998. Il a publié un essai d'esthétique : *Les Invisibles, 12 récits sur l'art contemporain*, aux Éditions du Regard, en 2002.

*À Jason
qui aura vingt ans en 2016.*

LISTE DES PERSONNAGES PRINCIPAUX

Lucas Lancry : le narrateur

La famille du narrateur :
Andrée et Robert Lancry
Georgette et Auguste Le Dall
Ginette et Roland Gigon
Pascal Gigon
Blanche et Fred Fouquet
Lucien Levannier

L'amie du narrateur :
Marie-Christine

Les amis du narrateur :
Marie-Andrée et Michel Salsmann
Mathilde Lefournier
Vanessa Martin
Gustave Cabin

Les amis de la famille du narrateur :
Marie et Georges Baulon
Chantal et Antoine Corneau
La petite Paule

Les collaborateurs en électricité (ou supérieurs hiérarchiques) du narrateur :
  Gustave Cabin (bis)
  Corinne Perraud
  Yvon Leturdu
  Edmonde Lobstein

Le personnel hospitalier :
  Professeur Adès
  Professeur Ozias
  Professeur Kephalê
  Isabelle Clément
  Mesdames Hélène, Patricia, Raymonde
  Mesdemoiselles Aude, Laure, Valérie
  Messieurs Alain, Paul

Monsieur et madame Vinay : paysans végétariens
Le père Violet : rebouteux

NORD-SUD

Ça commence sur un lit d'hôpital, sans jambes, du moins hors service, les nerfs ne conduisent plus le courant, deux tubes de peau, viande et os, lourds, mous, doigts de pied violacés qui sortent de sous les draps blancs, marionnettes pis de vache, mais ça va droit à la guérison, totale, sans restes, clament les médecins et spécialistes qui défilent à mon chevet. Il faut ! Ma hiérarchie s'en inquiète. Un accident du travail, avec séquelles, ça coûte ! Pension d'invalidité jusqu'à ma mort, pour un ingénieur ça coûte plus cher encore, il peut même se payer un bon avocat si ça coince du côté du porte-monnaie de la Maison Mère et tutélaire. Établissement public, syndicats puissants, alors s'il vous plaît, pas de vagues, de l'humanité, hu-ma-ni-té, accompagnement, soutien moral, visites fréquentes, chambre individuelle, fleurs au besoin, sincèrement, vôtre, les meilleurs spécialistes, on ne compte pas, et qui disent, eux, justement, que la guérison est proche, encore trois semaines d'hôpital, deux mois de rééducation, la jeunesse reprendra ses droits, la quarantaine, oui ! ce qui nuance tout de même, mais volontaire, sportif, cinq heures de karaté par semaine, intact, bientôt. C'est que les jambes éprouvent des sensations : chaleur, froid, pincements. Attention. Ce n'est pas une sensibilité au tact, au toucher, à la caresse. Pincements ! forts, méchants, comme dans les cours de récré quand on se faisait des bleus, des marques d'ongles dans la peau. Donc, la réception sensorielle a lieu, s'agit de passer à l'action, au sensori-moteur. Bouge les orteils, ducon ! replie ton genou, ramène ton pied, bande le mollet, enroule ta cheville, rien, encéphalogramme plat, aucune intelligence des jambes, moteur, niet ! pas de moteur, juste du sensori. Alors on explore encore du côté de la moelle épinière. Ne pas rêver ! une chute en nacelle de cette hauteur n'a rien d'anodin. Il n'y a pas eu de coma prolongé, quelques heures à peine, une fois installé dans l'ambulance hurlante. Pfuit ! Mise au tombeau. Résurrection indolore dans des draps propres — sourire béat et yeux vrillants du camé morphine —, avec un tube de ventilation faufilé dans la gorge, une sonde dans l'urètre, des aiguilles creuses dans les veines, des tuyaux de perfusion scotchés sur les avant-bras, des capteurs électrodes sur la tête et la poitrine, entouré de cadrans à cinq chiffres, rouges, qui décomptent, d'écrans à diagrammes en mouvement perpétuel, j'étais, bercé de ronronnements électroniques.

Nonobstant, la morphine ne sauve pas tout. Pas de jour ni de nuit, un temps de lumière néon qui s'écoule, se répand, amorphe, et qui ronge, dans la salle de réa à neuf réanimés. Chaleur moite, aigre, abrutissement médicamenteux, sonneries fréquentes et automatiques déclenchées par des flacons de perfusion vides, d'un lit à l'autre, en rythme alterné. Souffleries régulières des appareils de ventilation, râles des gisants les plus expressifs, incessants va-et-vient des infirmières. Puits sans fond de lassitude. S'il vous plaît, madame l'infirmière, madame l'interne, madame la professeur, une petite dose, juste une, petite, morphine again, please. On va voir ça, patientez un peu, vlan! du tac au tac.

Enfin, du changement. Vais passer sur la table d'opération, suis fin prêt pour l'ouverture du dos. Allez! on ne tarde pas, trente-six heures depuis l'accident, c'est déjà beaucoup. Fracture de la dixième dorsale, fissure sérieuse du pédicule droit et cassure du mur postérieur, avec un fragment probable dudit mur qui comprime salement la moelle épinière, dit le scanner, dit le radiologue, acquiesce le chirurgien orthopédiste.

— Le mur... quel mur? je rétorque, en bouche pâteuse, fixant des yeux écarquillés la paroi jaune, au loin, après la barre transversale du lit.

— Ne vous inquiétez pas, je vous expliquerai, schéma à l'appui, réplique, doucereux, professeur Adès.

Bénigne opération, trois-quatre heures, pose de deux tiges d'ostéosynthèse en agrafes sur la colonne, en prise sur trois vertèbres autour de la dorsale abîmée. C'est une mise en extension du rachis, monsieur Lancry, solide, rigide, afin de :

1) Retrouver l'intervalle ad hoc entre les vertèbres.

2) Décompresser la moelle épinière.

3) Consolider à vie ce segment rachidien. Sans quoi, sans quoi, il est impossible d'envisager :

a) une résorption de l'hématome médullaire,

b) une quelconque activité de rééducation. C'est sûr, c'est certain, alors vite, vite, sur le billard, tiges, dos droit, paf ! paf ! debout bientôt. Je suis sur la table d'opération, allongé sur le ventre, en pleine lumière, trop nu, j'ai froid, je demande que le professeur soit présent, avant de m'envoyer, mise à feu, dans le noir anesthésique. Il entre, enfile ses gants. Ah ah, vous vouliez être sûr que c'était moi. Je suis là, je suis là ! Large sourire d'Adès, rideau, parti, sans étoiles, deux secondes, grand maximum.

Retour à la conscience, un filet d'eau qui serpente et frémit, traçant une ligne de douleur dans l'opaque indistinct. Diaphragme ! diaphragme ! diaphragme ! crie-je, de plus en plus articulé, sentant une barre qui me cisaille sous les côtes et m'empêche de respirer. Di-a-frag-meu!! Calmez-vous, calmez-vous, entends-je. Premier son extérieur : calme, sérénité, paix! en sa carcasse. Zzzittt! je devine une piqûre plantée dans l'avant-bras. La voix a raison, un court instant plus tard : relax, la paix est lax, hi, hi, hi.

J'ouvre les yeux un très long temps plus tard, même lit, même décor, réanimation haute technologie. Par contre mon sol est devenu mouvant. J'entends des chambres à air qu'on gonfle et dégonfle, pffeu... la jambe gauche est plus haute que la droite, pffeu... l'inverse, puis le ventre qui se creuse, pffeu... la poitrine s'affaisse, le ventre se met en légère tension, pffeu... l'épaule et le côté droit penchent, pffeu... la nuque s'allonge, les cuisses sont sur le même plan. C'est quoi ce bordel? c'est neurohallucinatoire, madame l'infirmière, ma viande qui se meut en sifflements valves pneumatiques?

— Non, monsieur Lancry, z'êtes installé sur un alternating...

— ...?

— Un matelas qui gonfle et dégonfle en différents endroits de votre corps toutes les demi-heures...

— Pour me distraire? comme sur un manège?

— Non, pour modifier vos appuis. On évite ainsi les escarres et même les phlébites en ajoutant des anticoagulants dans votre perfusion...

— Ah ? c'est tout nouveau ça ?

— Non, z'êtes dessus depuis votre arrivée. Le programme millibars était plus doux avant l'opération de votre colonne, et vous n'avez rien senti.

Rien senti, rien entendu. Potage cervelle plus épais sans doute. S'agit pas qu'une main farceuse ou en nocturne hypnose somnambule farfouille sous le plumard à tripoter les programmes millibars. Je vois les boutons tournés à fond, en zone rouge, sur le 10, full power, en avant la musique des pneumas, boursouflures géantes en fréquences secondes, paf pffeu ! la jambe gauche au ciel, et tsschou ! le cul en surplomb de la tête, tchiii ! le nez dans le plafond, pétillements gazeux, bonds articulaires, grand raout des neuf réanimés, gigue moyenâgeuse des allongés, flagrant délit de sorcellerie, envoûtés, pchchii ! la fesse gauche qui s'envole avec l'épaule droite, habités de souffles lucifériens, ffouou ! la bite dans les nuages, pieds et crâne dans la tombe, en arc acrobate.

— Elles sont où les manettes ?

— Quelles manettes ?

— Les manettes du matelas. Du programme millibars. Sous le lit ?

— C'est programmé de la salle de contrôle, pourquoi ?

— Non, rien.

Quarante-huit heures plus tard, dit-on, je suis en chambre claire, lumineuse, draps immaculés.

Réanimé définitif, soulagé, heureux, niais. Les vraies inquiétudes sont venues devant les visages défaits de mes parents, de Georgette, Auguste, Vanessa, Lucien, Gustave, monsieur Leturdu, Corinne Perraud, Michel, Marie-Andrée, j'en oublie. Ils arboraient le même masque, un sourire exorbitant, avec des joues gélatine refroidie. Ils étaient si nombreux à me rendre visite, défilé incessant, distractions et odes au mourant, l'effroi m'a envahi.

Je récapitule. Sixième jour de chambre : « La récupération sphinctérienne anale est bonne, confirmée... » Entrez ! les tinettes sont propres ! les visites peuvent commencer. La porte s'ouvre lentement, mes parents, sur la pointe des pieds. Expression grave, pesante, un soupçon d'animosité peut-être, des reproches, certains, dans les yeux noirs sourcils froncés de ma mère. Mon père est en apnée, il respire avec l'arrière du crâne et les oreilles, sa façon à lui de ne pas laisser transparaître l'angoisse à la surface du visage. On appuie sur un secret bouton : gling ! mâchoires arc-boutées vers l'arrière, sourire ! pffou ! difficile. Sourire encore !

— Bonjour, mon trésor, maman susurre (...j'ai 42 ans, merde...). T'as pas trop mauvaise mine, tu sais ? Hein, Robert ?

Silence radio chez Robert. Juste un vague bruit de déglutition, avec sa pomme d'Adam qui joue du yo-yo. Ils enlèvent manteau et blouson de cuir avec précaution, comme si le froissement des étoffes était assourdissant. Les installent sur les dossiers des fauteuils armatures-chromées-lanières-plastique-noires. Restent debout, s'approchent lentement du lit, se penchent au-dessus du berceau, mignon ? mignon ? areu ? Andrée cherche ma main qu'elle réchauffe entre les siennes. Voudraient m'embrasser, me serrer, sont arrêtés, trop de tubes nous séparent. Ont téléphoné matins et après-midi, se sont présentés à la réception, chaque fois le même veto : visites zinterdites, nouvelles laconiques. La nuit de l'accident, la matinée du jour suivant, ils arpentaient le couloir des urgences. Ils ont appris mon réveil puis l'opération du dos. Ça va, ça va, j'énonce, la bouche chimique toujours empâtée. Je vois le nez de ma mère qui frémit, narines agacées. Elle a un flair animal, genre fauve d'Afrique.

— Dis, chéri ? ça sent pas très bon dans ta chambre ? On peut pas aérer ?

Elle inspecte wc-salle de bains à la recherche des causes. Ne trouve rien. Mon père a les muqueuses olfactives pulvérisées, désintégrées. Si des lardons fumés, de l'ail frais et de l'huile d'olive brûlent au fond d'une poêle fumante dans une cuisine aveugle de 3 m², il dira toujours que ça sent la chlorophylle. Il respire à pleins poumons, s'étonne :

— Non, ça sent rien.

— Ça sent la mm... oui ! Tu trouves pas, chéri ? elle m'apostrophe.

Je feins la surprise.

— T'as de l'odorat pourtant, d'ordinaire.

— Tu sais, là, avec les médicaments, le choc opératoire...

— Oui, excuse-moi, trésor, excuse-moi.

Andrée se dirige vers la fenêtre double vitrage pivotante à dix degrés, guère plus.

— Difficile d'aérer ici, elle se lamente.

J'ai dû m'habituer à l'odeur après quatre jours d'incontinence, avec lavage pas toujours synchro. Faudrait voir à réviser les joints ou changer d'embout, radicalement ! Hypothèse de plombier ? Non, anus artificiel et poche jetable, faut envisager ! Dites, mademoiselle Laure ! madame Patricia ! madame Raymonde ! (les trois infirmières, à tour de rôle), toutes attentives, gentilles et patientes. Dites, comment se fait-il, après tant de jours nourri à la perfusion... Pas seulement, monsieur Lancry, à la sonde gastrique aussi, avec une espèce de bouillie très, très calorique qu'on vous administre, alors, dame... Drôle d'administration, oui, vachement régressive, j'en viens à rêver d'un tube planté dans les fesses et relié à un sac... Tubes input, output. Pendant ce temps, je baigne dans des fuites nauséeuses, marronnasses. Les bouillies sur mesure n'y changent rien, ce ne sont plus les incontinences de baigneur nourri au lait maternel ! Les tissus ont quarante ans d'âge et des brouettes, faisandés, frelatés, imprégnés de millions d'échanges physiques-chimiques-gazeux, chairs pas toutes neuves, boyaux d'occase. Régressif mais pas nourrisson, pour sûr. Déféquer est un acte circonspect, choisi, construit. *Le Penseur* de Rodin, on lui enlève son rocher, on l'installe sur la cuvette des waters, il garde la même dignité. En revanche, rejeter à mesure ce qu'on ingurgite, sans délai ni réflexion, sans une once de pensée, à la vitesse de la chute des fluides et solides, vous transforme le quidam en un simple transit, version hachoir, broyeur, centrifugeuse, hop! hop! nourriture, chiasse, les aliments ne me nourrissent plus, ils me traversent, me salissent, m'éclaboussent. Honte, dégoût, clando, invisible, maquis, trou à rat, fosse. Par chance, lavé, changé, lit à neuf, quatre, cinq fois par jour, puis trois, puis deux, au cinquième jour, le sphincter renaissait à la civilisation. Réflexe, il assurait de nouveau la fermeture, comme un grand. Le mince tube blanc, hydrophile lubrifié, qu'on me faufile encore dans l'urètre devenait une anecdote. Euphorique, jubilant, j'aurais embrassé mes trois infirmières, pas elles! qui devaient encore m'associer à de mauvais souvenirs. De ça, pas un mot aux parents, motus! M'adresse à eux, derrière propre!

— Un peu d'air, c'est pas du luxe, elle insiste. Tu n'as pas froid, mon petit Lucas?

— Non, non... Il y a eu un accident... ils ont dû mal nettoyer, alors, j'interprète, hésitant.

Mon père a la peau blanche, les cheveux gris,

ma mère a la peau brune, les cheveux teints en noir, longs, coiffés en chignon, ils ont tous deux les traits tendus, fatigués. On partage sans doute la même stupéfaction de se revoir, enfer, aller-retour incertain, espéré, ça y est, nous y sommes, réunis mais hagards, essoufflés. Alors c'est Andrée qui se jette, elle entame le grand air, non de l'espoir qu'elle balaye d'un mouvement de cils, mais de la certitude miraculeuse.

— Oh, ça va s'arranger, Lucas, je suis pas inquiète. Tu vas voir ! Écoute ta maman.

C'est une information autorisée. Il faut entendre : ma petite voix me l'a dit. Ladite voix c'est selon : Dieu, Jésus, la Vierge Marie, du beau monde ! La Vierge est apparue à ma mère mourante, elle avait 9 ans, une scarlatine foudroyante, la gorge en feu, elle crachait des peaux de haricots. Soudain, une femme se dessine sur le mur du deux-pièces de ses parents, concierges à Courbevoie ; robe bleue, étole et ample foulard blancs, nimbe et lumière aveuglante au-dessus de la tête, c'est Elle ! la Vierge sourit, la sympathie est immédiate entre la sainte et l'enfant, pfuitt ! le lendemain elle entamait sa guérison. Ça peut être aussi la voix de son père ou de sa mère, décédés, qui flotte pas loin. Bref, la voix dit vrai et l'avenir tout à la fois ; ça va donc s'arranger. Robert reste drôlement dubitatif devant le spectacle. J'ai le cheveu en bataille, trois points de suture à l'arcade, la peau suintante et grise, des cernes violets, des joues creuses pas rasées, j'ai pris quinze ans en huit jours, suis connecté de partout, ça va s'arranger, hein, Robert ?

— Faut faire ce qu'il faut, attendre les résultats, ce sont des gens compétents, on va voir...

— M'enfin, tu les as les résultats ! ouvre les yeux ! Elle me désigne des deux mains ouvertes et tendues, tu les as ! c'est un miracle, ils ont dit, tu parles ! c'est un miracle parce qu'on est protégés, oui, c'est tout, et puis pour la suite, je m'en occupe, je vais travailler sur lui...

— C'est ça... mais n'appuie pas trop fort avec son dos fragile, j'entends en murmure.

Maman va donc invoquer chaque jour, d'heure en heure, la petite voix, les rayons du Saint-Esprit, la lumière cosmique, magnétiser du coton, m'apporter des tubes de granules homéopathiques contre les toxines, je vais me lever, marcher, Lazare sorti du tombeau.

— C'est vrai que Lucas va pas trop mal, mais ça sert à rien de se raconter des salades ! on n'est sûr de rien...

— Mon Dieu, que d'épreuves ! que d'épreuves ! être ainsi soupçonnée par les siens ! Quand je pense à la petite pharmacienne de l'avenue Pierre-Sémart qui me téléphone tous les deux soirs pour que je lui fasse des ordonnances, je l'ai guérie, elle et ses trois sœurs, une avec la leucémie, l'autre, sa nièce qu'avait un cancer. La pharmacienne, si je passe, je suis reçue !... elle a... son visage qui s'illumine... sans parler de Jeanine...

Nous y sommes. Scène familiale, première, origine garantie. Sainte mère, oublieuse subite de l'ici présent, qui repart en croisade : sauver l'humanité, son job, son rôle, sa mission, rappel immédiat et martelé de ses pleins pouvoirs sur notre espérance de vie, liste des miraculés à l'appui, c'est le moment. Elle. Et la chambre 612 déjà recentrée sur son centre. Zou, c'est parti.

La grosse Jeanine, donc, est dépressive, elle habite Vitry depuis huit mois avec son mari et leur grande fille demeurée. Ils ont acheté une nouvelle boulangerie-pâtisserie, la plus importante de la ville, trois vitrines en angle, deux aides, une vendeuse, des fours à pains dernier modèle, une fortune.

— Allô ? Bonsoir, monsieur Lancry ? Andrée est là, s'il vous plaît ? C'est madame Lemoigne au téléphone.

Robert concède un oui, traîne des pieds jusqu'à la table de la cuisine, les pommes de terre sautées ail et persil fument dans l'assiette, « c'est la boulangère », il annonce.

— Oui, Jeanine, bonsoir, comment ça va ?

— Pas fort, Andrée, ah la la ! si vous saviez. Patrick qu'était tellement soûl, il s'est endormi par terre, sous le pétrin, les soixante-six galettes des rois, elles étaient à moitié brûlées, c'était pour le comité d'entreprise, deux cent trente-huit personnes, quasiment tout le personnel de la mairie, dans la salle des fêtes, si ça fait bien, il a fallu les gratter ! avec le petit Willy. Oh la la ! on va perdre toute la clientèle, on est à peine installés.

Jeanine, c'est une ossature forte, une haute stature, une armoire normande, avec des chairs généreuses, des seins de vache, une peau de lait. Patrick est un petit homme maigre, discret, taciturne, miné par sa fille qui grandit sans vieillir. Quand on les a connus, ils étaient établis sur la route de Sarcelles, non loin de mon lycée, une boutique plus modeste, mais chaque week-end, ils avaient la clientèle de Gonesse, Arnouville, Villiers-le-Bel, des queues interminables qui serpentaient sur le trottoir. Patrick est un artisan hors classe, il fait une boule de campagne, une baguette, et surtout un pain biologique à la farine Lemaire, bien en croûte, épaisse, craquante, avec une mie dense aérée, un soupçon d'acidité due au levain, une merveille ! Il excelle également dans la pâtisserie : pithiviers, mille-feuilles, meringue molle au cœur, baba au rhum, sinon qu'au fil du temps il a détourné le rhum pour sa pomme, les babas en sont plus secs, mais, lui, de plus en plus imbibé, jusqu'à finir alcoolique grave, ivre mort chaque nuit, à l'aube naissante et mauve sur la boulangerie Lemoigne.

Ma mère laisse pendre sa main gauche le long de la cuisse, la main frémit, tremble, oscille d'avant en arrière, avec sollicitation souple et athlétique du poignet en torsade. Elle ausculte le cas, elle palpe l'avenir, elle est concentrée.

— Il faudrait qu'il prenne coffea cruda 7 ch pour ses nerfs, et de l'arsenicum album 15 ch, mais alors vingt-sept granules par jour, en trois prises! pour ses angoisses...

— Mais, Andrée, on lui a déjà donné, ça l'a un peu calmé, une semaine... et puis il est retombé sur une bouteille de rhum un dimanche après-midi... ça fait deux ans que ça dure! On a tout essayé, vous savez bien?

Ma mère se concentre encore, la main vibre à nouveau, elle s'emballe, en tremblements convulsifs, elle repalpe l'avenir.

— Ça va s'arranger, ma petite Jeanine, faut avoir confiance! Vous allez être dégagée...

— Comment ça, dégagée?

— Écoutez, à ce régime-là, il va pas tenir longtemps, voyez?... Vous allez être libérée, ma petite Jeanine, libre et li-bé-rée!

Jeanine Lemoigne doit respirer bruyamment, faire ses comptes. Libérée, peut-être, mais, la source de revenus? la manne? la force de travail de l'artisan surdoué? ffoutt! envolée avec la libération. La cure de désintox pendant les grandes vacances, c'est moins radical mais...

Maman s'énerve :

— Moi, je vous répète ce qu'on me dit, je vous transmets, c'est tout, j'y peux rien.

— Oh la la, mon Dieu, quelle misère! Elle

fond en larmes, elle en peut plus madame Lemoigne.

— Du courage, ma petite Jeanine, ce sont des épreuves, on en a tous, mais ça va s'arranger, ça peut pas durer toujours, ayez confiance, croyez-moi, cro-a-yé-mo-a !

On a fini nos pommes de terre ail et persil, maman raccroche le combiné, les siennes sont au four, à réchauffer.

— Alors ça y est, va être veuve, la boulangère ? lance mon père.

— Soûl tout le temps comme il est ? Je lui donne pas trois mois ! Elle va revivre..., rêve ma mère en fixant mon père d'une drôle de façon.

Voilà dans quelles réminiscences je m'abîme tandis que mes parents s'écharpent aux abords du lit à propos de mon état qui s'arrange. J'aimerais prononcer un mot qui fasse cesser le pugilat, mais ne peux rien articuler, j'émets juste un couinement de grenouille agonisant sur son nénuphar.

— Te contrarie pas, trésor, tu sais comment il est ton père ! toujours à l'affût pour me contredire. D'ailleurs j'en peux plus ! la prochaine fois je viens seule avec Chantal ou ma petite Georgette et... tu vas guérir, crois-moi !

Ne suis pas malade, me suis juste écrasé avec une nacelle. Le bras télescopique de la grue s'est rompu, pas dans la partie supérieure, isolante, en fibre de verre, non, dans l'embase métallique, un flambage de l'acier, avec le vent latéral soudain trop fort. Ça s'est vrillé comme du chewing-gum, à 58 mètres en l'air, au-dessus des labours, la nacelle raclant contre le pylône, traverse après traverse, ralenti dans sa chute, sauf les 15 derniers mètres tout droit vers le sol où elle s'est écrasée dans la terre grasse et meuble, ploc! un bruit mat, on était deux, le collègue est toujours dans le coma. L'animosité et les reproches d'imprudence dans les yeux noirs de ma mère, vu mon état, elle n'ose pas. En outre, les courants ont tourné, c'est Robert qu'elle tient dans son viseur.

— Ça sert à quoi, le sac, là? il questionne pour changer de sujet.

— C'est pour pisser. Il y a une sonde... et le sac. Plus de réflexe, faut patienter quelques jours, ça va revenir.

Je m'entends parler, suis contaminé, d'un optimisme béat soudain, et peu fondé. Robert acquiesce, il s'enthousiasme à propos des sondes, me rappelle son opération de la hanche, la pose de sa prothèse de tête de fémur, en anesthésie péridurale. Juste un drap bleu tendu sous ses yeux, à la hauteur du ventre, comme un rideau de scène. Derrière ça s'active, avec grands bruits d'outillage, coups, grincements. Et passe-moi la scie, et passe-moi le marteau, bref, ce n'est pas ça qui gêne mon père, qu'ils soient au travail sans fléchir, en sueur, derrière le rideau, le rassure plutôt. Mais c'est qu'une fois emmanchée la prothèse dans le haut du fémur, les muscles remis en place, avec coutures, ourlets, doubles points, on le ramène dans sa chambre, et là, là, dans son lit, une envie de pisser phénoménale, macro, méga, giga envie, avec la vessie comme un zeppelin, une montgolfière, qui pousse de l'intérieur sur le bas-ventre et les reins, à hurler, il précise, mais avec la péridurale encore active et militante, pas moyen de déclencher l'ouverture de l'urètre, fermeture réflexe, verrous à seize chiffres, vingt lettres, et douze pictogrammes, l'urine bloquée dans Fort Knox. Peux pas ! madame l'infirmière, peux pas ! urètre, ouvre-toi, urètre, ouvre-toi, nom de Dieu ! Urètre !!

— Va falloir sonder, mon pauvre monsieur, voyez ? ça ne vient pas, reste plus que la sonde.

Il vécut la béatitude, en grande lévitation, nirvana, extase de la passion, la chair touchée par la grâce, à l'endroit des tissus du bas-ventre, un vide progressif, la révélation d'un dépouillement, d'un allégement, le chemin vers la purification, le temps que la vessie se vide.

— C'est bien le moment de parler de ça, tiens ! interrompt ma mère. En plus, ça fait dix fois que tu la racontes...

— Trois, Dédé, trois !

J'essaie d'arbitrer dans le sens de la pacification, j'invoque l'intérêt du cas. La sensibilité des organes persiste malgré la péridurale, mais pas la motricité ? La fermeture de l'urètre est pourtant motrice, mais elle est réflexe ! En revanche, son ouverture est volontaire, et l'anesthésie peut alors paralyser... Ce qui me fait gamberger sur les méandres du système nerveux : y a-t-il des réseaux qui acheminent les signaux sensibles de perception ? D'autres, les signaux moteurs ? Et puis les signaux moteurs réflexes d'un côté ? Les signaux moteurs volontaires de l'autre ? Leur précise que pour moi, c'est indolore, trop ! qu'il y ait changement de niveau, de débit, de pression, les éclusiers sont aux champignons. En clair, la vessie peut se remplir à ras bloc, jusqu'à transpirer d'urée, jusqu'à provoquer une infection urinaire dans les immédiats alentours, et jusqu'aux reins, aucune sensation, aucune envie, même embryonnaire. Aucune question donc n'est posée à l'urètre, s'il faut qu'il soit ouvert ou fermé, tout le monde s'en fout ! Alors c'est fermé, bouclé, closed. Clés magnétiques. Chiffres. Combinaisons. Empreintes digitales. Lecture laser du fond d'iris. Reconnaissance vocale. Partis aux oubliettes, verrou pour cent ans. Moi aussi, j'ai envie de gueuler : urètre, ouvre-toi, mais c'est au hasard du mouvement des fluides. Comme quoi il y a des variantes du cas, et on échange fructueusement nos expériences, papa et moi. Viennent les questions sur les circonstances exactes de l'accident, la célérité des secours, suis fatigué, réponds des onomatopées, ça limite le dialogue. Ils m'expliquent : monsieur Leturdu, le grand patron du secteur production-transport, mon patron donc, a téléphoné, en personne, gentil, très, compatissant, attentif, encourageant, enfin, on n'est pas nés de la dernière pluie. Si les tauliers se mettent en quatre pour beurrer l'oignon de leurs employés, excuse me, des parents dudit employé, c'est qu'ils manquent de tranquillité d'âme (sic). On l'a écouté poliment, mais sans enthousiasme ni salamalecs. Leturdu a reçu le message 5 sur 5. Le réflexe ouvrier syndicaliste, même chez mon père à la retraite, a joué comme aux grands jours d'insurrection. J'ai soudain la vision de Robert, qui découche, en mai 68, plusieurs nuits par semaine, pour garder l'usine occupée. Les ouvriers dorment sur des lits de camp, dans les ateliers de la Compagnie générale de radiologie, le patron ne nous délogera pas, c'est notre outil de travail ! Quand il rentre de sa journée de grève, qu'il dîne en vitesse et repart aussitôt, l'atmosphère est grave, tendue, nous participons à une grande cause qui nous dépasse, dangereuse peut-être, mais nous sommes du combat, jusque dans notre façon appliquée et fiévreuse de lui préparer des vêtements de change, sa gamelle deux compartiments : le cru et le cuit. Il y aura d'ailleurs chaque soir la préparation de la gamelle en émail jaune veiné de gris, qu'on remplit à la maison et qui revient vide, objet fétiche, énigmatique, qui sert à nourrir le père dans un autre monde presque sans femmes, où les hommes sont en bleu, un mégot de brune roulée au coin des lèvres, la casquette sur le crâne, un monde qui doit sentir la graisse mécanique, la chaleur des moteurs électriques, le métal cisaillé, percé, taraudé, poli, et qui doit résonner de bruits d'outils, de tours et de machines, sous une lumière de verrière et de néon. N'en ai jamais franchi le haut portail hérissé de pointes, me suis trouvé au mieux sur le trottoir d'en face, boulevard Gallieni, à Issy-les-Moulineaux, guettant sa sortie d'usine. On entendait une cloche électrique stridente, les lourds battants noirs s'ouvraient, on croyait quinze trains déversant ensemble leurs flots de voyageurs sur les quais de la gare d'Austerlitz, une foule compacte d'hommes, mains dans les poches, épaules rentrées, qui se disloquait, comme en fuite sur le boulevard. Je craignais de le manquer, le guettais avidement, cherchais son blouson en cuir, son pantalon de velours côtelé, sa haute stature, droite, avec sa serviette molle en skaï caramel à fermeture Éclair sous le bras, qui contenait toujours un livre, le journal, trois feuilles de papier, un stylo, la gamelle.

— Papa !... Papa !... et subitement j'hurle : Charonne ! J'ouvre les yeux, ils sont là, debout, de chaque côté du lit, inquiets.

— Ça va, trésor ? Tu t'es assoupi pendant qu'on te parlait.

— T'as drôlement gueulé, oui, pour quelqu'un qu'arrive pas à jacter, j'ai cru entendre « Charonne » !

J'hoche la tête d'assentiment. Je voyais sa main qui me désigne une photo noir et blanc sur une pochette 33 tours, une manifestation immense, un million de personnes dans les rues de Paris, contre le massacre d'Algériens au métro Charonne. Je suis l'index pointé, j'entends sa voix, il dit : je suis là. Mon père existe dans cette photo, je suis fier et l'y cherche, point gris par point noir par point blanc dans la trame offset, comme si j'allais pouvoir identifier ses traits. Je lève difficilement le bras, cherche sa main, large, je la serre. Ça va s'arranger, hein, Robert ? je songe, un soupçon rigolard. Il a les yeux un peu humides, le père, et il lit dans les miens :

— Ça va aller, petit gars.

Il pose ma main doucement sur le drap, prend son blouson, ma mère son imperméable, recto : de dos, habillés, devant la porte orange qui s'ouvre, verso : leur visage, plein sourire dans l'entrebâillement, « à bientôt ! » Porte doucement close, chambre vide, odeur de Mercryl, tuyaux, tubes, bruits électroniques, je ferme les yeux.

*

Ai la bouche moins épaisse médicamenteuse, et les sons de nouveau clairs et distincts, à disposition, peux articuler tous les mots de la langue, l'angliche même, my tailor is rich. Ketchup, London bridge, etc. Ne bave plus, avale bien ma salive, peux boire un demi-verre d'eau sans qu'il coule pour moitié à la commissure des lèvres.

— Le plus difficile, monsieur Lancry, c'est d'avaler un liquide. Si vous déglutissez correctement, c'est le cas, alors hop ! on enlève la sonde gastrique, et hop ! on glisse un plateau-repas sur table à roulettes au-dessus du ventre... z'êtes prêt ? fourchette en main, couteau dans l'autre, prêt ? Je bande les muscles des avant-bras, me concentre, tours de poignets, tours de mains, je coupe des morceaux, porte à la bouche, les mâchoires s'ouvrent, se ferment, je goûte, mastique, c'est bon comme du quarante étoiles de chez Michelin, même si je n'ai guère besoin de pelleteuse et massicot pour ingurgiter légumes et viande grossièrement hachés trop cuits. Un paralysé consomme beaucoup plus d'énergie, il faut le suralimenter, d'où les bouillies-compotes surprotéinées en fin de repas. Nourritures = oxygène = calories = protides/glucides/lipides = excréments, vais gagner considérablement en vrais mouvements circulaires zé cycliques dans ma carcasse clouée. Cela dit, suis traversé d'ondes de peur avec l'envie brûlante de parler de mes jambes. Aux parents, aux amis, silence ! mais aux spécialistes : neurologue, chirurgien orthopédiste, infirmières, oui... Je les sens, mais elles ne bougent pas, mer morte, d'huile, pas la moindre vague, ride, onde à la surface des chairs, lisses, marmoréennes. Je m'impatiente, dix jours de plomb en dessous de la ceinture, dix ans, oui ! Ils cherchent des réactions réflexes, ils tapotent le genou, le tendon, l'Achille, chatouillent au grattoir l'extérieur de la plante du pied, rien ! zéro ! nenni ! Répondent que c'est normal, l'inertie des traumatismes, macro et micro, des centaines, attendre, calme et sérénité, again. Dring ! ça y est, c'est l'heure. La porte s'ouvre, madame Raymonde, couleur café, caraïbe, la cinquantaine, s'avance. Elle seule y arrive sans l'aide de personne. Elle a une charpente de paysanne et des bras de lutteur. Madame Patricia ou mademoiselle Laure se font seconder par un aide-soignant. S'agit de m'installer sur le flanc droit à 14 heures, le gauche à 17 heures, calé avec des oreillers, des coussins, puis de me remettre sur le dos à 19 heures. Le matelas alternating est resté dans la salle de réanimation. Sur une longue durée son effet est insuffisant, ils disent. Je soupçonne que l'hôpital n'en possède pas assez. Et toutes les trois heures ou presque, elles viennent me changer de côté. Comme pour la cuisson d'une volaille. Essayez la broche tournante, avec grande manivelle, branchez les UV que je finisse doré craquant, qualité fermière. Raymonde se marre dans les aigus, glisse ses bras sous mon corps et hop ! on tourne. Toujours la même obsession : éviter les escarres, les nécroses des tissus par manque de vascularisation aux points d'appui les plus fréquentés. Souvent et généreusement, pour favoriser plus encore ladite vascularisation, elles massent et pétrissent le haut du dos, le sacrum, les fesses, l'arrière des cuisses, les mollets, les talons, sous lesquels elles glissent parfois des coussins d'eau fraîche. Toutes les trois, aux petits soins pour ma viande, faut avouer. N'ai de sensations que lorsqu'elles pincent ou malaxent à pleines mains, ne pourrais désigner la plus experte. Juste une satisfaction des yeux, stop. Présentement, suis face au mur aveugle, côté droit, celui des arrivées, par la porte orange. Connais toutes les écailles de peinture, les microfissures : dessin, orientation, profondeur ; j'ai trouvé un U et un C, cherche les autres lettres pour écrire Lucas en entier. J'observe la courbe du soleil, lente, le passage des nuages, en désordre, la descente de l'ombre, froide, ils devraient accrocher un tableau, une gravure, une photographie, qu'on puisse s'oublier dans la contemplation, ou alors que le mur soit vieux, patiné, taché, craquelé, que j'aperçoive au hasard des chevaux traversant au galop les landes du Connemara.

Je pense à cet incident : Asnières, j'ai 16 ans, roule à moto, ma première, il fait nuit, je franchis un carrefour obscur au feu orange, une Citroën fait de même, en face, le conducteur vire subito à angle droit sur sa gauche pour prendre la transversale, mais il coupe ma route, j'apparais dans son pare-brise, il contrebraque désespérément et finit sur un trottoir; suis passé si vite, à l'aveugle, n'ai rien vu de la manœuvre, mais, trois secondes plus tard, une douleur fulgure dans le pied et la jambe gauches, puis le pied disparaît de ma sensation corporelle. Évanoui. Désintégré. Je stoppe, tâte ma botte, un fou qui cherche son pied à l'intérieur, le conducteur accourt, en diable surgi de sa voiture :

— Ça va ? ça va ?

Je ne comprends rien, d'où il sort cet égaré ?

— Je vous ai heurté avec mon pare-chocs ?

N'ai pas senti l'impact, juste cette disparition quelques instants plus tard. Le pied existe dans la main, mais pas pour lui-même. J'interpelle Dieu à voix haute : Dieu, mon Dieu ! rends-moi mon pied, n'ai plus de pied, mon pied ? mon pied ? Dieu ? ! Trente secondes, une minute, à le palper furieusement. Le brave type, dans la nuit froide, à un mètre, ne bouge plus, effaré, il écoute mes invocations. Le pied revient, en piqûres d'aiguille, il revient, le pied ressuscité, mon pied réalité ! si ordinaire, intime, tapie, chère réalité ! Merci, mon Dieu, merci ! La seule fois que je l'ai invoqué pour de bon, l'Unique, d'une efficacité rare, la preuve ! Mais pour les jambes, un quart de siècle plus tard, n'ai plus Son adresse, Son numéro de téléphone; l'est sans doute à la retraite sinon mort. C'est donc l'énergie nerveuse que j'invoque à présent. Ô Énergie, Courant, nerfs conducteurs enfouis dans mes tissus et organes, ô vous en conjure, du creux des reins, du fond du cœur, du sommet du crâne, irradiez mes jambes, contactez, connectez, branchez, allumez, réchauffez mes guiboles !

À gauche, la baie vitrée donne sur un ciel d'automne bleu or — suis au sixième étage, paraît-il —, au bout du lit, la télévision accrochée au mur, deux chaises, un guéridon, et la porte de la salle de bains, à droite les fauteuils noirs et chrome, la table roulante pour installer les plateaux-repas, et la porte orange qui ouvre sur le couloir du service : traumatologie-soins intensifs. Pense encore à l'Énergie, Dieu, les jambes débranchées... Voilà justement Georgette/Auguste qui glissent la tête dans l'entrebâillement, après avoir discrètement frappé à la porte.

— Bonjour, chéri, elle dit souriante.
— Bonjour, mon cher Lucas, il enchaîne.

«Justement» parce que Georgette incarne la foi, elle est foi, Auguste l'imite comme il peut. Quand elle prie de sa voix douce, entière dans ses mots de dévotion, il y a en écho la voix d'Auguste, hésitante et grave, qui répète, en retard, avec une intonation qui monte et attend la suite, comme si, sa vie durant, il avait récité des milliers de prières oubliées à mesure. Les soirs où je dormais chez eux, dans la minuscule chambre voisine de la leur, j'entendais leur duo étrange, je l'attendais.

Auguste Le Dall, mince, 1,70 m, avant d'avoir le dos voûté et la tête qui tombe, son cou maigre tendu à l'oblique. Élevé dans le dénuement avec ses deux frères et sa sœur, par un père veuf et cheminot. Malgré tout. Julienne fait encore des tournées triomphales dans les maisons de retraite du Finistère avec sa voix de rossignol. Jean devient égoutier et François polyglotte, dit Auguste empli d'admiration.

— Polyglotte ?
— Oui, il parlait l'espéranto ! couramment. L'était calé.
— Ah ?
— Et huit langues étrangères.
— C'est pas un détail.

C'est pour ça, précise Auguste, qu'il a travaillé au contre-espionnage, un agent de liaison important, espion/contre-espion pour l'Europe centrale. Son bureau était porte des Lilas, à Paris, dans une caserne qui abritait le SDECE.

Georgette Mazé-Launay, 1,55 m, rondelette, Bretagne brestoise, beurre salé sur les tartines de pain du début à la fin des repas, cholestérol volontiers, famille pauvre de sept enfants, deux sœurs mortes en bas âge, un jeune frère marin, Joseph, tué par l'explosion d'une glacière sur un navire de guerre qui patrouille dans le golfe de Guinée, son corps est rendu aux parents deux ans plus tard, Georges est ébéniste, Jean, grutier alcoolique, et Marie, modiste. Ferveur catholique 24 h/24, pratique déterminée de l'église

Sainte-Geneviève, avenue Pierre-Brossolette, dans le vieil Asnières, près du marché couvert, messe en matinée, messe de minuit à Noël, qu'il vente, bourrasque, tempête, je savais, grâce à Georgette, réciter, enfant, quelques prières dans la lumière dorée de la nef : Notre Père qui êtes aux cieux, amen. N'empêche, elle est foi et tolérance, avec tant de douceur et tendresse qu'elle n'appartient plus à aucune Église. Pourrais être gigolo, gangster, pornographe, devenir transsexuel, zoophile, faire ma vie avec une girafe, organiser des partouzes avec des otaries, je frappe à sa porte, elle m'offre son toit pour la vie. J'aurais tout pouvoir, la canoniserais de suite, son amour sauve.

Elle a 89 ans, il en a 85, ils entrent lentement dans la chambre, elle déboutonne son imperméable blanc, dénoue son foulard d'arabesques vertes et rouges, réordonne sa chevelure de neige, il pose sa canne, ôte son feutre gris, vérifie du plat de la main que ses cinq cheveux coiffés sont toujours là, enlève sa gabardine chocolat, ils s'approchent du lit, me serrent la main, n'osent se pencher par-dessus tubes et tuyaux pour m'embrasser, leur fatigue profonde n'entame pas leur sourire, je leur montre les fauteuils, ils se laissent aller, ils sont à bout de souffle. Leur visite m'émeut et m'inquiète. C'est pour eux traverser un continent et risquer l'épuisement que de venir jusqu'ici, elle, avec son triple pontage du cœur qui n'a pas dix-huit mois, lui, avec ses brusques 26-27,9 de tension qui le fauchent. Et puis, qu'est-ce qui se raconte sur mon sort de si désespéré pour tirer Georgette et Auguste loin de leur fragile périmètre de vie ? Suis cloué pour six mois et ils veulent me voir dans la peur de trépasser avant, ou c'est moi qui suis foutu ? C'est trop tard pour être foutu, suis réveillé ! évacué de salle de réa depuis sept jours et, malgré quelques ecchymoses, on peut dire que je suis un homme debout. D'ailleurs suis redressé, dos droit, avec tuteurs sous la peau, la nuque verticale contre les oreillers, après, après... plus bas, c'est la vie végétale, Arcimboldo. Enfin là, grâce à madame Raymonde, suis assis, tourné vers eux et m'inquiète de leur santé.

— Comment ça va, tatie ? Et toi, tonton ?
— Tu vois, mon petit chéri, on est là, ça va, juste la fatigue du siècle, mais c'est à toi qu'il faut demander ça, une chute pareille.

Et nous devisons un peu du présent : le président Chirac à La Bourboule, pour défendre l'avenir des cures thermales et la préservation des eaux de source à la surface des milieux souterrains, le chômage des jeunes, des vieux, la vache anglaise, folle, merci Maggy Thatcher, le bœuf américain dopé aux amphétamines, les massacres du Timor, on voyage beaucoup avec l'actualité, mais on finit toujours par revenir à nos quarante ans de vie partagée, le seul avenir qui nous reste au bout de la longue existence de

Georgette et Auguste, notre passé, heureux : fêtes et sorties d'école, parties de cartes, trottinette bleue, patins à roulettes, jeux au parc, vacances d'été dans le bassin d'Arcachon.

— Tu te rappelles quand t'étais petit? tu te lamentais toujours : on n'a pas beaucoup de souvenirs, hein, tatie ? Ben, tu vois, maintenant, on en a.

Mais Auguste surenchérit sur le passé. C'est au moment où j'évoque cette belle journée d'automne.

— Oh oui, mais qu'est-ce qu'il fait froid ! C'est du jour au lendemain. On lève les yeux, l'hiver est là.

Il hoche la tête, réajuste de l'index ses lunettes en vitre aquarium.

— Enfin, c'est pas encore comme en Prusse-Orientale, à Koenigsberg, brrr ! et il mime une tétanie des avant-bras, il claque des dents. Quand on était sur les plates-formes des camions sans bâche, qu'il faisait –20, –30, on avait juste... tu vois, Lucas, cette toile rayée des prisonniers ? eh bien, à même la peau, on se serrait les uns contre les autres pendant le trajet, des baraques d'habitation jusqu'aux usines, les hivers 41, 42, allez raouss ! avec les crosses des fusils, mais oui, Lucas, c'est vrai, c'est vrai ! — sa voix et ses mains tremblent, il s'énerve, il redoute que je ne l'entende pas, pour la cinquantième fois — avec trois ou quatre pommes de terre crues, gelées, pour le repas, je pesais 32 kilos ! quand on m'a rapatrié. On avait le cartilage du nez et des oreilles qui brûlait, qui fondait... sans parler des poumons. Tu sais bien, un an de préventorium sur le Plateau d'Assy. Ah, j'étais dorloté là-bas !

Les oreilles d'Auguste tombent en effet, les branches de ses lunettes tiennent mal, la monture trop lourde glisse sans cesse sur son nez et le blesse. Il hoche la tête encore, cette fois à l'horizontale. Il n'est pas certain d'avoir été bien compris, il nous quittera avec ce doute au fond des os.

Cinquante minutes. Ils se lèvent, vont partir. Auguste s'enferme dans les toilettes, il pisse à chaque arrêt, à chaque occasion, dans les lieux publics, privés, il pisse à l'arrivée, au départ, la vessie est toute ratatinée, peut plus stocker, tatie en profite, elle s'approche du lit, elle chuchote :

— Tu vois, chéri, c'est triste que tu ne croies pas — elle a l'intuition diffuse que je ne suis pas même athée —, ça t'aiderait beaucoup dans une épreuve pareille. C'est un vrai secours de croire. Oh ! comme je m'en veux, je n'ai pas assez bataillé auprès de ta maman pour que tu fasses ton catéchisme, je regrette, je regrette... Enfin, de toutes les façons, tu es dans mes prières, tu sais, chaque jour, chaque jour, je prie pour toi. J'aimerais qu'on puisse en parler, mais là, avec Auguste, c'est pas possible...

La chasse d'eau bouillonne, Georgette fait des acrobaties pour poser un baiser sur ma joue, Auguste sort en traînant des pieds, ils s'aident mutuellement à enfiler imperméable et gabardine, ils ajustent écharpe, foulard, chapeau. Canne, dos voûtés, porte orange, visages fatigués, sourires, murmures, à bientôt, piétinements de semelles de crêpe sur le linoléum, la porte se referme interminablement.

*

Aucun mouvement du corps, du moins que du reptilien, du rampant, c'est pas naturel ces tortillements pour se déplacer de quelques centimètres. Seuls buste, dos, tête et bras s'ajustent selon les courbatures et les engourdissements. Préfère quand les infirmières me posent sur le flanc, parce que sinon ça commence bien assis sur cuisses et fesses, ça glisse inexorablement sur la pointe des fesses, ça finit calé sur le bas des reins, jusqu'à ce qu'une douleur sourde irradie des lombes, enfin je recommence à zéro, avec force grandes poussées exténuantes des bras-béquilles, baigné d'une sueur moite de la viande immobile qui suinte et s'abîme, en souffrance à la consigne. J'entraperçois le panneau des départs grandes lignes, il n'y a que deux trains, le 19 h 52 et le 20 h 08, je lis mal les destinations... la première, c'est Cai-ris-zon, l'autre c'est Pas-rat-lit-zi, entre Zon et Zi, pas d'erreur, faut pas que je loupe le premier ! Je cours à la consigne, trouve plus mon ticket, merde ! merde ! ah ! monsieur le chef de consigne, vite,

vite, vais le louper, vite, tenez ! je vous le décris, c'est simple, c'est un corps, oui, un corps... normal, deux pieds, deux jambes, une bite, deux couilles, deux hanches, un bassin, oui, enfin, si vous voulez ! un demi-corps, une partie inférieure, quoi, sous le nombril, c'est ça ! selon le pointillé ! oui, un demi-corps ordinaire, nom de Dieu, mais ce putain de ticket ! Quoi ?... un signe pour le reconnaître, ben les jambes sont poilues ! oui ! très ! et les cuisses aussi, oh ! il y a un cor sur le petit orteil du pied gauche, oui, oui, ongles incarnés des gros orteils, et même un œil-de-perdrix sur le troisième orteil du pied droit, oui, oui, c'est ça, non ! la bite pas circoncise ! non, ni courte, ni longue, enfin là plutôt courte, ça fait longtemps qu'elle a pas servi, les couilles normales, la droite plus basse que la gauche, ça y est ! j'ai le ticket, monsieur le chef, tenez ! vite, vite, vais le louper, oh, la la, il me tendait un demi-corps, c'était pas le mien, ça y est, il l'a repéré, il tire par les pieds, il l'extrait, drôlement écrasé par des valoches et des malles. Quel bordel, cette consigne, nom de Dieu ! je vais louper mon train, 19 h 50, je glisse mon corps sous mon bras, ça saigne un peu, ça bave, de la lymphe, tant pis, je cours, hop, hop, feinte à gauche, montée de rugby aux poteaux, esquive ! 10, 40, 180, 400 personnes s'entrecroisent devant moi, 19 h 51, sprint, ligne droite, j'arrive à l'entrée du quai, sonnerie stridente, Accès interdit, rouge ! ça hurle, le train démarre, Zon, c'est foutu ! je suffoque, j'ai les yeux écarquillés, mon train ! mon train !

— Calmez-vous, monsieur Lancry, vous n'avez aucun train à prendre, calmez-vous. Je vous donne un sédatif, ça va aller.

Elle me tient l'avant-bras, y plante sa seringue, c'est la rouquine, avec ses yeux verts, ses taches de rousseur plein la figure, je vois un visage de fête constellé de lueurs de feu d'artifice, elle sourit, elle est belle comme la lumière, c'est mademoiselle Laure, j'entends des coups de flingue, je lève la tête, j'aperçois Gary Cooper qui se planque entre des maisons, c'est en noir et blanc, j'ai dû m'assoupir avant que le train siffle trois fois, Gary a son étoile de shérif qui scintille et le soleil dans les yeux, les salauds vont le descendre, il n'a aucune chance, chacun reste terré chez lui, la ville est complice de son assassinat, pan ! pan ! ça tire, de vraies rafales, revolvers et winchesters, puis soudain — l'infirmière est comme moi, scotchée à l'écran de la TV —, à force de se poursuivre en tous sens dans les ruelles, les arrière-cours et les granges, la géographie bascule, les places s'inversent, Gary a le soleil dans le dos, les bandits l'ont dans les yeux, c'est eux qui vont perdre, Grace Kelly, la femme du shérif, est ressortie du train, elle court le rejoindre dans la bataille, c'est un combat avec la lumière, ce film, il faut avoir le soleil avec soi pour gagner, ils gagnent, lui et elle, lui avec elle, courage, justice, morale, amour, Gary a tout sauvé, et la musique qui revient : « Si toi aussi tu m'abandonnes, il ne me restera plus rien, plus rien ni plus personne... » j'ai envie de siffler moi aussi, les lèvres collent, trop sèches, la porte s'ouvre :

— Bonjour, monsieur Lancry, bonjour, mademoiselle, on ne vous dérange pas, au moins ?

Merde ! Leturdu, big boss en personne ! Sa secrétaire avait téléphoné à l'infirmière-chef, qu'elle me prévienne, je pensais que c'était juste l'annonce d'une intention courtoise, sans suite. Il est accompagné de Corinne Perraud, ma collaboratrice, qui m'adresse un clin d'œil et sourit. Je prends un air exténué, salue avec une mine de souffrance stoïque.

— Il vient de faire un cauchemar, explique mademoiselle Laure.

— Oh, le pauvre ! On a entendu des coups de feu dans le couloir, ah ! ah ! ah ! voyez ce que je veux dire, la télévision quoi ! On s'est dit : il regarde un western ou un policier, ça va mieux, ça va, on peut entrer... au fait, c'est un western avec... Gary Cooper ! Zut ! on arrive trop tard, c'est fini, ah ! ah ! ah !

— C'était une histoire de train...

— Le film ?

— Non, mon cauchemar. Je ratais le train de la guérison...

— Le train pour Lourdes, alors ? Ah ! ah ! ah ! non, pardonnez-moi, monsieur Lancry, vous avez raison, c'est insensé le nombre de trains qu'on rate dans le sommeil.

— C'était à cause des jambes...

— Vous n'aviez pas assez pris vos jambes à votre cou, ah! ah! ah! c'est une drôle d'expression tout de même, vous ne trouvez pas? «les jambes à son cou».

— Je les avais sous le bras...

— Pardon?

— Non, c'est rien. Enfin, les jambes sont toujours paralysées, ça fait douze jours que je suis sorti de réa, deviens fou.

— Mais, Lucas, les spécialistes sont formels — Corinne a sa main sur mon avant-bras —, la motricité va revenir!

— C'est tout à fait vrai, monsieur Lancry, n'est-ce pas, mademoiselle?

L'infirmière hoche la tête dans le bon sens.

— Faut qu'il soit patient, c'est tout, elle glisse avec un sourire de chatte.

— Ah, cruelle! si en plus je ne peux plus bander...

— Pardon?

— Laissez... une réflexion à moi-même.

Leturdu vérifie le nœud de sa cravate rouge motif joueur de golf; il porte le costume croisé de chez Boss, il chausse des pompes noires genre richelieu luxe rutilantes de chez très cher, il a le ventre en présentoir et la peau du visage brique, épaisse, des repas d'affaires boursouflés, 100 % sauce tartempion, beurre, graisse animale, alcool avant-après-pendant, il prend son air sérieux et responsable, il l'est, ça tourne, des milliers de têtes, des millions de kilowatts, et des budgets pharaoniques sous sa signature. C'est l'air du puissant, plombant, réfrigérant, on est dans le givre soudain, mobilier blanchi, stalactites au plafond, il dit :

— Commission d'enquête, expertise, contre-expertise, responsables, défaillance suspecte, les nacelles sont faites pour résister à des vents bien supérieurs, le fournisseur, dans le collimateur de la direction, va perdre notre marché, peut fermer un centre de production sur deux !

Tu parles, Charles, je songe, c'est la filiale matériel de levage de Renault via Unic, vont pas se laisser siffler le marché comme ça, quitte à arroser, chaque homme a son prix.

— Oui, monsieur Leturdu, je vous remercie de prendre ainsi les choses en main...

— Mais ?... normal, Lancry... nos ingénieurs... culture maison... jamais se reproduire... m'engage personnellement... justice rendue... le dire, honnêtement indemnisé, croyez-moi !

C'est la sortie du lycée Jules-Ferry, je suis en maths spé, il y a l'habituel attroupement de lycéens en bas des marches, je porte fièrement la vieille chemise à carreaux noirs-blancs-gris du grand-père maternel, Fredo, orphelin, boxeur professionnel léger, conducteur à la postale, résistant, chauffeur d'autocar, concierge, pompiste, lecteur de la Série noire de Duhamel, depuis le premier Chase et *Miss Blandish*, bref, je sors du bahut avec des potes, il est midi ce mardi de mars 78, j'ai une tête afro de cheveux qui poussent en hauteur, suis aussitôt repéré par deux types, crâne cheveux brosse, blouson kaki, qui distribuent des tracts sur le trottoir.

— Prends-en un!
— Non...
— Prends-le! sa main tient broyée ma chemise par le col. Paf! coup de genou manqué dans ses couilles, pif! coup de poing manqué dans ma pomme d'Adam, grand vide devant le portail, les lycéens envolés comme moineaux; en guet, planqués, surgissent au final sept extrême droite vaguement royalistes, en cercle autour de moi, debout, recroquevillé, tête dans les épaules et les bras, ils cognent, pieds et poings, comme des sourds sur un sac de grains. Ne sens rien, entends le bruit mat, staccato dans les muscles, ma chemise est en lambeaux, des gueulements, des cris, pfuitt! ils s'enfuient. Je lève la tête, madame Châtelet, chère madame Châtelet, agrégée de latin, sept enfants, 1,50 m, 45 kilos, 59 ans, un oiseau de verre au milieu du tourbillon, elle risque l'hôpital pour arrêter la scène, et derrière moi, Michel Armendarès, un ami de classe préparatoire, un khâgneux, poète à ses heures, fils d'un réfugié catalan, écrivain poète, toux chronique, reclus dans leur deux-pièces HLM qui jouxte le parc Montsouris, une

grotte obscure envahie jusqu'au plafond de piles de livres, revues, journaux, Armendarès vacille, l'œil droit quasi fermé, tuméfié, un œuf qui saigne abondamment.

— Tu comprends, Lucas, j'arrivais de la fac, j'ai vu, j'ai compris, j'en ai pris un au hasard, j'ai mis ma main sur son épaule, j'ai tapoté : oh ! oh ! qu'il se retourne, voilà, j'étais devant lui, face à face, les yeux dans les yeux, frontal, je pensais que de me voir, là, comme ça, devant lui, un homme face à un autre homme, simplement, il allait se réveiller, comprendre, retrouver son calme.

Armendarès n'a pas le cheveu en brosse, il a le crâne rasé, les sourcils également, ça lui fait un visage de fesses, nu comme un cul blanc sur un quai de gare, depuis qu'il assiste à un séminaire, à l'université de Nanterre, dirigé par Jean-Louis Boottes, un protégé de Roland Barthes, et qu'il va publier six poèmes dans une revue qu'on aperçoit en vitrine dans deux librairies du Luxembourg. Il a rasé moustaches, barbiche, crâne et arcades sourcilières, la tête exfoliée, il va, élu des poètes et d'un proche de Barthes. L'autre nervi n'a rien remarqué de son élection, il portait une grosse bague au majeur, paraît-il, il lui a balancé un pain dans l'œil, net, sans retenue, remords, sentiment, face à face, c'est sûr, il est sonné, Armendarès, il pisse le sang, il ajoutera quelque scholie et jurisprudence à sa métaphysique, pas maintenant, les flics sont là, voltigeurs déboulés dans un crissement de pneus, gyrophare hurlant en décor sonore, noms? adresses? victimes? agresseurs? suspects? les tracts sont presque anonymes, un vague sigle de groupuscule néo-royaliste, pas d'imprimerie inscrite en bas du torchon, le proviseur s'indigne sur le trottoir, il porte des vêtements à la Leturdu, mais en moins cher, l'Éducation nationale, ce ne sont pas les mêmes émoluments, c'est plus une mission, un dévouement à la cause laïque.

— C'est intolérable! In-to-lé-ra-ble! Le lycée va porter plainte, je m'engage personnellement! Lancry, Armendarès, vous me rédigez une lettre, les faits, les faits, première pièce au dossier! Allez-y, allez-y, je vous attends demain dans mon bureau.

«Allez-y» signifie panier à salade, gyrophare hurlant derechef, déposition au commissariat, Armendarès a toujours son œil qui saigne, s'en foutent, le rapport d'abord, on va ouvrir l'enquête :

— Et vous, faites partie d'un groupuscule? non? gauchistes? z'êtes sûrs? vos papiers?

Bon. Direction hôpital, quatre points de suture, l'œil n'est pas touché. Ça va? ça va!

— Comprenez, Armendarès, Lancry, vous me rédigez une lettre, là, avec des passés simples, imparfaits, plus-que-parfaits, c'est bien écrit, certes, mais ça fait romanesque, voyez? c'est pas très sérieux, faut un style plus rapport, relation froide et objective des faits...

— Entendu, monsieur le proviseur.

Trois jours plus tard.

— Parfait, parfait, c'est accablant! A-ka-blan! Tenez-vous prêts à témoigner devant le juge, vous allez recevoir une convocation.

Une semaine, un mois. Deux. Trois.

— Je suis débordé, j'ai *une* minute, je ne peux vous recevoir dans mon bureau, une réunion qui commence... Il vérifie son nœud de cravate. Lancry, Armendarès, je suis désolé... il a le regard qui pend, la mâchoire qui s'effondre. Après maintes délibérations, nous n'avons pas porté plainte. Ça se serait passé à l'*intérieur* du lycée, alors là, je peux vous dire! mais là, c'était dehors, sur le trottoir, ils n'ont pas pénétré le sanctuaire, il n'y a pas violation, comprenez? Et puis, mon Dieu, grâce au Ciel, l'œil d'Armendarès est intact. Mais si ça se renouvelle, je vous en conjure, demeurez dans l'enceinte, ne sortez pas! « L'orage passe », dit un célèbre haïku. Messieurs, bonne journée. Pfuitt! demi-tour sur talons parquet ciré, dos avenant qui s'éloigne dans le long couloir.

Le sédatif fait son effet, j'aperçois Leturdu et Corinne dans un brouillard douillet.

— Merci de votre engagement, monsieur le directeur, et de votre visite à tous les deux, j'ânonne.

Big boss a la mine rébarbative, c'est lui qui

congédie d'habitude, mais je m'endors, ne les entends pas quitter la chambre.

*

Événement majeur à la surface de la planète, un pas de plus, fondamental, vers la paix intérieure dans les 16 m² de la 612. Plus besoin de clampage, sevrage terminé, sonde retirée, je pisse *seul*! Tant que je n'étais pas certain de la réussite de l'entreprise, motus, comme si de rien n'était. Depuis la première visite de mes parents, je veille d'ailleurs en permanence à ce que le drap reste négligemment jeté sur le sac d'urine accroché en réserve au montant du lit. On n'y voit que du feu. Et quand mademoiselle Laure, mesdames Patricia ou Raymonde viennent pour l'« aller-retour » :
1) Introduire la sonde.
2) Ramasser la mise.
3) Retirer la sonde.

On prie mes chers visiteurs d'attendre quelques minutes dans le couloir. Et comme je redoute qu'on entende, même au travers de la porte orange, le moindre ruissellement dans le sac puis la chasse d'eau après le vidage dudit sac, paf! je saisis la télécommande et mets le son TV plein pot comme si j'étais sourd. Ça étonne, ça déconcerte (les infirmières sont habituées), mais je prends toutes mes précautions pour qu'on ne découvre pas le pot aux roses. On n'avoue pas sa sonde urinaire ! je préfère paraître fantasque, les nerfs ébranlés, à m'exploser subito les tympans aux paroles essentielles de la télé. Le clampage a duré une petite semaine. Débuté au huitième jour après ma sortie de réa. Ils ont mis une pince sur le tube de la sonde. S'agit de fermer le robinet en somme, pour que la vessie se remplisse au-delà du niveau ordinaire. De temps à autre, l'interne vient me tapoter le bas-ventre avec la pulpe de l'index et du majeur réunis : toc toc ? puis : toc toc ? jusqu'à ce que ce soit « mat à la percussion ». Z'entendez, monsieur Lancry, le bruit là ? Z'entendez ? Ah, oui, pas d'erreur ! c'est mat ! C'est donc que la vessie est pleine, monsieur Lancry, le globe est formé. Bon ! Est-ce que vous en avez la sensation ? Le soupçon ? Non ? Aucun soupçon ? Tant pis. On ouvre le robinet, la vessie se vide, le sac se remplit. Trois heures plus tard, on recommence à clamper : ffuit ! le tube dans l'urètre, couic ! la pince sur le tube, et rebelote. Parce qu'il faut l'exciter cette vessie, qu'elle se réveille, qu'elle sorte de sa torpeur, qu'elle pense ! Sacré nom d'une pipe, elle va pas rester courge ! potiron ! Vessie ! Pense ! Au soir du troisième jour de la pratique, j'ai commencé à éprouver des soupçons ; d'abord des soupçons de soupçons. Elle n'était pas pleine et je soupçonnais qu'elle l'était. Toc toc ? Ah non ! monsieur Lancry, c'est pas mat ! Z'entendez ?... normal... l'autosuggestion... z'avez tellement envie de sentir votre vessie. Ah ! si j'ai envie, docteur ! Parce que c'est un ensemble ! Une économie sensorimotrice ! Si la vessie redevient sensible au fait d'être pleine, et qu'elle m'en informe, elle active corrélativement l'urètre, lequel, d'autant plus verrouillé que la pression est forte, est alors convaincu de s'ouvrir, ouf ! à ma guise, quand se trouve l'occase. D'où la vertu de la pince à clamper.

— Dites, madame Raymonde, le sphincter anal ? il voulait plus se fermer, bon... le sphincter urinaire, il veut plus s'ouvrir ? C'est normal, ce micmac ?

— Y a tous les cas, monsieur Lancry. Des fois, c'est un relâchement des deux côtés, des fois une contraction, des fois comme pour vous, ou l'inverse, ou en alternance, y a tous les cas !

C'est dans le soleil de midi du quatrième jour que mes soupçons se sont révélés justes : z'avez raison, aujourd'hui elle est pleine ! Attention, on enlève la pince !... et que j'ai pu partiellement pisser selon ma volonté. Le lendemain, l'interne supprimait la sonde. En revanche, ce matin, me noyais dans le désespoir, réveillé dans un lit trempé, cette fois il y a dérèglement à la fermeture, ça s'ouvre sans préavis et j'ai mouillé les draps à quatre reprises dans la journée. On m'explique la rechute possible, l'éventuelle inversion du processus, comme ici constatée, y a tous les cas. Trop tard évidemment, trop tard, une fois le mal accompli, Lancry : abattu, liqué-

fié, moral en décrue, niveau –10. Sonde à nouveau, mais permanente, modèle plus souple qu'on enfile dans l'urètre à demeure ; ce n'est pas comme aux premiers jours, ça devient sensible et même douloureux. Sois heureux, Lucas, de souffrir au fin fond du tréfonds de ta biroute, c'est bon signe, les sensations renaissent. Et sac étanche dissimulé sous le drap, sans pince à clamper, pour cause ! Liquides et solides, c'est pas tout que ça circule, un mouvement, c'est un rythme, même celui de l'urine. Serais prêt à écrire un hymne à l'eau, au vin, changés en pisse. Chaque parcelle réflexe retrouvée est un bout de mouvement reconquis à l'intérieur de l'épave :
1) Fermeture.
2) Montée de la pression.
3) Rétention.
4) Ouverture volontaire.
5) Écoulement.
6) Fermeture.
7) Et on recommence.

Cet échec du matin me ramène plein cadre, face à face, nez à nez, avec mes jambes et bassin en viande de boucherie. C'est un jour d'humeur noire, donc, lorsque, dans l'après-midi, Gustave a ouvert la porte orange. Gustave Cabin, ami et collègue de terrain, responsable d'équipe de lignards pour la maintenance des pylônes à haute tension. Nerveux rubicond rigolard, grave sérieux au fond de sa fibre. Il me prend dans ses bras de bûcheron, serre pas trop fort mes vertèbres à tiges ostéosynthèse ! il enlève sa parka, me scrute.

— C'est ta tête des sales quarts d'heure, hein ?
— T'es optimiste...
— Ah bon ?
— Tu pourrais dire : des mauvais jours.
— T'as pas mauvaise mine pourtant. Si ! si !

Lui sers un sourire en effort athlétique et prends de ses nouvelles. Ça va, ça va. On est samedi, Gustave a eu la gentillesse de faire 50 kilomètres, abandonnant jardin-atelier-garage-pavillon du fond de l'Essonne pour me rendre visite.

Excès d'électrons : charge négative. Défaut d'électrons : charge positive. Ceux en surnombre (pôle −), fouitt ! sont attirés par ceux en nombre insuffisant (pôle +), leur mouvement est un courant électrique, ça s'obtient par contact des deux pôles.

— Qu'est-ce tu marmonnes ?
— Rien, je te vois, songe à mes guiboles qui veulent pas bouger... le courant passe plus...
— Le courant ?...
— Les impulsions envoyées du cerveau... passent plus... dans le diagnostic j'écrirais : excès d'électrons dans la tête et le buste, défaut d'électrons dans le bassin et les jambes, et aucun contact sous la ceinture.

Il ne répond rien. Ça le laisse perplexe.

Quand je pense qu'on produit, qu'on distribue des milliards de kilowatts à la surface de la planète, qu'on l'irrigue, artères, veines, capillaires, tel le sang notre corps... que l'électricité n'arrête jamais de circuler, parce qu'une fois produite, à la différence du sang, on ne peut la stocker, même en prévision d'une panne, pour la réinjecter ici ou là... qu'il faut la tension juste, l'intensité juste, en temps réel, 24 h/24, grâce à des anticipations des plus complexes-acrobatiques-informatiques, sinon c'est la paralysie du bâtiment, de la ville, de la région, avec des conséquences parfois mortelles, mortelles, et là, dans les jambes, pas moyen d'acheminer du courant! Gustave me regarde avec un peu trop de compassion.

— C'est vrai, Gustave, c'est vrai!

— Faudrait tendre d'autres lignes? ailleurs? il essaie, coopératif. Sauf que le corps humain, c'est pas une terre à labour, une colline, une forêt...

— Hier, hier j'ai fixé une heure durant mes orteils pis de vache rouges cardio-vasculaires, tu vois? Un sorcier guérisseur chaman marabout qui anime la matière à distance, en l'occasion guère plus d'1,50 m, mais, tu saisis? Je fixe, rien qu'avec les yeux et la volonté... puissance de l'hypnose... faire danser les doigts...

— Comme une télécommande...

— Si tu veux! Je voulais qu'ils s'agitent, qu'ils frémissent au moins! qu'ils hochent la tête!

Macache ! encéphalogramme plus que plat, aplati, rien, rien. Pis de vache empaillés !

J'ai du ressentiment, de la haine, probable, envers le monde, envers le monde qui ne veut pas de moi debout. C'est qui le monde, c'est qui ? Ben... le monde, c'est... le jeudi 18 octobre, c'est la nacelle... le bras télescopique, la défaillance des capteurs, les techniciens qui n'ont pas vérifié le matériel, les vents, surtout les vents, le hasard météo. Dieu, tant qu'à faire, et puis ma vessie fainéante, ma moelle épinière, tout ce qui m'est extérieur et m'empêche de me lever, de marcher.

— Tu souhaiterais peut-être qu'on branche du 20 000 ou même du 90 000 volts, que tes jambes se mettent à courir toutes seules ? Je peux écrire une lettre à la direction, tu veux ?

— Justement, Gustave, à ce propos. Tous les trois jours, on me plante deux aiguilles à 20 ou 30 centimètres d'intervalle, sur les nerfs des jambes et des cuisses, et on envoie du courant. Non, attends ! c'est du très faible voltage. Ça me rappelle les cours de sciences naturelles, avec les grenouilles sur les tables de dissection. Les guiboles se plient, se déplient, s'agitent, normalement, sauf que leurs mouvements m'ensorcellent, j'ai la nausée qui monte, l'envie de vomir, peut-être parce qu'il y a en moi des morceaux de corps qui vivent sans moi. Quand ce sont tes cellules, tu t'en fous, tu ne vois rien, mais quand ce sont tes jambes...

— Pourquoi ils font ça ?

— Les réponses sont vagues. J'ai cru comprendre qu'ils évaluent avec un voltmètre la qualité de réaction du muscle électrifié.

Gustave devient songeur d'un coup.

— À quoi tu penses ?

— Tu n'as pas connu ce pauvre Ambroise, toi ? qui s'est pris du jus, pas loin de 10 000 volts, probablement, c'était en 83. Il changeait des isolants sur un ancrage, près d'Étrechy. La vérification d'absence de tension, la mise à la terre, tout était dans les règles. Mais tu sais qu'à l'époque il n'y avait pas de perche équipotentielle. Ambroise installe donc sa perche terre habituelle sur le câble et, comme à l'habitude, la perche n'est pas reliée à l'arc qui passe sous les isolants. Seulement, ce matin-là, il reste un paquet de courant induit à rôder dans le bazar. Quand il a commencé le travail, le chien rouge est entré par la main, ressorti par la fesse, les quatre doigts sont encore soudés comme au premier jour. Il a un trou dans la fesse, une bonde d'évier, huit mois pour cicatriser, on a déjeuné ensemble mardi dernier, on dirait qu'il est bancal, constamment assis sur l'autre fesse. C'est à la suite de son accident qu'on crée l'équipotentielle, on n'y avait jamais pensé...

— C'est pour me remonter le moral que tu... ? Chaque accidenté participe à l'évolution des techniques, chouette !

— T'es chiant, Lucas...

— Gustave ! j'aimerais bien que le chien rouge vienne un peu rôder dans mes jambes, voilà.

— Mais tout le monde te répète que c'est une question de temps !

— De temps qui passe, c'est sûr.

Quand on s'écrase au sol, on n'est que de la viande, le choc n'est pas concevable, c'est la rencontre de deux solides à une vitesse que la conscience ne peut saisir ni éprouver. Deux consistances, deux densités. L'écrasement à terre n'est qu'une stupéfaction muette qui envahit la tête, c'est une séparation de l'âme et du corps. Chassée par l'impact, l'âme flotte quelques secondes comme du courant induit, justement, au plus près du spectacle du corps, avant le noir du silence et de la nuit. J'ai toujours imaginé que si ce choc-là devait survenir, ce serait à moto, à grande vitesse, je pensais que la rencontre des solides serait horizontale, pas verticale, comme pour Marie-Christine...

— Ah, Lucas ! merde ! tu vas pas recommencer avec tes idées noires...

— Ce ne sont pas des idées, Gustave, c'est une remontée des nappes phréatiques.

— T'as raison, le poète-pouett.

Le 5 septembre 1985, je suis à piétiner derrière les fourneaux, je ne sais quoi faire à dîner, elle entre dans la pièce, elle se tient droite de l'autre côté de la table, elle portait ce soir-là un pull léger bronze en maille d'abeille et un jean bleu, elle me dit : « je t'aime », deux fois : je t'aime, je t'aime, avec insistance, ça m'est presque incongru, je reste stupide. Elle sort de la pièce, j'entends la porte de la chambre s'ouvrir se refermer, je continue à farfouiller dans le frigo, recense les restes, et puis je perçois un bruit sourd, profond, lointain, un claquement dense et plein qui monte du sol, s'élève lentement, persiste, l'air vibre. J'ai fermé le frigo, traversé l'espèce de cuisine salle à manger, le couloir d'entrée, j'ai poussé la porte de la chambre située sur l'autre côté de l'immeuble, la pièce est vide, vidée plutôt, aspirée vers le dehors, la fenêtre est grande ouverte sur un rectangle de nuit noire du ciel silencieux qu'on aperçoit aisément du dernier étage, ses lunettes de vue sont posées sur son bureau, le bruit, soudain, avec ce retard de quelques secondes, a envahi la chambre, assourdissant, je me penche dehors mais c'est un mouvement absent, de l'incrédule, ou de celui qui renifle la température avant de refermer la fenêtre. Et je la vois, sur le sol de la première cour, cinq étages plus bas, j'hurle, je ne sais quoi, j'ai comme le ventre en sang. J'ouvre la porte de l'appartement, cours dans l'escalier avec mes savates qui glissent, que je perds, je pousse des cris sans forme en dévalant les étages, 200, 500, 900 marches ! Je suis agenouillé près d'elle, elle est grise, engourdie, sans trace d'aucune blessure, oui, c'est un saut, la preuve ! mais un saut au-delà de toute puissance humaine, c'est le défi d'un saut pendant trois secondes, la quatrième seconde est une chute. Je l'installe sur le côté droit, ses jambes légèrement pliées, sa tête de profil sur son bras droit allongé comme j'ai appris à le faire dans les cours de secourisme. Le bitume sent la poussière, c'est la fin d'un été lourd, moite et caniculaire. Je dis : non, non ! Je te dis : non, on ne fait pas ça ! Je répète. Elle ne répond pas, je découvre le bas d'une blouse blanche, celle d'une femme médecin, je crois, nous sommes entourés par un groupe de pompiers, leur caserne est à 500 mètres d'ici, c'est la concierge qui leur a téléphoné, il y a des voisins aux fenêtres et dans la cour. Voilà, je l'ai mise en position de sécurité, ils ne me répondent pas, me demandent de m'écarter, un pompier découpe son pantalon avec des ciseaux, de bas en haut, il dégage ses jambes, ses cuisses, son ventre, ils font une piqûre, ils installent des tubes, branchent des enveloppes de sérum, de plasma... Une seule fois, elle dit : laissez-moi mourir. Ils la couchent sur un brancard, la couvrent, je les suis dans le camion, j'ai du mal à me hisser, le plancher est trop haut, je ne trouve pas la marche, un homme en chemisette blanche, la veste sur l'épaule, me dit de ne pas monter, les pompiers partent pour l'hôpital Bichat, il m'y conduira bientôt, c'est inutile de les gêner, il souhaite que nous montions à l'appartement, et je le suis, n'ai aucune réaction, le suivrais en prison sans résistance, suis hébété. Je m'aperçois qu'ils sont deux à gravir les escaliers avec moi, ils inspectent les pièces de long en large, ils se penchent à la fenêtre de la chambre, me demandent de prendre mes papiers, mes clés, me font mettre des chaussures, m'entraînent au commissariat pour enregistrer ma déposition, ils m'assurent qu'ils me conduiront ensuite à l'hôpital. Je ne proteste pas, suis absent, interdit, en souffrance sur une vieille chaise skaï olive, l'homme est derrière sa machine à écrire, il tape avec deux doigts, nous sommes baignés d'une lumière de néon presque verte, les pensées qui me traversent doivent être au mot près ce qui constitue ma déposition dans les archives policières du XVIIe arrondissement. Ma signature apposée en bas du document, l'inspecteur n'a soudain plus la possibilité de m'emmener à l'hôpital, il tourne en rond, cherche à s'esquiver, s'en fout, interpelle des agents qui garent leur G7, il les convainc de me conduire à Bichat, je m'assois dans leur fourgon qui vibre, tremble, brinquebale. C'est un four qui exhale la sueur rance et le tabac refroidi, ils en profitent pour faire leur ronde du côté de la station Guy-Môquet et de l'avenue de Saint-Ouen, le trajet est interminable, ils me lâchent enfin au premier sous-sol des urgences, j'entre dans le hall, un ami cher à qui j'ai téléphoné du commissariat est déjà là, nous nous étreignons, je suffoque, Christophe me conduit par un couloir jusqu'à une salle vide, je parle comme un homme ivre, lui explique cette position de sécurité dans laquelle j'ai installé Marie-Christine, elle n'avait aucune blessure apparente, elle a parlé, elle est en bonnes mains, les pompiers sont intervenus aussitôt, ils ont les gestes qui sauvent, ils savent ; je n'ai pas vu arriver l'interne, découvre encore une blouse blanche à mes côtés, suis assis, lève la tête, elle parle à travers une vitre ou du coton, n'entends pas ce qu'elle dit, elle porte des lunettes, elle est jeune, j'ai juste compris : c'est fini, fini, la rate éclatée, le seul organe qui n'a pas résisté au choc, j'ignorais qu'on ne vit pas sans rate, même en milieu hospitalier on ne peut suppléer l'absence de cet organe, on dit : se dilater la rate de rire, j'ignore à quoi ça sert, j'ai oublié mes cours d'anatomie du collège, j'étais bon élève pourtant, je dessinais inlassablement des appareils digestifs sur du papier Canson, posais chaque fois une tête d'homme barbu qui fume la pipe en haut de l'œsophage, elle a perdu connaissance durant son transport, elle ne s'est pas réveillée, cet ami et l'interne m'accompagnent jusqu'à la porte d'une autre pièce, je refuse d'entrer, Christophe insiste, elle est là, sous un drap blanc, son visage et ses jambes découvertes, elle est toujours grise, j'effleure son pied du bout des doigts, Christophe m'entraîne dans le couloir, ça sent le Dakin, l'ammoniaque et le dalami mouillé. On m'allonge sur une table, je proteste qu'on me soigne alors que c'est elle qui meurt, on me fait une piqûre, un sédatif quelconque, je sors des urgences au bras de Christophe, suis vieux, il m'emmène chez lui, suis enfoui sous une couverture, j'attends, j'attends.

— Oh, Lucas ! À quoi tu penses ? Tu dis rien...

— Je pensais à la différence entre le saut et la chute. Je me demandais si ça faisait le même bruit, si l'acte volontaire et conscient ne modifiait pas le son...

— C'est idiot ! C'est sûr que si tu cueilles des pommes, que tu sautes de l'échelle, ce n'est pas comme de tomber à cause d'une branche qui casse. Mais du haut d'un pylône, ou du cinquième étage puisque c'est à ça que tu penses, tête de pioche, c'est la même chose.

— C'est à cause du bruit de la chute que... il a mis plusieurs années à s'éteindre dans ma tête, je me bouchais les oreilles, mettais la tête dans des coussins, portais toujours un Walkman pour me scier les tympans... aujourd'hui, je l'ai oublié, me souviens simplement que le son le plus approchant, c'est celui de la viande que le boucher balance et fait claquer sur l'étal en bois pour la découpe.

— Sacredieu, je le connais, Lucas, ce bruit. Rappelle-toi, ce bougre de Guillaume. C'est vrai, c'est l'année où tu commences chez nous, 87. Il jouait au funambule, ne s'attachait pas, mettait le harnais pour qu'on lui foute la paix, et une fois là-haut, polop ! J'ai même fini par rédiger un rapport, il s'est fait souffler dans les bronches par la direction, mais ça n'a rien changé, tu peux pas obliger quelqu'un, il aurait fallu le muter... un pylône de 86 mètres ! même au-dessus des labours, là, près de Viarmes, un sacré bruit, un claquement, la gifle d'une lame de fond sur le sable, et encore, on est loin... tellement dense un corps...

— Quand c'est soi, on n'entend rien... Il y a eu le craquement sec de la nacelle, les parois en fibre de verre qui se fendent, qui explosent, puis le son mat de la terre, mais c'est tout, après c'est pour les autres, on n'a pas le temps d'entendre, ou c'est trop intérieur.

Il change de sujet. On se réjouit du réveil de Frank Bauer, sorti du coma avant-hier matin. Aucune lésion grave, des trous de mémoire, des effacements sur plusieurs semaines ici et là, sans aucune logique, le temps que les connexions nerveuses se rétablissent complètement dans le cerveau, il paraît. Gustave se prépare à partir, il pose doucement ses mains étaux sur mes épaules os, re-accolade.

— C'est sûr, t'as pas grossi, il constate au toucher. Mais ça c'est rien, aussitôt que tu vas gambader... À bientôt ! Et décompresse un peu du siphon, ton sang va tourner comme du lait.

Il enfile sa parka, réajuste ses lunettes, tangue vaguement d'un pied sur l'autre, il déteste les adieux et les effusions, il voudrait juste que ça s'arrête, soudain, disparition, transfert, réincarnation dans sa bagnole qui roule sur la N 20, voudrait passer comme un esprit dans une science-fiction. Dos carré, nuque large et grisonnante, porte close, j'entends son pas lourd qui s'éloigne dans le couloir. Je passe la main sous le drap. Trempé. Presque froid. Je sonne, c'est madame Patricia qui survient, brune portugaise, sérieuse, gestes précis, piqûres indolores, rassurante. Moral cheftaine d'acier inoxydable conduisant sa troupe de paralytiques dans un jeu de piste au cœur de la forêt amazonienne, alors elle rudoie un peu, à dose parcimonieuse, ça oblige à se tenir droit, mon capitaine.

— Z'avez encore pissé au lit, monsieur Lancry. La prochaine fois qu'on a les draps à changer, je vous préviens, on met une couche ! Votre incontinence là, c'est un faux problème, une perversion, si vous voulez mon avis...

— Suis pas sûr...

— Laissez-moi finir ! La réponse aux traumas, c'était cette fermeture abusive, cette contraction. Maintenant vous êtes à l'inverse. Travaillez ! Débrouillez-vous ! Sinon c'est Pampers !

*

Dimanche, jour du Seigneur, la maladie est au repos. La guérison aussi. Hier au soir, j'ai pu y échapper, ce matin suis en Pampers, motif d'étoiles rouges bleues, n'en ont plus des unies blanches. J'entends des rumeurs de messe dans les chambres voisines. La prière chez soi, la Grâce en prime pour les plus doués, par voie cathodique. Maintenant qu'on peut s'agenouiller devant sa télé, on pourrait transformer les églises en musée, gymnase ou caserne des pompiers. Si seulement, là, d'un coup, je retrouvais, abracadabra! l'usage des guiboles, j'accepterais volontiers de m'agenouiller, les mains jointes, en pyjama, devant le poste accroché au mur. À part la visite hertzienne du bon Dieu, l'hôpital est en veille. Peu d'infirmières, pas de professeurs ni de docteurs, j'attends les parents en deux services, ma mère a décidé l'autre jour, pour cause d'« incompatibilité spirituelle » avec mon père. Elle, ce matin, lui, mardi. Toc toc toc? Oui, oui, entrez! je suis prêt.

— Coucou! bonjour, trésor! (j'ai toujours 42 ans, merde, et devant témoin!). Elle fond sur moi comme une guêpe sur du jambon, me serre, m'embrasse, m'effusionne.

— Bonjour, Lucas! sourit la « petite Paule » en pâte d'amande et gelée confite.

— Mais, c'est une métamorphose, mon petit Lucas! En quelques jours, tu te rends compte? Tu t'en rends compte, j'espère?

— ...

— Je m'en suis aperçue à ta voix au téléphone. De plus en plus ferme, énergique. Enfin, je me suis occupée de toi, hein? plusieurs heures par jour! — mains jointes, sourire béat, yeux au plafond — Oh, merci, mon Dieu ! Tu as vraiment bonne mine, et... ils t'ont enlevé tous les tubes, là... et ton arcade sourcilière est presque normale.

Elles dénouent leur foulard, ôtent leur manteau, elles ont des couleurs aux joues du froid piquant d'octobre qui règne dehors, il paraît. Ma mère est en pantalon pull-over, son amie en jupe fourreau noire, veste mohair violette à boutons dorés et motifs d'arabesques scintillants sur sa poitrine vaste comme un lutrin.

— Notre petite Paule a bien voulu m'accompagner, elle voulait te voir.

Ma mère pose d'affectueux « petit(e) » devant chacun des prénoms qui lui sont chers : ma petite Jacotte, ma petite Georgette, ma petite Denise. La petite Paule, c'est le plus convaincant, elle doit osciller entre 1,45 m et 1,48 m, une fois déduits ses talons-échasses-semelles-compensées. Un corps cul contrebasse, triple menton en terrasses. Elle est lestée de bijoux, or massif : collier, chaîne, broche, gourmette, bracelet, bagues, denses en carats. Pour maman, venir avec Paule, c'est amener la grosse artillerie, c'est monter la sainte alliance afin de quintupler la force de frappe thermo-irradiante pour ressusciter mes jambes refroidies, je sais ce qui m'attend. D'abord les préliminaires : la pluie et le beau temps, les compressions de personnel et les vexations chez Rhône-Poulenc. On l'a chargée huit mois durant de s'occuper de l'installation téléphonique du nouveau siège à la Défense, quai Paul-Doumer. Logistique de l'équipement sur plans, contrôle et vérification des applications, interlocutrice des fournisseurs CGTL, matériel de mauvaise qualité, peu professionnel, très coûteux pour son entreprise, elle ne comprend pas leur choix. Frais généraux, pots-de-vin, allégements fiscaux, subventions prescriptives, c'est pas grave, tout va bien, répètent ses chefs, qu'elle fasse de son mieux! Elle fait, sa première vraie mission, elle est sur tous les fronts de la téléphonie. Ça marche! Dans chaque bureau, chaque service, chaque plateau paysager, en interne comme en externe, de la cave au grenier, o-pé-ra-tio-nnel! Elle est louée, remerciée, à tous les étages de la tour, 14! Mais le travail fait n'est plus à faire, merde! où va-t-on pouvoir la caser? Avancement, changement de qualification? Bernique! Augmentation d'indice? de salaire? Rebernique! Ils disent : je suis «affiliée cadre», mais c'est juste pour la retraite complémentaire, sinon je suis «agent de maîtrise»...

— Vaut mieux être à la maîtrise qu'à la circulation, soupire mon père.

Bref, où la caser? On va la refiler au comité d'entreprise, sont toujours débordées, seront trois à présent dans le 12 m^2 de l'entresol côté cour. 33,333 % d'augmentation de force de travail et de productivité, ça va flamber! Maman s'occupe donc des sorties culturelles et des voyages, tarifs préférentiels pour le personnel du siège et leur famille : conférences à Pleyel, au Louvre, spectacles au Casino de Paris, au Moulin-Rouge, après-midi au cimetière Montmartre, deux jours en forêt de Rambouillet, quatre à Istanbul, six au Kenya, une semaine sur la lune et l'éternité sur Mars ? Non, ça prend trop de temps. Enfin, elle n'est pas mécontente, jusque-là, ça va, elle adore les voyages, elle rêve de voyages, elle organise des voyages, on lui raconte les voyages, elle imagine d'autres voyages... Un matin, monsieur Desprez débarque tout bronzé dans leur placard à balais. Il lui met sa paume de main sous les yeux.

— Regardez, madame Lancry, regardez bien !

Elle découvre comme une coupure, une ligne rouge de 3 centimètres dans l'épiderme.

— J'avais pris l'option éléphant ! triomphe Desprez. Une demi-journée à se balader dans une forêt malaise, perché là-haut. Ça, c'est un poil d'éléphant ! entré direct sous la peau, vous vous rendez compte ?

— Vache ! Sacrée blessure ! Elles hochent toutes trois du bonnet, la lèvre inférieure en lippe, les sourcils verticaux.

Non, elle est contente de sa mutation. Le problème, c'est la tabagie dans le bureau, ses deux collègues qui fument trois paquets de brunes par jour, elle étouffe, elle craint pour son cœur, la paroi du myocarde, après ses trois angines de poitrine... elle voudrait un endroit à elle, peinarde, jusqu'à sa retraite, dans quelques mois. Déjà que l'air est conditionné. Elle en a parlé au chef du CE, monsieur Samuel, il pense le problème, réfléchit la solution, ça prend du temps. C'est un homme gentil mais fragile, elle le soigne d'un ulcère de la gorge et d'un affaissement des intestins, on est aux extrémités, ça se tient, c'est la même maladie, lui souffle sa petite voix, faut traiter l'ensemble.

— Tu as raison, je ferais pareil, acquiesce Paule, pareil !

Et soudain, tout à trac, revenant dans le vif du sujet à vif :

— Tu vois, chéri, à Dozulé... on aurait eu les bonnes conditions climatiques, tu ne l'aurais pas eu cet accident.

C'est vrai, Dozulé, j'avais oublié Dozulé, charmant petit village paumé au tréfonds de la Normandie. Je n'ai d'ailleurs aucune raison de m'en souvenir si ma mère n'essayait de comprendre pourquoi cette foutue nacelle s'est cassé la gueule avec son fils. C'était trois ans plus tôt, l'équipée, le pèlerinage, 480 kilomètres aller et retour dans la journée, quinze illuminés zé convertis entassés dans trois voitures. Treize ! mon père et moi n'étant là que pour pallier une pénurie grave de conducteurs et nous soumettre affectueusement à l'ordre maternel. Il y avait Jeanine, la boulangère ; la petite Jacotte, épouse d'un saint-cyrien ; le père Louis, leur voisin hémiplégique ; Chantal Corneau, la responsable du standard de la tour Rhône-Poulenc; Christiane, la coiffeuse espagnole avec son cancer du sein — elle faisait chaque année un spectacle de claquettes-castagnettes, robe bustier à volants roses liserés noirs, en duo avec ma mère, robe blanche à volants dentelles, pour le Noël des harmonistes végétariens dans la salle des fêtes de Courbevoie; Danielle, expert-comptable; madame Percheron, qui craignait pour ses ovaires; mademoiselle Hackermann, la pharmacienne de l'avenue Pierre-Sémard, et sa jeune sœur anorexique; Alex Deverdjian, le professeur d'orgue et d'accordéon, qui voulait emmener Beethoven, son vieil épagneul breton, quasi sourd et aveugle — il profiterait aussi de l'Apparition —, ma mère a dit : non ! il faut mettre toutes les chances de notre côté, veto ! Catherine Martin, la diététicienne qui avait sa maison de régime à Montmorency et une nécrose à la hanche; enfin, la petite Paule. Ce fut un jeudi, chacun prit une journée de congé, on n'avait pas le choix. Maman consultait, à l'époque, pour son cœur et le foie de mon père, Alain Salard, guérisseur célèbre dans Colombes, Puteaux et Suresnes, demeure bourgeoise en pierres meulières avec personnel de maison. Or Salard et Andrée avaient tous deux un stand au Salon d'automne de la voyance et du spiritisme, aux Champs-Élysées; ils se croisent sur les marches de l'escalier monumental du Grand Palais :

— Mais ! j'ignorais, chère consœur ! ah ah

ah! petite cachottière! vous aussi, vous avez des dons! Remarquez, je m'en doutais, je le pressentais, elle a un fluide, cette femme-là, un fluide phénoménal! je le sais, je le sens!

Il put donc lui avouer entre nous :

— Cette fois, c'est sérieux, Il va apparaître sur la butte de Dozulé, sur la croix ou au pied, je n'ai pas d'autre précision, mais ce sera quelque chose! Il y aura des élus! Peu! J'ignore encore la date, mais je vous tiens au courant.

Le suspense dura plusieurs mois. Enfin, une date! Le jeudi 19 avril, en fin d'après-midi, réservez vos places, pas de prolongation, R & R, Rareté et Rétention, Révélation et Richesse (spirituelle), le prochain rendez-vous, c'est 2016 au plus tôt, merci, monsieur Salard, sans vous!... Il y avait donc trois voitures garées dans la rue de la Fraternité. Pas trois Mercedes S 600, air climatisé, sièges cuir chauffants, lecteur CD, non, plutôt des 305, Golf, R18, où l'on a les genoux sous le menton et les épaules dans la poitrine, à trois passagers sur les banquettes arrière. Quinze personnes dans trois poubelles, le cul des voitures gémissant sous la charge, près du bitume, le capot en l'air flairant le vent. Mais treize illuminés de la même épopée, chauffés à blanc par maman, sur la venue du Christ, à 240 kilomètres d'ici, les calculs sont exacts, mieux que scientifiques-astrophysiques : non plus le temps, les courbures, tangentes, degrés, rotations, terre, lune, soleil, non! pipeau! Là, c'est du direct,

Dieu en satellite intersidéral/ Alain Salard en capteur-récepteur à Colombes (92), genre Moïse-Aaron fusionnés : 18 heures, atterrissage confirmé du Christ sur la butte de Dozulé, en croix ou au pied, on espérait au pied, assis dans l'herbe, plus confortable, moins pathétique, on installerait un plaid, on partagerait quelques nourritures dans un soleil printanier. Donc, autoroute de l'Ouest, Paris-Caen, sortie Dozulé, à nous R & R ! Il fallut quatre heures pour arriver, avec les côtes sans fin où les moteurs s'effondrent, les fréquentes pauses café, pissotière, gymnastique, respirations hydratantes, eu égard à : la cystite de madame Percheron, la sciatique d'Alex, les paniques claustrophobes de la petite Jacotte, les jambes du père Louis à déplier trois minutes sur le gazon autoroutier, enfin ! la petite route qui serpente dans les bocages, les vaches qui beuglent, les oiseaux qui s'enfuient à l'approche du convoi, une pluie drue depuis cinq minutes, une côte en courbe, Do-zu-lé ! 17 h 15. Les élus sillonnent le site, places, rues, ruelles, venelles, impasses, mais, nom de Dieu ! elle est où cette butte ? et la croix, où elle est la croix ? ça se repère dans un village ! Ma mère a une idée, l'église ! à 200 mètres, trouver quelqu'un qui prie, lui demander. Les voitures sont garées sur le talus herbeux, en pente, le long des haies. Nous entrons. L'église est vide, déserte. Ah ! juste un frottement régulier, shrrr ! shrrr ! dans une chapelle obscure, à droite de la nef. Le curé ! qui balaye la pierre, dans une odeur d'encens humide.

— Ah, monsieur le curé ! on cherche la butte avec la croix !

Chevelure grise, visage osseux, large sourire.

— Bonjour, mes enfants... la butte ? avec la croix ? Non, je ne vois pas... Ah, si, une croix en fer ouvragé, un peu plus haut, dans un renfoncement... elle menaçait de tomber, on l'a retirée il y a presque deux ans... je ne vois que ça...

— Oh la la ! monsieur le curé, vous êtes sûr, pas d'autre croix ?

— Si, mon enfant, ici, dans notre modeste église, pour se recueillir et prier, on y est bien.

— Mais... le Christ, comment va-t-il faire pour apparaître sur la butte ?

— Comment cela ?

— Ben oui, ce soir, vers 18 heures !

— Ah non !...

— ...?

— C'est encore ce Satan de Salard !...

— Vous le...

— Si je le connais ? Je... l'ai chassé du village à coups de pied dans le derrière, oui ! J'aurais dû lui balancer un seau d'eau bénite à la figure, on aurait vu sa queue fourchue jaillir de son pantalon. Il n'a jamais osé repointer son museau ici, mais tous les ans il nous envoie du monde. J'en ai assez de recevoir des fous égarés... Dehors, hérétiques !

— Mais, monsieur le curé, il n'y a qu'un

Christ! et c'est pour dans... un quart d'heure!
Nous sommes...

— Hors d'ici, esprits possédés du Démon!
Hors de la maison de Dieu! Oui! je vous vire,
allez ouste!

Évacués manu militari. Vlan! la porte dans le
nez. Clic clac! serrure bouclée. Au diable!

— ... jamais aimé l'Église et leurs comédies,
bougonne ma mère. Tu as vu ce curé? il est
jaloux, ma parole! Des serviteurs de Dieu? Tu
parles!

Il pleut, à verse. La nuit tombe. On court aux
voitures, on démarre, on cherche le dégagement, dans la montée, sur la gauche. C'est là.
Une espèce de butte en terrain vague avec un
socle en pierre incrusté d'un morceau de fer-
raille rouillée noircie, l'embase de la défunte
croix? Une grille basse ouvragée, en carré, tout
autour, envahie de mauvaises herbes. La pluie
crépite sur le toit, ça tonne, des éclairs illumi-
nent la route, les moteurs sont coupés, on
attend, dix minutes, silence recueilli dans les
bagnoles, on attend, vingt minutes, on devient
l'attente, quarante-cinq minutes, sans crise d'impatience, non! disponibles, offerts à la bénédic-
tion, soixante-trois minutes, on tourne éponge
et rhumatismes dans les carlingues. Cinq ou six
autos sont passées, ma mère s'exclame :

— Eux aussi, ils cherchent la butte avec la
croix! les pauvres... ils vont errer longtemps si...

Elle prend son parapluie, sort sur la route

ruisselante, dans la nuit, le vent, l'orage, elle veut leur indiquer l'emplacement, la Révélation, c'est un partage ! c'est pas en douce, clando, juste notre pomme ! Tiens, voilà deux autres voitures. Elle leur fait de grands signes. Ça stoppe. Maman court d'un conducteur à l'autre, vitre baissée, se prennent la pluie dans la tronche. C'est ici ! C'est ici ! Garez-vous là ! C'est ici, la butte avec la croix ! Il va plus tarder ! Il arrive ! Dans les habitacles, ça se regarde avec des yeux de veau. On vous croyait en panne... non ?... non, on cherche pas la croix, ni Jésus, ni la Vierge, ni Marie Madeleine, ni l'archange Gabriel, même qu'on est pressés de rentrer du boulot, s'Il veut apparaître, ma foi, chacun vit sa vie... Vroum, vroum, ça patine, ça gicle sur l'asphalte dégueulasse, flaques, boue, cailloux, charriés par le déluge de flotte, ça disparaît, fissa ! Maman continue d'arpenter la D 37, on reste à quinze, résolument, devant ce monticule herbeux. Une heure quarante-cinq d'attente, plein les bottes, plein les os, tendons, ligaments, la cervelle en hostie détrempée, devant la défection du Christ, sacré lapin ! dépités, liquides, chacun gamberge dans son quant-à-soi. On fait demi-tour, direction Gonesse dans la nuit d'Apocalypse, enfin ! les moteurs tournent, le chauffage réchauffe les âmes, l'anorexie, l'hémiplégie, l'eczéma, le cancer, les ovaires, le foie, la tête de fémur, la paroi du myocarde.

— Dites, monsieur Salard, que s'est-il passé avec le Christ ?

— Mauvaises conditions climatiques... du tac au tac, sans hésiter.

Oui, maman. Dozulé. La chute. Saloperie d'orage.

Les femmes se sont levées. Inspiration profonde, regard fixe, elles se concentrent en tandem électromagnétique. Le drap est enlevé. J'ai refusé d'ôter le pyjama. Le spectacle des jambes inertes, soit, mais habillé. Et couche-culotte planquée. Ma mère a les mains scellées sur l'horizontale du pied de lit à barreaux, juste au-dessus du diagramme de température, elle ferme les yeux, lèvres et paupières vibrent, les tubes métal sont subito bourrés de kilovolts, le lit fait cage de Faraday, je suis dans l'œil du champ électrique, cheveux et sourcils en épines d'oursin, tandis que la Paule applique ses mains baguées sur mes jambes, petites mains boudinées qui passent et repassent sur cuisses, genoux et tibias. Elle c'est plutôt le champ magnétique en enveloppements circulaires, et si elle pouvait faire dresser ma bite en torche, avec le gland ampoule qui s'allume et clignote, ça serait toujours ça d'arraché au court-circuit de la zone basse. Du sommet de son chignon verni noir corbeau jusqu'au bout carré de ses bottes luisantes à fermeture Éclair, la Paule est mère maquerelle, quintessence essence maquerelle. Ce n'est plus un métier, c'est une nature, experte, mains es qualités, devraient pouvoir faire flamboyer mon gland en gyrophare d'urgence. Pourtant ! Malgré la peur de l'impuissance qui me taraude, ne suis pas certain d'en avoir envie. Ne l'aime décidément pas la petite Paule, parfum de fleur rance, onctueuse, poisseuse, pieuvre molle. Ma mère lui signe chaque mois de gros chèques, le quart de son salaire englouti, une vraie pension alimentaire, la petite Denise signe également, et d'autres. La Paule vit bien, elle geint modestement, en bonne chrétienne, sur la fragilité de ses revenus, au regard des charges fixes et des fluctuations en Bourse du carat or. À la moindre de nos défaillances santé, pfuitt ! elle nous entremet : une passe thérapeutique avec Dieu ? chambre jaune, la 216 ! Avec Jésus ? ah, c'est la bleue, la 113 ! Avec la Vierge ? c'est plus cher, dame ! oui ?... alors la chambre orientale, la 4 ! Elle tape fort, la petite Paule, entremetteuse de l'âme, incomparablement moins de soucis ! pas d'ennuis avec les MST, la mélancolie soudaine des filles, les exactions inopinées des clients, la dîme aux protecteurs, non ! l'immatériel, d'emblée, que des ondes, des flux, le plus rare, le plus précieux. Et ce n'est pas une intermédiaire ! Attention ! Paule est décodeur interface, si on veut, des fréquences divines. Sinon, c'est perdu, disséminé, dans l'invisible infini du monde, pour les oiseaux, comme disent les Africains, autant dire pour rien, pour des prunes. Elle est donc in-dis-pen-sa-ble à la captation-transformation-traduction-orientation-irradiation des ondes célestes. En retour, c'est direct du porte-monnaie de maman dans les fouilles de la petite Paule. Ma mère détient grosso modo les mêmes compétences, sauf qu'elle refuse net tout argent. Pas de détournement ni d'abus de biens divins, seulement la beauté du geste, de l'art pur ! le don total ! Si les miraculés veulent faire des chèques, ils les adressent au Secours populaire, merci, mon Dieu, de renflouer les caisses des œuvres caritatives du parti communiste ! Si moi, Andrée Lancry, suis connectée avec le Ciel, j'ai aussi le sens de la lutte des classes, les soins et les prédictions pour tous, sans distinction, mais alors, le pognon, pour les pauvres ! « Andrée Lancry, membre bienfaitrice », c'est écrit sur les cahiers du Secours populaire, elle a sa carte. Le seul bénéfice qu'elle encaisse volontiers, c'est la toute-puissance intime que confère le geste artiste. Elle est donc autorisée à refaire le monde, les corps souffrants, les mariages et l'avenir. Ça serait plutôt « membre bienfaitrice universelle », elle attend sa carte. En cours d'impression.

Bref, je tolère les mains boudinées baguées de la maquerelle sur mes jambes de plomb, parce que ma mère l'a sortie par surprise, comme son flingue un matin de grande cause. Suis acculé, dos au mur. Je me tais, par lâcheté, extrême lassitude... Mais nous n'irons pas plus loin, stop !

Le duo électro-magnétique murmure à tue-tête ses incantations ordinaires, lèvres et paupières en fibrillation, ça prend cinq minutes, il suffit de patienter, avec la trouille que l'infirmière de garde déboule.

— N'entrez pas, madame Patricia, vous allez vous prendre du 20 kV/m divins dans les arpions si vous franchissez le seuil. Chuutt! dites rien, repassez dans quelques minutes, on aura tout débranché, mais là c'est trop dangereux.

Elle reste figée, la bouche entrouverte, les yeux agrandis, la main sur la poignée de la porte orange, elle doit remarquer les éclairs bleus qui courent et crépitent dans l'armature du lit, mes cheveux, sourcils et poils hérisson, mes jambes rayures pyjama nimbées de 45 µT, elle doit éprouver des picotements, voir des phosphènes, aucun son n'est sorti de ses lèvres, elle a doucement refermé la porte.

— Tu rêves, trésor? T'as les yeux sur le mur comme si...

— Non, non, je pensais à l'infirmière de garde.

— Ça y est, on a fini, comment tu te sens?

— ...

— Et tes jambes?

— ... J'ai pas entendu tes prières japonaises? je commente

— Dans une chambre d'hôpital? Non, faut être au dojo pour ça. Il y a un fluide spécial.

— Ah...

Et puisqu'on évoque le dojo et l'Axe Lumineux, je lui demande si elle a des nouvelles de Vanessa Martin, si Vanessa a des nouvelles de moi. Ma mère hésite, il n'était pas question qu'elle crache le morceau, elle n'avait pas prévu. Enfin, Vanessa devrait téléphoner la semaine prochaine et me rendre visite bientôt, surprise, surprise, fallait faire comme si, je ferai.

Madame Patricia déboule avec le plateau-repas : tomate vinaigre, purée beurre, blanc de dinde vapeur d'eau, yaourt sucré, compotes de protéines, en petits compartiments couvercles plastique.

— Bonjour, mesdames, bonjour, monsieur Lancry !

Le plateau est sur la table à roulettes, elle vérifie les données machines. Électrocardiogramme : impec. Tension : au poil. Température : normale. On s'installe dans la guérison à grande vitesse, il lui semble. Les jambes, c'est un détail, eu égard au miracle. Les visiteuses acquiescent. Madame Patricia les congédie trois minutes dans le couloir. Me lance un clin d'œil, enlève Pampers trempée, qui pue, je me lave bite et couilles avec un gant savonneux, couche neuve, blanche, à rayures framboise, ces dames peuvent entrer, elle sort. Resalut, déjà. Dimanche, minimum. Ma mère est à nouveau près du lit avec la main gauche qui tressaute le long de la cuisse. Le regard absent, elle écoute sa petite voix qui évalue les nourritures terrestres. Il fut un temps, elle aurait dégainé son pendule ivoire, mais à présent, avec l'évolution des techniques et sa complicité en progrès constant avec Dieu, plus besoin de médiation ni d'objet intermédiaire. Mains libres! La mutation historique du pendule à la voix du Ciel en direct, c'est comme le passage du téléphone électro-mécanique au portable. Les ondes, les ondes, sans fil et sans outil! Reconnaissance vocale! Émission-réception nowhere! everywhere! Connexion transparente, immatérielle, vibrations de molécules d'air, en langue française, stop! Maman écoute donc l'évaluation des nourritures : qualité, fraîcheur, provenance, hygiène, salmonelle, listeria, prion, la voix dit tout : « C'est limite... mais tu peux manger. » Heureusement, j'ai faim! N'empêche! Avec mes jambes en viande d'étal (j'ai la terreur qu'il en soit de même pour la biroute), les orthopédistes et les neurologues qui se taisent, et me laissent en attente de résultats haute technologie, comme s'ils n'avaient pas déjà leur idée derrière la tête, c'est impossible de ne pas espérer le miracle des fluides thermo-irradiants du bon Dieu, du Fils, ou du Saint-Esprit. On voit bien dans les vieilles images : la colombe dans le rayon jaune, ça part d'en haut à gauche, avec l'Apparition du Père qui fait générateur de lumière. Et en bas, à droite, la Vierge, debout, pas devant la télé, non! derrière son lutrin, à lire, tout innocente, quelque texte biblique. Et le rayon tombe sur elle, en diagonale, touche son ventre, pof! irradiée! elle est enceinte. Et puis Lazare que Jésus sort du tombeau en deux coups de cuillère à pot. Jésus ne prononce pas même abracadabra, non, pas un mot, Il se concentre, un peu, Il tend la main, clic clac! le pékin se lève, un peu engourdi, mince! qu'est-ce que je fais là? me suis assoupi? et s'en va gambadant... Alors, après le Père et le Fils, pourquoi pas Maman, la petite Paule, Alain Salard ou même la belle Vanessa? C'est impossible de ne pas surveiller l'arrivée du miracle, en douce, du coin de l'œil, dans son quant-à-soi reptilien, dans son doute venu de la nuit des temps. Le corps handicapé rend superstitieux. J'ai l'esprit clair. Je pense : doigts de pied! je pense : mollets! je pense : quadriceps! Je regarde. Ça ne bouge pas, rien! Ce n'est pas possible, rien! Avec une pensée aussi nette, aussi aiguë, de mes organes! Rien? Si les espécialistes ne peuvent réparer, alors, va pour Dieu, Jésus, maman... avec l'intuition confuse qu'il faut donner de sa croyance, mais alors, maximum! jusqu'à la transe! pour que les jambes s'animent, autonomes, habitées soudain d'une force mystérieuse, en démonstration d'autarcie gesticulatoire, hystérique, spectacle marionnettes, fascinant, genre homard coupé en deux qui n'en continue pas moins d'avoir la queue qui fouette l'air vif et fort, mais des jambes tellement miraculées-miraculeuses qu'elles ne font plus corps avec mon corps, muscles et os émancipés, aussi monstrueux que ceux qui gisent là, sur les draps, sous mes yeux. Non, Père Dieu, c'est pas ça que je veux, c'est juste que les nerfs conduisent à nouveau l'électricité du canal rachidien à mes jambes, juste ça, Dieu, le contact, *con-tact!*

— Tu ne crois pas assez, Lucas, et ça ne marche pas!

Croire plus, croire toujours plus, cro-are! croa, croa, et le piège se referme, les yeux en l'air, sur mon nénuphar, à guetter la météo jusqu'à ce que mon esprit rejoigne les Cieux. Tu t'es fait baiser, Lucas, tu n'avais pas compris que seule ton âme L'intéresse? Seule ta passion nouvelle pour la Grâce? Ton indifférence enfin pour l'enveloppe charnelle? Tes guiboles. Il s'en fout, le Père. L'ouverture de la mer Rouge, l'Immaculée Conception, la multiplication des pains, des poissons, Lazare, l'Assomption, ce qui est fait est fait, on ne va pas refaire les miracles à chaque fois, pour le moindre gazier tombé d'une nacelle.

— C'était un mauvais deal, alors?
— ...
— Bon!... va pour les espécialistes.

Manteau rouge, manteau noir satiné, ma mère ne voit pas qu'une sorcière est pendue à son bras. Dos légèrement voûtés, têtes en étoffes fleuries qui tournent synchro leur visage vers moi, dans le même ralenti.

— Au revoir! Au revoir! À bientôt!

C'est ça, au revoir, et sans prochaine fois pour la maquerelle radioactive. Interdite de séjour, c'est officiel.

Je vois une boutique. Un magasin. Un hypermarché. Ce serait écrit : Magnétisme. Spiritisme. Pratiques occultes. Avec un département annexe : Diététique. Végétarisme. Une tête bicéphale dirigerait l'ensemble : Georges Baulon et Andrée Lancry. Avec la petite Paule à la caisse, mais sous vidéo-surveillance 24 h/24, qu'elle ne s'en mette pas plein les poches pour se couvrir d'or, en Cléopâtre, jusqu'au dépôt de bilan. Il y aurait un rayon pendules de magnétiseur, quatre modèles de base, coniques, noir ou ivoire, et métal ou plastique. Un rayon fanons de baleines, couleur naturelle ou au choix, quinze coloris, pour repérer les sources et cours d'eau souterrains. Un rayon livres, immense ! des kilomètres linéaires de spiritualité. Un rayon coton magnétisé, prêt à l'emploi, applicable sur tout organe malade, de la nécrose des os du bassin à la vésicule porcelaine. Un rayon ex-voto afin d'y insérer mèches de cheveux, morceaux d'ongles ou photographies du souffrant, pour les soins à distance, télépathiques ! Un rayon produits diététiques. Et enfin deux bureaux, isolés de parois mobiles en verre granité, genre sécurité sociale pour docteur Georges Baulon et sainte Andrée Lancry qui soignent les milliers de patients en patience, avec ticket d'ordre de passage. Un tabac !

Parce que c'est Georges qui est à l'origine de ce joyeux bordel magnético-mystique, Prométhée ou Pandore, selon le point de vue. Ça débute en 1960, avec lui et Marie, son épouse, dans une modeste boutique de régime, à devanture rouge, boulevard Voltaire, dans Asnières, en bord de Seine, près du cimetière des chiens. En vitrine et sur les rayonnages, des denrées diétético-biologiques, pures 160 %, de quoi devenir végétariens en quelques semaines. Adieu veau, vache, cochon, poulet, poisson, et surtout saucisson, le plus cruel ce fut le saucisson, sec ! Ainsi disait la Loi. D'un côté, sanctifier l'animal. Amour et respect du vivant : finis les carnages, les abattoirs, les boucheries ! Fini l'équarrissage ! même les savons seront à base d'argile et d'huile d'olive, à l'ancienne. De l'autre, diaboliser viandes, graisses et chairs cuites de charcuterie, parce que :

a) elles foutent des toxines dans les muscles : courbatures, par exemple, avec la viande rouge.

b) elles engorgent le système cardio-vasculaire : cholestérol, durcissement des artères, épaississement adipeux des parois du cœur.

c) elles encrassent le foie : calculs biliaires.

d) elles favorisent, apothéose, le cancer du rectum, particulièrement la « bidoche », entendez viande rouge, sanguine, de vache réformée, de bœuf !

Conclusion : retour salutaire aux grains et à la cueillette ! Blé complet, riz complet, sarrasin, orge, avoine, tournesol, maïs et soja (pas américains, surtout, aux dernières nouvelles). Fruits, légumes, stop ! Yaourts, œufs, fromages, sont admis selon un principe non écrit, mais inclus dans la Loi, de sollicitation douce du règne animal qui prodigue tout de même son calcium, ses protéines et sa vitamine B2, entre autres.

Une fois convertis au végétarisme, nous avons accès à l'arrière-boutique où Georges Baulon exerce sa pratique de magnétiseur homéopathe. Il fallait écarter un épais rideau de velours, on quittait la lumière néon du magasin flamboyant pour entrer dans la pénombre et les murmures où je connus, dans une atmosphère de conjuration métaphysique, les premiers mouvements du pendule : + ou – *oui* dans le sens + ou – vif des aiguilles de la montre, + ou – *non*, à l'inverse, et *sans avis* quand il balançouillait droit, mollement. N'empêche, en une seconde, il pouvait tournoyer tel un fléau, ne sachant qui entraînait l'autre, du pendule conique noir ou de la main blanche, veinée, qui le tenait au bout d'une chaînette, entre le pouce et l'index. Les diagnostics tombent comme des couperets, en télégraphie cabalistique :

— Septième dorsale.
— Foie.
— Pancréas.
— Larynx.
— Première, deuxième lombaire, disque.
— Intestin grêle.

À force d'entendre Georges nommer les organes d'une voix sourde et chuchotée, je m'imaginais le corps en nouvelle cosmogonie, avec des dieux, leur pouvoir, leurs humeurs, leur imprévisible volonté, tous, indépendants et souverains, Ô Dieu Foie ! Ô Déesse Intestine, etc. Suit la prescription médicale, vingt-quatre à quarante-huit heures plus tard, après avoir joué du pendule en épluchant ses dictionnaires homéopathiques :

— Chelidonium et ignatia, en 5 ch.
— Sérum de Yersin et staphylococcinum, en doses de 30 puis de 15 ch.
— Belladona, mercurius et phytolacca en 9 ch.
— Arsenicum album en 7 ch et gelsenium en 30.
— Spongia tosta et hydrastis en 5 ch.

Quant à la septième dorsale ou au disque lombaire, c'est moins savant, plus empirique. Direction Versailles, 71, rue de la Commune, un étroit pavillon délabré, crépi noirci. Une salle d'attente, à l'entresol, humide et sombre, qui sent le Synthol et les vieilles sueurs. Dans la lumière blafarde d'une 40 watts nue qui pend du plafond, une bonne douzaine d'éclopés du squelette prennent leur mal en patience. Certains ont parcouru 600 kilomètres pour se faire réparer par le magicien. Soudain, la porte s'ouvre, le père Violet apparaît, en marcel blanc plus très blanc, bretelles larges, pantalon bleu de chauffe, charentaises fatiguées. Petite taille, ventre en avant, moustaches épaisses, barbe de trois jours, presque chauve, 70 ans, l'icône du prolo-mécano, pour l'éternité. C'est un bricoleur de génie des os-tendons-ligaments, il détord, dénoue, replace, réajuste, remboîte, rallonge, assouplit, détend, sans jamais hésiter, et pour une somme dérisoire. Chaque fois qu'une articulation craquait, et qu'on criait : ouille ! allongé sur le matelas crasseux, dans la pénombre de son cabinet salle à manger meubles bois de caisse, il faisait : ah ! en thérapeute averti, puis riait en gloussements et soupirs profonds, avec ses poumons d'asthmatique qui sifflaient. D'une simple pression ad hoc des paumes de mains sur les vertèbres, peut-être m'aurait-il réveillé les jambes et le bassin ? Le canoniserais bien lui aussi, si je pouvais. Affectueusement à toi, père Violet, si tu m'entends, du Paradis où tu dois remettre en place les os du bon Dieu et de sa petite famille. Requis d'office.

Georges a le même physique version bourgeois de province. Chemise blanche immaculée, pantalon marine ou noir remonté sous la poitrine, bretelles et ceinture, cravate, tablier gris, rasé de près, sans moustaches, teint frais, voix douce qui s'insinue. Hormis cette atmosphère de conjuration dont il s'entoure, c'est une sorte de médecin digne, respectable. Examen, diagnostic, ordonnance, stop ! et gratos ! Ce qui signale pour l'épicier qu'il était une profonde inadaptation aristocratique au temps marchand. Aucune application, passe, attouchement magnétique, pas de rayonnement divin, d'irradiation christique, jamais une prophétie, et lorsqu'on le questionne à son corps défendant sur la courbure de l'immédiat lendemain : action à entreprendre, événement espéré-redouté, il prend une mine dubitative, et finit par lâcher, son pendule pendouillant dans la zone *sans avis* : « Prudence... c'est limite ». Marie Baulon est une femme miniature, de douze ans plus âgée, frêle comme un coquelicot, des cheveux blancs, une voix douce encore, avec la croyance en Dieu jusqu'au fond des yeux. Nous sommes amis depuis une dizaine d'années quand ils nous invitent à déjeuner un jour de Noël dans leur appartement haussmannien de la rue du Château. Repas végétarien exemplaire, on ne rigole pas avec l'orthodoxie. Ce n'est que dans l'arrière-boutique obscure que Georges se goinfre quelquefois. Il est midi, allez, hop ! une cuisse de poulet fermier élevé aux grains, derrière le rideau de velours. Il est midi trente, rehop ! une tranche de jambon bio, à l'os ! c'est limite ! Et puis zut ! un morceau de saucisson, sec, sans phosphates ! maigre, hein ? vous avez vu la qualité ? allez ! une dernière tranche, après c'est... Il avoua ! quelques années plus tard, dans le contexte permissif, quasi libertaire, de son veuvage. Le couvert est dressé, il fait un soleil d'hiver, doré, qui tombe de leur fenêtre du quatrième étage sur la nappe en tissu vert anis. Six couverts, argenterie, cristal et porcelaine. Crudités, tourte aux légumes, salade, fromages et tarte myrtilles maison. Nota bene : la tourte de Marie, pâte feuilletée fourrée aux carottes, courgettes, champignons forestiers, mit nos papilles en béatitude extrême. Six couverts ? Andrée, Robert, Marie, Georges et moi = cinq. Il doit y avoir un ami, une sœur, un cousin, une tante ? On ne dit rien. J'ai l'impression qu'on attend le (la) retardataire. Et puis, non, on s'installe, laissant vide la chaise en bout de table, dos à la fenêtre. Les crudités passent, chacun se sert, Georges remplit l'assiette de l'absent. Une façon de lui garder sa part ? de le mettre à l'aise dès son arrivée ? Aucune allusion. Sans commentaire. On cause, on cause, je lorgne de temps à autre vers le bout de table, l'anomalie s'installe sur ma gauche. Marie coupe la tourte en six, c'est plus facile un chiffre pair. Les bras se tendent, les mains-assiettes attendent, le couteau glisse sous chaque part, ça sent bon, miam, et pour toi, et pour toi, et ffuitt ! le plat est vide, crudités et tourte fumante, côte à côte, attendent l'inconnu dans son assiette. Georges sent l'anomalie envahir les convives.

— C'est la part du pauvre... le jour de Noël...
— C'est l'assiette de Jésus, sursaute Marie.
— Oui, leur représentant... le Prince des pauvres, en somme.

Je comprends qu'Il préside notre table. Si on

Le regarde à hauteur, les yeux dans les yeux, on se prend les rayons du soleil-Saint-Esprit plein pot dans les mirettes, c'est l'aveuglement, ça papillonne, incandescent, dans les rétines. La seule façon de reluquer, c'est par en dessous, Son assiette, et la part de tourte que j'aurais bien mangée au lieu de la contempler, toute refroidie.

— Il va venir ? s'inquiète papa.

— Il est sans doute pas loin. Georges a un mouvement vague de la main qui désigne la cuisine, la fenêtre, la cour d'immeuble.

— Jésus est là, avec nous.

— N'a pas beaucoup d'appétit, je m'étonne.

— C'est l'énergie des aliments qui le nourrit.

Je mate, hypnotisé, l'assiette de Jésus. J'essaie, en regard microscope, de repérer l'envolée des vitamines, l'assomption des protéines abandonnant les carottes, quittant les champignons, l'ascension des lipides s'arrachant de la pâte feuilletée, les molécules d'air tremblent dans le soleil, nom de Dieu, je n'ai rien vu, la nourriture paraît intacte.

— Non, on ne peut plus y toucher, c'est sacré.

Impropre à la consommation, donc. Je regarde Marie enlever les assiettes, et celle de Jésus qui repart à la cuisine, la tourte et les crudités vont finir à la poubelle, suis consterné, décidément terrien, incurable. Georges a un vague sourire. Je ne sais s'il s'amuse de l'incrédulité de Robert et de moi-même, ou s'il s'amuse de son propre doute et de sa façon de jouer le jeu, au cas où...

Je le vois quelques années plus tard, en Auvergne, chemise blanche et pantalon sable remonté sous la poitrine par ses invariables palans-bretelles-ceinture, avec un chapeau de soleil en coton gris, posé sur l'arrière du crâne. Georges musarde dans la campagne, un bâton à la main, il s'épanouit dans son état de veuf retraité coureur de jupons, queutard atteint de priapisme, les fesses des femmes, mon Dieu, les fesses des femmes, et leur gorge! Ah! c'est limite. Déclarant sa flamme à Andrée : ah! si tu n'étais pas mariée... même mariée, d'ailleurs, si elle voulait bien, lui, il... tant pis pour la limite. On se promène tous deux sur un chemin caillouteux, pépiements d'oiseaux, parfums d'herbes et de fleurs. Il sort soudain de sa poche deux fanons de baleine joints à l'une de leurs extrémités par un gros élastique. Il tient ma main droite dans sa gauche, de l'autre main nous tenons chacun un fanon; la souplesse du matériau permet cette courbure des tiges qui continuent d'être solidaires à l'endroit de l'élastique, dessinant comme un accent circonflexe de nos paumes jusqu'à leurs extrémités jointes. Nous approchons d'un pont qui surplombe une rivière. Il me demande de bien serrer la tige dans ma main. La pointe réunie des deux fanons est dirigée vers le ciel. Nous avançons sur le pont et la pointe tourne sous mes yeux puis s'abaisse vers le sol, désignant l'eau qui bruisse sous le pavement de l'ouvrage.

— Les champs magnétiques, Lucas, les champs magnétiques. C'est tout. C'est ainsi qu'on trouve les sources.

J'aurais aimé, très cher Georges, que tu viennes ausculter ce corps immobile qui me tient prisonnier, tu aurais sans doute découvert de nouvelles nappes souterraines de myéline, de nouveaux gisements d'axones qui manquent à mes nerfs pour que je me lève et marche. J'étais à Beaujon, à ton chevet d'hôpital, le soir qui précéda ton décès, tu le savais : « Ça y est, Lucas, c'est hors limite », tu portais toi aussi un pyjama rayé.

*

J'ai donc attendu les espécialistes toute la journée du lundi. La porte s'est ouverte brusquement mardi matin à la première heure, j'étais engourdi de sommeil et de somnifères, un, deux... quatre... sept. Sept à envahir la chambre, cinq types, deux femmes, ça fait du monde autour du lit, aréopage, tribunal, conférenciers en colloque, théâtre anatomique, avec ma viande, os et nerfs en plateau de scène et acteur principal. Bonjour jovial et introductif du professeur Adès : « Je donne le la ! » Rien à foutre que je sois dans le potage, saisi au réveil comme pour une perquisition, arrestation. Bonjours timides ou indifférents à sa suite des deux internes et des quatre étudiants. Bonjour, monsieur Duchemol, enchanté, monsieur Dupond, ravi, mademoiselle Lajoie, mais faites, faites donc. Ne pas se risquer dans l'encombrante psychologie du patient, genre : comment vous sentez-vous ? Ce matin, c'est visite et déambulation archéologique-touristique-thérapeutique des ruines, ma peau en sol d'étude et d'histoire. Montrer l'exemple. Le b a-ba. Maître Adès dans sa blouse blanche, sa barbe poivre et sel taillée de près, se penche doctement sur la courbe de température, relève les compteurs de tension, contemple l'écran d'électrocardiogramme, se caresse le menton, normal, sans commentaire. On a beau me répéter que je m'installe avec pétulance dans la guérison, je n'ai pas retrouvé l'ombre d'un centimètre carré de motricité depuis maintenant trois semaines, je dis, professeur. Les lèvres en avant, la langue claquant au palais, il comprend : teu teu teu teu ! dix-neuf jours ! avec une vraie récupération sphinctérienne : anale au huitième jour, urinaire, aujourd'hui. C'est vrai, on a viré Pampers hier midi, et depuis, plus d'accident.

— Vous êtes trop impatient, monsieur Lancry. Permettez ?

Un interne enlève draps et couverture, m'assoit sur le bord du lit, les jambes pendues dans le vide. Sans appui dans le dos, le bassin répond mal, se pose comme un socle de chair molle, désossée, démusculée, un coup en avant, un coup en arrière, floc! floc! L'interne me tient aux épaules, son bras droit passé dans mon dos. Professeur palpe cuisses et genoux, professeur dégaine son outil chromé — long manche, rondelle caoutchoutée —, tapote Rotule, Achille, traque les réponses réflexes, autant tapoter un rosbif, un gigot.

— Vous sentez, tout de même?

— Non, docteur, on peut pas dire ça. Je vous vois tapoter, mais j'entends rien vibrer dans ma tête...

Adès sort une minuscule boîte de la poche de sa blouse, l'ouvre, saisit une aiguille qui trempe dans du désinfectant, s'approche et me pique les jambes à plusieurs reprises.

— Aïe! Ouille! Ça fait mal, arrêtez!

— Ah! vous voyez que vous sentez!

Il extirpe de l'autre poche un sac plastique étanche, rempli d'une dizaine de glaçons. Adès porte une blouse malle d'accessoires pour camelot en démonstration dominicale. Il pose le sac sur la cuisse gauche.

— C'est froid?

— C'est froid!

Sur la cuisse droite.

— C'est froid?

— C'est glacé, oui!

— C'est bon signe, vous savez?

J'avale ma salive. Professeur grande pointure

se paye ma tronche. Il se tourne vers son auditoire.

— Alors? Votre diagnostic?

— Sensibilité à la piqûre, au chaud et au froid, le réseau des petites fibres fonctionne bien, lance mademoiselle Lajoie.

Adès opine du menton. S'approche, me caresse doucement les cuisses avec la pulpe de ses doigts. Je manifeste mon étonnement par un haussement de sourcils. J'ai droit.

— Vous sentez?

— Non, rien.

Il se penche, me saisit la cheville droite, lève et abaisse ma jambe plusieurs fois.

— Vous sentez le mouvement? Le changement de position de la jambe.

— J'en sais rien. Je vous vois faire. J'interprète... Enfin, peut-être, mais c'est confus, une sensation sourde... comme au travers d'une couverture.

— Alors, jeunes gens?

— Insensibilité au tact fin. Sensibilité profonde proprioceptive incertaine. Le réseau des grosses fibres est sans doute affecté, relance Lajoie, du tac au tac.

— Comprends pas, docteur. Je n'ai aucune motricité, par contre j'ai tout de même de la sensibilité. C'est... c'est contradictoire, non?

— Les signaux sensibles montent, les signaux moteurs descendent, ils sont acheminés par les mêmes réseaux mais par des fibres différentes, fil à fil, si vous préférez, même s'ils sont réunis dans les mêmes gaines.

— Mais, je réplique, en homme averti, est-ce qu'on ne peut pas imaginer que les signaux sensibles, d'une autre nature que les signaux moteurs, disons d'un plus faible voltage, passent plus aisément, même dans une zone accidentée ?

— Ça, c'est une hypothèse qui intéresse l'anatomie, la physiologie de l'énergie nerveuse. On n'en est, en ce domaine, qu'aux balbutiements, mais ça ne change rien au diagnostic.

— Je vous entends, docteur, un peu. Mon métier, comme vous savez... ? Non, il a oublié : le transport du courant haute tension.

— Ah oui ! Pardonnez-moi, j'étais ailleurs.

— Puisqu'il faut que les données passent, elles empruntent peut-être en l'occasion d'autres réseaux nerveux habituellement sous-exploités ?

— Pourquoi vous dites « il faut » ?

— Parce qu'en électricité, une fois l'énergie produite, vous ne pouvez pas la stocker, il faut la distribuer dans les réseaux, sinon vous fabriquez des arcs électriques, vous amorcez et tout explose. La seule latitude, d'ailleurs très faible, se trouve dans la tolérance des matériaux et les relais de sécurité qui nous laissent un sursis de quelques minutes pour trouver d'autres réseaux disponibles, si l'un d'eux est surchargé ou endommagé.

Professeur sourit.

— Dans votre corps, monsieur Lancry, si ça ne passe pas, il n'y aura pas de surtension ni d'explosion pour autant. Il n'y aura que de la paralysie. Le naturel de l'homme étant le mouvement, il y a, certes, une mise en souffrance et, d'une certaine façon, cette énergie envoyée du cerveau ne pouvant aboutir, je vous concède qu'elle se redistribue en l'énergie d'une souffrance physique et mentale de l'inertie, de l'immobilité. Idem pour les signaux sensibles suscités par le monde extérieur. Mais, ce « transfert » d'une énergie motrice ou sensible en celle d'une souffrance est quasiment une... image. Et pour répondre à votre question, si des informations sensitives trouvaient d'autres nerfs pour circuler, pourquoi pas des informations motrices ?

— Parce qu'il faut justement un réseau plus important, des sections de câbles plus fortes, et que ce n'est pas disponible ?

— Non, non. Il y a en effet une hiérarchie du système nerveux, ce que sont pour vous ces câbles de différentes sections, je suppose. Mais cette hiérarchie est liée aux organes à innerver — comme pour vous la taille des bâtiments, leur fonction —, et non pas à la différence de nature des données, selon qu'elles sont motrices, sensitives, ou les deux, ou encore motrices conscientes ou réflexes, non, c'est une hypothèse trop compliquée.

— C'est vrai que l'onde électrique est toujours la même, remarque-je, c'est juste une différence quantitative de tension, et d'intensité.

— Je ne pourrais pas vous répondre. Je présume que c'est l'organe, à l'arrivée des flux nerveux, qui dessine la nature et le volume de l'énergie dont il a besoin pour agir ou percevoir. À cela s'ajoute, naturellement, l'intensité plus ou moins vive portée par le cerveau sur telle ou telle action à entreprendre, mais tout ça reste à prouver.

— Soit, docteur. Mais alors, dans la moelle épinière, les signaux sensibles montent, les signaux moteurs ne descendent plus, c'est pourtant le même canal !

— Précisément. Revenons au diagnostic.

Professeur s'impatiente, consulte sa Rolex, se tourne derechef vers ses étudiants, il m'énerve avec son va-et-vient.

— Monsieur Raynaud, qu'en pensez-vous ?

Le jeune Raynaud se racle la gorge, prend des couleurs aux joues, mais il a l'élocution calme du bon élève.

— Si les deux jambes et le bassin sont paralysés en dessous du nombril, c'est qu'il existe forcément une lésion médullaire. Sur la face antérieure du canal rachidien, probablement, par où transitent les données motrices, la face postérieure acheminant plutôt les données sensitives, pour répondre au patient.

— L'accident, c'est bien une cassure du mur

postérieur de la dixième dorsale ? coupe mademoiselle Lajoie. C'est un fragment d'os détaché du mur qui comprimait la moelle ?

— C'est donc bien sur la face antérieure de la moelle que se situe l'hématome compressif, conclut Raynaud.

— Voilà, monsieur Lancry, pourquoi les impulsions motrices ne descendent pas.

— Et le bout de... mur, docteur ?

— Rassurez-vous, on l'a ôté, c'était la première chose à faire pour décompresser la moelle avant que de poser les tiges d'ostéosynthèse.

J'ai des frissons irrépressibles qui courent dans le dos, probablement autour de ladite dorsale en œil de cyclone frémissant. Professeur dégaine à nouveau l'outil chromé, retapote pour occuper ses mains la rotule gauche : dong ? dong ? Nenni ! la rotule droite : dong ? dong ? Nom de nom de nom de Dieu ! la jambe bouge, elle frémit, se lève, la-jambe-se-lève ! elle marche ! presque. Trois temps, staccato, se cabre, se détend, se cabre plus haut, se détend, se cabre encore, fini. Suis émerveillé, on recommence, docteur ? On recommence. Dong ? hop ! ça repart, pour chaque coup deux à trois réponses, en jambe hypersensible, cabrée gigoteuse, quasi susceptible, avec parfois la cuisse qui se contracte, pourrait même se soulever avec un peu d'attention. Ce n'est plus professeur Adès, c'est Dieu Adès, Père Adès, Père Dieu Adès,

Dieu saint Adès, vos mains, Padre, vos mains que je les baise, sacrées, je cherche les stigmates...

— Il n'y avait aucune réponse, il y a un quart d'heure, et maintenant?

Moue dubitative de Saint Dieu.

— Peut-être la station assise depuis dix minutes?... À partir d'aujourd'hui, deux heures de fauteuil par jour, puis quatre, le dos est suffisamment stabilisé.

Père Adès, tapotez encore, votre sceptre divin sur mon humble rotule, allez, la droite, encore un petit coup. Padre? Dong? Schppiff! Schppouff! Schppuff! Jambe, cuisse, en feu d'artifice, bouchon champagne de 14 juillet avec contracture d'ailleurs asymétrique de la cuisse gauche.

— Réflexes pyramidaux, monsieur Lancry, il conclut en dévissant le manche du sceptre.

— ...?

Il ôte la rondelle caoutchoutée. Au bout du manche êtété, c'est un grattoir. L'interne saisit mon pied droit, à l'Achille, le soulève de 45 degrés, saint Adès gratte l'extérieur de la plante, le bec métal compresse la peau, produit des vagues rouges-blanches dans la chair maigre et sèche. Magnifique. Ma-gni-fi-que! Admirable, beau, brillant, éclatant, grand, grandiose, pompeux, riche, somptueux, splendide, superbe, les synonymes dans l'ordre du dictionnaire sont tous agréés et à propos dans l'instant du spectacle, spectacle du mouvement à l'état pur, Père

Adès gratte la plante du pied et gros orteil s'ébranle, le tendon se tend, gros orteil se soulève, se cabre, s'érige, s'étire la tête vers le ciel, verticalité parfaite, 90 degrés d'angle et d'élévation avec le reste du pied. Spectateur béat, je demeure, devant tant de bravoure et de courage. Je vois des parcelles de jambe et de pied qui se réveillent, je vois des morceaux de muscles et de tendons, je vois une insurrection neuromotrice, suis pour, vote, signe, suis solidaire, descends dans la rue !

— Babinski ! rétorque Adès. Ce n'est pas un réveil, c'est une confirmation de diagnostic, monsieur Lancry...

— Mais, c'est un mouvement ! un vrai mouvement !

— Plutôt... un faux mouvement.

— Un vrai, véritable, véridique !... sincère, légitime !

— Monsieur Lancry, si vous grattez l'extérieur de la voûte plantaire, normalement le pied tend à se replier vers l'intérieur, là, c'est l'inverse, le gros orteil se cabre : signe de Babinski ; en clair, votre moelle est endommagée. Quant à la rotule, vous avez remarqué comment, pour chaque coup porté, vous réagissez non pas une fois, mais plusieurs fois, de façon extrêmement violente, démesurée, et d'autre part de façon diffuse, tremblée. Ça entraîne la cuisse, le pied, parfois même l'autre cuisse : réponses polycinétiques, vives et diffusées, les trois symptômes des réflexes pyramidaux qui signalent une mauvaise circulation des impulsions électriques dans vos nerfs.

— Ah... c'est un mouvement qui annonce qu'il n'y en a pas...

— Si vous voulez. C'est mieux que rien, je vous l'accorde, et en ce sens je m'en réjouis ! mais pour l'instant, il faut accepter ces mouvements comme une confirmation du diagnostic.

Ben tiens ! Luxe, calme et volupté, grande inspiration, paix intérieure, j'ai envie de balancer une grenade dans la 612, baoum !! désintégré, poubelles : plâtres d'un côté, viande de l'autre, os pour les chiens, veux plus rien entendre, tympans explosés, n'existe plus.

— De toute façon, dès aujourd'hui, fauteuil ! et très bientôt, on commence la verticalisation. Courage, monsieur Lancry, on avance.

En attendant, l'interne m'allonge et cale les oreillers sous ma tête. Sourires niais de Duchemol, Lajoie, Raynaud, Adès et les autres, saluts compatissants des êtres mobiles et verticaux, salut ! salut ! allez, ouste ! on évacue le site de l'histoire, les ruines de la vie matérielle. Du vent, du vent ! Vent noir de hasard, maléfique.

*

Mon père vient en fin d'après-midi, j'ai toute la journée pour ruminer l'entretien avec l'espécialiste. Soit, professeur s'est fendu d'une explication du cas. Je saisis à retardement que c'était une chance d'avoir les étudiants et internes dans la chambre, Adès portait double casquette, thérapeute et enseignant. J'ai profité du cours et, si je comprends bien, il y a panne de distribution dans la moelle (Babinski), mais peut-être aussi dans les nerfs cruraux et sciatiques (réflexes pyramidaux). Suffit pas de remettre en marche le poste d'interconnexion, les câbles haute tension sont également endommagés. Je songe à un arrêt de production. Dans tel secteur. Pour une raison x ou y. Les transformateurs et les câbles refroidissent, les matériaux se raidissent. Il faut plusieurs jours, une fois les réparations faites, pour que le réseau fonctionne à nouveau normalement. Si on envoie de suite un courant haute tension, tout casse, se rompt, se déchire. On doit commencer par de la basse tension puis augmenter très progressivement le voltage, que les matériaux s'échauffent, s'assouplissent, pour ensuite assurer une conduction de très haute tension qui est aussi de très haute température. Règle de base de la thermodynamique : la préservation des matériaux est liée à une circulation stable et permanente du courant. L'électricité entretient en somme la bonne santé du réseau dans le temps où elle y circule et s'y diffuse. Or professeur a bien précisé : résorber l'hématome de la moelle épinière dans un temps court. Chaque heure compte, parce qu'à la différence des réseaux où je travaille, si les impulsions électriques dans ma colonne, mon bassin et mes jambes, cessent trop longtemps de passer, la lésion est irréversible, il n'y aura pas de réchauffement possible des cellules nerveuses, elles seront froides et mortes, je serai entré dans l'âge de pierre. Sainte Moelle et sainte Myéline, priez pour moi.

Assoupi, la télécommande moite dans la main gauche, je baigne dans les lueurs hertziennes du poste qui blablate sourdement, avec la nuit dans la fenêtre. Mon père est entré, il a allumé la lumière, j'ai éteint la TV, me suis redressé avec mes bras béquilles, mon parrain l'accompagne, leurs vêtements exhalent le frais du dehors, leur visage une odeur d'arbres d'automne quand ils m'embrassent. La chambre a retrouvé une consistance, des traits, des contours. Le parrain a un beau sourire sous sa moustache drue. Il a aussi un regard trouble pour ces étranges retrouvailles presque quinze ans plus tard, comme si j'étais à l'agonie.

— Mais! te voilà sorti du lit! installé! pacha dans ton fauteuil! Ça va drôlement mieux alors, petit gars! entame Robert. « Petit gars », c'est son mot tendre, paternel ému, disons.

— C'est d'aujourd'hui, papa... je réalise, encore vaseux.

— Quand je vais annoncer ça à ta mère... tu te rends compte, biquet, on vient, Lucas est assis!

Il a de la stupéfaction dans la voix, le père, du

passage à la position assise, et que le parrain en soit témoin. Convergence exceptionnelle des points de vue sur l'événement. Il pose sa main sur le bras de Levannier :

— C'est pas la peine que je vous présente...

Il est content de nous réunir, il jubile. J'imagine qu'il n'a pas osé venir seul. Au chevet de son fils gigot-rosbif, il lui fallait sans doute un appui, quasi physique. Mais c'est une drôle d'idée, presque une mauvaise surprise, de favoriser ainsi des avalanches de souvenirs, sans préavis, que Robert ne mesure pas. Me voilà réveillé, ramené en ligne droite, directe, à tombeau ouvert, au saut de Marie-Christine, au bruit de sa chute, à son corps qui gifle le bitume de la cour. La musique hurle dans mes écouteurs prothèses d'oreilles, je marche, je marche. Bayonne en décembre 85, Bellegarde en février, Briançon en juillet. Les villes de France à la lettre B comme Bonheur. La nature alentour n'est plus un paysage, elle attend que je m'y perde, elle attend mon tour. Les hautes vagues de la plage de Biarritz dans un froid sec et une lumière cristalline, les marmites de calcaire où bouillonnent les eaux de la Valserine, à la fin du jour, dans une brume poisseuse et pénétrante, les flancs escarpés de Montgenèvre sous un soleil vertical : perdre pied, tomber, se laisser engloutir. En ville, je ne peux disparaître dans l'asphalte ou les façades d'immeubles. J'avance un pied devant l'autre comme tous les piétons.

Simplement je m'enferme dans la musique ou dans un livre, traverse les avenues sans regarder. Ce sont les voitures, ici, qui m'invitent, qui m'attendent. Deux ou trois fois, elles s'arrêtent près des jambes, ou font un écart soudain. Pourquoi pas une voiture ? Je suis aimanté par le geste de Marie-Christine, sans cesse tenté de le refaire. Erreur grave, mais il faut plusieurs pare-chocs au bord des jambes pour me réveiller de cette hypnose, et comprendre qu'il ne faut pas la suivre mais rester au contraire. La seule façon de mettre son geste du côté de la vie, le saut d'une vivante et non sa chute, pour nous qui sommes éveillés, encore. Neuf mois plus tard, soleil de mai, nous y voilà, dans un restaurant du marché aux puces de Saint-Ouen, près de l'allée Biron où mon parrain et son épouse ont une boutique d'antiquaires, des poupées, surtout, anciennes, très. Nous déjeunons dans une salle sombre, enfumée, décor ranch, mobilier noir, rustique. Dans nos assiettes, des morceaux de viande grillée, à côté d'une patate papillote papier d'alu, avec morceau de beurre-crème dans la chair farineuse ouverte. Ils essaient de me réconforter. Lucien Levannier a 62 ans, la même moustache drue, des cheveux en baguette mikado, un regard vif, une voix douce. Nous sommes engourdis. Lèvres, langues, palais, englués dans la colle à papier. Chacun lance sa phrase, une suite de sons, ça flotte en l'air, attend la relance, tombe dans le silence, une feuille, morte. Le parrain est absent, préoccupé. Soudain, j'ai la vision d'une scène, abrupte, nette, coupante. Je vois Levannier attablé dans un bistrot du XVe arrondissement, devant une bière pression et une soucoupe de cacahuètes salées, il est avec mon père, c'est eux qui ont trente ans, et c'est Robert qui est en deuil d'une femme et d'un enfant qui naissait. Ils parlent de la mort ou ils se taisent, je ne sais, mais ils respirent une atmosphère de deuil, en sont pénétrés. Lucien réconforte Robert, il le tire dans son mouvement, la pratique du judo et la lecture de Freud, et voilà que Lucien revit la même scène, trente ans plus tard, avec le fils de Robert. Lucien doit être saisi, fauché par la douleur d'une usure prématurée. Il doit éprouver une lassitude extrême, ce n'est pas rejouable, il s'affaisse dans la fatigue. J'ai de quoi fabriquer un destin, de la destinée, fatale, de génération en génération, pour les siècles des siècles, amen. Toujours est-il. Suffocation. Brouillard. Espèce de vertige devant cette répétition sournoise qui me dépossède de *mon* drame, le sauvetage est devant, déjà là, dans les traces de Robert : être aussi vivant que lui face à la mort de l'être aimé. Cap ? Pas cap ? J'ai dû évoquer ce coup du sort tandis que nous luttions dans l'assiette avec la viande trop nerveuse qui sent le brûlé. Ma remarque n'a rencontré aucun écho, je crois, juste un signe de tête qui accuse réception. Mais puisqu'on est dans la répétition, Levannier voudrait que je sois à la hauteur de Robert, que je l'appelle au secours : Parrain ! parrain ! Ton appui ! comme il le fut jadis, pour le père. Si on répète, répétons jusqu'au bout, surtout dans le sauvetage qui fut alors réussi. « Il faut que tu sois fort, Lucas. Tu viens quand tu veux, quand tu en sens le besoin. » Dès la porte franchie, nous nous sommes perdus de vue, allée Biron, dans ce soleil de printemps.

Avalanche, avalanche, suis dessous, une drôle d'idée, cher père, même si elle te tient debout, devant ma carcasse, assise.

— Bonjour, parrain... c'est vrai que c'est une surprise...

— Bonjour, Lucas. Ça fait longtemps. Robert m'a téléphoné, je lui ai dit oui, de suite.

Il sort de sa poche deux minuscules paquets papier-cadeau rouge. Il était au Japon le mois dernier, et voilà, les deux miniatures de 4 centimètres sont sur ma paume ouverte : un éléphant en bois incrusté de cercles d'ivoire gravé de motifs géométriques ; une jeune femme tout ivoire, la pose du penseur, elle tient dans sa main droite le nez sexe en érection d'un masque rire grimaçant. Ce sont d'anciens fermoirs à lacets de boîtes à médecine qu'on portait sur la poitrine, en sautoir. Je pense à cette assiette en bois laqué noir mat, avec, presque hors champ, un oiseau sur une branche de cerisier. Il me fallut plusieurs années, pauvre tache, pour découvrir la rare beauté de ce cadeau qu'il avait également rapporté du Japon où il a de fidèles amis, dignitaires du Kodokan. Levannier a été l'élève de Kawashi, le premier maître japonais enseignant le judo en France, lequel se pratiquait jusque-là comme une espèce de lutte gréco-romaine. En 1946, Lucien ouvre un dojo, rue des Volontaires, dans son appartement parisien en duplex. Il y invite, dès le début des années 50, un autre Japonais, le jeune Ishiro Abé, envoyé officiel du Kodokan pour l'Europe, afin de consolider l'enseignement du judo au plus près de ses origines historiques et philosophiques. Je sais qu'en présence de Levannier, je suis sur le versant aristocratique de mon père, devenu maître lui aussi, ce port altier, sans raideur, qu'il avait en sortant de l'usine, sa serviette en skaï caramel sous le bras, qui contenait souvent le kimono et la ceinture noire avec la gamelle. Presque tous les soirs, il s'entraînait rue des Volontaires, à cinq stations de métro de Mairie-d'Issy. C'est un immeuble en pierre de taille, je pousse la deuxième porte vitrée, tourne à gauche, dévale trois marches, c'est au bout du couloir, une porte en bois clair ouvrant sur un étroit escalier qui descend à l'entresol. Levannier vit là dans un vaste studio aux murs décorés de peintures, de marionnettes, de masques du théâtre japonais et italien. L'étroit escalier entièrement tapissé de coco monte également à une salle de 50 m^2 environ, avec une estrade de scène sous une haute verrière. J'entends des frôlements, des frottements, des éclats de voix gutturaux et des bruits de chute qui font vibrer les marches et les murs. La chute d'un judoka sur les tatamis fait un bruit tendu, à deux ou trois temps : le son sourd du corps suivi d'un claquement sec de la main ou du pied et parfois d'un cri respiratoire, une sonorité vivante, rythmée. J'arrive sur le palier, découvre des couples en kimono blanc, ils dansent, les plantes de pied glissent et crissent sur les tapis, soudain l'attaque, l'étreinte en somme, quelquefois la projection et la chute, le plus souvent l'esquive, le dégagement et la danse qui reprend. Je m'assois sur l'estrade, dans le fouillis des sacs et des vêtements. Je comprends la finalité, mais ne comprends ni comment ni pourquoi la danse s'éprouve ainsi. Je suis béat, émerveillé devant ce ballet, dans les bruits, la chaleur, l'odeur de coco, de poussière et de transpiration mêlés, je vois sur les visages luisants une concentration extrême, je suis dans un autre monde, celui où Robert devient samouraï. Il y a Yves Klein et d'autres artistes — certains, calligraphes, font le voyage au pays du Soleil levant encore sinistré par la guerre —, il y a Chardon, commissaire parisien célèbre, Lescot, patron d'industrie excentrique piqué d'orientalisme, Boncourt, médecin de renom dont l'épouse est propriétaire d'une boîte de nuit à la mode, *Le Monseigneur*, Feldmann, professeur, qui dirige le service de chirurgie de l'hôpital de Gonesse, trois ouvriers, deux chauffeurs de taxi dont un écrivain de polars, Sebald, riche inventeur d'un produit capillaire, qui se meurt lentement d'une cirrhose du foie, ayant avalé sa vie durant un litre de lait par jour, tous viennent pratiquer plusieurs fois par semaine, c'est une expérience neuve, singulière, qui fonde une solidarité d'initiés. Levannier est donc en France une pierre de socle dans l'histoire du judo. Ju-do : la voie souple (dessiner pour l'autre l'espace d'un vide dans lequel il tombe de son propre élan). Karaté-do : la voie de la main vide (trouver en l'autre l'instant où il sera traversé par ma main, mon pied, de part en part, comme il pourrait l'être d'une onde). Je choisirai la main plutôt que la « souplesse », mais c'est le même langage dans une autre chorégraphie. Le maître mot demeure l'équilibre, l'appui, mais un appui particulier, celui qu'on trouve dans le mouvement et la vitesse. L'appui dynamique, en bref, dont le foyer d'énergie est le ventre. Le ventre de Bouddha ?

— Merci, parrain, ces miniatures sont vraiment très belles, merci...

— Tant mieux, Lucas, si elles te plaisent.

— C'est pour me redonner l'envie du judo, ô senseï, que vous êtes à mon chevet ?

— Exactement. Tu nous as trop abandonnés pour ton... karaté. Je profite de ton immobilisation pour te remettre sur le droit chemin.

— Quand je serai debout, alors ?... ce pourrait être un pacte...

— D'accord ! Oh, tu ne risques rien...

— Tu penses que je ne me lèverai plus...

— Mais, non, Lucas ! Je veux juste dire que je ne suis ni Dieu ni Diable, ce n'est pas un pacte dangereux... pour ton âme, hi hi hi !

C'est entendu. Il me désigne Robert :

— Et devant Vénérable Témoin, huss ! (courbettes, saluts), je te ferai retrouver ton haraïgoshi !

Banlieue. Villiers-le-Bel, dans le vide de l'après-midi. Le magasin est désert. Personne à droite, à gauche, je tends la main vers le rayonnage, prends une boîte en carton, l'ouvre, en sors un pistolet 9 mm, coup de châsse, derechef, à droite, à gauche, désert encore, je glisse le flingue dans ma ceinture, le pull-over par-dessus, direction sortie, air libre, par des détours méandres dans la géométrie des rayons, afin de repérer un quelconque vigile du grand capital, et de larguer au besoin la marchandise compromettante parmi les couches-culottes, les rouges à lèvres ou les boîtes de cassoulet, avant la saisie fatale. À l'époque, aucun seuil magnétique, vidéo-surveillance, big brother en tour de contrôle derrière ses quinze écrans, que du corps à corps, les yeux dans les yeux, à l'horizontale. Dehors, je regarde le ciel, admire les nuages, pas lents du promeneur débonnaire, je prends la ruelle à gauche, derrière le Prisunic, le vélo est garé dans l'une des fentes idoines du trottoir, sans antivol, pour m'évacuer plus vite de la zone dangereuse. Je pédale ferme, me perds dans les ruelles avoisinantes et pavillonnaires. Le Smith et Wesson en métal noir est d'une imitation parfaite, je l'ai bien en main, et dégaine vite après 378 répétitions du même geste, le pistolet coincé dans le dos, entre la ceinture et la chemise, la peau des lombaires un peu irritée. C'est une belle arme qui pose son homme, un logement est prévu pour y glisser un rouleau rouge d'amorces en ruban, je peux enfin échanger des coups de flingue avec mes voisins de la rue de la Fraternité, qui est une impasse où nous déclenchons, chaque jour que Dieu fait, d'interminables batailles de malfrats. Il y a le clan des Danois, made in Danemark, 100 %, sabots tressés blancs, pain Wasa, savon chlorophylle, calme zen, Ken et Dany, frère et sœur. Peau très blanche, cheveux très blonds, Dany est belle comme Jean Seberg, souvent ma fiancée, mon épouse ou ma veuve éplorée dans la guerre des gangs. Parfois elle transfuge, devient la gisquette de Jean-Pierre, le fils de la joaillière, je lui fais remarquer qu'il a de la cellulite aux cuisses, ce n'est pas un bon parti. Nous faisons tourner la guerre à quatre le plus souvent, brûlons des centaines de cartouches, la rue sent la poudre, mais, à l'usage, le pistolet m'ennuie. D'abord, il ne m'appartiendra jamais. Je dois le laisser en planque dans le garage des

Danois, les armes à feu sont interdites chez mes parents. Du soldat de plomb Première et Seconde Guerre mondiale jusqu'à la kalachnikov échelle 1/1, niet! strictement prohibés. Seules les armes blanches : glaive, épée, massue, fléau, fronde, poignard, sabre, boomerang, lance, arc, tomahawk, sont autorisées. C'est pourquoi, sans doute, je suis déçu par le Smith et Wesson. N'ai pas l'habitude. Me battre à l'arme blanche demande un engagement physique, un savoir-faire, une pratique, une expérience, une adresse, des techniques d'approche et de feinte. Devenir invisible, silencieux, sensible au moindre frémissement de l'air, à l'odeur de l'adversaire, au réchauffement de l'atmosphère que produit la chaleur de son corps, bref, tuer l'ennemi est un vrai travail, concret, délicat, où se visualisent et s'éprouvent la saisie, le toucher, l'impact de l'arme. On sait si on a manqué sa cible, alors que là, à pointer mon flingue en direction de l'embusqué, Jean-Pierre, de préférence, à 50 mètres de distance, presser la gâchette, hystériquement, pan! pan! pan! est d'un ennui mortel et rend con. Mes parents sont des enfants de la guerre, on dit. Exécration légitime des armes à feu! Peut-être... mais je pense à mon judoka de père, là, avec Levannier, dans ma chambre. Le combat du samouraï, son rythme, sa pulsation : contraction-étendue/concentration-dilatation, incandescence de l'instant juste. Même s'il faut frapper à la distance d'une portée d'arc, on n'est plus l'archer, on devient la flèche et l'énergie de sa trajectoire. Quelque chose a tiré, toucher l'adversaire n'est que la résultante d'une intensité, toucher juste c'est s'atteindre, dans un temps où se brouillent les limites de soi et de l'autre.

— Dis, Robert, les Indiens sont bien originaires d'Asie ?

— Oui, je crois ?...

— Je pensais aux armes blanches, tu t'acharnais à m'interdire les armes à feu quand j'étais gamin et...

— Ça n'est pas pour les enfants. Ou alors la vie ne veut rien dire. Presser une gâchette simplement, pan ! pan ! et après ? À force de rendre la mort si futile...

— Au fait, pourquoi « armes blanches » ?

— Parce qu'elles ne sont pas bronzées, il n'y a pas de traitement à haute température qui fonce ou bleuit le métal comme pour les armes à feu.

— J'étais bien obligé d'être un Indien... pas le choix.

— Tu te vois en cow-boy ?

Je lui demande si c'est à cause de sa passion pour les arts martiaux son aversion pour les armes à feu ? Non, il n'y avait pas pensé... Les Indiens, les samouraïs... Levannier sourit, me rappelle que l'émigration asiatique vers le continent américain s'est faite plusieurs milliers d'années avant l'apparition des arts martiaux au

Tibet, puis en Chine et au Japon. Mais ce qui tracasse Levannier, il insiste, ce sont les circonstances de l'accident. Ma chute.

Ils étaient deux dans la nacelle. Le courant n'était pas coupé, ils travaillaient sous très haute tension, vêtus de leur combinaison isolante en fibres d'argent, à plus de 40 mètres au-dessus des terres à betteraves. Ils changeaient un manchon de jonction créant des parasites sur un câble de 225 000 volts déjà rafistolé. La réparation était presque terminée. Delarue et Planchard installaient la machine à compresser le nouveau manchon aluminium, une pression de deux tonnes seconde pour qu'il s'écrase sur le câble retricoté et le scelle avec la force et la cohérence d'une espèce de soudure mécanique. Mais le câble s'est soudain déchiré, une ligne de plusieurs tonnes tendue sur 1 800 mètres, entre deux pylônes, et qui claque, net. Une lueur aveuglante, deux bouquets de serpents d'acier qui crépitent, grésillent, et s'enroulent en sifflant au bras de la nacelle, pour la vriller, la cisailler, la précipiter au sol. C'est un vacarme étrange, un bruit de la matière, profond, puissant et inconnu, à l'échelle d'une catastrophe naturelle. Stupeur, la tête dans les bras, recroquevillés, le ralenti d'une petite fin du monde. Après, c'est le silence d'un désert de pierres où la vie s'étonne en chacun d'être encore vivante. La poitrine respire, le cœur bat, puis la plainte monte, rauque et sourde, des blessés répandus dans la nacelle miraculeusement posée, à l'endroit, dans la terre. Ils en ont réchappé avec une invalidité partielle.

— De quoi tu parles, Lucas ? Ils, ils, c'est qui, ils ?

— Deux lignards, il y a une dizaine d'années. J'étais sur le chantier. C'est plus facile de parler des autres. Dans l'accident, on est la matière de l'accident, on ne voit rien. C'est trop vaste pour son seul regard, c'est invisible, la catastrophe se trame sous la peau comme une maladie fulgurante et libre. C'était un accident presque identique. Enfin, ici, à Viarmes, c'était une défaillance du bras télescopique. Aux dernières nouvelles, ce seraient les capteurs d'alerte qui n'ont pas fonctionné ; ils déclenchent sur l'engin une alarme sonore et lumineuse quand les vents sont trop forts. On a donc continué à travailler malgré les secousses, d'ailleurs très courtes. Je mesurais, là-haut, l'usure et la conductibilité d'un nouveau matériau, jusqu'à ce que le bras flanche à plus de 50 mètres. Nous étions près du pylône, la nacelle a frotté et rebondi contre les traverses, ce qui a beaucoup freiné l'impact au sol.

Ah ? je l'entends ! Elle m'interpelle... Ô que tes paroles, simples, sont douces à mon oreille. Oui, je l'entends la petite voix de la vessie : je suis pleine et tendue, ouvre ton urètre, je t'en conjure, à présent que tu as recouvré, Seigneur, la puissance... En gros, je résume, juste pour donner un contexte dialogué à ma joie soudaine qui va durer le temps de pisser normalement.

— Tu me passes le pistolet, papa, et la serviette, là, sur le dossier ?

Pistolet entre les cuisses, serviette-éponge par-dessus pour dissimuler l'ensemble, je trouve le goulot à l'aveugle, et pisse comme un grand, je le prouve !

— Rends-toi compte, le progrès ! Tu t'assois, t'urines seul ! en quelques jours, là...

Robert me donne un pistolet vide, je lui rends à moitié plein, on est assez fiers de la manœuvre, on jubile en tendre sympathie, et le parrain n'est pas indifférent non plus. Voilà, on arrive en fin de course. Le silence s'installe peu à peu.

Les deux compères échangent encore quelques souvenirs de mouvements parfaits accomplis par untel ou untel sur les tatamis, le parrain parle à nouveau de son obsession pédagogique : enseigner la chute aux enfants, que ce soit obligatoire à l'école. C'est plus nécessaire que d'apprendre à nager ! Marcher, courir, tomber, la chute participe du même mouvement. Bien tomber, savoir épouser le sol sans se blesser est tout aussi digne, non ? Regarde les danseurs de hip hop, ce va-et-vient, et comme ils se servent du sol avec leur corps, dos, nuque, poitrine, épaules, c'est pareil. Robert acquiesce sur toute la ligne, bien que le hip hop, il désapprouve, ne voit pas le rapport avec la danse.

Levannier s'excuse pour l'incongruité de son propos, vu les circonstances.

— Je t'en prie, Lucien, je n'y pensais pas. Suis hors sujet, tu sais, homme tronc, ni debout ni à terre. Suis prêt pour la grande mutation. Ouïes, branchies, palmes, ondulations du dos et de la nuque. Phoque, otarie, morse plutôt que limace baveuse. La nuit dernière, je volais, avec amples changements d'altitude et battements de bras. D'habitude, dans mes cauchemars, je tombe dans des abîmes. Là, je survolais des lignes à haute tension, j'inspectais le réseau. Plus besoin d'hélicoptère. Tu vois ? qu'on me foute à l'eau, que je retrouve le mouvement, mou-ve-ment. Corps prison qui m'oppresse.

Les hommes enfilent leur pardessus, souhaitent que je me repose, calme, calme ! Levannier me rappelle notre pacte, c'est ça, oui, pour après le déluge. Ils m'embrassent. Leur carrure franchit l'encadrement de la porte. Merci de votre visite. Au revoir. À bientôt. Porte orange, close. Leur force ne peut rien.

*

Le passé déborde. Profite de ma paralysie. Me submerge. Devant, le mur de la chambre. Seul mouvement possible : repli fissa vers l'arrière, souvenirs souvenirs, à chaque visite. Aucune des personnes chères, toutes dévouées à ma cause thérapeutique, n'a le pouvoir de me prendre par la main pour m'emmener faire un tour. Devant. Dehors. Debout, dans la fraîcheur de l'air, la tiédeur du soleil.

Quelle force, quelle clémence, quel pardon faut-il invoquer ? Refais sans cesse les gestes, les pas, un par un, jour après jour, qui mènent à la nacelle. Recense les détails et incidents qui auraient pu dévier le cours des choses, différer cette mission en haut du pylône L321, ce 18 octobre à 16 h 15. Même à rebrousser chemin jusqu'au jour de ma naissance, changer de sexe, de parents, de pays, de métier n'y fait rien, le fil garde sa tension, le trait son dessin. Amen.

Vanessa a téléphoné hier, jeudi. Sa voix chaude m'a caressé le fond des tympans, je l'attends cet après-midi : dites, mademoiselle Laure, pourriez m'aider à me raser et me coiffer ? Cheveux ternes, en pétard. Barbe d'une semaine qui assombrit, épaissit ma tronche pâté de tête. Opérations délicates. Héroïque shampooing. Deux compétents hospitaliers m'installent sur planche à roulettes sans affecter la moelle épinière, manœuvres habiles pour m'encastrer dans la salle de bains, orientation bélier, tête la première, les pieds encore dans la chambre. Abaisser l'abattant supérieur du brancard, la tête à présent dans le vide, maintenue presque à l'horizontale, 11 kilos, d'un bras d'acier, la nuque légèrement en extension vers l'arrière, au-dessus du lavabo. Eau chaude qui fouille et ruisselle, sensation miraculeuse d'être caressé en rigoles d'un élément fluide, avec la main fine de mademoiselle Laure qui masse et frictionne le cuir chevelu. Ça sent le shampooing vanille de Cuba/amande verte d'Amalfi, la serviette chaude, une odeur de confort. On égoutte, on sèche, c'est bon, mais ça va trop vite, je sais, je sais, mademoiselle Laure, les contraintes du service. On redresse l'abattant supérieur, clic clac, la tête cette fois comme sur un oreiller. L'infirmière étale sans retenue la mousse à raser sur mes joues creuses, s'empare du double-lame, m'arpente le visage, ça crisse, ça chauffe, sa sueur fruitée embaume par l'encolure de sa blouse et de ses manches courtes. J'aperçois la naissance de sa gorge, le haut des seins, souples, qui tremblent au-dessus du soutien-gorge à balconnets, rouge, soie et dentelles, ils sont à 25 centimètres de mes lèvres, je vais y perdre mes yeux, dénucléés, par attraction magnétique, shloc! dans sa blouse, en révolution orbitale autour de leur galbe, avec atterrissage dans la zone tétons, tièdes.

— Je vous rase, monsieur Lancry, je vous fais beau pour la visite de votre fiancée, résultat des courses : vous matez mon décolleté comme un vieux satyre...

— En rut, mademoiselle Laure, en rut. Ah, si vous me laissiez goûter vos jolis tétons! D'ailleurs, si vous pouviez jeter un œil, voir si je bande, là, dans l'instant. Parce que... je sens des frissons dans la nuque, mais c'est tout...

— N'oubliez pas, j'ai le rasoir en main, un accident est vite arrivé, calmez-vous, monsieur Lancry.

Les joues fleurent l'acacia et la lavande, entre autres ! La peau est douce et lisse. Les cheveux sont en arrière, luisants, bouclés, coiffés.

— Vous êtes une magicienne, mademoiselle Laure, j'ai dix ans de moins... si vous acceptiez de ranimer la meringue molle que j'ai entre les jambes, je retrouverais mon âge pour de bon.

— Pourriez retomber en enfance ! Allez, dehors !

Les deux malabars aides-soignants sont de retour, ils m'extirpent de la salle de bains, me placent dans le fauteuil, un plaid sur les jambes, ni vu ni connu, coiffé-rasé-parfumé, depuis toujours.

Vanessa apparaît donc, cardigan bleu, sourire tendre, peau dorée constellée de taches de rousseur, longue chevelure châtain rangée en un chignon qui laisse deux ou trois boucles charmantes sur les tempes. Il y a entre nous une espèce d'élan joyeux qui nous porte l'un vers l'autre jusqu'à cette ligne invisible que personne n'ose franchir, une distance de sécurité de la longueur du bras. Quand on s'embrasse, c'est du bout des lèvres, effleurant à peine la surface des joues, les baisers brûlants, à pleine bouche, c'est plutôt avec les yeux. Difficile, d'ailleurs, de savoir si lesdits baisers seraient brûlants. On a sans doute l'impression d'être les jouets d'un complot, celui des mères, la sienne et la mienne, qui seraient maquerelles zé marieuses tout à la fois. Ça nous éloigne, on se méfie. Et puis, je l'ai surprise, six mois plus tôt, en extase mystique, elle n'a pas apprécié de s'abandonner de la sorte, trop à découvert, j'étais un peu interloqué du spectacle, elle pense que j'en rigole encore...

Elle : C'est comme pour toi, Lucas, la pression des parents. Je me suis trouvée embringuée... on suit, on suit. Et pour finir, on sent vraiment qu'on s'en approche. On se dit : cette fois, c'est peut-être cette fois, pour de bon !

— ...?

Elle : De quoi on s'approche ? Mais, Lucas, de la Révélation ! Une lumière qui t'envahit ! C'est... le pari de Pascal. On peut essayer, non ? Ça n'est pas irrationnel ce que je te raconte !

Mais non, Vanessa, ta taille, tes hanches, tes fesses, tes seins, tes épaules, ton cou, ne t'inquiète pas, je comprends ! Quand tu es au dojo, c'est une fièvre collective qui t'emporte, te transporte, t'aéroporte, mais ce n'est qu'un pari, oui, trinité gagnante, dans l'ordre, de préférence. Ma bonhomie ne la convainc pas. Elle a raison. Sous sa sévère apparence de juriste fraîchement docteur espécialiste de droit international quant aux sociétés-entreprises-compagnies de tout poil et acabit, je la soupçonne de lourdes accointances radio-magnético-mystiques avec Dieu. Elle me soupçonne, elle, d'un lourd passif d'hérétique, pire qu'athée.

Vanessa Martin : sa sœur est bientôt pneumologue, son père est maçon et portugais, sa mère est française et propriétaire d'un commerce de régime, en haut de la côte de Montmorency, façon La Vie claire, produits diététiques en tout genre, du navet à la galette frangipane en passant par la lessive Lavsain et l'eau minérale. Ciments et parpaings biologiques pour construire les maisons ?

— C'est facile, Lucas, et c'est pas drôle !

Ce qui compte avant tout, c'est l'orientation par rapport au soleil ! À 1 800 mètres, dans un vallon pyrénéen couvert de genêts, où ils pratiquent le nudisme chaque été, son père a conçu une maison héliotrope sur plateau mobile. L'électricité ne vient pas jusqu'en ce lieu sauvage, et c'est à la manivelle que Joseph fait tourner le plateau. Le soleil n'est jamais dans l'ombre à Solaris Domus ! Éblouissement permanent, sauf dans la verticale de midi, le plateau ne bascule pas, il ne tourne qu'à l'horizontale. Architecture solaire et nudisme militant. Dans la fraîcheur du soir, ils enfilent un pull-over et leurs chaussettes-montantes-chaussures-de-marche, mais demeurent résolument le cul à l'air. Lorsque je serre la main du père, dans le jour finissant, bonsoir, monsieur Martin ! Comment allez-vous ? j'ai toujours le regard médusé qui flotte quelques secondes sur sa longue queue fripée, laquelle pendouille tel un gong de clochette des montagnes sous la ligne bleue des grosses mailles du chandail tricoté main. C'est dans ce paysage vierge, à perte de vue, où la végétation n'est traversée que par des ruisseaux en cascades, que j'ai d'abord croisé Hélène et Vanessa, 21, 22 ans, belles comme le jour, farouches et lointaines, un brin d'arrogance, l'esprit des lieux depuis l'enfance, arpentant monts et vallées, plongeant dans des eaux vertes et profondes, des nymphes, des naïades, un spectacle mythologique ! Je les ai donc aperçues, entrevues, les filles des amis de ma mère, bonjour, bonsoir, stop ! Le port du maillot de bain, short, pantalon était toléré, nous étions les seuls avec mon père à en faire un usage immodéré. Exclu, confus, Robert demeurait en état de siège, furieux du traquenard, cloîtré dans sa caravane. Andrée papillonnait dans les genêts, sifflotait, les seins au soleil, les fesses dans les courants d'air, heureuse de son involontaire coup de force, puisque nous partîmes là-bas, ignorant que le camp des vêtus, frontalier, venait de fermer boutique.

Lorsque je retrouvai Vanessa, six ans plus tard, j'étais à genoux, la tête par terre, la joue collée au sol. En fait, je devais y coller le front, religieusement, les yeux fermés, mais je ne parvenais pas à me concentrer, je matais sur les côtés, regardais mes condisciples, une quarantaine, agenouillés, eux aussi, le front scotché sur la moquette, paumes ouvertes vers le ciel, les yeux clos, en plein transport intérieur de l'âme. L'officiant est debout, presque chauve, en chemise blanche, cravate émeraude et prune, pantalon Tergal gris, chaussettes rayées, sans chaussures, étole orange et rouge passée par la tête, qui lui décore poitrine et dos. Les bras levés, il déclame un texte en japonais ancien durant lequel on doit rester muets, face contre terre, aveugles. Ça sent les pieds, la poussière et les acariens. Ce n'est pas si souvent qu'on a le visage répandu sur le sol. Je pense à mes explorations linguales dans les prises électriques, à ramper dans l'appartement de Georgette et Auguste, la joue, pareille, collée au sol en vieux parquet. J'entrais la langue dans les deux trous de la prise, sentais un goût minéral, de cuivre, acide, puis la décharge dans la bouche et la tête, une boule d'aiguilles de feu qui roule dans le crâne à la vitesse lumière. Par chance, c'était du 110 volts à l'époque, je pouvais m'arracher de la plinthe d'un sursaut de nuque, han ! J'avais 4 ans, peut-être, mais je l'avais la Révélation, 110 volts sur la langue mouillée, je croyais aux forces invisibles, alors qu'avec Maître Kiyoshi Nakatsuka, directeur général d'une société taïwanaise de composants électroniques baptisée *L'empreinte*, qui nous courbe l'échine avec ses mots indéchiffrables éructés en postillonnant, il a trois dents en or sur le devant, je n'ai aucune révélation. Suis arrivé en retard, j'ai plongé à genoux dans un interstice, et je la découvre : Vanessa ! à deux mètres de moi, son ample et lourde chevelure en flaque sur la moquette bleue chinée, ses seins fermes qui tendent son chemisier, ses bras nus, sa taille fine, sa peau bronzée. Elle a les lèvres qui tremblent, le buste qui frémit, les ongles qui forent la laine synthétique. Je devine aux frissons qui la parcourent que la lumière divine la visite franchement. Je distingue sinon des rangées de fesses dressées, en jupes ou pantalons, derrière, ce sont des nuques et des dos, les 60 m² du double-living de l'appartement sont couverts. Nous sommes en séminaire initiatique, trois jours à temps complet pris sur nos vacances. Juste devant, un large fessier, dans une jupe fourreau grenat polyester, va et vient dans une litanie de gémissements. C'est Chantal Corneau, une blonde décolorée, petite cinquantaine, la chef de ma mère, service standard, téléphonie et courrier, au rez-de-chaussée de la tour Rhône-Poulenc. Alerté par ses bruits de gorge, Antoine son mari, rougeaud, chroniqueur politique à *L'Est républicain*, le bras tendu, l'épaule à moitié déboîtée, cherche de sa main tâtonnante celle de Chantal, il tente de l'apaiser, peut-être, car, m'a-t-il confié un après-midi dans l'ascenseur : « Souvent, les mauvais esprits s'agrippent à elle, pile au moment où elle va recevoir la Lumière, c'est un monde, non ? » Ça y est, leurs mains s'étreignent, les gémissements s'estompent. J'ai hâte qu'il devienne grand officiant, nous répète Chantal à l'envi, il a des dons, il est désigné, c'est sûr ! Les Corneau suivent leur quatrième séminaire initiatique, ils seront officiellement nommés « grands officiants » à la fin de ce troisième jour, ils pourront installer un autel dans leur appartement dès la semaine prochaine, y pratiquer le culte, recevoir les disciples, ce sera un nouveau satellite de l'Axe Lumineux, à la porte de Montreuil, cité Bellevue, allée des Myosotis, porte C, huitième étage gauche.

— KI TCHI MA MI TSU NÔÔÔÔ!!

On ne bouge plus! Silence total dans l'appartement, une minute, on entendrait voler un papillon. Soudain, deux claquements de mains, lents et forts, de Maître Nakatsuka, un bref, on se redresse, tête haute, cou droit, les fesses sur les talons, on ouvre les yeux, les visages se détendent, quelques sourires s'épanouissent. Nouveau claquement de mains, un! un-deux! On se tourne vers son voisin ou sa voisine la plus proche, je fais volte-face, bondis côté Vanessa Martin, suis plus rapide que Gérard, le moustachu-Jean-Ferrat-pull-beigeasse-laine-naturelle qui s'approche à quatre pattes avec l'agilité d'un grabataire. On est face à face, en couple, à genoux, on va transmettre la Lumière à son partenaire et réciproquement. Vanessa ne m'a pas reconnu, elle s'en fout. Elle porte une jupe plissée à petits carreaux verts et jaunes, un chemisier blanc, elle est belle, sérieuse et concentrée. Ah! je la culbuterais sur la moquette, telle quelle, je fouinerais du nez entre ses seins, humant sa gorge, son ventre, la main droite sous sa jupe, façonnant ses cuisses fuselées, ses fesses rondes, sa croupe d'Africaine, je bande, je bande ! Mais, Joseph, son maçon de père, qui n'est pas loin, a des bras d'Hercule, des muscles en cordages de paquebot, il me casserait les mâchoires d'un seul coup de poing, paf ! Et puis, Vanessa, il n'y a que la lumière du Ciel qui l'intéresse. C'est décidé. Je suis premier passeur, alors elle ferme ses grands yeux verts, je lève la main droite, paume ouverte, dirigée vers son troisième œil, à 20 centimètres de son front, on entre en soi, comme dit le Maître, Vanessa entre en elle, et j'entre en moi. Inspiration profonde. Du creux de ma main est censé jaillir le faisceau d'ondes, quasi laser, qui viendra frapper ledit troisième œil et inonder les chakras de Vanessa. Mais il faut pour cela prononcer à voix haute, et distinctement, avec un rythme et une mélodie ad hoc, la prière de la Lumière. D'autres couples ont déjà commencé, un vrai canon dans l'appartement, Frère Jacques en très complexe, clamé par vingt couples irradiés :

KO KU BI DJI SO GUEN GUEN SHI KA I TA KA HA MA HA LA HA NI KA MU LU GUI KA MU...

J'entends le portable du Maître qui sonne, il se précipite vers la sacoche en cuir posée sur la table,

... GUI KA MU LU NI OMI SHI KA LA NO TSE TO HI TO...

Un cri, soudain, déchire le canon cacophonique, un hurlement de terreur jailli du ventre, physique, rauque, ça vient de l'angle gauche du living, Maître Nakatsuka a éteint son portable, se faufile entre les couples, ils sont deux ou trois disciples costauds à maintenir au sol Désiré Dubois, qui transpire comme une serpillière, les paupières et les lèvres en tachycardie. Il est sur le dos, avec des contractions de carpe, il dessine des arcs électriques, c'est un géant noir, carré, puissant un caterpillar. Nakatsuka s'agenouille, Mariko, son assistante, l accompagne d'un même mouvement. De l'autre côté du pauvre Désiré se sont également agenouillés les deux délégués de l'Axe Lumineux pour la région Nord-Île-de-France : Jean-Jacques Prévost, qui dirige une entreprise de matériel aéronautique à Villepinte, et François Macé, une jeune asperge, livide et ambitieux, expert-comptable chez Boucheron Joaillier, place Saint-Honoré. Toute la hiérarchie prie pour Désiré, quatre paumes ouvertes, un peu moites, sans doute, qui visent son troisième œil, en rayons croisés et convergents, de quoi tétaniser ses chakras en délire, des fois que l'athlète des Caraïbes, informaticien-conseil chez IBM, n'assomme quinze personnes et saute par la fenêtre. Dubois hurle des sons inconnus, dégage son bras droit des mains de ses condisciples, ping ! le poing gicle, un boulet de canon, paf ! dans l'œil d'Antoine Corneau, venu à la rescousse, qui part à la renverse, KO radical, son arcade gonfle, un œuf d'autruche en vingt secondes. Trois hommes se couchent sur Désiré, 200 kilos de muscles en travers du corps, les quatre mains les plus magnétiques de la confrérie continuent leur harcèlement des chakras...

— Il reçoit beaucoup, Désiré, il est doué, il capte ! commente Vanessa, attendrie et envieuse de sa transe.

Gérard, presque quinquagénaire, les moustaches tombantes, et le sourire concupiscent des grands espaces, approuve, empressé :

— Ça oui, il reçoit, Désiré !

Je comprends qu'il faudrait que j'entre ainsi en épilepsie herculéenne pour attirer l'attention de Vanessa. J'en suis bien incapable, aussi je lui fais remarquer que Désiré capte mal la Lumière de Maître Nakatsuka, malgré la quantité et la qualité d'ondes tirées à bout portant, et que c'est plutôt un être surpeuplé de mauvais esprits, genre mégapole du Mal. Je la sens entamée dans son admiration pour Désiré Dubois, plus circonspecte soudain. Un vague sourire naît sur ses lèvres, elle plisse les yeux, elle hoche la tête dans le sens de la négation :

— Mais... c'est un combat de toute façon... un vrai combat...

— J'allais le dire, ajoute Gérard, je pense

comme Vanessa, c'est un combat, intérieur, pied à pied !

Faux derche ! Frite molle ! je peste en ma conscience, mais je m'abîme dans un silence équivoque.

C'est ma mère qui nous a embarqués sur ce radeau de la Méduse. Elle a déjà vécu son premier séminaire initiatique au mois d'avril, nous abandonnant, mon père et moi, dans un chalet de montagne à 2 000 mètres d'altitude, au milieu des vacances de Pâques. Elle ne pouvait attendre un mois de plus ! ce qui correspond à la fréquence des séminaires. On l'a accompagnée jusqu'à la gare d'Annecy, elle est montée dans un train de nuit comme pour rejoindre son amant, pfuitt ! On est restés sur le quai, silencieux, à regarder les deux feux rouges disparaître dans la nuit froide, on est allés au cinéma voir un navet avec Charles Bronson en cacochyme, dans le rôle principal, puis on s'en est retournés dans notre chalet, à une heure de voiture. Cinq jours plus tard, dans leur pavillon de banlieue, à Gonesse, elle nous regardait comme des mécréants, avec des accès de compassion. Son initiation, c'était que du transport, une « autre façon de cogiter », le monde, les gens, tout était changé, et on savait enfin pourquoi on était sur terre. Le nom de Dieu était d'ailleurs has been, outfashioned, plus du tout trendy, il était de bon ton d'évoquer la Lumière, même si, probable, elle était de nature divine. C'était donc urgent qu'on soit irradié profond, nous aussi, même à 2 680 balles l'initiation. Elle arborait sur la poitrine un médaillon doré recelant un bout de papier de riz où le prophète d'Okinawa avait inscrit à l'encre de Chine un calligramme sacré, mais il était interdit de l'ouvrir, ça portait malheur. Et pour ne pas tomber dans la tentation du malheur, il était scellé d'un film transparent identique à celui qui enveloppe les restes au réfrigérateur.

— D'accord, Robert a dit, sans doute pour éviter une guerre sainte à la maison, et moi, trop docile, sous la pression du père qui veut plaire à la mère en me foutant dans le même bateau, j'ai suivi.

C'est Catherine Martin qui avait poussé Andrée dans l'aventure, insidieusement, semaine après semaine, lui lâchant quelques mots ici et là, dans sa boutique de régime, entre l'achat du sarrasin biologique non grillé, de l'huile d'olive première pression à froid, et des friands fourrés au pâté de soja et aux champignons. N'ignorant plus depuis longtemps que maman pratiquait la radiesthésie avec un pendule couleur ivoire, qu'elle ordonnançait des médicaments homéopathiques, granules Boiron en tout genre et gouttes de l'abbé Chaupître, qu'elle soignait les malades à distance télépathique par photo et mèche de cheveux, qu'elle magnétisait d'énormes paquets de coton à s'appliquer sur tous les organes malades ou en voie de l'être, qu'elle fossilisait même des oranges et des citrons pour mesurer la puissance de son fluide — après quarante-trois heures cinquante passées entre ses mains, l'orange tournait marbrée marronnasse, se ratatinait telle une tête coupée chez les Jivaros, devenant dure comme pierre, on contemplait avec Robert, le regard imbécile, se demandant si la boule marbrée allait finir sculpture sur le manteau de cheminée —, la Catherine pressentait que ma mère était mûre pour entrer à l'Axe Lumineux dont le siège se situait à Paris, rue Condorcet. Elle avait attendu l'été où nous nous étions retrouvés à poil dans ce haut vallon pyrénéen, deux semaines durant, histoire de resserrer les liens, et, tout à trac, lui avait vanté le morceau, certaine qu'elle deviendrait l'une des officiantes les plus douées de la confrérie. Ma mère avait pratiqué cinq ans, en simple disciple, de plus en plus assidue, entraînant sa chef, madame Corneau, qui la dépassa très vite dans la passion et le prosélytisme. Chantal marmonnait à présent des prières en japonais jusque dans son standard, traversait les bureaux paysagers avec des yeux fixes, un regard de gibbon hypnotisé, manquant parfois de répondre aux saluts et aux questions de ses collègues ou de sa hiérarchie qui lui envoyait des notes de service de plus en plus menaçantes.

— Comprends pas, s'énervait ma mère, elle fait son travail, elle devient bonne, et patiente

Elle est mé-ta-mor-fo-zé ! Si Picard et le chef du personnel continuent de l'embêter, ils vont m'entendre !

KO KU BI DJI SO GUEN GUEN SHI KA I TA KA HA MA HA LA HA NI KA MU LU...

C'est reparti. J'aperçois mon père, pas loin, dans la position idoine, qui diffuse son rayon sur le visage extasié de ma mère. Il a la mine dubitative, il navigue entre l'indifférence plate et l'intérêt métaphysique : qu'est-ce que je fous là ? À quoi je renonce ? À qui je m'abandonne ? Qui suis-je ? « Nous sommes vécus par des forces obscures, dures et insensibles... », etc. M'enfin ! Trois jours, trois journées, pleines ! C'est beaucoup d'exercices phonétiques, de génuflexions respiratoires et d'abnégation mentale pour faire plaisir à maman. Vanessa m'offre son front et son troisième œil, ses paupières closes vibrent légèrement, Désiré Dubois est revenu de son vagabondage spirituel, les mauvais esprits sont déboutés, le canon cacophonique tonne de plus belle, je m'applique dans ma déclamation, concentré sur ma main laser infrarouge. Son front s'assombrit lentement entre les sourcils, il brunit, une tache sombre, ça vire au noir, nom de Dieu, c'est une flamme qui s'élève, elle danse, crevant la surface de la peau, comme un papier d'Arménie qui s'embrase sous un rayon solaire grossi par une loupe, je la brûle, là, je la brûle ! j'ai la main en chalumeau oxyacéthylénique, merde ! merde ! vais lui perforer le front, un trou de feu jusqu'au fond du crâne, avec geyser volcanique par l'occiput, le chakra du troisième œil en fumerolles, cendres et lapilli, je sens bien que je la fusionne, la peau, les os, et la cervelle, en incandescence, elle fronce bizarrement les sourcils, elle a un rictus de souffrance aux lèvres, instinctivement je dirige ma paume vers le plafond, je regarde ailleurs, cette vision m'est insupportable, fixe-toi sur ta prière, coco ! fixe ! articule ! net ! avec le tempo, coco, s'il te plaît ! Deux blattes dégueulasses zigzaguent sur la moquette :

... TA KA HA MA HO GU TSU MI SHI MA TSU HI KA LA HI TSU HI LI KA MA NÔÔÔÔ...

Il est recommandé de shunter la voix sur la dernière syllabe, un atterrissage sonore en somme, douceur, douceur, la main se referme, inerte, le bras s'abaisse lentement, le tout vient mourir sur la cuisse, l'épaule en crampe. L'irradiée ouvre les yeux, nous nous saluons d'un mouvement de tête majestueux, j'observe son front, ne peux m'empêcher d'y passer le doigt, non ! tout est normal, aucune trace ni odeur de brûlé, j'hallucine sur ma puissance kilovolts.

— Qu'est-ce qui t'arrive ?
— Rien, Vanessa, rien. Une drôle de sensation, c'est tout.

— Qu'est-ce que tu transmets bien, Lucas ! J'avais le front qui devenait chaud ! Une lumière m'inondait la tête ! C'est rare à ce point...

— Ah ! je suis bon conducteur !... travaille dans l'électricité...

— T'es bête, elle sourit.

— Non, c'est vrai...

— Et tu fais quoi dans l'électricité ?

— Suis ingénieur, je m'occupe du transport de très haute tension pour la capitale et l'Île-de-France.

Le canon s'est tu, silence total, claquement de mains : un !!! un-deux ! On recommence, dans l'autre sens. C'est moi qui ferme les yeux, c'est Vanessa qui transmet. La cacophonie gronde, j'ai les paupières faussement closes, je l'observe entre mes cils, elle déclame telle une tragédienne, mais une voix de velours, une caresse malgré l'ampleur phonétiquement nippone de sa prière. Je sens un fourmillement dans les pieds à force de les écraser sous mes fesses, une raideur dans les genoux, une tension des ligaments internes, j'ai hâte que ça se termine. Vanessa marque des ponctuations quasi abyssales, de vraies partitions de silence, John Cage, sa prière s'étire, papesse Jeanne en 16 tours sur un vieux pick-up :

... MA TSU HI KA LA HI TSU HI LI KA MA NÔÔÔÔÔÔÔÔÔÔÔÔ...

Pof! c'est marre, on ouvre les yeux, on pose les fesses sur la moquette, on déplie les jambes, on s'appuie sur une main, ravissement extrême.

— T'as bien pris, toi aussi, on dirait?

— Ah, grâce à toi! Vanessa, grâce à toi!

— Mais, je ne suis rien, moi, Lucas. Juste une... une interface.

Interface, face de rêve, oui, à croquer, je rumine. Encore deux heures et c'est la fin du séminaire, on aura mérité notre médaillon doré, mais avant cela, Jean-Jacques Prévost, avec Maître Nakatsuka à sa droite, nous fait un bref exposé sur le corps social comparé au corps humain. On est maintenant tous assis en tailleur, Prévost est debout, les poings sur la table, il a extirpé deux feuillets de sa serviette croco. Il est vêtu d'un fin pull-over à col roulé noir, d'un pantalon noir, de chaussettes noires, il est maigre, avec une peau laiteuse, un crâne chauve, des lunettes écaille vertes posées sur le nez, il fait riche et distingué, parle d'une voix grave un peu monocorde, hypnotique. Il évoque un texte de Tite-Live, la rébellion de l'estomac contre le pancréas, le foie, l'intestin, j'en passe, et combien l'estomac a tort de faire grève, et de ne pas admettre chacun selon sa *nature*, et qu'ensemble ils assurent la vie de l'or-ga-nis-me! On ne peut de la sorte ne penser qu'à soi, le dérèglement est général; imaginez! la nuit promise pour tous par la faute d'un seul! Je revois soudain cette présentatrice télé, il y a une bonne vingtaine d'années, sur la première chaîne, annonçant un film documentaire sur Tite-Live, elle articule avec beaucoup d'assurance et de chic : « Le célèbre écrivain Taïllete-Laïve », comme s'il était américain et l'inventeur génial des pipe-lines. Prévost continue sur le corps et les classes sociales : *har-mo-nie*! voilà le maître mot, et non pas *lutte* comme certains voudraient le faire accroire, tel cet Estomac absurdement rebelle, qui, lui-même! a besoin de la rate, du duodénum, que sais-je ?...

— De l'œsophage, chuchote un voisin, à ma gauche...

— ... pour vivre! Jean-Jacques Prévost évoque sa propre expérience dans sa propre entreprise de 172 personnes. Il travaille dur, avec des partenaires civils mais aussi militaires, il lui faut produire pour l'aéronautique un matériel irréprochable. Chacun a sa place, sa dignité, ses stock-options, du DRH à l'agent de surface, du chercheur à...

— Une entreprise est un organisme vivant! Il faut y instituer une solidarité harmonieuse, tout comme la Lumière constitue elle-même un... un tissu conjonctif, optique, thermique, qui unifie le monde! Ô Lumière qui fonde l'unité des êtres et des choses! Nous, passeurs de lumière, tissons ce lien entre les âmes! Chers nouveaux initiés, j'en ai fini.

Beaucoup acquiescent, certains gambergent, tout le monde applaudit. Prévost se tourne vers

Kiyoshi Nakatsuka qui se tourne vers Prévost. Ils se saluent, en courbettes, dos droit, mains plaquées sur les cuisses comme s'ils commençaient un randori. Ils braillent en japonais deux, trois mots de respect, le Maître prend la place du délégué, Mariko lui tend une espèce de parchemin, opère trois courbettes avec balbutiements zinaudibles zé empressés, Nakatsuka esquisse une courbette distraite, en réponse, puis déplie le rouleau, dit quelques mots sur la persévérance, le dévouement, et nomme très solennellement les nouveaux grands officiants :
— Monsieur et madame Antoine Corneau.
— Monsieur Bernard Delbet.
— Mademoiselle Gisèle Savouret.

Qui pourront, dès qu'ils le souhaitent, dresser un autel et officier chez eux pour l'Axe Lumineux. Ils se lèvent tous quatre, Antoine avec son œil œdème bleu-mauve, courbettes sans compter, opérant sur les quatre points cardinaux, à l'attention du Maître et de l'assemblée, Mariko tend un diplôme officiel à chacun, courbette lente, appuyée et réciproque. Chantal, Antoine, Gisèle et Bernard ont les yeux mouillés, sont émus, alors... on les applaudit bien fort ! Applaudimètre dans le rouge vingt-trois secondes. Puis viennent des nominations d'encouragement pour les disciples en période transitoire qui ont brillamment bouclé leur deuxième séminaire :
— Stéphane Boissieu.
— Octave Borel.

— Désiré Dubois.
— Andrée Lancry.
— Joseph et Vanessa Martin.
— Sylvain Raffet.
— Aline Valadon.

Ma mère fait donc partie du lot, encore deux séminaires et on ouvre un lieu de culte à Gonesse, rue de la Fraternité. Mon père se faufile à quatre pattes jusqu'à moi :

— Faut faire barrage, il me souffle. T'imagines les allumés, en prière dans le salon, trois après-midi par semaine, week-end inclus ? C'est simple, je m'installe en Islande !

Mon père est un saturnien, il a toujours rêvé de s'abîmer dans l'observation mélancolique des étoiles, ce qu'il fait souvent de son jardin ou de la terrasse de son pavillon, mais l'extrême proximité de Paris rend le ciel lumineux et la voûte céleste peu visible, sans parler des avions qui décollent de Roissy toutes les vingt secondes. C'est d'ailleurs aussi un passionné d'aviation, il ne rate jamais une fête du Bourget, assis sur le talus d'un champ ou d'un terrain vague du vieux Gonesse, il traque les avions acrobates avec ses grosses jumelles. Le ciel, donc, et ce qui s'y trame, intéresse fortement Robert, ça le plonge dans d'insondables pensées métaphysiques sur nous, et pourquoi, rapport à l'expansion de l'univers, au big-bang, aux trous noirs, à la multiplication des systèmes solaires, à la vitesse de la lumière jusqu'au vertige de l'hypnose contemplative. Il a pourtant renoncé à l'achat d'une longue-vue d'astrophysicien pour un ciel de banlieue, mais s'il partait près du pôle dans un pays aussi désert que l'Islande, il y planterait volontiers une lunette d'approche. Ma mère dresse un autel ? Il décampe, fissa ! droit au nord !

Mariko a disparu dans la cuisine, elle en ressort, trottinant à pas glissés, frotti-frotta, dans son fourreau de soie rouge, elle porte sur un plateau une boîte de nacre noire décorée de fleurs de rhododendrons, la pose sur la table, trois courbettes derechef pour le Maître, ffuitt ! disparaît derrière Nakatsuka, qui ouvre la boîte, en retire une liste de noms sur papier ivoiré, il appelle chacun, qui se lève, qui trotte aussi, à pas glissés, pour venir chercher son médaillon, courbettes, sourires, douceur, paix universelle entre nous, paix pacificatrice et pacifiante, paix entre les mouches et les araignées, les caïmans et les marsupiaux, les parasites et les peupliers blancs de Hollande ! On est paix ! douceur ! sourire ! Que de bonté entre nous ! Ô médaillon doré à 2 680 balles ! qui recèle un fragment d'écriture du prophète d'Okinawa, ô médaillon qui brûle au creux de la main, premier acte vers notre sanctification, nous sommes bons, nous sommes médaillon ! On est tous debout, on se congratule, on s'encourage, on s'observe, comme si on allait avoir les oreilles vertes, les yeux orange, un nimbe d'or sur la tête, maman surveille ses pieds et ses mains, elle guette l'apparition des stigmates. C'est un brouhaha de soirée coquetelle, les plus actifs vont à la cuisine chercher les packs de jus de fruits, les bouteilles d'eau minérale, les gaufrettes biologiques, les plateaux de verres en plastique recyclé. Je repère Vanessa qui enfile sa veste, embrasse son père, Gérard qui lui serre interminablement la main, avec son sourire-beurre-fondant-truffes-de-Noël, elle se faufile vers le hall d'entrée, chausse ses mocassins, je dis à mes parents que je dois m'éclipser :

— Mais, Lucas, je voulais te présenter à Maître Nakatsuka !

— Présente papa, il aimerait tant !

Je jette le cuir sur mes épaules, attrape le casque, les gants, ne lace pas mes chaussures, dévale les deux étages, la rattrape devant la porte qui ouvre sous le porche :

— Tu pars déjà, toi aussi ? je fais, étonné.

— Ah !... Lucas ! Tu m'as fait peur ! J'étais dans mes pensées... oui, j'ai un séminaire à la fac, je suis en retard.

— C'est où ?

— Nanterre ! je suis pas arrivée.

— Tu vois, j'aurais eu un casque pour toi...

— T'as une moto ? J'adore ça, je t'aurais pris au mot, alors te plains pas, t'allais perdre une heure.

— C'est presque ma route, je retrouve l'A1 à Saint-Denis, sors au Bourget, et hop ! dix minutes plus tard, je suis chez moi. Une autre fois alors ?

— D'accord.

— Au fait, tu m'as pas reconnu ?

— Écoute... c'est vrai, j'ai eu un doute, l'impression, comme ça, de t'avoir déjà vu, mais, on croit, on croit, et puis on se trompe...

— Les Pyrénées, au mois d'août, en 93, avec Andrée et Robert ?

— Ah ! ça y est ! j'y suis... T'avais les moustaches, à l'époque ?

— Oui...

Elle a l'air dépitée soudain, comme atteinte d'un refroidissement. Je n'arrive pas à interpréter.

— Tu viens quand au dojo ?

— Ça dépend des cours, de mes vacations, je peux pas dire.

Elle a des lèvres framboise, un petit nez droit, de grands yeux océan.

— Je téléphonerai à Montmorency, commanderai à ta mère des galettes de blé concassé aux champignons et des nouvelles de toi.

Ouf, elle esquisse un sourire, murmure un salut, mais s'en va, no comment, à la revoyure, sec, avec ses chevilles fines, ses mollets galbés, ses fesses dessinées, nom de Dieu de nom de Dieu, ses reins cambrés. Je lace mes souliers. Demi-tour vers le fond de la cour pour récupérer la moto. Vlan ! patatrac ! tombe nez à nez avec Gérard qui surgit de l'entrée de l'immeuble, hébété, les cheveux en vrac, il a sauté sur une boîte de pétards de 14 Juillet.

— Tu t'en vas déjà ? je recommence.

— Euh... non... enfin... je... t'as pas vu Vanessa, j'ai oublié de lui demander quelque chose.

— T'as une heure de retard, elle a filé...

— Zut de zut !

— N'empêche, elle a eu le temps de me dire — j'ai l'index pointé sur sa poitrine —, tes moustaches...

— Quoi, mes moustaches ? il les lisse entre ses doigts.

— Tes moustaches, ça la gêne, elle imagine toute la bouffe, même végétarienne, et les strates de vieille salive, accumulées là...

— Tu crois !

— J'invente pas, Gérard... Et puis les pellicules aussi, elle comprend pourquoi tu portes un pull laine naturelle, mais les pellicules ça la gêne aussi. Sinon, elle t'aime bien, Vanessa. Rase tout ! à ta place, je raserais tout ! Moustaches, cheveux, sourcils, le bonze, tu vois ? Et puis, à l'Axe Lumineux, ça te poserait bien, surtout que t'as du fluide, t'es doué, ça se voit, et ça, elle est sensible.

— Tu crois ?

Et je le laisse en plan, j'ai envie de le gifler, l'émotif lubrique. J'arrive à la moto, range le U, mets casque, lunettes, gants, vroom, vroom, Gérard est prostré sous le porche, il sursaute quand je passe, rue déserte et ensoleillée, vroom, je démarre, les nerfs énervés.

— Je te trouve très... en forme, tu sais ? Après un accident pareil, je m'attendais...

— Tu pensais me trouver en morceaux ? Il faut remercier l'infirmière qui a recollé les bouts pour ta venue. Merci, mademoiselle Laure, d'avoir collé, cousu, vissé, cloué, le puzzle pour Vanessa.

— ...?

— Non, non, suis en forme, au format, d'une seule pièce.

Elle hausse les épaules.

— Et puis, tu as maigri du visage, ça te va bien.

— Toi aussi, ça te va bien, ce chignon...

Elle raconte que ma mère a téléphoné à la sienne pour lui annoncer la catastrophe, lui soufflant en forte brise à l'oreille qu'il faudrait que Vanessa me visite. Catherine n'a pas manqué de répercuter la pression.

— Tu es venue pour faire plaisir à ma mère, à la tienne ?

— T'es agressif, dis donc...

— Ah, c'est vrai que c'est bon de te voir, Vanessa.

Je ne suis pas sûr de le penser. Me sens trop diminué. Aucune énergie, degré zéro du désir. La seule façon de la tirer vers moi : être digne handicapé, titillant, l'air de rien, sa fibre infirmière, attendrie, protectrice, maternelle. Efficace! toujours prêtes à sauver ces pauvres égarés, orphelins et malades, par nature, de la naissance à la mort, que sont les animaux masculins! Avec Andrée, hypomère, hypermère, gigamère, suis largement pourvu. Les cors au pied, la vésicule, la troisième lombaire, jusqu'à mon âme, mon futur infarctus, mon prochain mariage, mon bonheur, mon enfance, elle peut, et veut, tout soigner. Maman m'a fait! Au péril de sa vie : empoisonnement du sang, teint olive, mes cheveux dans son ventre, longs et bouclés, lui enflammant la paroi stomacale (sic), je m'étais déjà enfui de la poche fœtale, je naviguais dans ses viscères, douleurs atroces, certes, on conçoit... 35 kilos de sauvés, la peau et les os après l'accouchement d'une crevette qui faillit sortir par césarienne, le scalpel de Damoclès tremblant au-dessus du ventre, toutes les tortures et les souffrances, sacrée naissance, avec drôlement d'arriérés, une ardoise sévère, sans parler de sa carrière de chanteuse, presque au firmament, hop! sans hésiter, poubelle! Je lui dois bien la vie jusqu'à ma mort, tomberai jamais dans le domaine public, droits d'auteur inaliénables! Mensualités, annuités, sans faillir, post-mortem, encore! Elle-veut-tout-soigner, donc, sinon pourquoi? pourquoi tant de tourments? Si je cesse de lui devoir mon destin, en temps réel et tous azimuts, elle tombe malade, elle se tue! la fenêtre, oui, bien sûr, c'est d'actualité. Merde! le furet change de main, hop

hop! j'ai maintenant sa vie entre mes mains. J'éprouve en conséquence de profondes réticences à fêter mon anniversaire. Et là, immobilisé moteur comme je suis, c'est la relance, croissance, développement, passage en Bourse de l'entreprise MERE, après la naissance, bientôt la renaissance! car :

1° Mère est très introduite auprès de Dieu.

2° Mère est dotée de l'armada électrique magnétique en rayons irradiants.

3° Mère possède les arcanes homéopathiques.

D'accord! Je partage ses espérances quant à la renaissance, même avec une relance fatale de la dette puisque c'est grâce aux raisons précitées, les seules vraies, invérifiables, que je vais me remettre à marcher. N'empêche! À quand les bébés ordinairement éprouvettes? Qu'ils se dépêchent dans les labos! Que les suivants masculins puissent souffler, respirer, quelque peu démérisés. Je suis pour la dé-mé-ri-sa-tion! Vanessa.

— Pardon?

Donc stop! pas elle aussi. Alors présentement, en gisant gigot, j'ai rien à proposer. De toute façon, elle s'en tape. Sa jeune beauté n'est pas pour moi, elle ne fait que céder à l'environnement familial, alliance matriarcale mystico-végétarienne, faire souche et colonie. Six fois depuis notre véritable rencontre à l'Axe Lumineux, nous sommes allés au cinéma, théâtre, musée, l'Égypte, Toutânkhamon, les pictogrammes, la géométrie astrophysicosolaire des pyramides, le bestiaire, chats et crocodiles en bandelettes, femmes, hommes, enfants zossi, un sarcophage sculpture, avec mensurations sur mesure, pour monsieur X, crocodile Y, c'est l'Œuvre sans échange possible ni multiple, le vrai objet d'art unique, éternel, fondé sur ce qu'il y a de plus temporel, le corps d'un homme ou d'un animal. Chapeau bas, tête découverte, salut respectueux devant la magnificence qu'on déploie pour le peu de carcasse en reste cependant singulière. L'Universel particulier tout entier dans cet art funéraire, n'est-ce pas, Vanessa ? Je l'ennuie avec mes ratiocinations, ce qui la fascine, c'est la technique de conservation, la quantification du hors temps de la viande refroidie. On se tait, l'un l'autre dans son quant-à-soi. Bref ! on enchaîne sur un dîner : sushis, sashimis, couscous berbère, poulet tikka, nos papilles voyagent, ensemble émerveillées vers des contrées lointaines. En revanche, n'ai pas progressé d'un pouce dans l'univers charnel amoureux de Vanessa. Copain-copain et réciproquement. Elle aime surtout rouler à moto, à 200 à l'heure, de 0 à 100 km/h en 4 secondes 3 dixièmes, les seuls moments où je la sens plus proche, fatal ! Avec les accélérations, veut pas rester sur le bitume. C'est tout de même une drôle de prothèse dans le rapprochement fusionnel du masculin et du féminin, elle de face, moi de dos. Dis, Vanessa, ça te plairait une escapade en chaise roulante électrique sur le linoléum noisette des couloirs A et B, traverse en C du sixième étage de la Salpêtrière ? Pour me consoler de tant d'impuissance, je m'attache à lui trouver des défauts. Depuis trois mois, elle travaille dans une agence d'experts consultants, elle-même consultée pour un groupe international, de pétrochimie. Elle prend de jour en jour l'assurance de l'espécialiste autorisée, qui ponctue de réflexions juridiques bien senties les discussions du conseil d'administration, devant very big boss zé actionnaires épatés par ses solutions : filiales écrans et comptes opaques aussi mobiles que des sous-marins nucléaires dans le fond des océans. La valse des milliards de dollars en conglomérats-labyrinthes, légalité pure, 100 %, une grande mission, le respect du droit. Nickel ! Sa belle dentition prend de l'éclat, le fil des incisives est plus tranchant, les canines s'allongent, son sourire me déplaît. Je songe à nos radiations laser en réciprocité, paume ouverte, à 20 centimètres du front de l'autre : elle pensait me purifier au feu ardent de son lance-flammes, avec la même expression d'ivre pouvoir qui scintille diamant sur l'émail de son sourire d'experte-consultante.

— C'est quoi la démérisation ?
— C'est un mot qui n'existe pas. J'invoquais son apparition dans le dictionnaire...

— Ça vient pas de numérique, ce serait dénumériser...

— Non, ça vient du fait que tu me rends visite pour faire plaisir à ta mère et...

— Tu fais chier ! Lucas, si je n'avais pas voulu venir, je ne serais pas là. On arrête sur le sujet.

Et pour montrer qu'elle sait nager, qu'elle surmonte la vague, elle change de conversation, me parle d'un auteur extraordinaire qu'elle découvre depuis peu : Rudolf Steiner, elle a lu : *Pensée humaine, pensée cosmique,* et son maître livre : *Théosophie, introduction à la connaissance du monde suprasensible.* Tu connais ? Non, je vois pas.

En fait, je connais ce prénom et ce nom, difficilement articulé par ma mère à cause du «dolf-Stei », mon père s'en sort mieux en ne prononçant que le nom. Cela fait une trentaine d'années, avec des silences parfois, que j'entends des Steiner par-ci, Steiner par-là, au domicile parental. Ils sont d'accord sur l'importance de la pensée, même si Andrée trouve à voix haute et tonnante que Robert ne peut pas comprendre ces écrits. Faut les ressentir, tu vois ? Lui, pftt ! pftt ! il ne ressent rien. Robert soupire, il sourit dans le meilleur des cas. Bref, j'ai jamais ouvert ses livres. Ce nom pourtant résonne loin dans notre histoire puisque Andrée emmena sa mère en Suisse dans une clinique dont la thérapie se réclamait de cette pensée. Ce qui ne la sauva pas de son cancer. Quatre ans plus tard, sur la route de courtes vacances d'hiver, on s'arrête dans le village d'Arlesheim, pour rendre visite à madame Rey. Andrée lui louait une chambre tout près de la clinique et cette dame l'accompagna dans l'espoir puis le désespoir, jour après jour, de cette guérison qui ne viendrait pas. Ce sont des retrouvailles espérées, attendues, importantes. Nous arrivons en fin d'après-midi dans un paysage de neige. Grande maison, austère, intérieur propre, rangé, avec le vague souvenir de matériaux froids et coupants : marbre, carrelage ? Chaque objet est posé là pour l'éternité. Étreintes émues, Andrée présente son mari, son fils, la nuit tombe, nous nous mettons à table. Nous mangeons dans un relatif silence qui rend bruyants les mouvements de fourchettes et de couteaux. Le téléphone sonne. La dame se lève, s'approche lentement du guéridon, dans l'angle de l'escalier, décroche le combiné ; elle dit : allô... bonjour... elle écoute, se tourne vers mon père, c'est votre beau-frère qui veut vous parler. Beau-frère avec beau-frère. Les sœurs, c'est Andrée et Ginette. Robert se lève de table en regardant ma mère, il prend le combiné, son visage se fige, Andrée s'est approchée, saisit l'appareil à son tour, ils sont livides, pourquoi ne m'avouent-ils pas que grand-père est mort ? Je ne soupçonne rien, juste l'air qui s'épaissit brusquement. J'ai dû m'endormir après le repas quasi mutique. Je me réveille sur la banquette arrière de la 403, la neige tombe à gros flocons, le brouillard est dense, nous sommes au milieu des montagnes, la route serpente en d'interminables épingles à cheveux, Robert a la nuque tendue, les yeux rivés sur la nuit, la chaussée blanche, jaune et grise, son regard ne porte pas à plus de 20 mètres dans cette purée de pois, les roues arrière chassent légèrement, Andrée porte un pull camionneur bleu, elle se tient dans l'angle de la banquette et de la porte, à la fois raide ossifiée et recroquevillée. C'est donc ça l'atmosphère de la mort et bientôt du deuil. Il a suffi qu'elle se rende en pèlerinage dans cette foutue Suisse où sa mère s'est éteinte pour que son père, derrière elle, meure, sans pouvoir être à son chevet. Absente. Absente. Andrée absente ? Où est ma fille ? Je meurs. Elle s'est fait prendre, piéger, dans cet intervalle des deux parents, de la morte et du vivant, pour manquer les deux. Coup du sort ? Manque d'intuition ? Trop d'intuition ? Arlesheim-madame-Rey-pierre-noire. Tombale. Nous sommes exactement là où il faut. Absurdement précipités dans une forêt profonde, dérapant sur une route impraticable, aveugles, à gravir et à descendre, nulle part, des flancs de montagne, une nuit durant. Sisyphe en moteur à explosion.

Je ne vais pas raconter ça à Vanessa. Non, Steiner, je connais pas. Elle insiste dans le prosélytisme : Rudolf Steiner montre clairement combien l'esprit en l'homme dépasse la science destructrice et trouve écho dans l'esprit cosmique et divin... Il faut harmoniser en l'homme l'être matériel et l'être spirituel... Ah ? Sa pensée est à l'origine de plusieurs écoles de : musique, peinture, architecture, danse, théâtre, médecine, et même d'agriculture !... Ah ? Très impressionnant. Convaincant. Et c'est un grand espécialiste de Goethe, si ça peut me rassurer. Ah ? De Goethe, je n'ai lu que sa théorie des couleurs, rapport aux fréquences d'onde et à mes études d'ingénieur en électricité.

— Et... tu arrives à faire passer le message dans tes conseils pétrochimiques d'administration ?

Elle se lève d'un bond, renfile son cardigan.

— Va te faire foutre, Lucas, en chaise à roulettes, à porteur, atomique, salut ! Elle se barre, en claquant la porte, doucement, ma foi.

J'ai vaguement esquissé un geste de la main, pour l'arrêter, suis trop agressif, mais elle m'énerve avec ses forces suprasensibles. Des scientifiques ont bien découvert les supraconducteurs, des matériaux qui n'offrent aucune résistance et peuvent être traversés par certaines fréquences d'ondes sans déperdition d'énergie, jusqu'à se retrouver en lévitation l'un au-dessus de l'autre. Bon. On pourrait ainsi alléger considérablement le poids et l'encombrement du matériel de transmission, notamment le câblage électrique qui ligote la planète de long en large. On ne va pas convoquer Dieu pour autant, faut qu'il se repose, il a droit lui aussi. En fait, j'ai appris, hier, au détour d'allusions médicales dont je n'étais pas le destinataire, que le nerf crural se divise en génito-crural, et que, rapport à la biroute, il demeure indispensable à l'érection dudit membre. La trouille me gagne comme un cancer, et voilà que je mets Vanessa en fuite, qui n'a jamais rien demandé, la pauvrette, ce que je lui reproche, d'ailleurs. J'ai mal au dos et au bassin. Morphine. Morphine, mademoiselle Laure, s'il vous plaît, que je dorme ! Jusqu'à, jusqu'à...

*

Gustave ! La grosse tête de Cabin surgit dans l'entrebâillement, au bout d'un ressort qui vibre. Le cou s'allonge démesurément. Expression timide, contrite, face recuite. On est samedi. Il déboule sans crier gare de sa lointaine banlieue au sud d'Étampes.

— Écoute, on dîne chez la belle-mère, à Clichy, et Christine voulait faire du shopping, alors j'en ai profité... je dérange pas au moins.

— Pas cette fois.

Il sourit.

— Bonjour, Lucas.

Il me voit en bonne mine, lui aussi, et je sais qu'il le pense. Lui raconte mes douleurs dans le bassin, le dos et les cuisses, il paraît que c'est très bon signe : suis vivant ! Lui explique que, pour atténuer la souffrance musculaire, les médecins utilisent l'électricité, il est attentif, subito. Alors, voilà. Il semblerait que les douleurs presque insupportables qui me font espérer devenir morphinomane soient dues à des déséquilibres du potentiel électrique entre des fibres sensitives voisines, t'entends, Gustave ? Ils m'envoient donc dans les muscles du courant d'infime voltage afin de rééquilibrer le potentiel en question. Et ça marche ! enfin, la douleur s'oublie, presque. Gustave est impressionné par la technique, il pense aux différents types de résistances, de régulateurs, disjoncteurs pneumatiques, jeux de barres répartiteurs d'énergie, parafoudres, qui protègent les transformateurs contre les surtensions. Me rappelle combien les trop fortes variations de courant rongent les conducteurs ! Il jubile :

— On dit : le matériel souffre, alors le corps humain, t'imagines ?

Il porte un pantalon de Tergal noir brillant, à plis et pinces, n'a pas ôté son cuir gris à soufflets, il est dessous en chemise blanche à rayures grenade pistache, avec cravate-polyester-vert-wagon raide comme une arme offensive, il a les joues cramoisies, il dégage une forte odeur d'eau de Cologne, ses lunettes à verres épais glissent du nez dans son visage en sueur. Je commente sa tenue qui confirme :

a) le dîner chez la belle-mère.
b) les injonctions vestimentaires de sa moitié.

Il hausse les épaules, regarde sa cravate

comme s'il la découvrait dans sa main gauche, enlève son blouson, s'assoit au bord du fauteuil, les coudes sur les genoux.

— Et les collègues du bureau d'études, ils passent ?

— Semaines charrettes, week-ends famille, coups de téléphone réguliers et chaleureux.

Je le sens fébrile, impatient de me raconter un incident survenu jeudi.

— C'était moins une, tu sais. On allait avoir la moitié de l'Île-de-France dans le noir pour plusieurs jours, on a eu chaud.

Une sonde météo a perdu son ballon qui la maintenait dans les hautes couches atmosphériques. Le boîtier capteur-émetteur de ladite sonde a dévalé le ciel, pour s'échouer, accroché entortillé par son antenne, sur un câble THT qui passe juste au-dessus de la route privée, protégée, secret défense, qui relie l'aéroport d'Orly à Paris, pour les convois officiels de ministres, présidents, chanceliers, reines, papes, empereurs, de la planète. Un employé de l'aéroport, circulant en scooter, a repéré l'engin qui pendouillait du câble. On a prévenu le poste d'interconnexion de Villejust, ils ont coupé le courant sur cette ligne et envoyé des techniciens pour décrocher le boîtier, sinon qu'en cet endroit, et vu d'en bas, on a cru à une bombe posée là, qui attendait son prochain convoi officiel pour péter à la seconde pile poil. Les artificiers se sont donc déplacés, avec mission de faire exploser l'engin en l'air. La direction Production-Transport, Leturdu, de fait, a mis la pression diplomatique pour qu'ils tentent le décrochage en douceur, on redoutait, avec l'explosion en vol, une rupture des six câbles de 225 000 volts, tu vois le déséquilibre des pylônes, leur chute en dominos pour trois ou quatre d'entre eux, sans parler du délestage de courant. Dégâts chiffrés en millions lourds! Soit! Soit! Mais sur quelle fréquence est réglé le détonateur? Sur quelle heure-minute-seconde la charge doit-elle sauter? Quelle est sa puissance? Brouillard complet et armada de dissuasion nucléaire. Un camion militaire-régie, un camion-nacelle, deux robots, six artificiers, plus cinq techniciens EDF, un camion-nacelle derechef, une voiture de direction abritant un ingénieur (Médioni, que tu connais), et un responsable du GET-Sud (Ybert, on connaît que lui), plus deux inspecteurs de la brigade anti-terrorisme : matériel et hommes en place pour l'assaut à 40 mètres du sol.

— Mais?... Nom de Dieu de nom de Dieu de bordel de merde! s'écrie l'artificier gradé, c'est une sonde météo. On nous a appelés pour une sonde! Les subordonnés unanimes se marrent, en coin, discrètement, respectant les formes, attendu que les responsables : artificier, EDF et anti-terrorisme, soupirent de soulagement mais ne se marrent pas du tout, chacun à récapituler ·

— Qui a pu allumer ce pétard d'une soi-disant bombinette accrochée au câble ?

— Qui va payer le déplacement des hommes et du matériel, à 3 500 balles de l'heure pour un camion-régie ?

— Qui va porter le chapeau ?

Bricoles ! Verroteries ! Roupies de sansonnet ! Le hasard incroyable, c'est la suite. Villejust reçoit la Très Haute Tension des centrales nucléaires de Dampierre et Saint-Laurent-des-Eaux, et le poste distribue tout de même 4 millions de foyers. Une équipe de sectionneurs y était justement arrivée en urgence. Du pupitre de commandes groupées, il leur fallait :

— couper le courant sur cette satanée ligne suspensoir de bombe sonde météo,

— redistribuer ledit courant par tours et détours de liaisons-dérivations sur les postes haute et moyenne tension concernés par la coupure, histoire de ne pas mettre dans le noir : usines, SNCF, et morceaux de ville dans un triangle Évreux-Quai des Orfèvres-Pithiviers. Je te coupe devant, je te fais courir le jus à gauche, à droite, dessus, dessous, il faut que ça passe ! Bref, le dispatching national de Saint-Denis envoie ses instructions aux sectionneurs, ils répercutent sur le pupitre, au poil, parfait, banal. Et puis, soudain : ffraouff ! une cellule de transfo 225-90 kV qui s'enflamme ! L'abri du régulateur, les connexions alentour, le réservoir de cent litres d'huile de refroidissement, un brasier ! au beau milieu des autres lignes, transfo, barres, régulateurs. Pourquoi ? On sait pas, ça n'arrive jamais ! L'alerte pompiers et les disjoncteurs pneumatiques s'enclenchent. Très bien. Mais quand tu coupes une entrée de transfo de 225 000, tu mesures la surcharge immédiate sur les autres départs de ligne ! Cinq minutes ! Les sectionneurs avaient cinq minutes, montre en main, pour réinventer l'ensemble de la distribution, à l'amont de l'incendie. Les instructions de Saint-Denis n'arrivaient plus sur les écrans. Pas le temps. C'était directement par téléphone, haut-parleur branché. Les types pianotaient en virtuoses épileptiques sur les claviers et pupitres. Ils couraient le long des murs de commandes et diagrammes : tourner, enclencher, lever, abaisser, pousser, tirer boutons et manettes ! Le compte à rebours dans les nerfs : 4 minutes, 3, 2, 1, avec une telle surtension dans les autres circuits 225 qu'on était en alerte maximale, que toute la quincaillerie allait exploser, les disjoncteurs déclenchés en série : clink ! glang ! clink ! glang ! à précipiter des millions de pékins dans le noir des enfers, dans l'obscurité médiévale, pendant plusieurs jours. Honte et indescriptible désordre en première page de la presse nationale et internationale ! Ils sont parvenus au rééquilibrage du courant à moins 55 secondes du desastre ! Les équipes ont sablé le champagne à Villejust et Saint-Denis. Quand t'y penses, hein ? quand t'y penses ! Sans cette alerte canular près d'Orly, causant l'envoi de l'équipe d'urgence, il n'y avait pas assez de techniciens à Villejust pour connecter le nouveau réseau pendant l'incendie. Veine, fion, vase, pot, bol insensé, non ? Gustave hoche la tête cinq fois, j'hoche en accompagnement, mouvement plus amorti, rapport aux douleurs du dos. On est épatés. Le hasard a joué toute sa partie, tenant d'une seule main le problème et sa solution. Peu probable que le cas fasse école et jurisprudence dans les archives de la Compagnie ni dans les cours de formation permanente du personnel. À moins que l'incendie n'ait une cause singulière qui nécessite une transformation technique, à moins que le dessin du nouveau réseau de sauvetage n'ait été, dans le feu de l'action (sic), particulièrement innovant. De tels incidents ont toujours des conséquences graves. C'est la nature même de l'électricité d'être un flux tendu, la liberté de manœuvre est infime. Comme dit Gustave, le courant doit passer, sinon il détruit ses propres conducteurs. Quitte à en faire cadeau aux pays frontaliers qui peuvent l'utiliser au moment ad hoc, il faut consommer l'électricité produite, en-temps-réel ! Les décideurs du volume de kilowatts sorti des centrales ne doivent pas se tromper. C'est le jeu de la patate chaude. Elle circule de main en main sans vous brûler, mais personne ne peut la garder dans sa paume sans avoir brûlures, cloques et greffes de peau. Le type est là, en train de sautiller d'un pied sur l'autre, jonglant avec ses millions de kilowatts, ouille, ouille, il en a plein les pognes, il gesticule, ouille, ouille ! son compère s'active au téléphone, speed, hystérique : allô, l'Espagne ? allô, l'Italie ? l'Allemagne ? ! l'Angleterre ? ! ! la Roumanie ? ! ! ! ouille, ouille, ça sent le roussi, ouille, ouille ! voulez pas, quelques millions de kilowatts ? là ! de suite ! oui, oui, illico presto, ouille ouille, regardez bien, fouillez dans vos réseaux, prestissimo, j'suis sûr, y a un manque quelque part ! ouille ! magne-toi, putain, ça crame ! oui ? oui ? tiens, attrape-moi ces 50 millions de kW, non, non, de rien, c'est de bon cœur, t'inquiète ! à charge de revanche, ouille ouille, serai tout ouïe quand ça t'arrivera, juré british, craché par terre, thanks a lot ! ouf, ouf, putain, les pognes dans la bassine d'eau froide, avec des glaçons, pffou ! ah ! ça va mieux...

À six mois de la retraite, Gustave se fait encore surprendre dans son métier de lignard. Avant d'être dans la Maison Mère, il travaillait chez Transel, une importante filiale privée. Il installait des pylônes, montait des câbles, dans les Alpes, au-dessus de Nice, c'était la fin des années 60, il était perché là-haut, à flanc de massif rocheux, sans harnais, sans ligne de vie, sans filet, à la prochaine visite, il promet, il apporte des photos qu'on fasse le tour de sa vie, en noir et blanc, couleurs, trente ans d'acrobatie ascensionnelle, de 50 à 100 mètres du sol, avec dix kilos d'outillage à la ceinture, plus haut que les plus hauts des chapiteaux, le cirque à ciel ouvert, sous le regard blasé du bon Dieu, guère plus. Il est content de sa visite, moi aussi. Il me distrait de mes douleurs et me tient informé de l'actualité maison, en Île-de-France. Il a défait sa cravate, l'a mise en chiffon dans sa poche, il part col ouvert chez la belle-mère.

— Et attention à tes coudes !

Il les regarde.

— Comment ça, mes coudes ?

— Pas trop sur la table quand tu dînes...

— Salopard ! Attends d'être sur pied ! À bientôt, Lucas, salut !

Porte orange close sur son sourire grande largeur. Entends son pas lourd dans le couloir.

*

Gustave m'a mis sur la piste des pannes. Large éventail ! New York, 13 juillet 1977. Faisait partie des cas d'école évoqués en formation. Pénurie et non surplus cette fois. Un banal orage d'été, la foudre tombe sur un câble THT sortant de la centrale nucléaire d'Indian Point. La compagnie Consolidated Edison diminue la tension de 5 puis de 8 %. Balle-peau ! 38°, chaleur étouffante, demande énorme de courant pour les appareils d'air conditionné, rien n'y fait, manque de tension, les disjoncteurs se déclenchent partout : Manhattan, Brooklyn, Queens,

Bronx et Staten Island. La panne s'est déclarée le soir vers 21 heures. La ville est éclairée à la bougie, une lumière d'or, chaude et mouvante aux fenêtres des buildings, lueurs de velours, fantomatiques, sur les façades immenses, promeneurs extatiques déambulant dans les rues noires. Une ville gothique soudain, où chaque flamme, douce, tremblante, incarne les âmes en prière qui veillent dans chaque foyer. Ô feu apaisant et purificateur, tu conduis au silence et au recueillement. Sacrément purifiée la mégapole. Révélation mystique. Catharsis. Hybris des temps anciens. Nef des fous. Excès de chez Démesure. Je me souviens de quelques chiffres : 1 000 incendies déclarés, 2 000 magasins détruits, plus de 3 500 arrestations pour pillage. Cinquante voitures en exposition chez un concessionnaire auto, pffuitt ! toutes volatilisées, une bicyclette, une trottinette à moteur seraient parties avec. Tribunaux engorgés, cellules surpeuplées, la police rouvre une vieille prison désaffectée de Manhattan. Douze heures de panne... Drôlement attentifs, disponibles, à l'écoute, un peu nerveux, on a révisé à la hausse les indices de tolérance des parafoudres, aux alentours de Paris, Lyon, Marseille, Lille, Bordeaux ; on a multiplié les jeux de barres et conséquemment les zones étanches comprenant sources d'alimentation et poches de consommation, avec encore plus de disjoncteurs de couplage pour permuter sans délai ni interruption de transit les sources et les poches. Trouillomètre de Maison Mère dans le rouge, grande leçon d'humilité technologique devant la foudre divine, l'éclair jupitérien, la surenchère pyrotechnique du Ciel, la colère mégavolts du mont Olympe s'abattant sur nos câbles. Grand chef de Consolidated Edison avait conclu, pédagogique : « C'est la volonté de Dieu » (sic).

Me voilà précipité dans ma panne. Fondu enchaîné, presque. Après une sieste de deux heures, suite à New York en gothique revival. J'ai allumé la radio oreiller carré blanc, haut-parleur central, en murmure, potentiomètre cranté sur cinq stations préréglées, au choix. Nouvelle médicale, à l'état de recherche pure, négligemment divulguée sur les ondes. Qui explose dans mes tympans, en feux d'artifice. Ne concerne présentement que les rats. Des chercheurs espagnols auraient implanté des cellules transgéniques de porc qui reconstitueraient à grande vitesse la fibre nerveuse endommagée ou sectionnée dans la colonne vertébrale desdits rats. Lesquels s'en remettraient de go à trotter, sauter, gambader, galoper. Ils entament bientôt l'expérience sur les singes puis les hommes, selon le protocole d'usage. Suis cramponné à la nouvelle comme un alpiniste à son rocher, lisse, vertical, à pic, le regard parti en fusée du milieu du crâne, se dirigeant, mach 5, vers l'horizon bleu des cellules transgéniques du porc. J'aime le porc, j'enlace le porc, je l'étreins, nous dansons un tango endiablé, j'aime les Espagnols, le porc et les chercheurs espagnols, les embrasse tour à tour, les vénère. Je promets ! Je jure ! Je renonce à tout jamais au saucisson sec, maigre, sans phosphates, de montagne, je renonce au jambon, cru, de Parme, au salami, de Trieste, à la Bratwurst de Hambourg, porc plus sacré que la vache des Indes, je me prosterne. Te raconte pas de salades, Lucas, le miracle n'est pas prêt. Calme, cool, soft, nom de Dieu de nom de Dieu, tu es tombé dix ans trop tôt de ta foutue nacelle. Au loto des naissances, tu es dans la mauvaise génération, la classe 16, bonne pour les tranchées, viande perdue, mal née à la loterie des chiffres, juste là pour savoir que tu ne profiteras pas du sauvetage. Nom de Dieu ! Maman ! Dozulé ! La butte avec la croix ! Jésus qui n'est pas apparu ! Nuit, orage, tonnerre, éclairs, mauvaises conditions climatiques, le destin météorologique, New York, on n'y échappe pas. Je mangerai encore du saucisson.

Toc toc toc, justement. Je regarde le réveil. Il est 15 heures, la porte s'ouvre : Auguste, Georgette, Andrée, Robert. Tous les quatre ! Heureuse surprise ! comme au très vieux temps de l'heureuse enfance, réunis, le noyau familial d'extrême proximité, tout d'adoption, faut-il remarquer, à l'exception notable d'Andrée, du ventre prototype, sans poche fœtale, d'où je naquis, en ligne directe, filiation garantie, sans détour. On est bien dimanche. Ils entrent, en sourire et cadence, à la queue leu leu, petits pas rythmés par tonton, tête en avant, cou à l'horizontale, tâtonnant sur sa canne et ses jambes douloureuses, avec ses crêtes d'hypertension. Ça y est, ils sont dans la 612, tous, debout, empruntés, piétinant autour du fauteuil, en extase, commentaires ébahis et interjections bégayantes devant la position assise du miraculé. On enlève foulards et manteaux, Robert est sorti trois minutes, il revient avec une chaise supplémentaire, on s'installe, en demi-cercle autour du guérissant, suis toujours transporté par cette odeur de frais qu'exhalent les visiteurs, suis plus qu'un nez humant aux ailes dilatées, un nez chaviré qui palpite aux molécules odoriférantes du dehors. Les quatre ensemble, nous cinq, c'est un archipel d'îles ancien, posé là d'éternité, c'est une chanson qui traverse les siècles, toujours sur la langue et dans les cordes vocales, peut-être fredonnée dans l'instant, ligne mélodique réflexe. Andrée pose un sac plastique tintinnabulant sur la table basse, en extirpe deux bouteilles de jus de fruits rouges, 100 % des bois, non à base de concentré pâte de fruits purée avec exhausteur de goût et stabilisateurs, non ! bio de bio, puissance 3, cueillis à la main, écrasés à la fourchette en bois, et un autre sac d'où elle sort une tarte aux mirabelles, dans un carton de pâtissier. Gobelets, assiettes, couverts et serviettes jetables, pour le pique-nique de 16 heures. Minutieuse, précise, professionnelle et généreuse dans l'événement nutritionnel, maman assure, horlogère, dans l'infime détail, mais solo solo, en déesse d'abondance. Auguste hoche du chef, acquiescement total, quasi animal, du fond des rétines et papilles — la langue déjà caresse le haut du palais, clapote humide, avec cliquetis d'appareil dentaire, en expression apéritive —, immergé dans la conscience douloureuse des cinquante-trois minutes qui nous séparent du modelage buccal de la marchandise pâtissière. Subito, d'un regard lance-flammes, Andrée fait cesser toute parole volatile, distraite et parasite. Elle impose le silence, quasi, concentre l'attention... puis donne le *la*, solennelle, grave, note noire, mais, devoir d'information et de recueillement oblige :

— Tu sais, chéri, le père Louis... il a été rappelé.

— Rappelé ?

— Oui. Dieu l'a rappelé...

— À l'ordre ?

— Auprès de lui, elle soupire.

J'ai fait une remarque irrespectueuse, sans égard pour la nouveauté sémantique, création inédite, première occurrence devant parterre initié, prototype à forte portée métaphysique, on ne meurt plus, on est rappelé.

— Le père Louis est mort, donc...

— Non ! c'est pas ça. Il a été ra-ppe-lé !

Ses yeux noirs dardent des éclairs, ses traits se figent. Son énoncé est sans appel. Se suffit à lui-même. Exégèse ? Non ! Glose ? Non ! Énoncé intuitif ! Stop ! Mais dans le ton employé : grave qui se voudrait joyeux, je pressens un double sens. Il y a dans le grave le rappel de la mobilisation armée, ça rigole plus, Dieu a besoin de toutes ses troupes, en ordre de marche, même de sa vieille garde hémiplégique. Il y a dans l'heureux, le rappel du père Louis au côté de Dieu, parce que, question souffrance, il a eu son lot, et le voici enfin soulagé, malgré ses égarements sur lesquels, par pure mansuétude et quintessence de bonté, Dieu ferme les yeux : à jurer et jurer comme un mécréant, avec sa voix de mêlé blanc casse. Exemple : nom de Dieu de nom de Dieu ! Espèce de salôôôôpe ! Poufiaaasse ! Putain de nom de Dieu de putain ! Je vais te claquer au mur !! T'enchristééer !! il déclarait, stentor, à sa fidèle épouse. Voisins d'une maison en mitoyenneté, mes parents appréciaient jusqu'aux moindres virgules et accents toniques les longues périodes oratoires du père Louis, qui avait un souffle et un coffre de chanteur d'opéra. Il avait d'ailleurs une chambre-bureau-studio-d'enregistrement tapissé de demi-boîtes à œufs en polystyrène expansé. Sur des rayonnages étaient installés un pupitre bricolé d'ingénieur son et une quantité de magnétophones à bandes Uher et Nagra, avec lesquels il composait des mixages musicaux inattendus et enlevés. Il place bien sa voix, basse éraillée, il chante juste, appréciait maman.

Connaissant sa carrière avortée de grande chanteuse de variétés, il avait invité Andrée afin qu'ils gravent en 45 tours, et en tout bien tout honneur, des duos romantiques qui seraient des « bombes radiophoniques » et des succès éternels en quarante-huit langues. Les orchestrations sont épatantes, mais il faut croire qu'à l'écoute, un déséquilibre criant se manifesta très tôt entre la soprano et le baryton, au point qu'on évita définitivement d'aborder le sujet, à table ou ailleurs. Le père Louis avait un pied bot, des chaussures noires cirées miroir, un pantalon bleu de chauffe et un épais gilet bordeaux. Invariablement. Il avait aussi Charlotte, un boxer en pleine santé, qui obéissait au doigt et à l'œil à la voix de son maître. Devant sa moitié de maison, dans sa moitié de jardin où il avait abattu, rasé, éradiqué le grand marronnier puis bétonné sous quinze centimètres la pelouse et les plates-bandes fleuries, le bras levé, un bout de bois dans la main, il faisait interminablement sauter Charlotte en l'air, comme s'il l'entraînait pour une course d'obstacles.

— Dites, madame Lancry, votre fox-terrier (il pensait : votre bâtard de cador), il aboie toute la sainte journée quand vous partez travailler. M'autorisez à le dresser? Rien qu'avec la voix, hein?

— Si ça vous fait plaisir, monsieur Louis, faites!

— Vous allez voir, madame Lancry, un agneau ça va être, comme Charlotte.

Était-ce l'habitude d'entendre les gueulements du père Louis conversant avec sa femme ou son boxer, notre bâtard demeurait impassible devant les admonestations éducatives du baryton. Cador aboyait juste plus nerveux et entêté, c'était voix contre voix, aboiements tous azimuts, hurlements de meute homme-animal indéfinissable, les yeux injectés de sang, la carotide dilatée en tuyau d'arrosage de chaque côté du grillage, à l'arrière de la maison, dans les moitiés de jardin.

— Y a du mieux, madame Lancry, y a du mieux.

Un jour que, malade, fiévreux, dispensé de collège, je lisais, les yeux fumants, Jane Austen, au tréfonds de mon lit, j'entendis, puissance 100, la voix du père Louis qui hurlait dans un mégaphone flambant neuf, ça m'avait mis debout, *Orgueils et Préjugés* dans la main droite, l'index coincé à la bonne page, le nez collé à la fenêtre de ma chambre :

— Couché, chien de rien ! Cauchemar auditif ! Couché ! Couché ! ou je t'atomise en fréquences sonores !

Le fox s'arrêta net, oreilles dressées, déconcerté par le baryton électrique, format pavillon rouge corsaire, qui réveillait les morts, toutes espèces confondues, puis il reconnut le timbre familier sous la distorsion microphonique six piles rondes 4,5 volts. Alors, le duel vocal reprit, héroïque, style Érinyes, en apocalypse maritime vociférante. J'assistai sans doute à la dernière tentative de dressage de notre bâtard, il n'en fut plus jamais question, le père Louis réservant sa voix pour Charlotte, madame Louis, et son studio d'enregistrement.

Jusqu'à ce qu'il soit frappé d'hémiplégie. Je compatis mieux aujourd'hui à son état, ça m'est facile, avec la trouille de finir comme lui.

— À force de vouloir enchrister sa femme, le voilà cloué sur la croix, concluait Andrée.

À moitié cloué, faut-il ajouter, et dans le sens de la hauteur, en dessinant une ligne médiane du sommet du crâne jusqu'à l'entrecuisse, jambe gauche et pied bot inclus. Le père Louis continuait donc ses gammes, logeant à présent dans une moitié de corps valide. Ça ne se remarquait pas sur le visage, sauf quand il parlait. Il émettait plus volontiers des râles, amples, ne pouvant plus chanter avec son coffre formidable, seul ou contre son épouse, qui s'était mise, depuis plusieurs mois, à gueuler aussi fort, en réplique mezzo-soprano poissonnière. De la dextre, Dieu avait probablement rendu justice. N'empêche ! De la senestre, il envoyait au père Louis ma mère, sa voisine, pour le sauver, sans qu'elle ménage sa peine. C'était donc elle, en personne, qui était véritablement mise à l'épreuve, subito, dans cette épreuve. Elle avait relevé les manches, au boulot, on va le sortir de là ! Soins à domicile, gouttes de l'abbé Chaupître, homéopathie en cadences intensives, coton miraculeux, applications magnétiques radio-actives sur les parties inertes et prières ardentes malheureusement étouffées par les demi-boîtes à œufs en polystyrène expansé. Le père Louis, brutalement converti, s'adonnait à la prière, en accompagnement, son épouse lui apprenait les textes de base, mais il oubliait à mesure, articulant avec une moitié de bouche.

— Priez en silence, avec toute votre âme...

Il n'était pas avéré que l'hémiplégie n'opère jusque-là, une moitié d'âme déclamant des textes de prières obscurs, effacés sur leur moitié gauche dans le sens de la hauteur, genre cadavres exquis.

— Dieu vous entendra, Lui ! suggérait Andrée.

Trois mois plus tard.

— Ça va mieux, il est plus calme.

— Oui, c'est vrai, il dort mieux, répondait madame Louis, qui lorgnait les boîtes de diantalgiques, antidépresseurs et somnifères empilées sur la table de chevet.

— C'est pas dormir, c'est marcher qu'il veut ! remarquait mon père, rentré de l'usine, qui nettoyait sa gamelle en écoutant ma mère.

— Ce que tu es négatif ! Toujours à voir ce qui ne va pas. Houou, la la ! c'est désespérant.

Elle patienta encore trois mois avant de

cracher le morceau, un face-à-face, les yeux dans les yeux avec madame Louis.

— Dites. Faudrait l'emmener au dojo, l'Axe Lumineux, je vois plus que ça.

— ...?

— Je vous explique...

Elles tombèrent d'accord. Fallait l'emmener. Oui, mais sans l'aide d'un fauteuil roulant dont il refusait même la possible existence. Or le monde commence avec le chiffre 2. Avoir tout à l'unité interdit d'avancer d'un seul pouce. En effet, le bras étant valide du même côté que la jambe, le père Louis ne peut s'accrocher aux épaules du bon Samaritain que du côté où sa jambe marche. Déséquilibre inévitable puisque le côté inerte et lourd part dans le vide et entraîne tout son monde. Il faut donc deux Samaritains! Samaritaines en l'occurrence, en convoi à cinq pieds. Vingt-sept minutes sont nécessaires pour l'acheminer debout, habillé, de son lit, franchissement de porte, couloir, porte d'entrée, les trois marches du perron, la belle cour en ciment, le trottoir, jusqu'au siège avant de la Volkswagen Golf poussé au dernier cran. Là, posé sur le bout de ses fesses, il fallait plier sa jambe gauche en accordéon, lui courber l'échine et pivoter l'ensemble pour caler son grand gabarit, assis, ceinturé, face à la route. Vroom, vroom, c'est parti, direction Paris, rue Condorcet, premier étage sans ascenseur. Au dojo, elles trouvaient parfois deux hommes, les bras en chaise à porteurs, pour l'élévation. Sinon, elles déboulaient avec le père Louis dans le hall du grand appartement, le visage brique, en eau, les yeux exorbités, titubantes, prêtes pour l'infarctus. On l'asseyait sur la moquette, dans un angle du double living, le dos au mur. Maître Nakatsuka arrivait avec Mariko, ils s'agenouillaient, en image d'Épinal, devant le supplicié, le père Louis fermait son œil valide, le gauche demeurant entrouvert tel l'œil de la conscience, et les deux mains les plus prisées de l'Axe Lumineux bombardaient en radiations croisées (voir plus haut) son troisième œil et ses chakras supérieurs :

KO KU BI DJI SO GUEN GUEN CHI KA HI TA KA HA MA HA LA HA NI...

en version originale, avec une respiration rauque, japonaise, puissante, venue du ventre. Les premières fois, on avait demandé au père Louis qu'il participe au devoir de réciprocité, avec la main droite levée vers le front de Mariko qui s'offrait en presque sacrifice, vu qu'on ignorait tout à fait quelle espèce de rayons lumineux magnético-irradiants sa paume tremblante pouvait émettre. Mais il considérait le texte en grosses capitales qu'on lui brandissait sous les yeux comme une partition thérapeutique, il psalmodiait, il chantait, il hurlait, il vocalisait en baryton nostalgique, avec de la bouillie plein la bouche, on ne reconnaissait ni les sons ni la ligne mélodique de la prière, ça tournait délire d'ivrogne, désordre et déconcentration de toute la communauté.

— Dispensé ! monsieur Louis. Ne vous inquiétez de rien, vous serez irradié de la même façon. Certes, certes, recevoir sans donner vous expose à une suraccumulation d'ondes lumineuses, voyez ? Une surchauffe, si vous préférez. Enfin, nous aviserons. Vous serez, pour l'Europe, notre cas d'école... Les femmes ne repartaient pas sans avoir trouvé deux solides adeptes pour manutentionner le cas d'école au rez-de-chaussée. Cette volée de marches descendues en périlleux efforts, éreintant deux hommes sous son séant, dessinait sur la face du père Louis le sourire amusé du despote triomphant.

— Il reçoit bien la Lumière, votre mari. Vous avez vu cette expression radieuse qu'il a quand il sort du dojo ?

Un après-midi, je pénètre sous le porche de la rue Condorcet, mince ! je tombe sur monsieur Louis, debout, en oblique, appuyé dans l'angle en relief d'un pilier proéminent. Seul, personne autour, la chaise à porteurs disparue, lui, m'éructant des sons non identifiés. Il est arc-bouté en appui extérieur sur sa jambe valide, et calé sur son côté viande comme une moquette, rouleau grande largeur, en équilibre contre le mur. Je reste là, emprunté, ne sachant quoi faire, j'ai rendez-vous avec Vanessa, pour voir ensemble l'art funéraire égyptien au Grand Palais. Je le soulage en passant un bras dans son dos, sous ses aissellles.

— Elles sont où ?
— êê IN vôô AA rrR TU sss agnAAA !
— Ah !

Sa jambe vaillante, en tuteur, tremble de fatigue, mais il est calme, il attend, elles vont revenir. Deux minutes, trois, nom de Dieu, qu'est-ce qu'elles foutent ! Je me faufile entre lui et l'angle du pilier. Je baisse la tête, passe son bras inerte autour de mon cou. Je le redresse. 89 kilos pour ma pomme. Cinq minutes. On va bientôt finir en flaque au pied du mur.

— EIN êîGN Ein GnyEÜ SSS ! Irr STôôô. BFff !

L'arrière de la voiture s'arrête devant le porche, elles surgissent synchro de l'habitacle.

— Vous laissez monsieur Louis planté comme ça !
— François et Alix ont dû remonter, alors...
— Ben tiens ! Ils ont déguerpi ! Ça fait cinq minutes qu'on est là. Si je n'étais pas arrivé...
— Oh ! mais ça va beaucoup mieux. Il tient debout tout seul, maintenant. Pas vrai, monsieur Louis ?
— iiiCHE GÜuuRR !

La jambe droite était en train de lâcher prise, il fallut l'évacuer d'urgence vers le siège avant, le porter, quasi épuisé.

De mois en mois, les progrès sont fulgurants.

Je comprends qu'ils s'évaluent en secondes et centièmes de seconde, à l'aide d'un vieux chronomètre sportif qui servait au père Louis, mordu des bagnoles, à mesurer l'accélération au 100, 400, et 1 000 mètres départ arrêté, de ses voitures ou de celles de ses amis, sur une route neuve, droite et large qui traverse les champs à l'arrière de Gonesse, la R8S, à défaut de la Gordini, demeurant pour lui un modèle d'exception. Elles le mettent debout et comptabilisent, chrono en main, le temps où il tient l'équilibre, tel un manche à balai, en appui sur le sol, droit, lâché à la verticale. Mais, gagner une seconde par mois, alors qu'on peut invoquer l'absence de vent, la température sous abri, la haute pression rapport aux rhumatismes, l'appui visuel sur une perspective forte, le meilleur placement du centre de gravité, la qualité du revêtement, permettait d'imaginer qu'il resterait debout 1 minute 24 secondes d'affilée d'ici sept ans. Il marcherait donc à l'âge de cent cinquante-trois ans. Il ne voulut plus rien mesurer. Elles finirent par espacer les expéditions au dojo, Andrée soupçonnait sa moitié d'âme d'impuretés rédhibitoires qui empêchaient le miracle. Puis il y eut le rallye de Dozulé, la butte avec la croix, Jésus chassé par l'orage. Enfin, le père Louis fut laissé en paix, dans sa chambre-bureau-studio-son où il écoutait, posé dans son fauteuil, le corps en voie de minéralisation, ses arrangements musicaux, manipulant de la main droite les commandes de ses magnétophones. Les bobines tournaient, la la la lalalaire, violons, piano, contrebasse, percussions, guitares et orgues électriques, avec sa voix et celle d'Andrée, parfois, en récital, grandiose, sur support magnétique, trois longues années de succès et d'ovations dans son for intérieur. Mais Dieu consulta ses fichiers. Mouvement ascensionnel, comme la musique, depuis son fauteuil, droit vers le ciel toujours bleu.

— Oui, il a été rappelé.

Robert regarde le plafond, Georgette droit devant elle, muette, refusant le débat théologique, Auguste, ses ongles, répétant : mince! mince! c'est malheureux, si costaud, mince! pensant, presque à voix haute : si Dieu nous repère dans ses fichiers, vu notre classe d'âge... Remarque, Le Dall, c'est en deux mots, on a encore une chance, sauvés par l'orthographe. Minute de silence pour monsieur Louis, sa mort ou son assomption. Chape de plomb dans la 612. Soudain, tatie ramasse son sac à main, l'ouvre, en extirpe une enveloppe kraft, elle construit l'échappée, le changement de sujet : revenir à « nous cinq ».

— Regarde, chéri, ce que j'ai trouvé en rangeant les papiers.

Je sors une vieille photo en noir et blanc, au verso : école Jules-Ferry, mars 1962, Asnières. Au recto : un gamin de 6 ans, vaguement ma bobine, sur une estrade, torse nu, armé d'une lance, pantalon gris à liseré doré et longues franges noires de la ceinture jusqu'aux pieds, un pagne décoré de carrés et triangles, une coiffe à huit plumes rouges, jaunes et blanches, la peau chocolat, avec des peintures de guerre sur les joues. Le souvenir est si net que la colorisation de l'image est immédiate. Les figures géométriques du pagne sont dessinées avec des bouts de galon étroit, ondulé, rose et bleu ciel, que Georgette devait avoir à portée de main. Et hop ! un staccato souple et feutré de sa machine Singer, à pédalier et piétement en fonte ouvragée : feuillage noir et or, une belle mécanique, silencieuse et précise, cinquante ans de loyaux services pour la couturière qui travaillait tard le soir jusqu'au milieu de la nuit à se brûler les yeux sur aiguilles et fils pour compléter la maigre paye d'Auguste, garçon de bureau à la BNCI versus BNP, métro Barbès, et ses propres émoluments de jour, en gardienne d'enfants, trois ou quatre, grand-mère surdouée, plus exactement.

La photo de l'Indien passe de main en main, et emporte un sourire sur chaque visage, Auguste commente invariablement : mince ! oh ! mince ! tout de même, hein ? Georgette... Tatie évoque, aussi invariablement, la séance de nettoyage qui suivit l'après-midi de mardi gras sous le dôme de l'école. La cuisine de 3 m², la bassine galvanisée de 25 litres dans laquelle elle me rince 37 fois, après avoir changé 13 fois l'eau du récipient, le gant de toilette chocolat chêne foncé, ébène, direct poubelle. J'étais badigeonné d'un colorant pour Indien d'Hollywood, au mieux, mais, surtout! j'avais été, pour la première fois, désigné recruté : *Indien*. Procédure très officielle, scolaire, sociale, miroir grand tain. Lucas Lancry? Vous serez indien!

— Ah, bon? Pourquoi moi?

— Je sais pas! Votre peau mate, sans doute, enfin, pas assez, faudra rajouter une couche, votre... votre tête, assurément, les yeux sombres, les sourcils trop fournis, les cheveux noirs bouclés, c'est pas une face d'Écossais, d'Anglo-Saxon, ça! Cow-boy, on croirait difficilement...

— Oui, mais, pourquoi les Indiens et les cow-boys? Pourquoi pas Ben Hur, Ivanhoé, Robin des bois, d'Artagnan, Sherlock Holmes, Guy l'Éclair?

— Parce que... parce que c'est l'Histoire universelle! La rencontre sur le continent américain des peuples d'Asie et d'Europe... et d'Afrique! Pan! pan! pan! La colonisation, les guérillas, les guerres, les massacres, les exterminations, l'esclavage, les camps, tout y est! en cinémascope 70 mm. Avec, à la clé, la création du Nouveau Monde, de l'État le plus moderne et le plus puissant de la planète!

— Ah! Et je serais indien?

— Ben, oui, intuitivement, oui, pour le mardi gras, en tout cas.

Il n'y a pas de mardi gras qui compte à 6 ans. Être indien, sous la coupole de verre, c'est déjà un destin, surtout quand père et mère accompagnent le mouvement d'intégration, en m'offrant, le Noël suivant, la panoplie complète : veste sans manches en faux cuir rouge incrusté de verroteries, mocassins, arc, flèches, carquois, tomahawk et poignard. Ajoutez à cela le pantalon, le pagne et la coiffe, hugh ! Tu seras indien, mon fils. En montant les marches de l'estrade, je comprends aussitôt qu'être indien expose aux pires dangers : rhume, angine, bronchite, et toute maladie ORL imaginable, puisque je frissonne dans les courants d'air de la grande salle. Pire ! Je comprends qu'être indien c'est s'exposer comme une chose puisque je suis le seul à moitié à poil sur la scène des déguisés. Je sens le regard de l'assemblée qui glisse sur mon torse, aucun doute, j'aurais préféré être cow-boy, mousquetaire ou héros de l'espace. De retour chez Georgette, j'aurais en prime paradé dans mes beaux habits, au lieu d'assister, pathétiquement nu et fragile, à la perte de mon indianité dans l'eau du bain. Mais bon, on est à la place qu'on nous donne, les dieux jouent aux dés, le carrelage de la cuisine est trempé, tatie également, qui rince, qui rince, en gestes tendres aimants, avec éclats de rire en partage, le colorant dissous dans la bassine. N'empêche ! On peut dire aussi : baptême et intronisation à la fois, malgré tout. Allez, confirmé ! Indien. Fondement, socle d'importance. Parce que ! J'ai un cousin de mon âge, blond comme les blés, né

Pascal, du ventre de Ginette, la sœur d'Andrée. Or si le Noël suivant le bain j'acquiers haut du costume et armement, Pascal se métamorphose au pied du même sapin en complet cow-boy, deux flingues étincelants à la ceinture cartouchière, lasso, chemise à carreaux rouges, foulard, gilet en faux cuir noir, chapeau, pantalon noir à jambes évasées et boutons argentés. Cowboy nanti, flamboyant, armement haute technologie, l'âge de la poudre et de la balistique. Je suis écrasé par la richesse du costume et la force de frappe, je suis en plumes et chiffons, me bats avec des morceaux de bois et de la ficelle, un arc ! Je pense aux lanciers polonais lorsqu'ils chargent les panzers allemands en 1939. Le paysage de la guerre est donc installé. La blondeur dorée de Pascal n'est guère plus qu'un hasard ADN. Par contre, son père Roland s'installe de promotion en promotion dans le costume de cadre, chef de service, chemise blanche-cravate, chez Peugeot, à Courbevoie. Le mien s'entête à revêtir ses bleus de chauffe à la CGR d'Issy-les-Moulineaux. Il les rapporte à la maison chaque fin de semaine pour la grande lessive, ne voudra jamais les quitter malgré les offres qui lui sont faites d'enfiler la blouse grise de petit chef, « valet du patronat », non ! merci, veux bien être maître de judo mais pas chef d'atelier. Mai 68. Tout s'éclaire. À force de voir circuler les bleus, sales et propres, le kimono blanc, idem, la gamelle jaune émaillée, vide et pleine, jusqu'à voir Robert découcher pour assurer la nuit les piquets de grève, je comprends pourquoi je suis, nous sommes et serons indiens. Dans le camp des opprimés, révoltés, on se bat à mains nues, en bleu, en blanc ou en plumes, ouvrier, Indien, ou samouraï lettré aristocrate. Pognon. Fric. Flouze. Carbure. Toujours.

Nous menons dans ma chambre la énième bataille, énième ! Cow-boy contre Indien, Pascal et moi. Ce n'est pas un combattant-né. S'en fout. Je l'ai désarmé sans héroïsme, ligoté à un pied de lit. Pendant ce temps, dans le salon-salle à manger, maman est seule, elle affronte sa sœur et son beau-frère, l'oncle Roland, dans une engueulade pyrotechnique. Notre conversion brutale et intégriste au végétarisme choque gravement la famille côte-de-bœuf-châteauneuf-du-pape-cognac-cigare-belote. J'entends par les portes ouvertes des éclats de voix. Le cousin est assis par terre, les mains dans le dos, je serre plus fort les liens et confectionne des nœuds imputrescibles. La voix de Roland tonne :

— Je pourrais te montrer des photos où tu lèves ton verre de vin ! Tu ne sais plus vivre !

Mon prisonnier a les épaules tirées en arrière, commence à geindre et à se tordre sur le linoléum. À l'encontre de maman, j'écoute l'oncle rugissant, ulcéré, qui conclut, emporté dans son implacable logique : T'es qu'une putain ! oui ! une putain ! (sic). La séance est levée, les adultes aussi, ma tante vient délivrer Pascal, cow-boy en larmes. Elle se casse les ongles sur mes nœuds, s'empare d'un couteau à la cuisine, on est enfin dans le couloir envahi d'un froid polaire. La porte d'entrée est déjà ouverte, Ginette se lamente :

— Oh la la! On n'a même pas apporté de cadeau d'anniversaire à Lucas!

Mais l'oncle s'interpose, grandiose, magnifique, en chemise blanche, cravate, veston gris croisé. Sa main plonge dans la poche de pantalon, en ressort billet de banque grosse coupure qu'il me tend, souverain, bon prince, sans compter. Andrée lui saisit le poignet :

— Tu peux rempocher, on n'en veut pas. Salut! Bon vent!

Merde! Merde! Je l'aurais bien encaissé ce billet, un chiffre pareil, j'achetais le magasin de jouets du bout de la rue! La chair est faible, même en Indien. Money! Money! Flouze. Carbure. Nenni! Indien, ça se mérite.

La photo revient, je l'ai à nouveau entre le pouce et l'index, j'ai envie de t'embrasser, Georgette, pour avoir pensé à prendre ce document d'archives, pour l'avoir fait courir comme le furet entre nos mains, tu as immédiatement reconstitué le cercle de mémoire, brûlant, « nous cinq », j'ai envie de t'embrasser, tantine. Viens là, que je te serre entre mes bras os.

C'est l'heure! Tonton s'impatiente, il regarde sa montre, hoche la tête, les yeux épinglés sur le carton de pâtissier, sa langue piétine au palais.

— Auguste a raison, il est temps de couper la tarte, note Robert.

Le pique-nique hospitalier est ouvert ! Le jus de fruits rouges coule à flots, gargouillis et crépitements dans les gobelets jetables, les mirabelles sont parfumées, la pâte feuilletée est croustillante, on se sert et ressert, les mâchoires s'activent, dents et dentiers travaillent, les papilles lévitent en atmosphère sucrée, liquides et solides, air et lumière, qu'on se partage dans la 612. Le monde est merveilleux. On est en paix.

*

Ils sont venus hier, comme chaque lundi, même si la semaine dernière, c'était mardi. Ils surgissent toujours comme pour un raid, me cueillent au petit matin, en objet d'étude et d'enseignement. Professeur Adès était accompagné d'un groupe de quatre étudiants, deux internes, Lajoie était encore présente, la protégée d'Adès, semble-t-il, jeune bout de femme brune, gabarit crevette, qui dégaine les réponses justes à la vitesse lumière. Le petit Raynaud rougissant, Duchemol, Durand, Dubois : exit. D'autres inconnus, donc, et, nouveauté apaisante : l'spécialiste en rééducation neurologique qui accompagne Adès pour définir ensemble le protocole de travail qui m'attend. En gisant du matin, leur ai confirmé que je pratiquais le fauteuil quatre-cinq heures par jour. Lajoie a fait mine de s'attendrir et de s'émerveiller, lui ai rétorqué que je n'avais besoin ni de hochets ni de risettes. Je ne pisse plus au lit, ne dis plus a-reu! a-reu! On se tient, morbleu! J'ai d'ailleurs demandé le pistolet que j'ai glissé sous le drap, démonstration in vivo, in situ, in tempore, avec sourire béant pour toute l'assemblée d'occupation. Un interne s'est emparé du pistolet d'or, tiède, et l'a emporté dans la salle d'eau. On a ôté drap et pyjama, on me demande de bander les muscles, mollets, cuisses, de bouger les orteils. Je les regarde comme s'ils voulaient que je saute à pieds joints par-dessus la préfecture de Cergy-Pontoise.

— Essayez, monsieur Lancry, s'il vous plaît!

Concentration, profonde inspiration, je pense à ma cuisse, la droite! vois ma cuisse, respire par et dans ma cuisse, je suis cuisse, les aisselles et le front en sueur, je transpire d'inertie après sept tentatives de chaque côté. Dois avoir une tête de cuisse, en piteuse décomposition, moral moins que zéro moins, sous prétexte qu'ils m'ont quasi supplié d'effectuer un mouvement que je sais ne plus pouvoir faire depuis vingt-six jours.

Allez hop! on me fout dans le fauteuil. Adès évoque l'intégrité des petites fibres, la possible lésion des grosses, on recommence le cirque : piqûres d'aiguilles, glaçons, caresses... Professeur a sorti son sceptre à réflexes, manche chromé, rondelle caoutchoutée, suis de meilleure humeur, les derniers bons souvenirs avec saint Adès probablement. Nouveauté encore, il ajoute la frappe des os proéminents : malléole externe, os iliaque : dong! doonng!

— Vous sentez?
— Quoi? Le choc?
— Les vibrations dans le squelette?...
— ...?
— Je recommence. Dong! Doonng!... Sentez?
— Un peu, oui, ça vibre, un peu...
— Ah! Ah! sourit Professeur. Et maintenant, fermez les yeux! Sans tricher, hein?
— ...?
— Alors?
— Ma jambe gauche est levée.
— Bien! Et là?
— Jambe et cuisse droite.
— Ça va mieux, vous savez, beaucoup mieux!
— Ah!
— Vous retrouvez une sensibilité à la vibration et à la position des membres dans l'espace, ça s'améliore du côté des grosses fibres.
— Ah!

On gongue à nouveau la rotule et l'Achille. Dong! Dong! sec. Ça repart en tressautements, bonds et frémissements, mais plus amples, plus nets, moins en convulsions cutanées et musculaires, il semblerait.

— Réflexes pyramidaux, certes, mais moins

polycinétiques et diffus, n'est-ce pas ? intervient Lajoie qui ne peut s'empêcher.

L'assemblée opine, généreusement. En revanche, gros orteil, sous l'effet du grattoir en extérieur de voûte plantaire, continue de cabrer en furieuse érection de Babinski. Celui-là, j'oublierai pas son nom.

La vraie mauvaise nouvelle, flaf! est survenue à la consultation des fiches diagrammes. On ne peut accuser abusivement l'hématome médullaire, il dit. Réflexes pyramidaux, Babinski... Elle a bon dos la moelle épinière. Coupable ! C'est sa très grande faute ! Kssi ! Kssi !... Non ! Non ! Pas seule en cause ! Les nerfs gros câblage : sciatiques et cruraux ont morflé à la chute. Le courant circule mal en certains endroits, des compressions, probablement, il ajoute.

— Comment vous savez ça ? je m'énerve. Puisque vous prétendez que les impulsions ne passent plus en dessous de la dorsale abîmée. Pourquoi incriminer les réseaux situés plus à l'aval ?

— Parce que nous faisons régulièrement des électromyogrammes.

— ... ?

— On évalue la vitesse des impulsions électriques dans le réseau à partir de votre bassin. On envoie du courant entre deux aiguilles plantées dans tel nerf sur un intervalle donné. On met une électrode sur le muscle concerné par l'envoi de l'impulsion électrique et on mesure la vitesse de transmission. La norme, c'est 50 mètres/seconde, sur un segment de 20 centimètres, c'est facile à calculer. Et puis, on observe la qualité de réponse du muscle, l'amplitude de son mouvement. Indépendamment de la moelle épinière, voyez?

Ah! Pour voir, je vois. Comprends mieux à quoi servent ces banderilles qu'on me plante deux fois la semaine dans la peau. Reliées à des sortes de voltmètres. Et ce spectacle des jambes danseuses célibataires, qui me fout la nausée.

— Pourquoi vous me racontez depuis mon réveil que je vais m'en sortir? Vous me menez en bateau! Vous le saviez depuis perpète! Merde! C'est dégueulasse!

— Teu, teu, teu! monsieur Lancry. Je vous l'ai dit depuis notre première rencontre. Il n'y a aucun sectionnement, aucune lésion rédhibitoire. Par contre, ce sera long, lent, ardu...

— Amen!

— ... sans aucune certitude de recouvrer une motricité complète, du 100 %, ça n'arrive presque jamais, surtout après 40 ans.

— J'ai envie d'hurler des insanités, docteur, hurle-je.

— Laissez-moi terminer. Si l'on compare dans la durée les différents électromyogrammes, les progrès sont constants...

— Tu parles, Charles!

— ... la disparité, notamment entre les deux

sciatiques, tend à se résorber, les impulsions passent presque normalement...

— Et les cruraux ? qui innervent qui ? quoi ?...

— ... qui commandent les muscles antérieurs des cuisses et des jambes... c'est stationnaire... Plus préoccupant, disons.

— Ce que vous me taisez, docteur, c'est que, les cruraux en question, dans l'aine, ils se divisent en génito-crural, si j'ai bien compris internes et infirmières à qui j'ai posé quarante fois la question. C'est donc tout aussi préoccupant pour mon appareil et ses accessoires génitaux. Rapport à la biroute, c'est même drôlement préoccupant 24 h sur 24, je ne compte plus les cauchemars de guimauve violacée pendouillant en excroissance refroidie ou tout simplement disparue quand je scrute mon entrecuisse. C'est pas les gros orteils, c'est la bite Babinski que je voudrais, docteur, suis prêt à déposer un brevet : bite Babinski en féroce bandaison. Saint Priape, priez pour moi !

Ça les fait sourire, moi pas. Adès se débine sur la question génito-crurale. Il me présente le docteur Deschamp, la quarantaine, brun, le cheveu en brosse, un regard d'oiseau, spécialiste de ma rééducation. Changement de sujet. Admettons. Le mot sonne clair et lumineux à l'oreille. Ré-é-du-ca-tion. Ce serait, docteur Deschamp, réintégrer mon corps sur toute sa surface et son épaisseur, n'est-ce pas ? Au lieu d'être interdit de séjour en dessous de la ceinture. À l'instant où je vous salue, docteur, distraitement :

— Bonjour, ravi, etc. En songe, j'aimerais que vous entendiez, ce n'est plus même marcher, courir, que je souhaiterais dans l'immédiat, c'est juste pouvoir me parcourir, m'arpenter, électriquement, du sommet du crâne jusqu'aux orteils, juste ça, voyez? Hop! le pied tourne, hop! la cuisse se lève, hop! le mollet se contracte, hop! le vit monte, à Beaumont-le-Vicomte, avec guère plus d'attention que pour un battement de cils, léger, léger, hop! le genou plie. Ça m'appartient tout de même, sans avoir une âme de propriétaire, je voudrais user de mon corps en toute son étendue. C'est notre prison, disent les religieux. Ce serait plutôt le paysage de ma pensée, n'est-ce pas? de ma liberté, de ma jouissance, au plus restreint, au plus court. À l'échelle de la microbiologie, c'est d'ailleurs aussi vaste qu'une, deux, trois galaxies, on y loge facilement Saturne, Mars, le soleil, la lune... Comprenez, Deschamp? Sinon, sinon, ce sera vraiment ma prison.

Je pense soudain à ces Tchétchènes, civils pour la plupart, hommes, femmes, enfants, que l'occupant russe enferme quelques jours dans des «camps de filtration». On les laisse ressortir handicapés à vie : pieds, genoux, sexes, dentition explosés/éclatés. Plus besoin de construire des prisons, payer des geôliers, nourrir des prisonniers. Aucun frais d'investissement, ni de fonctionnement, surtout ! Bénef garanti, 100 %. Offrir à chacun un corps mutilé, en prison portable-portative, viande inerte en boulet pleine fonte. Belle invention, sacrée trouvaille. Enfin, je déraille, docteur. Suis hors sujet. Vous disais donc que mon corps serait vraiment une prison. Ne me resterait que l'immatériel mouvement, l'apesanteur spirituelle pour échapper à ma carcasse de boucherie. Je délaisserais alors l'espace physique, grave et pondéreux, pour le ciel de Dieu, plus à l'échelle de l'esprit, celui-là, volant, ailé... Oui ! bonjour, enchanté ! Si vous me remettez debout, m'apprenez à marcher, oh la la ! docteur Deschamp...

Justement, de sa voix grave, sur un ton calme, il me parle de verticalisation, lui aussi, il rajoute le travail de bandaison des muscles afin de restaurer une tonicité qui permettra de se retrouver debout, non pas seulement grâce à une grue, treuil, monte-charge, que sais-je ? non ! grâce à mes membres inférieurs, simplement, parce que je saurais de nouveau tendre mes adducteurs, mes quadriceps, mes jumeaux... Et puis après, on s'épanouira dans la mobilité, un pied devant l'autre, direction *devant soi*. Non plus les yeux au plafond ni au ciel, mais sur la ligne d'horizon de la chambre, du couloir, du parc arboré, puisque je quitte l'hôpital à la fin de la semaine pour être déménagé dans un centre de rééducation. Vu de loin, le programme apparaît d'une simplicité déconcertante. J'ai envie d'y croire, CROARE, comme le martèle maman, docteur Deschamp confirme l'importance de la croyance, d'une volonté croyante, d'une énergie de tête dans la réussite de l'entreprise. Lui, il commence le travail de suite, dès demain, après-demain, mais en introduction, car une fois installé à Garches, ce sera ruche de docteurs, ergothérapeutes et kinési, autour de mon cas. Sans lui... C'était bien la peine de me fendre d'un discours si fleuri à l'spécialiste, même en songe et silence, me sentais en sécurité avec cet homme, déjà prêt à lui écrire son hymne. Suis largement déconfit. Le cadre est posé. La parenthèse psychoaffective de l'accidenté, ouverte sur les présentations, vient de se refermer, je sens le regard de l'assemblée qui se vide, me traverse, suis de nouveau transparent, suis John, sujet d'intérêt anatomique en chair, os et nerfs. John est content. Non, John n'est pas riche. John promène son fox. John fait pisser son chien. John rencontre Betty. Ah ! mademoiselle Laure qui entre dans la 612. Kiss me, kiss me, jolie Laure, John *would* be happy, conditionnel, s'il vous plaît ! Ils s'en foutent, c'est le cas de la 612, en partance prochaine pour Garches. Dégagez ! Évacuez ! N'ai plus confiance. Lajoie, Adès, Trucmuche, salut et bon vent ! Vent noir...

En substance ! Ce que fut le dernier entretien officiel et universitaire avec les spécialistes. Fort heureusement, les Salsmann sont venus me voir le jeudi suivant. Marie-Andrée a téléphoné le matin même où j'ai appris mon évacuation vers le centre hospitalier de grande banlieue dont je mesure mal si c'est un garage pour réparations ou une casse pour épaves condamnées. Elle entend dans ma voix oppressée les effets de l'annonce : séisme cérébral anxiogène force 8, Garches, Garches, tout motard a entendu parler de l'endroit, mais c'est où ? C'est quoi ? Un mouroir pour squelettes brisés ? Un réfectoire en formica, qui sent l'éponge rance et mouillée, où se réunissent invertébrés-chair à pâté de la route et de l'accident du travail ? C'est quoi, Marie-Andrée ? qui est infirmière à Saint-Louis, en pense du bien, vu la réputation du lieu, mais qui va se renseigner et m'en parler de façon plus circonspecte jeudi. Ah, bon ! Je vous attends, drôlement content de vous voir.

Grâce à madame Raymonde et deux aides-soignants, la matinée fut de grande ablution. J'étais imbibé d'eau de toilette, la peau des joues lisse comme un marbre poli, le cheveu souple et coiffé, le pyjama propre, cartonné, en plis, avec, sur les épaules, une vieille robe de chambre de mon père, lie-de-vin, liseré rouge, imitation soie, élégance de rentier turfiste. Surveille l'heure, installé dans l'attente, plombé, lesté. Porte orange s'ouvre. Silhouette claire, légère, silhouette sombre, massive, sourire chaleureux, frontal. J'y vois, de leur part, un immédiat soulagement de ne pas visiter un ami plus du tout reconnaissable. Souris franchement en retour.

— Bonjour, Marie, salut, l'artiste.

— Salut, l'homme, il répond. Et on s'embrasse.

Marie-Andrée a le cheveu ras, hérissé, quasi-punkette, sinon maquillée en dame, serrée dans un imperméable beige, Michel porte large feutre noir, gabardine bleu marine, et longue barbe prophète ancien testament. Sous son feutre qu'il jette sur la table basse, il a la chevelure raccord, longue, grise, paille séchée, vaguement clodo. Nous avons dîné ensemble trois semaines avant l'accident. Elle avait des cheveux tombant sur les épaules, il les avait courts, avec une barbe soignée, rase. Suis de nouveau frappé par les variations capillaires où Salsmann entraîne sa femme à présent. Les changements de coupe, je le sais, sont liés à la gradation chiffrée de sa tondeuse électrique, du plus long au plus court, comme un destin technique irréversible. En revanche, dans le temps de la repousse, Michel change de visage à peu près tous les dix jours au gré de sa puissance pileuse. Ainsi, entre le bonze et le prophète biblique, il devient étudiant nouvelle vague, Marlon Brando dans *Un tramway nommé désir*, repris de justice, homme d'affaires, espion, universitaire monomaniaque, camionneur, syndicaliste, ouvrier soviétique, tueur, exilé tchèque, hippie, rabbin, clochard des bords de Seine, supportant, stoïque, les égards contrastés que les autres citoyens lui accordent selon la place et la situation qu'on lui suppose. Postiches ? Masques ? Non ! simplement tout ce dont son visage est capable, en même temps qu'il maigrit, grossit, s'empâte, se ride, se tend, se creuse, s'illumine, s'angoisse, s'éteint, se fane, ou rajeunit, rarement. Parfois il picole, ferme, et engouffre, pantagruélique, denses nourritures 100 % graisses zanimales, parfois il est moine bouddhiste végétarien, eau, graines, salades, ce qui lui offre, de 80 à 110, une amplitude moyenne de 30 kilos sur la silhouette. Ni déguisements, ni camouflages. Juste la réalité, crue, pleine, celle de son corps qui se frotte au corps social : politesse-respect versus mépris-dégoût, avec les nuances intermédiaires. Marie-Andrée participe, active, au climat psychologique qu'il suscite :

— Dis-lui, toi ! J'en peux plus de le voir moche à ce point. Entre cette barbe dégoulinante et ces cheveux hirsutes. Ah la la ! l'est monstrueux, ça fait trois mois que ça dure !

— Qu'est-ce que tu veux lui dire ? Il travaille.

Sur son corps pâte, chair à modeler, Salsmann malaxe, à pleines mains, en profondeur et surface d'épiderme. La métamorphose à temps complet. Voyageur, arpenteur, géologue, dans la matière physique de soi. Marcher dans un corps jeune, léger, beau tant qu'à faire, avancer dans un corps sumo, aux articulations douloureuses, au cœur suffocant, avec cette tête aux mille visages. Seule constante, les habits : coton, laine, sobres, sombres, en de nombreuses tailles. Souvent, le monde qu'il traverse lui rabâche :

— Dites ! J'ai l'impression de vous avoir vu quelque part ?

— Ah ?

Égocentrisme fanatique ? Non, je suis un voyageur, il dit. Qui s'explore dans toutes ses compositions d'être, jusqu'à la certitude, lourde, qu'aucune de ses identités possibles ne vaut plus qu'une autre.

Question : Qui es-tu, Michel Salsmann ?

Rire luciférien, vertige du regard, déréliction sans fond.

Réponse tardive : Je vieillis.

De ces métamorphoses, il fait des photos depuis trente ans. Face/profil, façon judiciaire Bertillon. Photos d'identité, Photomaton, donc, de maton pour ainsi dire. Fréquence mensuelle, puis hebdomadaire, presque quotidienne aujourd'hui. Salsmann est en liberté conditionnelle, de plus en plus conditionnelle avec l'âge, toujours préoccupé d'avoir la monnaie en poche pour s'en retourner à la cabine Photomaton de la gare d'Austerlitz, faire son quatre poses, et vérifier inlassablement sa remise de peine. Cette masse d'images est scannée. Il n'en garde que quelques visages, de face, pour chaque année, agrandis, recadrés, étalonnés à l'identique sur l'écran ordinateur. Il les réimprime alors sur papier photo, et hop ! trente années de vie voyageuse dans un visage, sur un grand mur d'exposition. C'est vaste et varié comme la planète Terre un visage, à ce point d'altérité. C'en est terrifiant. Non plus des voyages mais des errances en déshérence. 120 vies, quasi, espérées, entrevues, redoutées, exhibées, oubliées, subies, toutes aussi vraies que Salsmann existe. Aussi légitimes que dérisoires. Auxquelles cependant il lui faut renoncer, pour finir, en finir, parce que le temps manque, le temps pour seule prison et seule identité. Né à Colmar, le 14 juin 1948. Quand ils sont entrés dans ma chambre, j'ai compris, à l'instant, comme foudroyé, le défi de son entreprise. J'étais vertical, suis devenu gisant, maintenant assis, un jour prochain debout, à nouveau, je le veux ! je le crois ! mais j'ai beau me raser, coiffer, pomponner, faire bonne figure, à l'identique, aussi ! avec l'aide de mesdames Raymonde, Patricia, mademoiselle Laure et les aides-soignants, suis autre, à chaque mutation et changement de règne : animal, végétal, minéral, moins dû présentement à ma situation sociale que corporelle, mon amiral. Une plasticité étonnante, comme disent les neurologues du cerveau. L'unité du sujet ? Polop ! L'identité du sujet ? Repolop ! Ça nous a pourtant été certifié depuis toujours, sur papier filigrané, en Marianne républicaine, Moi-Toi-tampon d'État, paf ! Du poisson rouge, chien, chat, boa, déclarés, médaillés, poinçonnés à l'oreille jusqu'au Président de la Présidence, la société nous fabrique de l'identité à tour de bras. Moi, Lucas Lancry, Toi, Axelle Mouton, Elle, Irénée Berger, allez ouste, à vous de jouer. Mince ! « Lucas Lancry », de la naissance à la mort ? Bon, d'accord ! OK ! Soit ! Mais c'est tout de même une responsabilité... un défi, quasi ! Remplir la poche identitaire de soixante-cinq années de vie, disons, sans trop de fuites ni hernies, faut tenir la ligne, droite ou sinueuse, en UCI : Unité-Cohérence-Identité ! ffuuouh ! ! sacré travail, drôle de mission, vu la traversée, vachement concentré, faut être !

— Monsieur le juge, les sept prévenus sont là, sur le banc des accusés.

— Bien ! Vous ! le premier, à ma gauche, qui êtes-vous ?

— Je suis : fatigué.

— Et vous ?

— Je suis : de Concarneau.

— Vous ?

— Je suis : Gérard Gauthier.

— Vous ?

— Je suis : sur le départ.

— Ça m'étonnerait ! Vous ?

— Je suis : myope.

— Vous !

— Je suis : père.

— Nom de nom de nom de nom ! C'est quoi tous ces clandestins ! Il-lé-gaux ! À l'exception du dénommé Gauthier, qu'on relaxe.

Sur le seul fait comptable, Monsieur le Préfet a raison d'apposer sa signature, par délégation, en bas du papier filigrané. Identité ? Foutaises fariboles mon cul ! Ligne du temps ? Unique, irréversible, sans pause ni arrêt, unique, pour chacun, j'insiste ! Ah, oui ! certes, Monsieur le Préfet, z'avez raison, votre signature comptable est toute fondée et légitime. Préfet métaphysicien, en somme. Tenez, je vivrais 400 ans ! Même, je serais éternel, mettons ! Ma paralysie, provisoire, je répète ! serait une mutation touristique, une distraction de manège, mais suis emporté dans la comptabilité du préfet... Quand bien même, immobile, couché, assis, en fauteuil roulant, mes pas me sont toujours comptés. À perpétuité.

Allez, champagne ! Sorti du sac à dos, avec trois verres flûtes, s'il vous plaît ! L'est encore frappé. Paf ! s'est fait surprendre, le bouchon, ping ! au plafond, ding ! dans la vitre, ploc ! dans la télé, bravo Michel ! La table est trempée, le feutre avec, mais les coupes sont pleines, on trinque, santé ! ça tombe bien. Marie-Andrée, en professionnelle, a maté, d'un œil discret, les courbes, les diagrammes, les chiffres, en ordre, impec ! J'ai d'ailleurs appris avant-hier que les paraplégiques vivent aussi vieux que n'importe qui, alors !

— Hein, Marie, Garches, tu as pu te renseigner ?

Elle dit en préambule que mon départ de la Salpêtrière est très bon signe, je sors de l'hôpital, entre en rééducation, Garches et Berck sont les deux meilleurs centres. Berck est au bord de la mer, mais il faut parcourir 400 kilomètres aller-retour pour me rendre visite. Raymond-Poincaré de Garches est à vingt minutes de la porte de Saint-Cloud. De l'accident à la réparation, toutes les spécialités réunies en un seul lieu, collaboration extrême des services, unique en France! Moyens techniques, personnel soignant, c'est top! La forêt de Vaucresson est juste derrière, pour les promenades. Une bonne adresse. Quatre à six mois de travail, en moyenne, avant de rentrer chez soi. Je pensais un mois, voire deux. Goût de plomb dans la bouche, apnée, vois flou, Michel remplit mon verre.

— On ne t'a rien dit? Marie s'inquiète.
— Peut-être... m'en souviens pas...
On change de sujet. Je tends la main.
— Je peux toucher?... C'est doux, dis donc!
— C'était encore plus ras la semaine dernière.
— Punkette, alors?
— C'est Salsmann.
— Tiens, tiens!
— Oui, Thomas, Antonin, moi. Margot, elle, résiste à sa tondeuse.
— Vous voilà tous précipités dans l'expérience capillaire, alors? Heureusement que les garçons n'ont encore ni barbe ni moustaches... vous imaginez le théâtre.

Il faut préciser qu'avec tous ses visages scannés, Salsmann fait aussi des compressions d'images, il en ressort une image moyenne qui gomme toutes ses singularités, variances, altérités, usures. On reconnaît Michel, mais en visage d'ange, l'essence de trente-sept années de vie(s). Toute moyenne visuelle d'une figure d'homme serait donc angélique. Cette fois, sérieusement, à la question policière : Votre identité ? Je peux enfin répondre : Ange. Bonne nouvelle, non ?

— Alors, maintenant, il veut faire entrer toute la petite famille dans la machinerie céleste ?

— Écoute, en compressant les visages de nous cinq, en une seule image, j'aurai l'Ange de la tribu, il se marre. Celui qui flotte entre nos têtes, nous lie et nous enveloppe.

— Comme un seul champ de résonance magnétique ?

— D'ondes lumineuses, si tu veux... et qui prend visage.

— Ah... Sinon, ça va ?

— Ça va, ça va.

Ses étudiants, sa charge de professeur et de coordonnateur aux Beaux-Arts de Paris... il fait le dos rond, avoue des courbatures dans les épaules. La cinquantaine franchie, je l'ai entendu se plaindre, plusieurs fois, d'une profonde fatigue, d'une lassitude extrême. Plus envie d'entrer dans son atelier, ni de peindre (dommage !) ses collines, géologues, dompteurs, moutons, cages et ateliers, ses abstraites silhouettes d'hommes enfin, debout, les pieds fondus dans un socle, sans visage, et pour cause, le sien lui suffit. Ça n'a pas d'importance, il sourit. Je pense soudain qu'il a trouvé l'esquive. Devenu charnellement son propre atelier, portable, sa propre matière à images. Sa vie au quotidien, la cabine Photomaton, l'ordinateur, stop ! Les genoux fatiguent, le cœur fatigue, il se sent de plus en plus lourd, alors il voyage de plus en plus léger. Mais aujourd'hui, c'est hors sujet, ils sont venus me voir, il s'inquiète de mon sort, me demande si je souffre, si j'ai toujours le sentiment de l'équilibre, si je peux envisager d'être debout, si les muscles des jambes se tendent. Leur évoque ma mise à la verticale, solennelle comme la mise en croix du fils de Dieu. Voilà. Suis sur une table matelassée skaï vert, allongé sur le dos, sanglé au buste, au bassin, aux genoux, les pieds posés sur une marche en forme de semelles. Plus d'hommes à moitié nus qui tirent sur des cordages. Il y a des vérins hydrauliques, des moteurs électriques, la table se relève, lentement, bzzz ! Je sens la masse des organes, quasi le poids du sang, de la lymphe, floc ! floc ! qui se déversent dans le ventre, la sensation d'être pendu, suspendu, sans appui jusqu'au nombril, plus bas, c'est l'indifférence à toute pression des masses. Attention, vais apparaître, bzzz ! dressé de toute ma taille plus le piètement de la table miraculeuse. Une sensation pas naturelle, on peut dire, au bord de l'évanouissement, vertigo, vertigo, en mal d'altitude, la première fois. Cling ! Ça y est, suis presque debout, incliné 12 degrés vers l'arrière, affaissé dans les sangles qui compriment ma viande sans tenue, les bras ballants, le poids du corps sur les talons, probable, puisque Deschamp me demande l'impossible : tendre mes muscles, remonter, repousser mon corps vers le haut, hôôô, encore une fois, vers la lumière, hiiii, en nage, en eau, douleur de l'inerte, tant d'énergie, d'obsession, de volonté, je le veux ! je le veux ! pense-je, pour peanuts, salt peanuts, salt peanuts, Charlie, the Bird, c'est pas grand-chose, juste une tonicité minimale des jambes qui sorte le corps de son avachissement dans les sangles, avec 12 degrés d'angle, pour m'aider, nom de Dieu ! Être vertical devient une expérience après trente jours, la remontée physique d'un souvenir enfoui, confus, à tâtons, les yeux bandés, alors qu'assis, allongé, je m'éprouve debout comme si j'y étais, éclairé soleil de midi.

Michel pense à ses vertiges et ses migraines, il y a une quinzaine d'années, suite à un grave accident de voiture. Il avait consulté, à Sainte-Anne, un certain professeur Baron qui avait créé un service un peu singulier, de posturologie. Dans son cabinet, il y a un mur d'anthropométrie, un socle mouvant sur lequel on grimpe, le professeur utilise des aimants, étudie le mouvement gravitationnel et orbital des flux magnétiques, ils s'étaient liés d'amitié, Michel ignore s'il a pris sa retraite, il se renseigne, m'en reparle bientôt, quand il viendra me voir à Garches, serai debout, retrouvant mon équilibre, ce sera d'actualité. Voudrais le questionner plus avant, je ne comprends rien, encore un gus qui se préoccupe de champs magnétiques, version médico-hospitalière... suis curieux d'en savoir plus. Michel me répète qu'il veut d'abord retrouver sa trace. D'accord, d'accord, j'attends, avec impatience. On se promènera dans la forêt de Vaucresson, devisant gaiement de posturologie.

Encore une coupe, la dernière, la bouteille est vide. Nous reparlons de l'accident, la chute, fatale, je n'éprouve étrangement aucune lassitude à ressasser sans cesse les circonstances, la température, la lumière, la couleur du ciel, les données techniques, les sautes de vent, les capteurs de la nacelle en panne, comme débranchés, un sabotage peut-être, un complot, sans mobile, juste le goût de la catastrophe, et mon angoisse du ciel, du vide, de l'altitude, chaque fois que je suis dans une nacelle ou sur un pylône, à 40, 60, 80 mètres du sol. À force de décrire l'accident, j'imagine pouvoir en changer le cours, trouver une faille dans l'irréversible trajectoire, exorciser la chute ou la rendre bénigne. Il y a, enfin, cet instant de stupeur qui n'existe que dans les mauvais rêves, trois secondes, quatre, trois siècles et demi, oui, où la pensée n'a plus d'appui dans son corps qui se dérobe, ma pensée qui flotte en l'air, éperdue, perdue, suspendue dans un instant d'éternité, mon corps tombe, ma pensée ne suit pas, je suis certain qu'en ces secondes de chute ma pensée ne suivait pas. Dire qu'elle était ailleurs, comme l'âme au-dessus du corps serait une facilité, une image, naïve, d'Épinal, mais enfin, elle ne comprend pas le mouvement que lui fait subir mon corps, la pensée n'était pas dans le mouvement de la chute, juste stupéfiée, stupéfaite, toujours pour la même raison que la chute n'est pas un saut, quelle qu'en soit la hauteur, muscles, os, organes, reversés dans les lois de la matière, grave, gravitationnelle, dans des lois qui ne sont pas celles de la pensée, le corps viande qui n'appartient à personne. Ma pensée a dû rencontrer, en cet instant, sans doute, la légèreté de persister quelques secondes, oui, comme du courant induit, décidément, de persister dans une apesanteur pleine de milliards de souvenirs : ploc! ploc! ploc! bulles d'air précipitées à la surface d'une eau gazeuse, de ma naissance à la chute, en simultané, image d'une vie complète, post mortem. Je n'étais pas horrifié, non, j'étais installé.

— Vous souvenez-vous de ce cameraman journaliste, qui devait filmer des parachutistes en acrobatie aérienne?...

Non, ils ne se souviennent pas, n'en ont jamais entendu parler.

— Ah! j'ai su son nom, longtemps... il a pris

sa caméra, a sauté de l'avion, et puis, quelques secondes plus tard, il s'est aperçu qu'il avait oublié de mettre son parachute...

— Ce n'était pas un débutant, alors, il devait sauter souvent, interrompt Salsmann qui pratiqua. Sinon, ton parachute est relié par une sangle au filin du plafond de la carlingue. Quand tu sautes, impossible de l'oublier, et le parachute s'ouvre automatiquement.

— Oui, c'est ça, genre : le type qui sort de chez lui précipitamment, oublie ses clés, la porte a claqué dans son dos, enfermé dehors, enfermé dans sa chute. Obligé d'avancer... Il avait sa caméra en main, alors il a filmé la terre, résolu, le sol qui s'approchait, l'œil dans le viseur, il est resté dans son saut jusqu'à l'écrasement, il filmait, il filmait... Peut-être que de voir la mort arriver dans son viseur était moins insupportable, peut-être que le sol se précipitant sur lui devenait un spectacle, une image qui l'isolait, qui le protégeait du choc, peut-être voulait-il simplement demeurer vivant jusqu'à la dernière seconde, filmer, faire des images, travailler, comme de mourir sur scène... Ils ont diffusé son film, quarante, cinquante-cinq secondes peut-être, un soir, au journal télévisé, en hommage au confrère sans parachute.

— Ça n'empêche qu'il a raté son film, Salsmann rétorque, nerveux, coupant.

— Pourquoi tu dis ça ?

— Il suffit de balancer une caméra dans le

vide avec un système quelconque, de parachute, lest, cordage, enfin ce que tu veux, elle filmera la même chose, ce seront des images identiques, ça sert à rien de sacrifier un homme pour ça. C'est un film sans intérêt, un mauvais document d'archives, à peine, une trace pour la famille, à la rigueur...

— Mais... il n'avait pas le choix ! C'était sa façon à lui de résister à l'horreur et...

— J'entends bien, Lucas, mais il a quand même loupé son film ! C'était lui qu'il fallait filmer ! Pas la terre qui lui saute au visage ! Pas sa tombe ! Retourner la caméra, un face-à-face, pour résister à l'approche du sol, comme on retourne son flingue, la bouche du canon devant les yeux. C'était lui l'objet de la mort, l'objet du film, pas le sol, l'image du sol, qu'est-ce qu'on s'en fout ! Un homme qui se filme, tombant, pris dans son compte à rebours : 35, 34, 33, 32... C'était l'image de son saut, elle avait un visage, le sien, unique, absolu. Le visage de celui qui sait. Et même, enfermé dans la mort qui vient, il lui échappait jusqu'à la dernière seconde, vivant sur la pellicule, pour preuve, irréfutable, il s'adressait à nous, tous, c'était une œuvre, enfin, de vraies mémoires d'outre-tombe, presque, au plus loin. Durée : une minute. En ratant son film, il est vraiment mort pour rien.

EST-OUEST

Jour de printemps à l'entrée d'une clairière. Ciel nuageux. Temps gris. C'est maintenant, sans miroir ni barres parallèles, sans déambulateur, sans appui au bras de personne, seul, face aux arbres de la forêt de Vaucresson. J'ai marché sur la terre, quatre pas, debout : gauche... droite... gauche... droite, quatre pas ! Souci de la symétrie ? au cinquième, j'ai mordu la poussière, brindilles et feuilles de l'été passé, je ris, le nez dans une odeur d'humus. Plus moyen de me relever, les muscles des bras et du torse succombant au fou rire. Je pense à l'été 69, Armstrong marchant sur la lune. J'ai patienté sur le dos, les yeux dans la cime ondoyante des ramures en bourgeons, me suis remis sur le ventre, enfin calé sur les coudes, faisais un bruit de sous-bois qu'on ratisse en rampant jusqu'à mon fauteuil. Je m'y hisse, par reptation, essoufflé, suant, je veux recommencer mon débarquement, mais j'ai des contractures dans les cuisses, les jambes ne répondent plus à mon élan, alors j'ai fait demi-tour, et m'en retourne par le sentier vers le Centre, poussant doucement sur mes roues, je chantonnais *La Bohème*.

*

Décembre, janvier, février, mars, avril... cinq mois d'incarcération depuis ma sortie de la Salpêtrière, cent cinquante jours de tentatives d'évasion, parmi d'autres détenus qui travaillent au même projet. 75 % d'hommes, essentiellement des accidents du travail et de la route, 25 % de femmes, essentiellement des accidentées de la route et des suicides manqués par défenestration, la même condamnation, la même peine, bouclés, en cellule, pas trois mètres sur deux, avec chiottes et lavabo, non, cellule à même la peau, taillée sur mesure, vivante, mensurations exactes, forme humaine, viande, os, tout y est, en réplique des êtres debout, mobiles, mais, assis-couché, c'est selon, avec la tête et le buste, au mieux, pour seule force motrice. Grande solidarité des détenus, chacun gamberge à son évasion, avec toute chance d'être condamné à perpète, pour 98 % des cas.

Suis arrivé en fourgon hospitalier sans pin-pon ni escorte, pas dangereux, juste euphorique, le temps du parcours. Première vraie sortie de la 612 après trente-cinq jours, hop ! boulevard de l'Hôpital, et pfuit ! la rive gauche depuis la gare d'Austerlitz. Il y avait un soleil d'hiver, cristallin, un froid sec où les arbres, les bâtisses, les ponts dessinent des lignes nettes, coupantes comme du verre sur les fonds gris du fleuve, bleu du ciel. J'ai vu l'île Saint-Louis, Notre-Dame, la Samaritaine, le Louvre, le palais de Tokyo, la tour Eiffel, empreinte rétinienne intense, gravure au burin, balade touristique au bord de l'eau, émerveillé, sûr d'y revenir prochainement, en patins à roulettes. On a traversé la Seine devant la Maison de la Radio, porte de Saint-Cloud, autoroute sortie Versailles, Vaucresson, Garches, Raymond-Poincaré sur la gauche, barrière automatique, artère centrale en pente avec piste héliport à gauche, plusieurs bâtiments en brique de trois étages, allée Widal, secteur jaune, porte 17, au fond, toujours à gauche, vroom! c'est là, moteur coupé, calme plat, grands arbres, campagne, pépiements d'oiseaux, cul-de-sac, chape de plomb, l'escapade est terminée.

La Maison Mère avait insisté pour qu'on m'attribue trois étoiles confort chambre individuelle.

— Allô? La direction des relations publiques? Oui? Madame Goubert? Ici, Leturdu, superbig patron EDF, production-transport, 75 milliards de chiffre d'affaires... oui, en euros.

— Enchantée, ravie, honorée?!

— Je vous téléphone pour monsieur Lancry, ingénieur cheznous, quinze ans de loyaux services. Homme précieux. Il arrive chezvous. Sans jambes... Souhaiterais, désirerais, ambitionnerais qu'il ait chambre pour lui, seul ! Esprit solitaire, calme, concentré, un peu cérébralement reclus, voyez ?

— J'entends, messire Leturdu. Je dois en parler à l'administrateur, au responsable du service, à la surveillante générale, il me faut convaincre beaucoup de monde, pensez ! Il n'y a qu'une chambre individuelle ! Architecture ancienne, salles du XIXe siècle rénovées. Chambrées de deux ou trois lits, d'habitude !

— Je vois, je vois... Écoutez, madame Goubert, 50 kilowatts/journée gratos pour le service, en gratitudes zé remerciements zélectriques, jusqu'à sa sortie, debout, va sans dire !

— Je démarche subito, ô grand directeur d'énergie. Ma réponse positive dans quelques heures, à peine ! Sentiments électrifiés. Vôtre. Dévouée.

J'ai eu la chambre. Seule particularité : barreaux aux fenêtres, excusez-nous, monsieur Lancry, sont pas amovibles... L'unique chambre réservée, en cas de besoin, aux détenus de droit commun ou politiques : braqueurs de banque, islamistes, membres de l'ETA et du FLB, je cite, au hasard, avec sas d'entrée pour poser en faction un policier sur une chaise, à temps complet, trois-huit. En outre, la fenêtre donne sur l'allée B, on peut y garer un car de flicotins pour surveiller le tétra ou para bricoleur qui scierait les barreaux avant de s'envoler avec force complicités logistiques. Ça m'a rassuré que la hiérarchie policière puisse envisager l'évasion d'un paraplégique, c'était bon signe. Suis donc content d'être installé dans la 7 ! Merci, Leturdu, pour tes 50 kilowatts/journée.

Béquilles ! Naïvement. Béatement. Je pensais béquilles. Comme un piéton malchanceux se pète la tronche et la jambe sur des feuilles d'automne mouillées. Et qui, le temps du plâtre au tibia, se balade en béquilles. Malgré la longue expérience de la Salpêtrière, je m'entêtais dans cette vision : bé-qui-lles. Ce n'est pas le personnel soignant qui m'a ri au nez, ce sont mes codétenus, les yeux dans les yeux : comme dit le proverbe, D10 incomplet fume des beedees mais ne tient pas sur ses béquisses !

— ... ?

— D10, dorsale 10, ça indique la hauteur de lésion sur ta colonne. Ce pourrait être C1, adieu mes mains, C3 tu seras tétra, D6... L2 sauve la queue ! Enfin, D10, c'est une paralysie en dessous des deux tiers de la ceinture abdominale, le bassin et les cuisses sont donc trop inertes, mous, jelly fish, pour espérer te déplacer autrement que dans un fauteuil.

J'ai dégluti en silence, j'ai reposé la question à Fanny, Alain, Bernard. Réponse invariable, nette et précise : fauteuil. Rendez-vous urgent avec monsieur Paul ! Poste 4260, ils vont t'expliquer. J'ai malgré tout imploré des béquilles. Valérie, kinési de son état, m'a regardé comme si j'évoquais un objet non identifié :

— Allez, monsieur Lancry, poussez un peu sur vos roues, on va en salle, première séance.

J'imaginais pourtant trois postures en arrivant à Garches :

a) Couché.
b) Assis.
c) Debout.

Debout le plus souvent, avec tous les appuis, béquilles, tuteurs, orthèses qu'on veut, mais debout! à travailler sans cesse motricité et musculation. J'avais bien remarqué, les derniers jours à la Salpêtrière, l'usage d'un fauteuil roulant pour me conduire aux séances de verticalisation et de soins kiné. Un simple constat d'huissier, comme de les voir user d'un Fenwick pour déplacer une palette de hamburgers congelés. C'était l'outil de manutention du personnel hospitalier, j'étais posé dessus, mais ça ne me concernait pas. Moa, j'arpentais le monde sur mes jambes, avec délai de réparation pour détail. Mais là! J'étais tombé dans la nasse. Et la première chose qu'on voulait m'apprendre, c'était l'«autonomie» grâce au fauteuil! Tourner, virer, girer, tourbillonner, et surtout, tenir en équilibre sur les roues arrière, motrices, afin d'escalader rebords, marches et trottoirs, plats, pentus, en dévers. Petit à-coup des épaules et du dos vers l'arrière, accompagné d'une poussée des bras sur les doubles roues, les roulettes avant décollent, tandis que les mains jonglent pour tenir l'équilibre, comme le fil-de-fériste, lui aussi, avec ses bras-mains, répétait le formateur. Il y a des socles en bois pour construire les circuits les plus accidentés et périlleux, je croisais dans la salle de sports des champions en véhicule course allégé-dépouillé, les roues très à l'oblique, Serge, Gilles, Éric, formule 1, quasi, dans l'adresse et la vitesse acquises. Chacun portant mitaines de pilote débattait des qualités respectives du cuir et du tissu, pour le confort des paumes, l'adhérence sur le métal des doubles roues, la résistance à l'usure... À la casse, fauteuil de mes deux ! Une chaise d'orchestre ! Un tabouret d'académicien ! Un bridge à bascule ! Siéger au canapé, briguer la méridienne, ce qu'on veut, mais plus jamais le mot *fauteuil*.

— Savez, monsieur Lancry ? C'est pas en refusant d'apprendre à vous en servir que vous marcherez plus vite.

Après deux semaines de pratique quotidienne, je connaissais précisément mes besoins en matériel roulant : largeur d'assise, inclinaison du dossier, hauteur des accoudoirs, mesures au centimètre, pile poil ! Allô ? Monsieur Paul ? Oui, demain, 11 heures ? Impec, ça roule ! Son garage est de l'autre côté du Centre, près de la cafétéria. Par grand vent et fortes bourrasques, on peut emprunter le corridor d'entresol où l'on circule aisément à deux engins de front. Des courses, la nuit, avec paris ouverts, y sont organisées, des huitièmes à la finale, pour Gilles ! à 15 contre 1, bras d'acier, poitrine de forge Pont-à-Mousson, olympique, imbattable. Roues montées-crantées très à l'avant du châssis, centre de gravité idem, buste tendu-penché en conséquence, la tête dans l'alignement des pieds, vroom, vroom... Top chrono ! c'est parti, vitesse maxi en quelques mètres, niaoonn ! des bolides, le tunnel vibre, les pneus hurlent, l'asphalte fume, traînée de poussière, 200 mètres de ligne droite, avec personnel paraplégique de sécurité aux portes d'accès, dangereux comme une course de chars au Circus Maximus, niaoonn ! encouragements, ovations, triomphe, embrassades, Gilles Vaillant, sur Küschall, prend deux secondes sur la ligne d'arrivée, ramasse la mise, coupe, champagne !... Retour à l'air libre, au bout de l'allée Netter, descente douce, à gauche. Le garage de monsieur Paul est une galerie voûtée de 50 mètres de profondeur, genre atelier d'aéroport de campagne. Une trentaine de véhicules, du jeune enfant au vieillard, flambant neufs, toutes tendances, des Sunrise, Breezy, Meyra, Poirier (bien diffusés), Küschall, y sont présentés, avec, au fond, l'atelier de maintenance et le magasin de pièces détachées pour le parc roulant du Centre. Monsieur Paul est large d'épaules, barbe fleurie, teint brique du cardiovasculaire en sursis prolongé, gentil, patient. Il déplie devant moi ses catalogues, note les mensurations avec soin. L'entends causer dans un brouillard rouge, suis mutique.

A) Repose-pieds : important.

a) Fixes ou semi : moins d'encombrement.

b) Extractibles ou pivotants : l'accès au fauteuil et le transfert sont plus aisés. Par contre, les 5 cm en plus peuvent gêner l'entrée dans un ascenseur, des toilettes, une salle de bains... choix difficile.

B) Châssis pliant ?

a) Système à croisillons, sans démonter les roues, certes, mais il faut les deux mains pour le plier. Difficile d'opérer la manœuvre quand on est déjà assis dans sa voiture, pour ensuite le hisser dans l'habitacle.

b) Système à barre télescopique transversale. Il faut démonter une roue. En revanche, se plie d'une seule main, et se hisse de même dans sa voiture pour un bras costaud, comme vous.

C) Châssis fixe ? Plus confortable et beaucoup plus cohérent. Aucun jeu dans la structure, aucune perte de perpendicularité au fil des ans. L'idéal pour un sportif. Le fauteuil répond mieux à l'accélération, au virage soudain, résiste aux chocs lors d'un match de basket. Mais, incommode à transporter.

D) Le varioaxe ! Belle trouvaille. Tenue de route maximale en toute circonstance. Le carrossage est modifiable à chaque instant selon la nature du sol. Vous mettez vos roues à une oblique de 10 degrés sur un trottoir à fort dévers. Et juste après, vous passez à zéro degré, roues droites, exactement parallèles, pour franchir un seuil de porte étroite.

E) Les pneus. Finis les pneus de bicyclette ! Trop d'inertie. Du pneu étroit à haute pression, 7-10 bars. Confort et vitesse. Incomparables !

F) Mains courantes. Ce que vous appelez les « doubles roues »... Aluminium ionisé. Il faut les prendre assez éloignées des roues pour poser confortablement la paume des mains et le pouce. Plus vous choisissez un faible diamètre, plus vous accroissez la démultiplication. Vous roulez plus vite, mais ça tire plus sur les bras, notamment pour les manœuvres délicates, en pente.

Il parle, imperturbable. Concis, clair, professionnel et doux à la fois. Le regarde avec des yeux de veau. Suis atterré.

G) Les options. Portent sur les tissus : qualité, coloris ; les coussins, les roues : jantes alu dorées ou bronze, par exemple. L'esthétique est importante. Le fauteuil fait partie de soi. Il vous prolonge. Il le faut le plus homogène à votre corps, et le plus beau, à votre goût.

— Combien ? ! hurle-je, comme réveillé de ma catalepsie.

— 13, 15 000 balles, un bon fauteuil mécanique. 40, un électrique, ça ne vous concerne pas.

— Un engin ! un bon engin !

— ...? Oui !... un fauteuil. La sécu rembourse

3 500 balles, le prix d'un char Renault de la première guerre, voyez ?

— Habituellement, je préfère le cuir pour la moto. Bien que ce soit dépassé aujourd'hui, j'en conviens. Mais, alors, comme tissu lavable, pas ce nylon vulgaire ! Veux bien du Cordura 500, de l'Oxford, ou mieux, du Schoeller K300 ! Ça respire et ça sèche aussitôt.

— Si vous avez une bonne mutuelle, monsieur Lancry, ma foi...

— Le mieux ! Le plus cher !... Explosez le plafond ! C'est la Mère Maison qui casque, plus elle casque, plus elle m'aime, monsieur Paul ! Et pas ce vert, là ! flashi flashi. Couleur écologique des poubelles de métropoles. Non ! Déchet ambulant, soit, mais sans logo ni trompette. Oui, question de goût, naturellement, c'est ça, oui, vert nature, naturante. Bon. Je veux de l'anthracite mat, assez mode, mais classique en même temps. Classieux même. Je prendrai du Schoeller K300 anthracite, mais je veux le dossier sérigraphié ou insolé en gris pâle avec l'image radiographique de mes vertèbres-dorsales-tiges-ostéosynthèse-zévis, en icône, recto et verso, genre enseigne rayon X diagnostic exact, image électrique quasi fluo de la pathologie identitaire, voyez ? Je veux des jantes alu en rouge pourpre métallisé ! Et une tubulure noire. Pas métallique ! en fibre de carbone, on arrive à 12, on gagne un kilo, parfait, non ! une tubulure en titane ! la veux en titane ! Immatérielle ! presque en apesanteur !

Quoi ? trop fragile ? Les doubles roues, c'est possible, oui ? Les mains courantes en titane, donc, on dit que les mains ne glissent jamais dessus, même sous la pluie, adhérence des paumes 100 %, toujours ! Je veux des roulements acier T126 ! Et des pneus haute pression 10 bars, une gomme Mez4, empreintes dissymétriques, profil bas ! Et un varioaxe à reconnaissance vocale ! Nom de Dieu de nom de Dieu, je veux un prototype, top du top ! Une Aston Martin !

— Calmez-vous, monsieur Lancry, c'est prématuré d'envisager l'achat. Peut-être sortirez-vous sur vos jambes, le diagnostic est réservé. Vous ai exposé les bases pour qu'on vous ajuste au mieux un fauteuil du parc...

Et dans les couloirs au linoléum luisant, de ma cellule 7 jusqu'à la salle de douches, de rééducation, de sports, d'ergothérapie, jusqu'à la piscine, la cantine, les chiottes, la cafète, je conduis maintenant le même engin bleu, à repose-pieds extractibles, châssis pliant et carrossage 5 degrés ; les pneus haute pression crissent dans les virages, je pousse vigoureusement des bras sur les mains courantes, tiens l'équilibre sur les roues arrière, freine, vire, slalome, à droite, à gauche, zon ! zon ! demi-tour, accélérations, vroom, dérapages, tiens ta droite, ducon ! évite les carambolages, les fauchages de piétons, je ne marche toujours pas, on construit peu à peu le véhicule de mon squelette, idoine, perso, sans commentaire ni stupeur, suis basculé dans le monde des roulants. J'ai envie d'hurler, monsieur Paul ! professeur Adès ! madame Raymonde ! mademoiselle Laure ! papa ! maman ! Dieu ricane, attend son tour, s'étouffera de rire avant. Je suis abandonné ! Pilote à vie ! Viande bagnole, large comme mon cul, longue comme mes cuisses, je veux descendre ! Même 100 mètres à l'heure, voudrais marcher ! gauche, droite, gauche, en cadence et musique militaire, le tour du monde en 8 milliards de pas, veines boursouflées en varices monstrueuses, peau couverte de scrofules, boutons de moustiques et morsures d'aoûtats, cors aux pieds, ongles incarnés et yeux-de-perdrix, s'il le faut, voudrais marcher, nom de Dieu ! Ah ! beauté des jambes : triceps, quadriceps, couturier, jumeau, soléaire, long péronier, beauté !

Me souviens du premier dimanche matin. Suis assis dans la 204, à côté de mon père. Il ne dit rien, nous avançons sur une route étroite et défoncée, entre Gonesse et Aulnay, aux abords de l'aéroport du Bourget. Terrains vagues, buttes de remblai, mauvaises herbes, flaques d'eau grises, vastes comme des étangs, carcasses de voitures. Il ralentit, s'engage dans un chemin boueux, on roule toujours, je m'étonne, il scrute, il cherche, puis gare la Peugeot sur un dégagement presque sec. On sort, il tire du coffre une pelle à charbon et deux sacs à farine vides. On traverse le chemin, on zone dans la zone, posant nos pas sur les plaques d'herbe. Ça y est, il a trouvé ! C'est au bord d'une espèce de cratère, il tâte le sol de la main, gratte avec la pelle, oui, c'est de l'argile verte, pure, intacte, de toute apparence, non mélangée aux sable, calcaire, déchets hospitaliers, radioactifs, et huiles de vidange. Je tiens un sac ouvert, Robert creuse, bêche, enfourne, ça colle, c'est gras et lourd, nous faisons les premières réserves d'argile pour la maison. L'argile verte, en matériau thérapeutique, radiations terrestres positives pour les os et organes, vertus curatives en sus pour la peau, les cheveux, les hématomes, encore peu usitée dans les années 60. Maman s'en met en larges biftecks sur les vertèbres pour éradiquer l'arthrose, sur son genou défaillant qui coince et gonfle, sur mon foie pour compenser les insuffisances biliaires, papa, dans la pliure de l'aine pour neutraliser l'hernie et raffermir les tissus, maman encore, en macération capillaire vitaminante pour sa chevelure crinière qu'elle a, noire, flamboyante, jusqu'au milieu du dos. Un grand saladier en terre, rempli d'eau et d'argile toujours prête à l'emploi, est posé dans le fond de la baignoire, il y a des bandes blanches de vieux drap blanc découpé, propres, qui sèchent au-dessus de la même baignoire bleue, à disposition, pour confectionner les cataplasmes. La thérapie domestique, en socle terrestre et supplétif universel à toute pratique magnético-mystique irradiante, se résume en une seule phrase : faudrait mettre un cataplasme d'argile... large comme la main de mon père, épaisseur moyenne : 3 à 5 centimètres, deux heures minimum d'application, ne manipuler la glaise médicinale qu'à l'aide d'une spatule en bois, le métal contrarie les radiations, comme pour un four à micro-ondes, pareil ! qui n'existait pas encore, mais ça illustre. Seule limite à la posologie, en contre-indication virulente : vous rend insomniaque si on cataplasme chaque jour. Donc, un sur deux. C'est efficace, j'en conviens. Simplement, on se balade dans la maison soir et matin, avant ou après le travail et l'école, avec d'énormes bosses-poches verdâtres, dans le dos, sur le bas-ventre, le foie, le genou, le coude, le poignet, comme des blessés graves, pansés-bandés, qui saignent vert, à l'arrière du front où c'est la guerre totale contre les maladies fléaux. En regard de quoi les bains de siège glacés de Rika Zaraï sont un cautère sur des fesses de bois. Les deux sacs sont pleins, 50 kilos, un mois de provisions, papa la pelle et un sac, moi l'autre, plaques d'herbes sèches, hop, hop ! dans le coffre, embarqués, vroom, vroom, c'est reparti, parce que l'argile concassée, vendue par sac de 2 kilos dans les boutiques de régime, diététique, produits de santé, au rythme de notre consommation, c'est franchement cher. On reprend la même route perdue, trouée, on longe un parking désaffecté à 100 mètres de la nationale, Robert donne un coup de volant, se gare le long d'un reste de trottoir, face à l'esplanade de bitume piqué de mauvaises herbes. Point mort, il tire le frein à main, se tourne vers moi, et comme s'il sortait une colombe de son chapeau, il demande :

— Tu prends le volant ?
— ... ? Je peux ? Tu crois ?
— Bien sûr, tu peux. Allez !

À 12 ans, frissons de joie, rite de passage, je quitte le monde des enfants. Pas de console centrale, m'assois derrière le volant, Robert fait le tour de la voiture, s'installe à ma droite. J'avance le siège, redresse le dossier, desserre le frein à main, emballe le moteur, la voiture bondit, hoquette, cale, plusieurs fois, mon père reste calme, réexplique le dosage pied droit-pied gauche... ça roule, ça décolle, mouvement miracle qui m'enlève par la force des chevaux-vapeur, ne suis plus passager, paquet, les chevaux me prolongent, suis puissance mécanique, et trace sur le parking d'inlassables circonvolutions en première et seconde, un simple geste talon pointe : je plonge, ébahi, dans la motricité à explosion, suis devenu moteur. C'est pourquoi. La corvée d'argile, mensuelle et dominicale, je veux bien, chaque semaine, triplons la fréquence des cataplasmes, prenons des bains d'argile dans la baignoire bleue, tournons verts et insomniaques, dilapidons, distribuons, gratuite, la glaise salvatrice, aux arthritiques, rhumatisants, semi-chauves, hépatiques et malades de la peau. Allez, flac ! 30 kilos pour les ovaires nécrosés de madame Percheron, flaf! 25 pour les douleurs cervicales de madame Collier, floc! 80 pour les enrouements de gorge du père Louis et de son boxer, 100 pour les saules et les pommiers de monsieur Lambert, couverts de parasites. On bêchera, on charriera toutes les argiles des terrains vagues entre Aulnay et Le Bourget, quelques centaines d'hectares, mais à chaque livraison, m'arracherai à l'inertie pédestre, redeviendrai mouvement, moteur.

Voilà. Six ans plus tard, partons à la montagne, papa, maman et moi, qui passe mon permis dans cinquante-trois jours. À force de pilotage furtif sur de tranquilles départementales, suis devenu moteur sous tous rapports de boîte : première/deuxième/troisième/quatrième, et marche arrière, rapport court, sec et bruyant, rapport long, fluide et silencieux. Nous quittons la N 6 à Mâcon, direction Bourg-en-Bresse, Annecy, La Clusaz. La N 79 est large et peu sinueuse jusqu'à Ceyzériat où l'on aborde les massifs montagneux.

— Tu conduis?

Ne dis jamais non, sauf qu'on est sur une route officielle, chargée en trafic vacancier. Je m'installe, démarre, épouse le flux touristique, sifflote en conducteur tranquille. On parle, peu, suis concentré tendu, malgré tout. Soleil calorifique, ciel bleu, sommets enneigés, virages bien dessinés, 200 kilomètres à parcourir. Waoon, waoon, cela fait une heure que j'évite les accidents. Je pose une question, lance une remarque, et là, flop ! tombe à plat, sans réponse, silence radio dans l'habitacle. En rétrovision, j'aperçois Andrée, assoupie, la joue posée sur le dossier de la banquette. Devant, Robert ronfle, légèrement, la bouche entrouverte, la tempe contre le montant de la portière, l'heure de la sieste, confiants, abandonnés à ma trajectoire. Je resifflote. Adulte. Reste la peur du gendarme, postés par trois, au bord de l'asphalte, fréquents en ces journées de circulation queue leu leu. Il aurait suffi d'un simple contrôle de papiers pour découvrir le pot aux roses, avec interdiction de conduire pendant plusieurs années. Aussi, songeâmes intensément à l'esquive. Solution : échanger nos places ! Mon père passe par-dessus, et moi par-dessous. Non, l'inverse, mon père passe par-dessous, et moi ! par-dessus. Ne pas se tromper. On recommence : toi, par-dessous, moi, par-dessus. Beaucoup d'essais. Synchro parfaite. Devenu instinctif. Top chrono ? 4"5 : Robert en conducteur patenté, son fils en passager modèle, ceintures remises, svp ! Vu de l'extérieur, au travers du pare-brise, c'est une étrange mêlée et un drôle de désordre, commente Andrée... Qu'importe !

1° Repérage du képi menaçant.

2° Arrêt immédiat sur le bas-côté.

3° On rabat les pare-soleil pour diminuer la visibilité dans l'habitacle. 1 seconde.

4° Je passe dessus, tu passes dessous. Enfin,

le contraire, tu vois ce que je veux dire. 2 secondes.

5° On remet nos ceintures. 1,5 seconde. Ni vu ni connu, j'␣t'embrouille.

Seule anomalie dans le dispositif, mon père a la peau claire, le front dégagé, le cheveu court poivre et sel, j'ai la peau mate, des sourcils fournis, une barbe noire qui ronge jusqu'aux pommettes, des cheveux frisés qui poussent vers le haut zé côtés, coupe afro Angela Davis. On se ressemble physiquement comme deux gouttes, d'eau et de vin. Aucune méprise possible. Père et fils? Fils et père? Pas plus miscible à l'œil qu'un Béninois et un Islandais. Or nous voici de retour vers Paris. Suis au volant, sur une portion de route montagneuse défoncée, j'aborde un S qui contourne un flanc rocheux, continue sur un vieux pont en pierre — accent circonflexe au-dessus d'une gorge étroite, profonde —, et se termine en une route plus large récemment bitumée. Un panneau à l'entrée du double virage limite la vitesse à 30 km/h. Le S s'étale sur 300 mètres, mais lorsque j'entame la première boucle, paf! plein cadre! trois gendarmes en guet à la sortie de la seconde boucle, de l'autre côté du pont, à vol d'oiseau, 100 mètres à peine nous séparent. Suis minéral, fossile immédiat, quasi arrêté dans cette foutue boucle :

— Qu'est-ce qu'on fait, papa? Dis, qu'est-ce qu'on fait?

— On change ? Tu veux qu'on change ? Décide-toi, bordel ! On couche pas là, vite !

— On peut pas. Ils nous matent. Ils voient tout. Ah la la !

— Ben, avance alors, tant pis, avance, prends un air détaché.

Ils ont perçu mon hésitation, l'amorce de notre mouvement d'échange. Six yeux de la force publique collés sur le pare-brise, je roule en état d'hypnose, regards de poisson du fils et du père dans notre aquarium en surchauffe tropicale, m'engage sur le pont à 20 à l'heure, leurs visages et képis ont suivi en lentes sinuosités le parcours automobile du S, ils se figent, suis à 50 mètres de ma perte, attends l'interpellation, maman prie, je l'entends, fervente, sur la banquette arrière, ils nous détaillent comme si nous étions peints en bleu céleste, la tête nimbée d'or, sur un tapis volant, inexplicable, ne nous arrêtent pas, on se croise en fascination réciproque, un charme nous enveloppe, sommes en arrêt sur image, ça dure des siècles, floc ! ça y est, leurs yeux sont collés dans mon rétroviseur, jusqu'à ce qu'on disparaisse, un virage, 200 mètres plus loin.

1° Je me gare sur le bas-côté.
2° Vais pisser.
3° Bois un verre d'eau.
4° Robert est au volant.
5° Conduirai plus jusqu'à Paris.
Aujourd'hui, voudrais écrire :

4° Suis pour l'énergie pédestre.
5° Marcherai jusqu'à Paris.

C'est donc en viande bagnole que je me suis rendu chaque jour, assidûment, en kinési. Une grande salle de chaque côté de la piscine, équipée de tables d'élévation, d'orthèses, de poids et haltères, de barres parallèles, de sangles de suspension, de miroirs. Il y a toujours quatre ou cinq codétenus qui se verticalisent, seuls, la télécommande en main, choisissant leur degré d'élévation. Dix minutes, bzzz! un peu plus haut. Cinq minutes, bzzz! un peu plus bas. Chacun oscille selon ses sensations entre 60 et 85 degrés de verticale. C'est une chapelle avec les saints en pierre dans leur loge, plus ou moins redressés, plus ou moins renversés, les pieds posés sur les socles semelles, le corps ligoté sur la table élévatrice, le regard emporté dans une espèce d'attente vide. Le retour à une position debout, qui est pour presque tous une position perdue, nous plonge dans une mélancolie indéfinissable et irrépressible. On guette, au fond de soi, la remontée d'un temps où l'on savait marcher. On est tapi, en embuscade d'une impulsion électrique qui descendrait à nouveau dans les jambes, elle ne vient pas, elle ne vient pas, jusqu'à ce qu'on oublie pourquoi on est là, à l'affût, allongé dans les feuilles mortes. Bzzz! on remet la table en position gisant, on défait les liens. Valérie, Alain, Aude continuent sur notre viande leur travail de kinési. Ils massent, triturent les muscles, à pleines mains, nous mettent les pieds, les genoux, le bassin, en extension, en contraction, puis nous retournent sur le ventre, les jambes repliées aux fesses et tenues par des sangles pour étirer les cuisses. Je ne comprenais pas, les premiers jours, ce travail épuisant de malaxage des chairs, on dirait qu'ils se battent avec de la glaise pour que ça trouve forme humaine.

— Vous vous battez pour rien, ça n'a jamais forme humaine, ça ne bouge pas, ça ne bouge plus...

— Peu importe, elle dit. Des muscles non massés, qui ne sont jamais mis en extension, se rétractent, raccourcissent, perdent leur élasticité, deviennent des boules de pierre...

Merde ! je vois mes tendons qui cèdent sous la pression rétractile des muscles pierres, se décollent de leur attache osseuse, schloc ! schloc ! capsule après capsule. Les os ne sont plus tenus, se déboîtent, kling ! kling ! Disloqués. Boules de muscles et os mikado, en vrac, dans un sac pleine peau.

— Comprenez, monsieur Lancry, la forme normale d'un segment de bras, de jambe, c'est toujours le résultat d'un combat équilibré entre les muscles extenseurs et les muscles fléchisseurs. Cet affrontement ordinaire qui se trame dans vos gestes de chaque jour, c'est à nous de le reconstituer.

— Ah ?

Chaque matin donc, après le petit déjeuner, je déboule en bagnole pour assister en dessous du nombril au duel recomposé des extenseurs et des fléchisseurs. Suis le seul perdant, rien ne frémit au fond du corps.

— Dites, professeur Ozias, du tréfonds de mon fauteuil, je pense... Pourquoi vous ne recourez pas à l'électricité pour agiter mes muscles ? Vous l'utilisez pour les électromyogrammes, vous en usez contre la douleur, peut-être qu'à force d'envoyer du courant dans les jambes, ça réamorcerait les réseaux nerveux ? Cuisses de grenouille sur table de dissection : schlic ! schlac schlic !

— Z'avez tout à fait raison, monsieur Lancry, ça se pratique dans les cas d'embolie cérébrale, pour réactiver les commandes encéphalo-rachidiennes endommagées. La mise en motricité des muscles suscite, favorise, provoque parfois un retour de mémoire des commandes centrales. Mais votre cerveau va très bien, encore une fois ce sont les signaux moteurs qui ne passent plus au niveau dorsal.

— Oui, D10 incomplet, je sais.

— Exactement.

— Comprends pas ! Si ce n'est qu'une question d'acheminement du courant, installez un manchon, faites une dérivation, contournez l'obstacle !

— ...?

— Quand un câble est effiloché, on coiffe les

effilures, on tricote, on rafistole avec un brin de câble supplémentaire, et on soude mécaniquement avec un manchon d'aluminium. Si c'est bien fait, il n'y a pas le moindre parasite !

— Lorsque vous avez un hématome de la moelle épinière, le tissu médullaire qui jouxte l'hématome n'est plus innervé. C'est exactement comme si vous coupiez la tige d'une fleur. Le tissu se dessèche, se fane, se résorbe, la fibre nerveuse disparaît, presque. Envisager une dérivation à l'intérieur du canal rachidien ? Le tissu fibreux est trop complexe, intriqué, fondu, microscopique, nous ne pourrions jamais savoir si nous intervenons sur les bonnes fibres, sans parler des réactions biochimiques... et sans compter qu'aucun matériau artificiel n'existe pour assurer votre... soudure. Il y a eu des tentatives de dérivation, mais sur un nerf seul, un gros câble, si vous préférez, à l'intérieur du bras par exemple. On prélève un segment de nerf dans un muscle pour innerver un autre muscle paralysé qu'on juge plus « utile » au quotidien. On a annulé un mouvement pour rendre le mouvement ailleurs, on ne fait que déplacer la lésion nerveuse à l'intérieur du membre, c'est spectaculaire mais peu convaincant. Alors, pensez, dans le canal rachidien !

— J'ai entendu dire que des chercheurs espagnols...

— Oui, une substance moléculaire composée qui fasse repousser la moelle ? Travailler à l'intérieur du vivant, c'est sans doute la seule solution. Elle ouvre de grandes possibilités. Encore faudra-t-il savoir orienter la repousse des axones afin qu'ils se connectent aux cellules auxquelles ils étaient reliés avant le traumatisme. Sous peine d'avoir des muscles sur-innervés et d'autres sous-innervés, avec une inflation anarchique des signaux de douleur et les déséquilibres sensori-moteurs qu'on peut supposer : sur-information d'une zone, sous-information d'une autre... On n'en est pas là. Dix ans peut-être si les politiques acceptent d'y mettre des sous. Si nous avions beaucoup d'argent, beaucoup, monsieur Lancry, avec des programmes de recherche émancipés des lobbies, il suffirait de trois ans, quatre, peut-être, pour tenter les premières applications sur des handicapés. 2 000 paralysés de plus par an en France, 10 000 aux États-Unis, avouez, c'est pas très rentable, politiquement parlant. Vaut mieux aller sur Mars ou inventer une nouvelle arme laser, non ?... Un petit whisky, monsieur Lancry ?

— Un grand, c'est pas de refus.

Je l'avale cul sec à présent, l'entraînement sans doute, entre codétenus. Alcools, vins, spiritueux, cigarettes s'échangent, s'offrent et se parient en quantités industrielles. Emplettes assidues dans le supermarché voisin, de l'autre côté de la colline boisée. 250 mètres de côte 8 %, 300 de descente 12 %. Bien pousser sur les bras, ne pas changer de rythme, caler sa respiration, agripper le regard en haut de la pente, ne pas emballer le fauteuil dans la descente ! Retours plus âpres et délicats, sommes lestés par les bouteilles. Va-et-vient incessants de paraplégiques sportifs-alcooliques et de tétraplégiques à moteurs électriques, type Euro Sprint, version 10 km/h trafiqué à 13. Allers-retours, chaînes, norias, le rayon vins et alcools couvre la longueur du bâtiment, le plus gros chiffre d'affaires, le jackpot du magasin, débouchés assurés, étendre le rayon, diversifier les liquides, discount et promos inutiles, tout part au prix fort, entre trois et cinq bouteilles selon les modèles de fauteuils et la force des roulants ; certains s'allègent en consommant sur place jusqu'à l'heure de la fermeture : éclairage néons, gâteaux d'apéritif, saucisses cocktail, cartes à jouer, dés, dominos, disponibles en rayon, 4.21, belote, poker, ça joue gros, adossés aux hectolitres de marchandises. Nocturnes vendredi et samedi, entrées sorties, vitres automatiques en seuil de saloon, soirs de beuverie, sans jamais descendre de cheval, Centaures 4 grammes dans le sang, les fauteuils font des embardées et slaloms sur les trottoirs, Hamed et Stéphane tournaient sur la nationale, en orbite, un carrefour à l'anglaise sans éclairage, un soir de départ en week-end, « on va à la mer », ils braillaient. Faudrait installer pylônes, câbles et téléphériques, relier directement le Centre au supermarché, promenades de sports d'hiver entre les grands arbres, glisser à hauteur des frondaisons, avec casiers à bouteilles réfrigérés, rendement annuel garanti, poésie aérienne. Centaure, Pégase, Bacchus... associés. Seule anomalie : les moins fortunés achètent une livre de tomates en grappe, deux chipolatas sous cellophane, un pot de moutarde condiments, et passent à la caisse, assis sur quatre bouteilles de Ricard, bourbon, cognac, glissées sous les coussins du fauteuil. Les caissières n'osent pas fouiller les handicapés : allez ! debout ! mains en l'air ! jambes écartées ! mais les seuils magnétiques se mettent à hurler.

— Allô ? le commissariat de Vaucresson ? On a coincé un voleur à la tire ! On vous attend ! Vite !

Pin-pons d'urgence, crissements de pneus, les forces publiques giclent des Renault Scénic, déployées en battues guerrières et tireurs d'élite, on cerne le magasin, le paraplégique pris en étau ! Il se rend ! Au poste ! Merde ! On peut pas l'embarquer, ça rentre pas, portières, hayon trop étroits pour les Centaures à pneus haute pression. Faut appeler le fourgon ! Dépêchons, dépêchons ! Y a désordre, l'image de marque de la chaîne, toute dévouée à sa clientèle, qui fait embastiller les handicapés ! Quatre heures de garde à vue, rapport de police.

— Allô ? le service du professeur Ozias ? Un certain Manuel Serrano ? oui, c'est un de vos patients ?... Vous le ramène menotté, en cellulaire. Faut surveiller vos malades !

— C'est pas un pénitencier.

Vroom, vroom! Pin! Pon! Pin! Devant l'entrée de Raymond-Poincaré, barrières levées, bacs géraniums, pelouses, piste héliport, silence, hôpital, roulez lentement.

— Vous en prie, monsieur l'agent, vous en prie, déposez-moi ici, pas devant l'entrée du service. Pas devant les collègues! J'ai honte, monsieur l'agent, recommencerai plus, promis, craché par terre, non! pas sur vos pompes cirées, monsieur l'agent.

Pour le shit, hasch, herbe de Katmandou et champignons hallucinogènes, le réseau fournitures est plus opaque, sans devanture ni raison sociale. C'est là, ça circule, eau et gaz à tous les étages, un étant donné. À 19 heures, quand les salles de travail et les bureaux sont fermés, le personnel soignant parti, le combat s'arrête, sommes suffoqués de désœuvrement, respirons un silence de mort. Beaucoup se terrent dans leur chambrée, devant un plateau repas et la TV. Les plus désespérés errent dans les couloirs vides, ceux du secteur A3, principalement : Alain, Gilles, Hamed, Stéphane, Tadeusz, Manuel, une femme ou deux : Fanny et Rolande, parfois Kéo, et on finit souvent nos déambulations fauteuil dans la salle de convivialité, c'est écrit en toutes lettres sur la porte. Il y a cuisine équipée, vaisselle, table et chaises. On mitonne des petits plats pour les grandes occasions : anniversaires, fêtes, visites inattendues, avancées miraculeuses vers la motricité, retour de bandaison, mais le plus souvent, le cœur n'y est pas. On prépare un café, un thé, une tisane, on ouvre les bouteilles de cognac, whisky, fine Napoléon, on sort les cartes à jouer, les cigarettes, on confectionne de grands pétards format famille nombreuse, on compte nos petites coupures et pièces de monnaie périssables. On est calés. Le jeu en éventail dans la main gauche, le verre de scotch dans la droite, la clope coincée aux lèvres, on commence. Tierce ! Quinte ! oui, mais moi : quinte flush ! Salaud ! Et moi, hein ? hein ? poker de dames, les potes ! Enfoiré ! Tricheur ! Oh, oh ! vu ? vu ? poker d'as ! allez vous faire foutre, les mecs ! Pardon, Rolande ! Je ramasse ! Dans une atmosphère bleutée, puis un épais brouillard aux flaveurs piquantes exotiques, avec des voix de plus en plus graves, qui vacillent et balbutient jusqu'aux lueurs de l'aube pour chasser l'effroi, le diable et autre malin de la nuit, qui nous invitent, insistants et charmeurs, à leur donner la main pour une dernière descente.

*

À leur âge, Georgette et Auguste ne peuvent plus atteindre seuls la forêt de Vaucresson. Depuis Asnières, pas moins de six correspondances. Ils sont donc arrivés en voiture, avec mes parents, ce beau jour de décembre ensoleillé. Je m'étais rasé, lavé, endimanché, ce que je fais solo ! Je roule jusqu'à la salle de douches, me déshabille un peu désordre, tiraillant par secousses le pantalon de pyjama. Suis nu. Approche millimétrée du fauteuil waterproof ancré sur le carrelage blanc du mur. Bien viser pour le transfert, hop ! forte poussée des bras sur les accoudoirs de mon roulant, balancement ample du dos et du cul, floc ! atterrissage pleines fesses sur l'assise plastique, en évitant de s'écraser les précieuses, s'il vous plaît. J'ouvre le mélangeur et peux siffloter comme tout un chacun sous sa douche. Essuyage approximatif, retour fauteuil drapé dans la serviette-éponge, à l'indienne. Saute dans le plumard et m'habille sur le dos, ni soie, ni lin, ni flanelle, tissus infroissables de préférence. Suis coiffé, pomponné, sourire pinces à linge pendu sur le fil. Entrez ! suis prêt.

Il y a toujours un blanc de trois secondes, le temps d'ingérer la vision de ma carcasse, non plus trônant sur le fauteuil fixe de la 612, mais circulant dans un roulant que je manie volontiers comme un acrobate de cirque. Mon adresse inquiète. On me voit installé là, à vie.

Tatie, tonton n'ont pas remarqué en entrant, m'ont vu assis, se sont assis aussitôt, un peu essoufflés, Robert est parti chercher deux autres chaises dans le couloir, on est un peu serrés dans l'individuelle à barreaux pour poseur de bombes. Andrée n'a pas manqué d'apporter une tarte sablée, farine complète Lemaire gluten 80, à la rhubarbe de jardin poussée au fumier de lapin...

— Tu lui as demandé à madame Martin si ses lapins étaient nourris aux carottes bio et soignés à l'homéopathie ? Sinon, je mange pas !

Regard vitreux de maman, traits figés, qui sourit enfin.

... légèrement caramélisée au sucre de canne roux, et deux bouteilles de jus de fruits sauvages des forêts du Poitou. Incontrôlable.

— En parlant de madame Martin, Vanessa ne veut plus venir te voir. Qu'est-ce que tu lui as fait ?

— Ah ! j'aurais tant aimé... roulée comme elle est. Ses seins ! Ses fesses ! Une naïade ! Ferait bander un mort !

Tatie regarde ses chaussures. Tonton glousse en coin, il hoche la tête, ses oreilles tournent vermillon. Mince, mince !

— Arrête tes bêtises !

— Entre la secte japonaise et le droit financier international, elle a de quoi s'occuper. Ah déesse ! Sculptée ! De quoi en avoir la bite bleue à force de...

— Ça va pas, non ? Qu'est-ce qui te prend ? Devant Georgette et Auguste !

— Mince ! oh mince !

On change de sujet. Le pape en Colombie sans une capote en poche, le sida en Afrique, les milliards du FMI sur les comptes suisses de Boris

Eltsine, le Kosovo, la paix entre Israël et la Palestine, Chirac à La Bourboule (encore ! ?), les massacres en Algérie, on s'empêtre dans la misère de l'époque, la mauvaise pente, la nuit terrestre, on est rarement d'accord, ou bien c'est un malentendu. Quant au présent, le nôtre, c'est un avenir menacé ou improbable. Oh ! Oh ! vite ! on plie les gaules, on fait retraite, fissa, dans les souvenirs, again, notre passé est un acquis ! paisible, pacifié, l'empreinte de son corps y est inscrite, sur mesure, chaude et douce, chacun y retrouve sa place, parce que c'était, ce fut, ça a eu lieu, et que nous sommes encore là, réunis, « nous cinq ». Mais ces moments vécus, songe-je, tous liés à l'enfance, revêtent pour moi une espèce de nécessité et d'évidence heureuse qu'ils n'avaient sans doute déjà plus pour eux, adultes, se coltinant la misère de leur époque et le choix approximatif de leur vie. N'empêche ! Sont d'accord, unanimes, pour un repli stratégique et tactique sur les sols inviolables du passé. On feuillette les fiches, on clique « vacances », on ouvre le dossier. Les Landes, La Hume où Georgette et Auguste louent chaque été un deux-pièces, le bassin d'Arcachon, la dune du Pilat qu'on escalade, titubants, secoués de fous rires, ce n'est que du bonheur, un miel d'acacia qu'on se passe sur la langue, ou une gorgée de grand cru, tiens, un saint-estèphe, qu'on roule au palais. Un bonheur trop tardif assurément ; Georgette et Auguste n'osaient demander à mes parents de m'emmener avec eux. Andrée et Robert n'osaient leur demander de m'emmener avec eux. Quand j'eus l'âge de demander, j'avais 13 ans. Mes parents prenaient trois semaines de congé en septembre, il fallait m'occuper tout l'été, il fallait « prendre l'air », le bon, et ingérer des nourritures, les bonnes, pour m'assurer une croissance saine et vigoureuse. À la rubrique été, air et aliments, Andrée lisait les petites annonces de la revue *Vivre en harmonie*, trimestriel militant des végétariens pionniers, années 60, dont le chef spirituel et diététicien, certes compétent, était Raymond Dextreit, héritier des thèses nutritionnistes du docteur Paul Carton.

On dégote d'abord deux femmes dans une vieille demeure, sur un plateau perdu de la Drôme, battu par un vent chaud, trois arbres, une esplanade de poussière, dix maisons en pierre, et une église. Mégères, matrones, marâtres, elles parvenaient à entasser une dizaine d'enfants dans deux piaules, et les nourrissaient de bols de courgettes bouillies. Huit semaines à ce régime, nous avions faim, et je traquais les noyaux d'abricot, entre les pierres, au pied des terrasses, pour en manger les amandes, rêvant la nuit d'ouvrir les buffets pour m'empiffrer des nourritures qu'elles se servaient copieusement au deuxième service. Elles me trouvaient constipé, et me clouaient des heures sur la cuvette des chiottes. Il fallait que je chie ! J'attrapais des engourdissements profonds dans les cuisses, les courgettes devaient partir en eau, sueur et urine, mais il faut que tu chies! on te répète, tu bouges pas de là tant que tu n'as pas transformé en belles matières fécales ce qu'on t'a généreusement offert. Ah bon? J'ai donc découvert que mon cul n'était pas seulement pourvu d'un trou, puisqu'à pousser comme un sourd, de toute ma force abdominale, l'extrémité du rectum, rouge vif comme le derrière d'un babouin, finit par sortir dudit trou, poche cylindre dur gros comme mon pouce, qui m'écartait les fesses de manière désagréable, et que je pris trois bonnes secondes pour un étron qui résistait à sa chute. Ainsi y avait-il des formes, des volumes et des couleurs, dans l'obscurité du corps, dissimulés sous la peau. Mince, oh, mince, dirait Auguste. Je dus me servir de l'index pour remettre l'anus à sa place, sans tenir particulièrement à renouveler l'expérience anatomique. Pour qu'elles me foutent la paix, il m'aurait fallu voler la merde des voisins, et la mettre au fond de ma cuvette faïencée blanche, c'est fait, mesdames, pouvez admirer, suis libre! Mais je manquais d'imagination. Lorsque mes parents vinrent me chercher, après soixante et un jours de courgettes, j'avais presque 6 ans, je les vois traverser la place de terre grise, ils approchent, leurs contours vibrent dans les volutes d'air brûlant... Ce fut comme une apparition.

On dégote ensuite monsieur et madame Vinay, dans la Drôme encore, non loin de Crest.

— Cet homme est bon ! Dieu est dans ses yeux...

— Merde, merde, merde... Robert en aparté.

— La foi brille d'une telle lumière dans son regard ! C'est un mystique, un vrai ! pas un bigot, manières, falbalas, stucs, ors et liturgie. Jésus est un homme simple, pauvre. Lui, c'est pareil ! Et il reçoit ! Qu'est-ce qu'il reçoit ! Di-rek-te-men... (Axe vertical, fil à plomb, rayon laser, 90 degrés). On ne s'arrêtait plus de parler. Quatre heures ! Quatre ! c'était dix minutes, oui. Enfin ! Enfin ! Merci, mon Dieu ! On a trouvé ! Et puis, tuer les animaux, manger de la viande, du vivant ! de la barbaque, du cadavre, non ! il peut pas ! ça... ça le répugne. Il cultive ses champs, il se nourrit de ses légumes, c'est... c'est l'harmonie ! Lucas sera très bien.

La ferme se situe sur un étroit plateau, on y accède par un chemin pentu, raviné et caillouteux. Un terrain plat, herbeux, planté d'un poirier à guêpes plus nombreuses que les feuilles de l'arbre, devant les deux bâtiments, un flanc de colline couvert d'une forêt dense de chênes-lièges, de hêtres et de...? à l'arrière. Les Vinay ont deux fils, une fille, et gardent sept enfants qui dorment dans une piaule au premier étage. Le paysan qui avait Dieu dans les yeux s'était hautement spécialisé dans une agriculture ternaire : haricots verts, oignons, patates. Il écoulait bien sa production de pommes de terre, et nous mangions invariablement ses surplus d'oignons vaguement bouillis, mal cuits dans une poêle trop profonde, avec de l'huile d'arachide, en alternance avec ses surplus de haricots stérilisés en bocaux Le Parfait, puisqu'à force de ne plus pouvoir les ingurgiter en temps réel, au rythme effréné de la nature, il fallait bien les stocker en des piles et des piles chancelantes, des centaines de bocaux invendables, occupant une remise, tandis que la lessiveuse bouillait, fumait, chantait, à longueur de journée. Équipé d'un alambic, le père Vinay aurait su inventer le fameux alcool de haricots verts. Dans la douceur dorée du soir, nous arrosions ses putains de haricots, des lignes et des lignes, sans fin, et le matin, en faisions la cueillette, des paniers et des paniers, sans fin. En journée, nous sommes indiens, fabriquons des arcs, des tomahawks, construisons des cabanes dans la forêt, admirons le fils aîné, Félix, apprenti plombier, qui exécute des acrobaties sur sa moto rouge, entre le poirier et la ferme, dévorons au goûter un grand morceau de pain blanc avec de la compote en boîte de 5 kilos.

— Comprenez, madame Andrée, nous ne gardons pas des enfants, nous leur offrons un été rempli d'amour, où ils s'imprègnent des beautés de la nature et du lien vrai à la terre. Les graines, les tiges, les feuilles et les fleurs, les légumes, enfin. Et l'eau ! si vitale ! Oh ! oui, Dieu m'entend, je le vois qui opine.

Nous levons la tête, un sursaut quasi réflexe...

du plafond fissuré pendouillent des rubans de colle marronnasse couverts de mouches agonisantes.

Andrée hausse les épaules.

— C'est en lui qu'Il est. C'est là qu'il faut chercher ! Là ! (index et majeur en V, comme pour se crever les yeux). Votre ignorance sera bientôt de l'hérésie. Renégats !

Je n'étais pas maigre, j'étais bronzé, l'été suivant, je repartais chez les Vinay. Nous restions cinq enfants. Les patates continuaient de bien s'écouler sur le marché, les gros oignons blancs séchaient sur des mètres et des mètres carrés de claies dans les greniers, pendaient en lourdes grappes aux huisseries des portes, exhalaient une odeur piquante, fruitée, dans la chaleur sèche de midi, et les bocaux stérilisés Le Parfait envahissaient remise et fond du hangar, un cancer de haricots verts. Leur situation financière se dégrade, mère et fille ont accepté un travail à la ville.

— C'est une Sodome ! Je vous interdis ! Vous prostituer là-bas ? Espèces de traînées ! Et dans un abattoir !

Il n'avait jamais pu vendre ses bocaux au marché de Crest. Ça montait en lui, une haine delirium des citadins dégénérés, qui préfèrent des haricots frais aux siens, sous verre, trop cuits, couleur épinard. Il faut ajouter que Brigitte (la mère) et Sylvie (la fille) l'ont poignardé dans le dos en prenant l'embauche dans l'unique usine de la région, ultramoderne, qui fait l'élevage, l'abattage et le conditionnement de poulets et dindes en batterie. Quand le père était au champ, on surprenait les fils dans le hangar, se goinfrant vers 11 heures de rôti de dindonneau fumé sous cellophane, que mère et fille achètent presque gratos dans l'entreprise même. Le paysan de Dieu avait le dos au mur. Un soir, à table, que Brigitte Vinay rétorque :

— Non ! On quittera pas l'usine !

Il se lève d'un bond, renverse sa chaise, traîne la Brigitte dans la cuisine et : schlac ! un atémi du tranchant de la main dans le cou de sa moitié, style karatéka épileptique, laquelle s'effondre sur le carrelage, sonnée. Il grimpe l'escalier menant aux chambres, renverse du pied en penalty les monceaux de journaux et revues empilés sur les marches, un bruit d'avalanche, et il hurle : putain ! putain ! deux fois. Silence de mort. Une minute. Brigitte se relève, revient à table, nous finissons nos oignons, accompagnés ce dîner-là, aubaine, d'une omelette épaisse, trop cuite, façon espagnole. À l'heure de sa sieste, nous marchions également sur des œufs. Il suffisait qu'on joue trop près de la maison, avec un vent mal orienté qui portait nos cris et nos rires, il dévale l'escalier, sort en courant, s'approche des enfants sans un mot, et nous balance des torgnoles sur les joues à nous dévisser la tête, on tombait à genoux, presque sourds, ma première expérience du pain dans la tronche, j'étais proche du knock-out. Après le goûter, il embarquait la marmaille dans la remorque de son tracteur, et nous conduisait à dix minutes de là, dans son champ de pommes de terre. On empruntait une communale tirée au cordeau, une descente d'un kilomètre à 18 %, il coupe le contact, met au point mort pour économiser le carburant, et on dévale la pente, ivres de vitesse, cheveux au vent, tressautant dans la remorque vide, comme du pop-corn dans une poêle brûlante. J'aimais me tenir debout, les pieds sur la flèche de l'attelage, derrière le père Vinay, une perte d'équilibre, la remorque en travers, et j'étais chair à pâté. Après le tour de manège, on arrache les patates, on les nettoie, on les ramasse dans des caisses de 25 kilos qu'on transporte dans une grange, il nous houspillait :

— Plus vite ! plus vite ! c'est quoi ces morveux qui sont à deux pour porter les caisses ! On rentrait fourbus, hagards. On pensait à ces satanées patates, z'avaient l'air bonnes, on n'en mangeait jamais, il vendait tout.

Haricots-oignons-pommes de terre/arrosage-cueillette-arrachage. On trime six heures par jour, faut compenser l'absence des femmes parties à l'usine. N'avions plus la force de construire nos cabanes, les Sioux des grandes plaines sont nomades, le lien vrai à la terre, on y était.

L'été suivant, on dégote sur annonce monsieur et madame Dalheine, lui, squelette, elle, obèse, paysans et végétariens, toujours, une ferme près de Nyons. Leur fils est représentant, il sillonne la France dans son G7 aux couleurs des produits de régime Céréal. Leur bru a un visage d'âne.

— C'est frappant, répète Robert, vraiment, d'âne !

— Mais, monsieur Lancry, lui soufflait-elle, un demi-sourire en coin, l'existence de Dieu ? Vous en doutez encore ? M'enfin ! Regardez autour de vous, voyez ? voyez ? Il est là, partout ! Vous en avez la preuve, non ? C'est insensé comme question.

Songe aussi à madame Schmidt, harmoniste, veuve d'un militaire, près de Montereau...

— Chéri ! tu te rappelles quand t'es tombé de vélo ?... Oh oh ! chéri ? tu rêves ?

— Pardon, tatie, j'étais distrait... Suis sorti en dérive du bassin d'Arcachon et de nos souvenirs de bonheur.

— ... oui, tu te souviens ? ta chute ? tu es arrivé les avant-bras et le ventre en sang. Je t'ai enlevé les graviers un par un avec une pince à épiler. J'étais folle ! ah la la ! sacré loustic, va !

À force d'entendre ce mot, tendre dans sa bouche, j'ai consulté le dictionnaire. 1759. allemand *lustig* : « gai ». spécialt. « bouffon attaché aux régiments suisses ». J'ai l'âge d'être un vrai loustic, tatie, à 43 ans, dans mon fauteuil d'acrobate... Chutt ! mettez dix balles dans la fente. Souriez ! souriez !

— C'était dans une rue de La Hume, un mini-vélo. En danseuse. La chaîne s'est bloquée dans la roue. Suis parti en vol plané par-dessus le guidon.

— Oh ! tu te rappelles ?... Ça, c'est pas les vacances, mais j'y pense à cause de cette chute. Quand on allait le jeudi chez ma sœur, Marie ? Tu voulais prendre les patins à roulettes. Heureusement, je ne t'autorisais à en chausser qu'un à la fois !

Oui, je me souviens de Marie, sa sœur modiste, à l'inverse de Georgette, très femme femme, une élégance parisienne style *Jours de France*, extravertie, pas la langue dans sa poche, disait Georgette presque admirative. Qui fréquentait surtout ses clientes du XVIe arrondissement, à qui elle confectionnait de belles capelines pour les promenades au bois de Boulogne, les dimanches ensoleillés. Elle était enjouée, riait beaucoup, bien qu'affublée d'un mari petit-bourgeois à canne et chapeau, qui avançait dans la vie comme dans le cortège funèbre du roi de Monaco. À 40 ans, il en avait 150, il était né vieux, immobile, un visage-masque qui ne disait rien, Émile, un puits de silence sans eau. On prenait le 74 à Asnières, non loin du cimetière des chiens, on s'arrêtait porte de Clichy, on montait dans le Petite Ceinture, on descendait à la Muette. C'était à 300 mètres de l'arrêt de bus, un deux-pièces au cinquième étage d'un immeuble haussmannien. Marie gardait sa petite-fille le jeudi, et on allait au bois tous les quatre, avec une paire de patins à roulettes.

Derechef. Georgette et Marie. Famille bretonne pauvre, sept enfants. Le père travaille à l'arsenal de Brest, la mère est dentellière : un sou puis un sou puis un sou font de maigres économies qui permettent d'acheter à chaque enfant une orange et un sucre d'orge à Noël. L'évolution des acquis relève d'un principe mécanique d'accumulation.

— Tu apprends à te servir d'un patin ! après, tu chausses les deux. Écoute, chéri, écoute ! Prends ton temps, applique-toi. Rends-toi compte ! déjà avec un, la difficulté !

Alors je m'élance sur un patin, la jambe motrice pliée, trop longue de la hauteur des roulettes et de la semelle métal. Je boîte : cling ! schmouf ! cling ! schmouf ! clingschmouf ! vlam ! le pied roulant accroche sur des châtaignes, je bute, trébuche, cours après le centre de gravité, m'étale vers l'avant, paumes de mains fumantes.

— Fais rouler le patin, chéri ! fais rouler ! pense aux patineurs.

L'émulation nous tient. Martine, la petite fille de Marie, a chaussé l'autre patin, clopine et se rétame de la même façon. Raoum ! schmouf ! raoum ! schmouf ! J'allonge comme je peux la jambe patineuse, mais l'autre, piétonne, bloque le mouvement, une jambe de bois, vrillant les hanches. Raoum ! schmouf ! raoumschmouf ! le pied roulant part si loin en oblique qu'il entraîne l'autre, les deux montent au ciel, reins et coccyx claquent le bitume. Des heures durant, Martine et moi tentâmes l'impossible, brassant l'air comme des nageurs presque noyés. On chancelle, on titube, on vacille. Glissades, renversements, culbutes, pelles, bûches, gadins, gamelles, gesticulations pathétiques, résistance vaine au déséquilibre, chorégraphie exhaustive du destin de la chute, le moindre passant qui s'attarde trois minutes devant le spectacle de ces deux enfants emportés dans la quête physique, quasi métaphysique de la verticale, pisse de rire. Plusieurs jeudis de suite. Patiner avec un seul patin puis deux. Le raisonnement de Georgette m'apparaît infaillible, juste, logique. Un puis un. Commencer par le gauche, par le droit? J'ignorais que c'était comme une vision du monde.

— Tu construis les fondations, le premier, puis le second étage. Enfin, le toit.

— Tu apprends à glisser sur un ski, après tu glisseras sur les deux.

— Chaque chose en son temps. Apprends à marcher avec une jambe, après! tu marcheras avec les deux.

— Commence à manger avec une baguette, bientôt tu prendras les deux.

— Apprends déjà le sens du mot *oui*, après tu apprendras le mot *non*.

— D'abord, monsieur, ensuite, madame, ou l'inverse.

— Homme puis femme.

— Garçon/fille...

Autant dire que je n'ai jamais su patiner.

On a mangé la tarte de maman, les bouteilles de fruits rouges sont vides, Auguste est repu, comme soulagé; envolée son inquiétude sourde dans les yeux, le plat est vide, son ventre est plein, l'ordre des choses est préservé une fois encore. Andrée se lève, ramasse un sac plastique, me le tend, c'est lourd et rectangulaire.

— Tiens, trésor, une surprise.

Sors le paquet du sac, déchire doucement le papier vert étoilé, trois livres! Une vieille édition rouge et or, Hachette, illustrée de 23 gravures, du *Dernier des Mohicans*, de Fenimore Cooper, Robert l'a pris dans sa bibliothèque d'enfant, *Élan-Noir parle*, long témoignage d'un Sioux Oglala des grandes plaines, de la fin du XIXe siècle, et *Un beau jour pour mourir* de James Welch, romancier indien BlackFeet qui vient d'écrire un essai sur la bataille historique de Little Bighorn où le général Custer et son armée sont anéantis.

— C'est à cause de la photo, l'autre jour, que Georgette a apportée, où tu étais déguisé en Indien. On s'est dit, avec Robert, que ça te ferait plaisir.

— Si ça me plaît? Commencerais bien de suite, oui!

— On pourrait profiter des derniers rayons du soleil pour se promener dans le parc, non? lance Robert.

— Allez ! on y va.

Hop hop, manteaux, chapeaux, on est dehors dans une lumière orangée, au rythme des pas tremblants d'Auguste appuyé sur sa canne. Le parc, c'est beaucoup dire. De grands arbres, quelques carrés de pelouse, de longues allées entre les bâtiments Necker, Widal, le terrain de basket, le bâtiment des enfants, la cafétéria, le garage de monsieur Paul, la piste héliport, je pousse à peine sur mes roues tant nous allons lentement, pelotonnés dans nos étoffes chaudes, sous la frêle caresse du soleil, silencieux, rêvassant, nous cinq, en promenade.

*

Gustave Cabin a tenu parole. Il est arrivé un samedi après-midi avec une grosse enveloppe kraft remplie de photos.

— Toute ma carrière, entre ciel et terre, c'est là... Mais ? t'es bien installé, dis donc, avec la vue sur l'allée et les arbres. Les barreaux, c'est pour éviter les cambriolages ? Dame ! maintenant, c'est partout.

— Tu n'y es pas, Gustave, c'est pour les poseurs de bombes...

— Hein ?

Je pense à Ulrich, peau blanche, cheveux rouges presque ras, taches de rousseur, regard bleu acier, épaules de Viking, 20 ans, chef de bande à Garges-lès-Gonesse, piqué dans le dos avec un poignard de GI par un «condamné à mort, priez pour lui et sa remeu», il répétait, goguenard. Se pensait sur pied dans les trois semaines pour exécuter en personne son agresseur. Ledit couteau de l'armée américaine lui avait entamé la moelle épinière, D8 complet, à vie donc, il ignorait tout, ne voulait rien savoir. Sa compagne de guerre, perruque nylon rose pâle, semelles compensées, talons PVC remplis d'eau turquoise, jupe cuir ras du minou, le nez et les oreilles perforés d'anneaux, les lèvres peintes en vert, et sa garde rapprochée, quatre professionnels, cheveux brosse, démarche de chat, lunettes noires, garaient le cabriolet BMW juste sous ma fenêtre, à une place vacante du personnel hospitalier. Ils entraient là comme pour dévaliser la Banque de France. Ulrich était seul dans une chambrée pour deux, du rap hurlant plein pot du matin au soir, c'étaient de vraies réunions de gang, trois fois par semaine, devaient parler tactiques, stratégies, ralliements, alliances, pactes, territoires, réseaux, commandes, plans, filons, arrivages, clients, concurrence, mais après quinze jours de visites assidues, ne voulaient plus repartir les mains vides, la force de l'habitude, probable. Et ffuit! une télé dans le coffre de la 3.28i, et ffuit! un magnétoscope, deux chaînes hifi, un micro-ondes. Z'étaient pour renforcer l'activité de lecture dans les chambrées, et les repas froids, sans odeur, pour, 100%. La tension nerveuse dans le service était en progression géométrique. Se développait une pratique réflexe, quasi obsessionnelle, de l'inventaire, chacun dressait ses listes, soignants comme soignés, Ulrich fut évacué un mois plus tard, un autre centre dans le sud de la France, en fauteuil, D8 complet, il savait depuis une semaine, devenu muet, le regard fixe, droit devant, ne nous voyait plus.

Gustave s'étonne de la propreté de l'endroit, de la rutilance même, et de l'attention, de la gentillesse du personnel :

— J'avais peur que ce soit sinistre, un peu sordide, tu vois, avec tous ces handicapés, il murmure en roulant des épaules comme s'il voulait se débarrasser d'un vêtement lourd et mouillé.

Il a raison, c'est seulement à la faveur du soir, dans le silence de fosse des couloirs déserts, que remontent les odeurs de Crésyl, de formol, de désinfectants, de serpillière humide, et le parfum rance de sa propre viande inerte, moite, un linge qui ne sèche pas dans une cave aveugle.

— Regarde ta chambre, c'est nickel !

Je ne l'ai pas aménagée, m'y veux de passage, quelques livres sur la table de chevet, un transistor, un bouquet de roses jaunes et blanches que m'a envoyé Mathilde Lefournier qui prend son élan depuis trois mois pour venir me voir. Dans certaines chambrées, de femmes surtout, il y a un bout de mur comme à la maison. Étagères d'angle, photos de famille, napperons, chien de faïence, canevas, posters, Rolande a demandé qu'on lui installe sa machine à coudre, Élodie a reconstitué sa chambre d'étudiante, bureau, lampe halogène, dictionnaires, ordinateur, bibliothèque qui déborde de dossiers et de livres, affiches, photographies, descente de lit, peluches, 10 m² de résistance, elle est chez elle.

— Gustave, un kinési me racontait. Il y a deux ans. Une femme d'affaires, richissime, de Turin. Chute à ski, tétraplégique complète, ne pourra jamais plus bouger que son cou et sa tête. Elle s'est installée dans une chambre deux lits, seule. Négociations serrées, contreparties financières intéressantes pour le service qui manque cruellement de crédits. Bref. Une entreprise parisienne de peinture-décoration intérieure est venue. Une semaine de travail : moquette épaisse, pure laine 6 centimètres, un tissu soie et lin pourpre sur les murs, rideaux, doubles rideaux soie fleurie, patères bronze. Puis un installateur d'alarme... tu vas comprendre, et enfin un camion de déménagement. Ils ont débarqué armoire normande, commode Louis XIV, coiffeuse, lit baldaquin, fauteuils crapaud et Voltaire, projecteur vidéo, écran cinéma, garde-robe avec quarante paires d'escarpins, lampe à bronzer, si, si, tapis iraniens, deux toiles de maître, un Turner, un Manet... non, je déconne pas, trois eaux-fortes de Goya, miroirs vénitiens, deux femmes de chambre à tour de rôle, et un garde du corps à temps complet. Non ! n'étaient pas dans le camion. Une réplique de chez elle, il paraît, elle est restée huit mois. C'était compliqué pour les soins quotidiens, lavage, sondages, examens. Médecins et infirmiers poussaient la porte et... se retrouvaient sur scène, avec, dans les rôles principaux : eux, une femme de chambre, robe noire tablier blanc, un bodyguard chinois, mutique, sapé Boss, Smalto, et leur tétraplégique bronzée, maquillée, noyée dans ses étoffes luxueuses, son lit immense, qui ne gardait qu'une mobilité du visage, des rondelles de concombre sur les joues. Couloirs, salles de soins, bureaux, n'étaient plus que des coulisses. Le professeur Ozias partant la voir en consultation, relevait la tête, inspirait profondément, le regard fixé vers le fond du couloir :

— Ce matin, je suis ?... Macbeth !

Gustave ouvre l'enveloppe, fait le tri, me montre des photos noir et blanc. Il a trente ans de moins, un visage sec, des traits coupants.

— Je commence par le début, hein ? quand j'installais des pylônes et des câbles chez Transel. Ça, c'est dans le Jura... ça, c'est au-dessus de Nice.

Les paysages sont grandioses, d'en haut des pylônes. La vallée de la Valserine (encore...), le barrage de Génissiat, les cascades Hérisson, puis la baie de Nice, en dégringolade, photographiée des massifs de l'arrière-pays, les années 60, ces contrées sont vierges. Suis frappé par le peu de matériel dont les ouvriers disposent. Ils ne portent pas de vêtements de travail, sont en pantalon pull-over blouson. Je vois mon Cabin allongé dans le vide, sur une suite d'isolants céramique, il fixe les derniers boulons, à 80 mètres du sol.

— Tu n'as ni casque ni harnais, ni ligne de vie...

— Non, à l'époque, c'était sans filet. Tu faisais plus attention, c'est tout.

— Tu fumais en ce temps-là ?

— Holà ! trois paquets par jour...

— C'est pour ça que t'es si chiant aujourd'hui avec les fumeurs ?

— ... mmh.

Je distingue un hangar, un type en combinaison et heaume argenté, suspendu dans une nacelle, près d'un câble, un arc électrique incandescent au bout des doigts.

— Tu reconnais ? Le centre d'essais, près de Lyon... suis déjà dans la Maison Mère. Entraînement, test et simulation en TST. Important le stage ! Tu as certains gars, travailler en l'air sous tension avec du 220, voire du 400 000 volts entre les mains, ils craquent, c'est pas pour eux... Là, on est à bicyclette sous les câbles, tu connais. Tiens ! Regarde, en nacelle héliportée.

C'est une nacelle de peintres en bâtiment, posée sur la route à côté de l'hélicoptère. Trois lignards dont Cabin s'y installent avec le matériel. L'hélico décolle doucement, se place 50 mètres au-dessus de la nacelle, les câbles de liaison se tendent. C'est parti, la nacelle s'élève dans le ciel, balcon volant à 300 mètres du sol.

C'est un hélico très coûteux, avec deux moteurs et deux pilotes, en cas de défaillance technique. Ils survolent le lieu de la réparation, un câble haute tension inaccessible au-dessus d'une autoroute, un pont, un fleuve, une gorge, un défilé, s'agit de bien viser entre les lignes électriques, que la nacelle ne se déporte pas, un coup de vent...

— J'avais 50 ans, pile !
— Électrique ?
— ... ? Le boulot, je l'ai fait trois semaines, un chantier et stop ! j'ai pas continué. Rends-toi compte, si ça s'emmêle, que l'hélico puisse plus se dégager, la consigne pour les pilotes, c'est de tout larguer ! Ça s'appelle la vie suspendue à un fil, ça, non ? Suffit d'une perte de sang-froid, d'une incompétence soudaine, mal réveillés, crise de foie, soucis avec leur bonne femme, ils appuient sur un bouton, un ! les treuils sont découplés, se dévident, en dix secondes, on est lâchés, plus qu'à s'écraser par terre. C'est arrivé, tu sais ? La nacelle emberlificotée dans des lignes haute tension, un moteur de l'hélico en panne, une fumée noire ! impossible de déverrouiller les treuils, catastrophe intégrale. L'hélico s'est scratché dans les champs, la nacelle a rebondi sur les lignes, est allée se foutre dans les arbres avec ses occupants, un maximum de dégâts matériels, ardoise salée ! et... et, deux blessés légers ! Une veine de petit Jésus ! Non !

c'est pas pour moi... Sur un pylône, tu te tiens, tu as déjà les pieds sur terre en somme.

Je comprends à l'instant que Gustave a toujours eu l'intelligence de sa survie. Une carrière de funambule, se frottant aux situations les plus dangereuses, jeune, vieux, avec une intuition toujours claire des limites. Ils sont 260 comme lui, acrobates clandestins, à travailler la foudre, demi-dieux pour cela, chaque jour au bord de leur chute. Leur défi nous échappe trop souvent dans nos bureaux d'études. 1983, on adopte le pylône muguet, «premier pylône esthétique», on écrit, c'est une chiennerie pour intervenir dessus, les lignards sont à califourchon comme sur une branche pour travailler à 60 mètres, ça glisse, ça tourne, c'est étroit, aucune prise, condition d'athlète. Mais c'est joli, à l'œil, un pylône muguet, de loin, dans le paysage.

— Dis donc, je vois tes livres d'Indiens, là, tu sais qu'en Amérique, c'est eux qui font notre travail, ils ont un tel sens de l'équilibre, ces gars-là ! sont embauchés en priorité, ne tombent jamais !

— Ah ? j'ignorais. Je savais pour les laveurs de carreaux, les charpentiers et les couvreurs sur les gratte-ciel, mais pas sur les pylônes.

— Tais-toi ! À 120 mètres du sol, sur une cornière, ils marchent comme des seigneurs. On est allés là-bas en 76, un accord de partenariat et d'échange, près d'Aberdeen, dans le Sud-Dakota, l'immensité genre western, pour te situer. Sur de telles distances de câble, tu sais ça mieux que moi, ils doivent envoyer du 760 000 volts pour ne pas... merde ! merde ! je ne trouve plus les photos... Des types adorables, ces Indiens, mais pas bavards. Quand ils sont là-haut, sur les treillis de cornière, on dirait qu'ils écoutent le vide, qu'ils ont des appuis invisibles. Leur centre de gravité, ils l'ont en eux comme toi tu tiendrais une main courante pour avancer. Ils sont toujours dans l'axe, tiens ! comme des chats. L'héritage des grands espaces peut-être...

— Tu dis que sur un pylône, tu as déjà les pieds sur terre, pourquoi ne pas travailler au sol, alors, ou même en sous-sol, c'est moins risqué, non ?

— En sous-sol ? Taupier ? Merci bien ! tu veux m'enterrer ? Dans les tranchées ou, pire, les souterrains ? humides, froids, aveugles toute la journée. Un boulot de bagnard, t'avoueras. Quand il te faut réparer une fuite d'huile dans une gaine d'isolant ? Ça brûle, c'est gras, sale, corrosif. Payés encore moins que nous, eux, franchement smicards.

Je pense à Auckland, février 1998, été caniculaire, panne en sous-sol. Dix jours, onze nuits. Les cols blancs, chaussures de marche, sac à dos, en lentes processions ascendantes et descendantes, dans les spirales sans fin des escaliers de secours. Ils partent vers les sommets des buildings récupérer dossiers et disquettes informatiques, dans une poussière de ciment qui ronge nez et yeux. Bruits de pas en cascades, respirations haletantes, faisceaux de lampes torches, ambiance de messe noire, Tom qui s'effondre au trente-troisième étage, tête ruisselante, chemise trempée, cœur en catatonie. Éléonore, qui tombe en larmes au quarante-deuxième étage, arriverai pas ! arriverai pas ! aidez-moi, veux pas crever ici, vous en supplie, aidez-moi !

— Va te faire foutre !
— Du cran !
— Peux pas t'aider !
— Récupère !
— Respire à fond !
— Pense à ta vieille mère !
— Chacun son karma !
— Décontracte !
— Serre les dents !
— Pas la mer à boire !
— On a tous nos épreuves !
— Imagine, l'Annapurna dans cinq minutes !
— Allez, debout !

Et les élus, sportifs aguerris, pratiquant squash et ski nautique, mollets d'acier, un cœur à 52 battements/minute, qui s'élèvent comme des esprits. Revoir la hiérarchie du personnel, reconsidérer les paramètres de compétence... ronchonne le DRH qui vient d'envoyer son assistant au cinquante-septième étage, qui s'impatiente dans le hall, qui attend, montre en main, son parapheur et ses courriers urgents, à signer.

Dans les salons de coiffure éclairés aux bougies :

— Aïe!

— Oh! pardon! le lobe, oui, coupé, mais léger, hein? Vous avez le choix, oui, sur la tablette des rasoirs : Mercryl, Dakin, Dermaspray, y a pour tous les goûts!

— Ouh! ça fait mal!

— Ah? c'est le menton! ben oui, votre barbe est dure, alors, dame! je finis, hein? et puis un coup de Dermaspray, d'accord?

— Ah! m'avez piqué! attention, merde!

— Ah! zut de zut!... hein? non, c'est rien, juste un dérapage de ciseaux, la joue égratignée, c'est vraiment pas grave. J'ai beau multiplier les bougies, c'est une lumière mouvante, comprenez? ça fait des ombres, pas l'habitude.

Sur les trottoirs, des tonnes de nourritures non réfrigérées, gâtées, surettes, avariées, pourries, s'amoncellent en pyramides de sacs plastiques qui perdent leurs eaux et coulent en flaques nauséeuses sur le bitume.

— d'avions dans les aéroports
— de trains dans les gares
— d'argent dans les distributeurs
— d'alarme dans les banques
— de fontaines sur les places
— d'essence dans les stations
— d'eau dans les robinets
— de voix dans les interphones
— de tonalité dans les téléphones
— de vent dans les ventilateurs
— d'images sur les écrans

— de sémaphores aux carrefours Plus ! Nenni ! Moins que zéro !

Mais ! Cafés froids et bières chaudes servis dans les bars, plateau dans une main, lampe tempête dans l'autre.

Mais ! Ristournes, discount, soldes et remises mirifiques sur tout produit de grand magasin acheté à la lueur d'une lampe de poche, choix approximatif, patentes compensations !

— Vendez pas des bagnoles, genre : BMW, Mercedes, Bentley, non ? pas de rayons pour ça ? ah ?

Et dans un parc d'attractions de la proche banlieue, des dizaines de personnes suspendues dans les airs, en haut des manèges, contemplent le ciel étoilé et la ville éteinte, noyée dans un faible halo bichrome : phares blancs et feux rouges des voitures et camions, agglutinés, fondus, soudés, encastrés, qui fument, vrombissent, et ne bougeront plus de la nuit.

Ni vandalisme, ni pillage, ni émeute, ni panique, les hôpitaux assurent encore les urgences grâce aux groupes électrogènes. Seules les autorités ecclésiastiques tempêtent, en fureur satanique, taraudées de remords. Faut dire ! Le premier soir de la grande panne, un samedi, l'archevêque d'Auckland, Monseigneur Ridley, officiait en personne une cérémonie religieuse d'importance, une fois par an, ce soir-là ! Au premier rang, le haut clergé, le maire, le gouverneur, plusieurs ministres. Au deuxième, les responsables politiques les plus responsables, et même les représentants les plus représentants de la communauté maori, bref, gratin gratiné à l'écoute de l'oraison grandiloquente, sous les ors de la cathédrale St Paul. Son Excellence se tient debout derrière l'autel, en robe d'apparat, dominante mauve-violet, il dresse ses mains en prière vers le dôme et le Ciel, paf! plus de courant, plus de lumière, plus de son d'orgue électrique en musique de fond, la voix de l'archevêque vieillissant agonise dans les haut-parleurs, la fin de l'adresse à Dieu se perd sous les voûtes obscures. Futt! futt! futt! une escouade de bedeaux courent en tout sens : plombs, fusibles, disjoncteurs, compteurs, on inspecte partout, à la lampe torche. OK, normal, en place, calé, vérifié, c'est toujours la nuit dans la cathédrale envahie d'une stupeur qui monte en chuchotements.

— Ah? Ah?! La lumière revient! moins lumineuse, plus jaune, ah! plus blanche.

On imagine aisément la courbe sinusoïdale de l'intensité électrique, ça jaunit, ça blanchit, rayonnement cardiaque, qu'importe! Chacun retourne à sa place, beaucoup s'agenouillent, l'archevêque reprend son oraison, trois phrases plus haut, à la fin du paragraphe, retour à la ligne. Silence, concentration, compassion, componction. On retrouve le chemin de l'adresse à Dieu, l'archevêque derrière l'autel lève au Ciel ses mains jointes en prière, re paf! Obscurité, ténèbres, Ridley sur fond d'orgue agonise encore dans les haut-parleurs, le courant ne passe plus, Dieu se retire, abandonne les pauvres pécheurs à la nuit des hommes et à la panne générale. Futt ! futt ! futt ! l'armée de bedeaux repart en mission : plombs, fusibles, compteurs, disjoncteurs, plans d'installations sur trois générations, OK, c'est OK, tout est OK, la nef de la cathédrale est noire comme le tunnel des enfers. Les représentants maori, qui tout à l'heure souriaient discrètement, pouffent, gloussent, la main sur la bouche, au bord du fou rire apoplectique. On s'empare d'un portable, on appelle la Mercury Energy Cie, numéro occupé, saturé, veuillez rappeler ultérieurement, la la la tsoin tsoin, en boucle. Le ministre de l'Énergie et des Transports, au premier rang, soupire, dégaine son portable, téléphone à Albert Wayne, un ami de vingt ans, directeur général de ladite Mercury Cie, qui alimente en électricité Auckland et la région, numéro occupé, rappel auto ? Toujours occupé, rappel auto ?

— Autant appeler le bon Dieu ! il peste.

Les chuchotements stupéfiés tournent en messes basses, inquiétudes, malaises, pâmoisons. Un bedeau se précipite dehors, oh ? Consternation ! La même nuit ! L'égale nuit ! dans la rue, les maisons, le ciel, nuit des nuits ! Il tremble, trébuche, se réfugie à reculons dans la cathédrale, il hurle : la nuit ! la nuit ! Il court dans la nef, se prosterne devant l'autel, il a des hoquets, des soubresauts, pitié! la nuit! la nuit du Jugement! la Nuit arrive!

— Normal, non? commente le maire. Il est 19 heures, elle serait même en retard...

Ridley fait évacuer le bedeau qui se débat entre deux athlètes de la sécurité, les autres membres du clergé se pressent autour de Monseigneur, en conciliabule. Le ministre de l'Énergie s'approche du groupe, quasi à tâtons.

— Son Excellence? Son Excellence? Je viens de parler avec le directeur de la Mercury, c'est une panne générale, toute la ville est dans le noir...

Ridley apostrophe le chef et le sous-chef des bedeaux :

— Allumez des bougies, je veux des centaines, des milliers de bougies! Et trouvez-moi un mégaphone! Je finirai la messe!

— Votre Excellence, le mégaphone, on trouvera, mais... les bougies, s'il nous reste trois boîtes de 12, c'est le grand maximum...

— Comment?! 36 bougies dans la cathédrale St Paul!

— Vous savez bien, Excellence, sont plus que des bougies électriques ici, à ampoules : fente, pièce de 50 pence, et bouton poussoir.

— Ah!!! Nom de... et dans les églises les plus proches?

— Toutes les églises de la ville sont équipées de bougies électriques, Excellence... Faudrait aller en banlieue pour... et encore!

— Ah !!! Nom de... Mettez de l'huile dans des coupelles, confectionnez des mèches avec des bouts de ficelle, débrouillez-vous, morbleu !... Dites voir, monseigneur Lanvin, c'est bien vous, oui, vous, qui m'avez fait signer, à l'aveugle, cette folle décision d'équiper nos églises avec ces... gadgets !

— Mais... Son Excellence se souvient-elle ?

— Non ! Je ne me souviens pas, Lanvin, vous parlez sans qu'on vous entende, en vos propres ténèbres intérieures, si j'ose dire.

— Mais... les problèmes de manutention, l'embarras du stockage, les fluctuations arbitraires et proprement scandaleuses du prix et de la qualité de la cire, le nettoyage ardu et laborieux des bougeoirs ? Abolis ! Rappelez-vous ! L'économie de main-d'œuvre, la propreté, la sécurité, le profit multiplié par sept, puisque avec une pièce de 50 pence, une ampoule de 7 watts ne s'allume que vingt-sept minutes ! Et...

— Vanité ! Vanité ! Avarice ! Vous avez pensé au déficit moral ? religieux ? métaphysique ? Rendez-vous compte, en cette nuit de panne générale. À 19 h 07 ! Pas un fidèle, pas un croyant, pas un égaré dans Auckland, comme ce pauvre bedeau qui se tordait de trouille sur le marbre, presque à mes pieds, ne peut trouver refuge dans aucune maison de Dieu, toutes obscures, désertes, froides, sans une flamme qui veille, tels ces monuments oubliés d'une civilisation éteinte ! On dit l'« obscurité médiévale » !

Mais... c'est une incandescence divine, en comparaison ! Songez au Buisson ardent ! Relisez l'Exode ! Relisez ! Tout... tout ce déficit irréparable à cause de vos bougeoirs diaboliques ! Je veux, vous m'entendez ? Je veux, demain, un groupe électrogène dans chaque église, et au prochain synode, je fais voter l'abolition des ténèbres !

Les quatre câbles de très haute tension qui alimentent la ville ont donc défailli l'un après l'autre dans les sous-sols d'Auckland. De vieux câbles isolés et refroidis en bain d'huile. Douze jours après le début de la panne, la Mercury Energy en ignorait toujours la cause. Mystère et boule de gomme ! ça arrive. Paralysie irrationnelle de la mégapole, encore. Trois des quatre câbles ne supportant plus les essais de résistance, ils ont installé un réseau neuf, avec du câble pourvu d'un nouvel isolant propre, le Polytec, qui change la vie du taupier de Nouvelle-Zélande. Le Polytec est blanchâtre, cireux, il sent vaguement le trichlo et la paraffine. Les câbles principaux, à base d'aluminium, qui acheminent 220 000 volts sous les rues et les trottoirs, mesurent 57 millimètres de diamètre. Avec le Polytec autour, la couche de conducteur interne et externe, puis la feuille de plomb isolante, ils mesurent 112 millimètres de diamètre, et pèsent 15 kilos au mètre. Il fallut en tirer sous la ville des milliers de mètres, effectuer soudures et raccordements, trois mois de travail, jour et nuit, dans des souterrains étroits, sales, mal ventilés, le sol couvert de flaques d'huile, un cauchemar d'hommes rats.

— Oh! Oh! Lucas, tu médites?
— Non, je pensais au Polytec.
— Au Polytec?...
— Tu me parlais des taupiers et du travail sur les câbles en bain d'huile.

Gustave admet. C'est un véritable progrès. Il me rappelle simplement qu'il existe encore plusieurs kilomètres de câbles en bain d'huile sous Paris, en Île-de-France et dans les autres métropoles de région. Quand une fuite est repérée, il faut couper le courant sur la section concernée, interrompre la circulation d'huile sous pression en arrêtant pompes et compresseurs. Et puis mettre une rustine comme sur une chambre à air de bicyclette. Les taupiers pataugent dans l'huile répandue au fond de la tranchée ou du souterrain, ça glisse, ça pue, ça attaque la peau, les yeux, on sort de là épuisé, dégueulasse. Il me fait remarquer que sur un câble isolé, qui alimente une usine sidérurgique, de montage, ou un poste SNCF, on ne va pas interrompre la production industrielle ou la circulation ferroviaire pour poser une rustine! On rajoute de l'huile dans la gaine percée jusqu'à 100 litres par jour qui finissent dans la terre. Quarante ans de cette pratique courante, c'est comme de foutre une poire à lavement dans le cul de la planète. Ce n'est plus de l'eau de source qui va sortir des nappes phréatiques, plutôt un bouillon gras couvert d'yeux délétères.

— Tu te préfères à 60 mètres du sol si je comprends bien ?

— Ah ! sur un pylône ! L'altitude, l'air piquant, le regard qui porte loin, les câbles à tes pieds qui te prolongent dans le paysage... Les Indiens lignards me disaient : Là-haut, nous sentons les quatre points cardinaux, et puis le ciel et la terre, là-haut, nous entendons nos six grands-pères... Six ! Est, ouest, nord, sud, en dessous, au-dessus, j'imagine... Je n'en sais pas plus, mais je les crois, enfin, je crois en leur sens profond de l'équilibre et de l'orientation. Oui... Oui... mâchonne Gustave, le regard perdu vers les grandes plaines d'Amérique.

Songe soudain à mes récentes lectures. Les Indiens essaient fréquemment d'avoir des visions, ils montent au sommet des collines ou des montagnes, et attendent, parfois plusieurs jours, plusieurs nuits, guettant le ciel. Crazy Horse eut ainsi à 13 ans son « rêve de tonnerre » qui décida de son costume de guerre. L'éclair rouge peint sur sa joue gauche, la grêle d'orage peinte en taches blanches sur son corps, et le faucon à dos rouge, naturalisé, qu'il portait sur la tête quand il chargeait les Tuniques bleues. Brave Wolf, lui, après son jeûne sur la butte de l'Ours, avait reçu en cadeau un faucon qu'il s'attachait à l'arrière du crâne, dans une grande boucle de cheveux. Il se lançait ainsi à l'attaque, faisant striduler son sifflet d'os, et parfois, dans la mêlée d'un combat au corps à corps, l'oiseau captif sifflait aussi. Élan-Noir, après avoir raconté sa « grande vision », sa vie, et l'extermination des peuples Sioux, souhaita qu'on le conduise avant sa mort au sommet du pic Harney, là où, âgé de 9 ans, les esprits l'avaient emporté dans sa vision. « S'il me reste quelque pouvoir, les esprits du tonnerre de l'ouest m'entendront lorsque j'enverrai une voix, et il y aura au moins un peu de tonnerre et de pluie. » Il y eut, au dire de son interlocuteur, John G. Neihardt, au-dessus du Pic Harney, une petite pluie glacée et un grondement sourd de tonnerre lorsque Élan-Noir termina sa prière, au sommet de la montagne. Alors, le Sioux Oglala se mit à chanter : « Dans mon chagrin, j'envoie une faible voix, ô six pouvoirs du Monde. Écoutez-moi dans mon chagrin, car je n'appellerai peut-être jamais plus. Ô, faites vivre mon peuple. » Puis le vieil homme demeura silencieux, quelques minutes, le visage levé, pleurant sous la pluie. Je voyais à présent ces Indiens lignards marchant comme des seigneurs, disait Gustave, sur ces cornières de pylône, à 120 mètres du sol, au centre de leur gravité et de leur paysage. Ils doivent éprouver le sentiment des lieux escarpés qu'ils recherchent tant, et puis, ils chevauchent maintenant la foudre, travaillent et composent avec elle. J'aime à croire qu'ils écoutent et entendent mieux que quiconque les flux électriques, qu'ils savent donner une voix aux 800 000 volts courant là-haut sous leurs pieds.

*

Les vacances de Noël ont épousé la forme d'un cauchemar permanent. Passées en famille, comme on dit, Georgette, Auguste, Andrée, Robert. Patience, douceur et miel. Oui. Mais c'était un premier retour dans une maison occupée par des êtres debout, et mon inertie en fauteuil roulant me filait le vertige. Résumé :

— Le perron d'entrée : trois marches.

— Les chiottes : une marche avec couloir à angle droit.

— La chambre : un escalier avec deux virages.

— La salle de bains : même trajet, avec le lavabo inaccessible vu l'étroitesse du passage entre le mur et la baignoire bleue.

Entrer, sortir, se coucher, se laver, aller pisser, jamais seul, jamais! Logistique et travail de Ponts et Chaussées, ouverture de voie, creusement du canal de Suez, grue, treuil, filins, palans, en réalité un acheminement et une manutention de ma viande à la main, sollicitation et épuisement des forces musculaires, cardiaques, respiratoires, de la garde rapprochée vieillissante.

Maman a décoré la maison comme pour le Noël de Jésus en visite chez nous. Pas un linteau de porte qui ne soit rehaussé d'une gerbe de houx. La cime du sapin atteint le plafond de la salle à manger, ses branches ploient sous les boules multicolores et les guirlandes lumineuses, qui inondent aussi les fenêtres en façade de lueurs clignotantes. Elle a installé une crèche plus vaste, envahie d'une surpopulation de santons. C'est Noël, pas d'erreur ! Et puis, chaque jour, elle confectionne d'exquises nourritures d'enfance, végétariennes : gratin dauphinois, escalopes de céleri pané sur leur lit de salade, boulettes d'avoine dans leur sauce tomate et d'herbes, soufflé à la truffe, galettes de maïs, etc. Elle enchaîne sur des travaux de couture, adaptant mes vêtements aux circonstances : élargir les fonds de pantalon, mettre des ceintures élastiques qui rendent l'enfilage aussi aisé que celui d'un survêtement. Elle m'achète de nouvelles chaussures, souples et sans lacets. Tendre, elle réinvente les gestes : habillage-déshabillage en décence et simplicité. Maman a donc les yeux qui brillent, le regard qui étincelle, elle est animée d'une attention sourde et pugnace, elle anticipe mes moindres mouvements, mes souhaits insoupçonnés, ça dérive, insidieux, ça dérape, inéluctable. Elle me cajole, me câline, m'enveloppe, à portée de ses lèvres, de ses mots sucrés, gaga, à portée de ses bras, redeviens nourrisson, ne peux lui échapper, mère-fils, en osmose régressive, je fonds, m'enlise. Alors me réfugie bientôt dans une absence neutre, un corps raide, pierreux, cadavérique, suis caché, au fond de mes chairs, à défaut de l'épiderme en proie facile. Elle jauge ma distance, elle m'interprète : suis en dépression, une loque, sans volonté ni courage, la preuve ! Ne suis pas affectueux. Pas assez ! Elle explose. C'est elle qui va en crever (sic) si je me laisse ainsi couler, sombrer.

— Réagis, bon sang ! Secoue-toi, je suis là, moi aussi, pense à moi, Lucas, réagis, c'est insupportable, pense à moi à la fin !

Penser à elle qui souffre en mère. En mère ! Au-delà de mon cas. Elle est origine et destination de toute souffrance ! Abîme. Elle ! Redevenir fils aimant, fils enjoué, qu'elle ne souffre plus, pour finir. Malentendu. Pour la nuit des temps. Amen, encore.

Robert m'a emporté deux fois dans son grenier. Il m'a presque porté dans ses bras toujours vigoureux. Là-haut, devant la grande fenêtre où l'on aperçoit les toits de Villiers-le-Bel puis les forêts d'Écouen, il m'a posé sur son vélo d'appartement, voulait que je pédale, les arbres, le ciel, le compteur de vitesse au guidon, parcourir quelques kilomètres, quelques mètres, centimètres... Les pieds sanglés dans les cale-pieds, mon bras gauche agrippant ses épaules, il lance d'une main le lourd pédalier, ça entraîne mes jambes, on pourrait y croire, le mouvement est presque parfait, à l'identique, ça pédale, mais ne suis pas moteur, non, ne suis plus moteur, les genoux flottent, les chevilles se tordent, le bassin roule sur la selle, je fixe au loin, têtu, l'ondoiement grisâtre des frondaisons d'hiver, mais je reste là, manquant de chavirer à chaque tour de pédalier si Robert ne tenait son fils et le vélo tout à la fois.

— Dépose-moi, papa, dépose... ça va trop vite, vais traverser le mur, m'envoler. Lucas Poppins in the moon...

On s'esclaffe, on ricane, nerveusement, les forces lui manquent, Robert trébuche, perd l'équilibre, on s'affale sur le tapis, on souffle, on halète, l'hilarité nous prend, sur le dos, les bras en croix, les yeux voguant sur les lambris veinés du plafond. Je vois la route qui passe derrière la maison de campagne de l'oncle Roland, près de Montargis. Robert qui me tient juché sur le trop grand vélo vert, sa main droite sous la vieille selle en cuir, la gauche sur le guidon, il court à mon côté, il nous lance, le vélo et moi, j'entends sa respiration courte, pédale ! il insiste, pédale ! ne regarde pas la roue ! devant toi, Lucas, regarde devant toi ! Je pousse fort sur les cuisses, les mollets, les pieds, j'embrasse l'horizon comme si j'allais décoller... à 8 ans, trouver l'équilibre sur le fil des roues, je n'y crois pas ! ça vacille, ça louvoie, ça accélère, j'y suis ! Robert s'est effacé, je vole, le miracle, oui ! c'est l'envol.

— Tu te souviens ?

Non, il ne se souvient pas.

La seconde fois qu'il m'a emporté là-haut, il m'a proposé de faire quelques mouvements de gymnastique et de musculation du torse et des bras, je n'en ai pas l'envie, lui ai demandé de me caler, assis par terre, le dos contre le mur, près de sa bibliothèque d'enfant, passée au brou de noix, avec deux portes vitrées tendues de rideaux cashmere. L'ai prié de me laisser, à fouiller dans ses livres d'où il m'avait extrait *Le Dernier des Mohicans*... Il s'est retiré sur la pointe des pieds. J'ai feuilleté les Jules Verne, les Jack London, dans la même collection Hachette à couverture rigide toilée verte, aux lettres en vieil or ; les bandes dessinées de *L'Épatant* d'avant-guerre ; je relis *Les Pieds nickelés* de Forton, les aventures de *Félix le chat*. J'ai découvert un livre appartenant à sa mère, Marguerite Dalbeigue, son prix d'honneur, décerné en 1893, *Les Sciences et les Lettres au Moyen Âge*, ouvrage luxueux, à tranche dorée, illustré de gravures protégées de feuilles en papier de soie, une atmosphère de gothique noir. Suis absorbé dans une fouille systématique et minutieuse, ne cherche rien, m'oublie dans le temps de Robert. Continue mon exploration, le corps glisse aisément sur le parquet, me traîne jusqu'à l'hideuse armoire en palissandre, j'y trouve, pendus sur des cintres, deux vestes et un blouson trop étroits aux épaules, un caban de marin, idem ; quelques robes de Marie-Christine que je ne suis toujours pas résolu à donner, et puis, qui me saute au visage, d'un blanc usé, le kimono de Robert, propre et repassé, avec sa ceinture noire, également disposés sur un cintre.

À 74 ans, Robert ne s'entraîne plus. Ce sont les ligaments, répète-t-il à l'envi, les ligaments des genoux et de l'aine, trop secs, qui risquent la déchirure. Non! ce n'est pas le désir qui manque, ni l'élan, ni l'énergie, non!... et aussi son dos qui ne supporte plus les chutes. Alors il reste debout, bien droit, hors de la surface des tatamis où pouvoir chuter et chuter encore demeure la condition de sa puissance. Voilà. Ces deux semaines passées à Gonesse nous ont tous exposés, nus, au rasoir du temps. Ne pas recommencer! dit-on, à chaque fois.

Le retour à Garches Raymond-Poincaré fut donc une espèce de soulagement. De courte durée. La fièvre s'est mise à rôder chaque soir, accompagnée de douleurs lancinantes dans le bas du dos. Le diagnostic est vite établi. La vessie travaille mal, elle se vide quand ça lui chante, elle avertit et signale avec trop d'approximation l'échéance, le dernier délai, la deadline, du moment où il faut! il faut pisser! Le sphincter travaille de même : ouverture? fermeture? il interprète, désinvolte, à l'intuition, quasi artiste. Et comme il ne s'ouvre pas quand il faut, la vessie s'affole, se contracte, pousse de toute la puissance de son globe musculaire, han! Conséquences indésirables : l'urine ne peut descendre par l'urètre? Soit! Sous l'effet de la pression vésicale, elle remonte les uretères jusqu'aux reins. L'urine fléau, rompant les digues, inonde et sème la maladie. Pathologie classique. Complications consubstantielles à la paralysie, même D10 incomplet ! En dessous du nombril, l'information neuronale circule en dilettante. L'infection, non ! Elle court à grandes enjambées épidémiques, infiltre les réseaux avec intelligence.

— Z'avez de la chance, me répète professeur Ozias. Les testicules ne sont pas touchés. Pensez ! Une orchite ? Les bourses qui triplent de volume. Un courant d'air dans l'entrejambe et vous hurlez. Sans parler des risques de stérilité.

Je tempête, jure, interpelle. Professeur Adès a dit ! : réparé/réglé/réapproprié/acquis définitif/sans rechute ni récidive !

Ozias sourit. C'est un point de vue de chirurgien, il commente, orthopédiste ou neurologue, c'est du kif. Pour eux, ça fonctionne à peu près, donc normalement. Suffit de patienter quelques jours, quelques semaines... N'accompagnent jamais un accidenté dans la durée post-opératoire. Ignorent bel et bien les complications et récidives que subit presque toujours un para ou un tétraplégique. Autonomie réflexe retrouvée des sphincters ? Pipeau ! Exactement mon cas ! il dit. Rétention, envie, soulagement. Bien. Parfait. En ordre. Mais !

— L'urètre n'est-il pas abîmé par des sondages intempestifs ?

— La vessie se vide-t-elle correctement ?

— La vessie est-elle réglée selon un rythme régulier où elle signale l'envie à temps ?

Et puis un jour, les deux poings sur les

hanches : tiens ? une pyélonéphrite ? tiens ? une orchite ? Bizarre, comme c'est bizarre ! avec une telle autonomie sphinctérienne, on n'aurait pas imaginé ! La chirurgie, c'est une abstraction spatiale (sic), un montage formel, exagère Ozias.

Je pense à la fenêtre construite avec des tissus antiseptiques sur le corps du patient, à l'endroit *x*. Je pense au rideau qu'on tire devant son visage. Ne reste visible que cette fenêtre de chair, carré parfait, où les scalpels, bistouris, stylets ouvrent et remodèlent l'espace, une nécessaire abstraction, sans doute. Parce que, si vous avez le corps tout entier de l'endormi(e), avec sa tête, ses membres et son sexe, sous les yeux, vous n'opérez plus dans une fenêtre, un cadre photographique, un châssis de peinture ! Vous ouvrez, coupez, cousez à l'intérieur d'un homme, ce qui peut troubler la main experte du chirurgien, de quoi en attraper une agaçante tremblote, non ?

— L'antisepsie est en effet un argument insuffisant. Le chirurgien a besoin ou envie de travailler dans un espace abstrait, d'où probablement sa myopie dans la durée...

Soit ! Saint Adès a mal dit, trop dit. Reste l'infection des reins et de la vessie. Grosse armada d'antibiotiques par gélules et voie interne ? Trop lent, diffus. Il faut injecter à la seringue, sur le site, faire tremper les reins, quasi, dans la solution antibiotique ! Mais je les sens tourner autour du pot, Ozias, Isabelle Clément, son assistante, Hélène, l'infirmière-chef. Le travail du chirurgien, c'était une réflexion en détour, une distraction. Les langues tricotaient du retard. Puis c'est arrivé de la bouche d'Ozias en ondes sonores affûtées rasoir : « sonde », renouer avec la pratique de la sonde urinaire, disons quatre fois par jour, à heures fixes. Régler la vessie, lui redonner un rythme réflexe plus équilibré, et puis qu'elle vide son sac ! J'ai un sursaut... Ah oui ! professeur ! toujours financièrement couvert, assurance béton, Maison Mère et Leturdu veillent, parce que, une sonde urinaire comme celle-là : je vois un tube blanc, souple, de 40 centimètres, à deux embouts, sorti d'un étui étanche où il baigne dans un lubrifiant. Une sonde comme ça coûte 30,42 F TTC, par jour ça vous fait 121,68 F, par mois 3 650,40 F, c'est comme un loyer, juste pour pisser, voyez ? Pour un para ou un tétra complet, les négociations avec les assurances se font au couteau pour décider si on sonde quotidiennement cinq ou six fois. Sur trente ans, pisser une fois de plus par jour coûte 333 099 F supplémentaires ! Enfin, pour vous, quatre fois, c'est suffisant, et provisoire. Le mois prochain, on essaiera deux fois.

— D'accord ! d'accord ! Leturdu paye.

— Z'êtes sûr ? Peut se lasser côté porte-monnaie.

— Si je suis sûr ? Ah ! Des sondes plaquées or dans un lubrifiant parfumé à la rose d'Alexandrie, je veux ! Plus ils casquent plus ils m'aiment, vous ai dit.

Fais le fanfaron, mais suis une flaque, moral cinquième sous-sol, chez les taupes et les rats. Les entends causer dans un brouillard. Toutes les quatre heures, prendre une sonde. Choisir le bon embout. Décalotter légèrement la biroute. Presser légèrement le méat pour arrondir l'orifice. Entrer lentement la sonde dans le gland. Remonter le canal de l'urètre jusqu'au sphincter, faire jouer la sonde doucement pour déjouer le verrou musculaire. Encore quelques centimètres de pénétration pour éviter les fuites, et l'urine coule, en fontaine, jet flasque qui dégouline, comme d'un cubi de pinard. Légèreté, lenteur, douceur, explosent dans mes tympans en pétards de torture. Sont partis. Cherche l'air dans ma chambre.

J'ai finalement traîné mon désespoir de la sonde deux semaines durant, dans les couloirs, à la piscine, la salle de sport, d'ergothérapie. Poussais sur mes roues comme un vieillard sans force. Kéo me trouve le teint gris zingué, Rolande essaie le réconfort, Tadeusz m'engueule franchement, Manuel évoque ma chance. On est tous des sondés ici, neuf cas sur dix ! N'ai pas à me plaindre. Si je pense à ceux qui n'ont plus d'abdominaux moteurs pour pousser du ventre sur le rectum, qui doivent se vider chaque matin en prime, parce que l'infection menace aussi par cet orifice-là. Travail de stoïcien, de bodhisattva, de saint Jérôme dans son désert, pour ne pas ignorer son envie et accepter « l'exonération rectale », l'ekzo, on dit. La tentation permanente, c'est l'arrêt du transit jusqu'à l'occlusion. Constipations fréquentes. Bien se couper les ongles donc, rentrer l'index dans l'anus, profond, enlever le bouchon fécal, du fait main, en préambule à l'écoulement du bol fécal, si les lois de la gravité ne sont pas contrariées par la consistance de la matière. Labeur d'égoutier dans sa viande prison qui ne laisse rien circuler, pas même sa merde. J'ai consulté le dictionnaire dans la foulée. *Exonérer* : décharger quelqu'un de quelque chose d'onéreux. *Onéreux* : (lat. onesorus, lourd, pesant) qui est à charge, incommode, qui est cher, coûteux. J'ai une pensée émue pour mes deux sorcières chercheuses d'or qui me tenaient prisonnier sur la cuvette faïencée blanche jusqu'à ce que je m'exonère. Tu as de la chance, Lucas, insiste Manuel, et puis tu sens tes jambes, tu vas peut-être te lever un jour... Allez, viens boire un pastis à ta chance, faut vider cette bouteille et remplir ta vessie.

*

J'étais encore très affecté par cette nouvelle pratique quotidienne de la sonde, c'était un jeudi de la troisième semaine de janvier. Grand Patron a déboulé sans crier gare, et sans Corinne Perraud, ma collaboratrice, clouée au lit, rassurez-vous, c'est une image, ah! ah! ah! une crise de foie, m'a-t-on dit, séquelles tardives de réveillons... Voici Edmonde Lobstein, s'occupe de la sécurité, suit les dossiers du contentieux, enquêtes, experts, avocats, assurances, c'est elle. Vous connaissez, peut-être ? non ?

Edmonde Lobstein est vêtue d'un tailleur droit, strict, prince de galles, chemisier rouge, talons aiguilles, bas noirs, elle est blonde, visage fin, lunettes écaille, 35 ans, jolie. Yvon Leturdu est encore dans un costume flamboyant, noir à chevrons, Big Boss de chez Boss, chaussures fauves, cuir anglais, sa cravate est à motif bombecravache croisées sur fond vert billard. Tous deux en loden, lui, havane, elle, noir.

— Edmonde ?

Elle ouvre un grand sac en papier crème, rectangulaire, en sort un bouquet rond, iris bleus, œillets blancs, roses rouges, et une boîte de truffes de chez Fauchon.

— Voilà, mon cher! Tous nos vœux de prompt rétablissement en ce nouvel an, dernier du millénaire, ah! ah! oui, un peu cocardier, le bouquet, que voulez-vous, entreprise nationale, service public, on ne peut résister, ah! ah! ah!

— Merci. Vous offre un cognac ?

— Volontiers, volontiers.

Je les remercie de leur visite... Leur temps précieux, l'éloignement, la difficulté d'accès, la traversée du tunnel de Saint-Cloud...

— C'est rien, Lancry ! On a pris un hélico de

la Maison, je savais... la piste héliport!... téléphoné à madame Goubert, relations publiques, de suite : oui, oui, atterrissez ! atterrissez ! s'il y a une urgence, déplacerez votre hélicoptère... simple, quoi. Voyez ? à peine un quart d'heure, porte à porte. Très bien reçus ! Ségolène Goubert, quasiment au pied de l'hélico, café, petits fours tièdes dans un charmant salon de réception, avec le professeur... Ozias ? Alors ? Vous ? Comment ça va ?

J'explique dans les grandes lignes. Qualité des soins, du service.

— C'est le meilleur ! On vient de toute l'Europe, ici ! Edmonde ? L'expertise ?

Lobstein parle sèchement, raide comme une objectivité scientifique, Edmonde Newton, en loi de la gravité. Oui, défaillance des capteurs d'alerte. Plus d'alarme opérante sur la nacelle. Boîtier électronique en délire. Secoué par un champ électromagnétique trop fort. L'avant-veille, la nacelle était utilisée en TST, du 400 000 volts, sans avoir parfaitement respecté le protocole de sécurité. Semble-t-il ! Aucune preuve tangible !

— Comprenez, Lancry, reprend Leturdu. Impossible d'incriminer franchement le matériel de levage. Les soupçons ne suffisent pas ! D'autant qu'ils courent aussi sur l'équipe de l'avant-veille... Enfin, reste les assurances... Ne vous inquiétez pas, la Maison est là !

— Ce serait utile d'élucider le cas pour

réformer, si besoin, le protocole d'usage des nacelles.

— Évidemment, on y travaille, en collaboration étroite avec les techniciens de chez LEV et Unic. Évidemment... Tiens ? Qu'est-ce que vous lisez, là ? *Élan-Noir parle* ? *Comme des ombres sur la terre* ? *Un beau jour pour mourir* ? Charmant ! *Le Dernier des Mohicans* ? Ça, je connais... *L'Oiseau Tonnerre*... *Sitting Bull* ? Lancry ! z'êtes incroyable ! Je viens vous voir à la Salpêtrière, en octobre, vous rappelez ? Pan ! pan ! pan ! Gary Cooper ! Le train a sifflé trois fois, ah ! ah ! ah ! votre truc, en fait, c'est les Indiens et les cow-boys, hein, Lancry ? L'électricité vient loin derrière.

— Les Indiens travaillent avec la foudre, monsieur le directeur, c'est leur culture...

— Oui, les esprits, tout ça... C'est pas le même voltage, ah ! ah ! ah !

— Les satellites, les portables, communiquer par ondes, envoyer des images en temps réel à l'autre bout de la planète, c'est pas très différent que de s'entretenir avec les esprits, ou d'avoir des visions, non ?

— Z'êtes un peu poète, hein ? Tendance néo-techno, ah ! ah ! ah !... Pour ne rien vous cacher, Lancry... Edmonde ! vous répéterez pas ?... Les Indiens et les cow-boys, j'adore ça. À cause des chevaux. J'adore voir courir les chevaux. J'en ai moi-même neuf, dans ma propriété de l'Oise, une vraie passion. Je monte, tous les dimanches, depuis quinze ans, figurez-vous ! J'ai aussi des selles et des harnachements de l'armée américaine, du temps de la guerre de Sécession, oui, oui ! Tiens ! quand vous êtes rétabli, vaillant sur vos jambes, je vous invite là-bas.

— Un autre cognac ?

— Volontiers, volontiers. Très bon, excellent ! À propos, j'ai croisé de belles pouliches dans les couloirs, vous êtes bien entouré dans le service, hein ? Jolies infirmières ! J'imagine, Lancry, qu'il y a bien des idylles qui se nouent et se dénouent entre... le corps hospitalier et les patients, sur des temps aussi longs...

— D'incarcération ?

— Ah ! ah ! ah !

— C'est pas le temps qui manque, ni les bonnes volontés, ni le désir, mais la chair est drôlement capricieuse, c'est compliqué, monsieur le directeur...

— Racontez-moi cette complexité, Lancry, trois minutes de détente.

Rire carnassier, clin d'œil. Leturdu se cale dans un fauteuil. Lobstein l'imite, le regard vide.

— La bandaison est équivoque, ambiguë, je résume.

— Non, non, ne résumez pas, la bandaison équivoque, ah ! ah ! ah ! c'est intéressant, n'est-ce pas, Edmonde ? qui sourit.

Je reprends. La bandaison est équivoque, ambiguë, soumise à malentendus, quiproquos et méprises. C'est le hasard météorologique, la pluie et le beau temps. Ce pourrait être une métaphysique... c'est presque une mystique : apparaîtra? apparaîtra pas? se dressera? se dressera pas? Voilà! Une bandaison c'est une apparition, ou une résurrection, à partir d'un diagnostic, disons, D6 incomplet... J'explique. Certains paralysés sont physiquement incapables de se laver, on les lave, donc : ventre, cuisses, entrejambe, testicules, pénis. Et soudain, Braquemart se dresse, théâtral, comme surgi du caveau, il n'était donc pas mort! Ça arrive. C'est réflexe, un arc électrique, justement, une mémoire sensori-motrice locale, sans passage du signal par le rachis et la commande cérébrale. Mais c'est peut-être aussi une vraie sortie du tombeau, une résurrection, comment savoir? Ainsi, Braquemart se dresse. Gêne du soignant, stupéfaction-euphorie-béatitude du soigné qui se signe, crie au miracle, remercie Dieu. Réflexe? Pas réflexe? N'empêche! C'est cet infirmier-là! c'est lui! ou, c'est elle! en personne! identité certifiée, avérée! tampon! qui a causé ma première érection. Scène originelle. Ève et Adam. Alors, au hasard de qui lave qui, se nouent des complicités électives, s'échangent des regards en coin, des sourires. Mince! je serais plutôt homo! Germain me lave, et hop! je ressuscite. Mince! je serais plutôt hétéro! Germaine me lave, et hop... C'est donc Elle! C'est donc Lui! Du côté des jeunes soignants, plus fragiles et inexpérimentés, on se dit : c'est moi qui l'ai sauvé! c'est moi qu'il aime! son cœur ne bandera que pour moi! Ou alors, soignants dans la cinquantaine qui se découvrent des âmes de mère sœur Teresa, prêts pour le sacerdoce, le dévouement sans limites à la résurrection de toutes les bites accidentées, insensibles, invalides, débranchées. Mains magiques, lèvres magnétiques qui caressent et irradient Biroute, ou parfois! genre dompteur féroce qui fait cabrer Biroute sur ses pattes arrière. Pour les femmes paralysées, c'est plus complexe, n'est-ce pas, mademoiselle Lobstein? Sensibilité? Insensibilité? Minou est plus discret, plus en retrait, comme chacun sait. Ne va pas ronronner, intempestif réflexe, au hasard du passage d'un gant de toilette savonneux. Non! C'est alors un sentiment plus intérieur, qui emprunte des voies plus troubles zé opaques, n'est-ce pas? plus tortueuses zé spirituelles, probablement... Un autre cognac! Cul sec! Suis un peu soûl, sans doute. Me regardez pas comme ça, giga Leturdu 75 milliards d'euros! Moi, j'ai la chance de pouvoir me laver seul! Autant dire que si je bande, c'est que je m'aime. Quiproquo sans conséquences. J'ai très peur de ne pas m'aimer beaucoup depuis l'accident. Trouillomètre à zéro, faut avouer.

— J'y pense, Lancry, ce serait le moment d'utiliser les gants sensibles et les lunettes 3D, en chambre de simulation...

— ... en simulateur de chambre, avec une déesse dans mes bras?

— Oui! ah! ah! ah!

— Ne me faudrait pas seulement des gants et des lunettes, mais aussi une gaine pénienne-palpeurs sensibles pour Biroute, et trois doigts gratouillis-gratouilla pour Testicules!

— Non, Lancry, non! Puisque vous dites que le pénis est débranché, insensible. Non, il faut envoyer des signaux sur les surfaces encore sensibles du corps. Après tout, ce ne sont toujours que des ondes électriques, quels que soient les sens concernés : vue, odorat, goût, ouïe, toucher...

— Oui, mais vos ondes électriques, monsieur le Directeur, sont toujours liées à une géographie du corps qui correspond à une géographie du cerveau. En outre, les fréquences d'onde sont différentes.

— Je suis sûr, monsieur l'ingénieur, qu'on peut délocaliser les zones érogènes! et envoyer au cerveau des signaux de plaisir qui retrouveront les réseaux concernés dans le cortex. Pensez! Pensez à la puissance des rêves, la nuit! On peut aller jusqu'à l'orgasme sans forcément bander comme un Turc, ah! ah!

— Branlette haute technologie, monsieur le chef de cabinet.

— Mais non! dans vos lunettes 3D, ça peut être l'image de votre fiancée, de deux, de trois, de douze, si vous avez un goût prononcé des partouzes, ah! ah! ah! C'est mieux que rien, non? Au moins, la simulation 3D trouve là une nécessité médicale!

— Montons un bureau d'études, monsieur Leturdu. Électricité, production, transport, c'est notre département.

— On va étudier la faisabilité, n'est-ce pas, Edmonde ?

Leturdu dégaine son portable interdit d'usage dans l'hôpital.

— Allô ? oui, Philippe, faites chauffer l'hélico, on arrive.

— Un dernier verre pour la route ?

— Pour le ciel ! ah ! ah ! Volontiers.

Ils se lèvent, me serrent la main, à bientôt, oui, c'est ça. Lobstein passe la porte, big boss se retourne sur le seuil :

— Au fait, Lancry, Indien ou cow-boy ?

— Indien ! monsieur Leturdu.

— Alors, attention à la variole dans les couvertures ! ah ! ah ! ah !

Porte close. J'entends au loin le vrombissement du moteur, le fouetté des pales.

*

Salsmann est venu me voir un mercredi de février, j'avais quitté le cinquième sous-sol pour atteindre les nappes souterraines de l'humeur noire. Est entré au moment où l'infirmière, accompagnée d'une stagiaire, nettoyait mon escarre au talon droit. Michel avait perdu 15 kilos, rasé la barbe, il gardait une moustache courte et drue, les cheveux à nouveau coupés-coiffés, quand il ôta son feutre pour nous saluer.

— Bonjour, mesdames, salut, l'ami.

— Salut, l'artiste... te voilà presque jeune homme. Minceur, sveltesse...

Il tâte son ventre presque plat.

— Que veux-tu? Le printemps approche, les robes légères, les épaules dénudées, je prépare la renaissance du paysage... T'es blessé au talon, Achille?

— Une escarre, mûrie la semaine dernière.

Il s'approche, devient aussi blême que la jeune stagiaire, me souffle qu'il nous laisse tranquilles, en profite pour aller aux toilettes, oui, dans le couloir, à gauche, en sortant. Il est arrivé trois minutes trop tôt, avant qu'un autre pansement dissimule la nécrose. L'escarre est un mot clé, une hantise, entre nous, les incarcérés. Ulcération imprévisible qui nous guette nuit et jour, qui ne s'annonce, ne s'anticipe, ne s'endigue, ne se neutralise pas. L'escarre s'ourdit sous la peau, invisible. Elle naît au plus près de l'os, au plus profond du derme, puis remonte lentement vers l'épiderme, en forme de cône ouvert. Quand la peau de surface avoue le mal qui la ronge, ne subsiste en dessous qu'un trou de chair morte. Jusqu'à l'os. Nos postures d'assis-couchés sont si peu variées que les os peuvent exercer des pressions fortes et répétées sur les mêmes tissus d'appui mal irrigués. Les talons, les hanches, les fesses, les coudes, les épaules, le crâne. Structure lourde en poutrelles IPM avec enveloppe de soie ou papier de riz. Le déséquilibre des matériaux devient une menace, et le squelette un puissant ennemi de l'intérieur, qui écrase sous son poids les chairs fragiles trop inertes. Ne reste plus qu'à curer le cratère, désinfecter l'os et les parois du cône, et nourrir avec des pommades la repousse des tissus. Deux, trois mois de patience, en espérant que ne se déclare pas ailleurs, etc. Kéo s'est réveillée un matin avec une escarre sur le crâne large comme un palet. À la base du cratère, ledit crâne est à nu sur une superficie guère plus importante qu'une pièce de dix francs. N'empêche! l'escarre est trop béante pour espérer une repousse et une cicatrisation à l'aide de pommades, de bassines de pommades, en y trempant la tête. Non, ils vont prélever des morceaux de fesse et faire une greffe. Cul par-dessus tête, elle lance, goguenarde. Dans l'attente du transfert, elle porte un pansement filet blanc rond, format kippa, et supporte sans broncher les blagues des codétenus.

— Alors, convertie au judaïsme?

— Avec une mère shintoïste, ça va être difficile.

Hamed et Gilles, regards de poissons, en retour.

— Oh! Oh! tu nous parles chinois, là, ou quoi?!

— Exact ! Je cache pas mes origines. T'as vu ma tronche ?

Silence hébété, abîmes de perplexité dans les yeux, les compères repartent vers la salle de sport, fauteuils roue dans roue.

— T'as compris ce qu'elle dit ? Juive et chinoise, là, Je vois pas le rapport... Tiens ! passe le ballon qu'on fasse des paniers. Elle fait chier, Kéo ! Je crois en saint Basket, moi, et aux dieux du stade.

Quant à l'ennemi intérieur, la DST et les Renseignements généraux n'y peuvent rien, seuls les massages quotidiens des kinésis aèrent, irriguent, drainent, et préservent la viande de son squelette.

Salsmann est de retour cinq bonnes minutes plus tard, le visage rafraîchi, les joues colorées. Le talon est pansé, les infirmières sont reparties. Sondes et escarre, il était temps qu'il vienne, sa présence me réconforte, puissance tellurique, vitalité dynamite, magnétisme solaire, il réveillerait les morts, même si son énergie inquiète plutôt le gazier ordinaire qui va sa route, paisible et débonnaire. Pour le malade assis, gisant, son apparition est une vraie thérapie, une promesse d'avenir, on se sent debout.

— Marie t'embrasse. Il faut l'excuser. Elle souffre encore du dos, les suites de son opération, comme tu sais. Elle est d'ailleurs couchée aujourd'hui... Donc elle t'embrasse et viendra bientôt...

— Et toi, ça va comment?

Il me répond que ça ira, ne sait trop où ni par quel chemin, mais ça suit son cours... Il m'avoue en riant qu'il se sent fatigué, épuisé, il sait maintenant, à 52 ans, qu'il n'aura pas le temps de finir, d'explorer toutes les pistes, ouvertes. Pas le temps, plus le temps. Il est prisonnier du paradoxe de Zenon (sic). Il est Achille, parti trop tard, la vie est devant, même à pas de tortue, elle est toujours devant, il ne la rattrapera pas, il aurait tant aimé, avant qu'elle finisse.

— Tu cours après le présent ou après l'éternité?

— C'est un peu pareil, non?

— Si j'avais à choisir... prendrais l'éternité, même courte, ferais pas le difficile.

— Écoute, Lucas. C'est l'histoire du rendez-vous amoureux. L'homme arrive chaque fois en retard. Plus exactement il est à l'heure, mais se cache pour la regarder arriver et l'attendre. Puis il se découvre, court vers elle, et la prend dans ses bras. De rendez-vous en rendez-vous, il la regarde attendre de plus en plus longtemps, il court vers elle de plus en plus tard, il la rattrape in extremis. Et puis un jour, elle s'en va, elle repart sans plus l'attendre. Il la voit de dos, elle s'éloigne, un point de couleur au bout de la rue, il ne bouge pas, il demeure là, immobile, incapable de lui courir après, de la rejoindre. Elle a disparu. C'est fini.

— C'est une femme? C'est la vie?

— Je ne sais pas. Il y a une case départ, il n'y a pas de caisse d'épargne.

C'est notre histoire à tous, j'imagine, mais ne suis pas certain de bien comprendre... J'ai le regard qui vague, je choisis la fenêtre et les barreaux, l'allée, les arbres noirs, ruisselants, la pluie, le ciel gris, bas, je frissonne.

— Et toi, dis-moi...
— Suis content de te voir.
— C'est grave, l'escarre ?
— Non, c'est long à guérir...
— Tu marches un peu ?

Lui explique qu'on est ici dans le monde des êtres roulants. Lui évoque le malaxage et la mise en extension quotidienne des muscles, le combat sans cesse attisé entre extenseurs et fléchisseurs, la moelle épinière qui se fane comme une fleur coupée. Mais surtout, il existe une scène, une vraie scène de théâtre, la pièce s'intitule *Marcher*. Décor : la salle de rééducation, les tables de verticalisation, un portique bas avec des cordes et des anneaux, des orthèses, des poids et haltères, coussins, sangles, ballons, etc. L'accessoire principal placé au centre du décor : les barres parallèles posées dans un socle en bois ; à l'une de leurs extrémités se dresse un miroir large et vertical, dans le reflet duquel se prolongent les barres. Tu arrives par l'autre extrémité, tu quittes le fauteuil, tu t'appuies sur tes mains, tes bras, tes avant-bras, comme tu peux, et ton image te surveille au bout des barres, dans la glace ; tu t'approches d'elle, doucement, difficilement, corps pathétique au bassin flottant, aux jambes folles, le visage en sueur, tu poses tes pieds sur le socle en bois, tu délestes progressivement tes bras, tes épaules, ton torse, tu laisses le poids descendre sur les hanches, les cuisses, les jambes, ça se dérobe, ça plie, ça vrille, ça se mélange, sans aucune logique anatomique, sans aucun ordre des muscles ni des os, ça s'emmêle comme des nouilles chinoises, tu reprends appui sur tes bras, et tu recommences. Et puis un jour, comme dans toutes les histoires, il y a « et puis un jour », les pieds sont à plat sur le socle, les jambes sont droites, le bassin ne tourne pas, tu es debout ! Tu lèves très lentement la tête pour ne pas perdre l'équilibre, tu regardes devant toi, tu vois ton image, debout elle aussi, qui se marre, Jean qui rit, Jean qui pleure, il n'y a plus qu'à avancer pour la rejoindre, cinq, six pas, plusieurs dizaines d'essais encore, peut-être en vain. Celles et ceux qui jouent la pièce ont quelque espoir, les autres ne s'y risquent jamais. Je me tiens droit entre les barres depuis douze jours, je n'ai pas encore approché mon image d'un centimètre.

— Tu m'avais parlé, Michel, d'un professeur Baron ? de posturologie ? Tu devais te renseigner...

Il a téléphoné à l'hôpital, le professeur a pris sa retraite, il semblerait que le service n'existe plus. Je m'affaisse un peu plus, un plancher qui cède dans ma maison en ruine. J'ignore pourquoi, je mettais beaucoup d'espoir en ce monsieur Baron. Salsmann a perçu l'effondrement, je voudrais qu'il me raconte sa consultation, souhaiterais mesurer ce que je perds.

Printemps 87. Michel a des vertiges et des migraines aiguës, douloureuses. Les suites lointaines de son accident de voiture, croit-il. Il apprend l'existence d'un service de posturologie et biomagnétisme à Sainte-Anne, téléphone, obtient un rendez-vous, est reçu par une assistante d'une quarantaine d'années, en blouse blanche, chignon et lunettes. Il se déshabille, se place debout devant un mur d'anthropométrie où sont tracées des lignes bleues, horizontales et verticales. Il pense à un mur d'anthropométrie judiciaire, mensurations du corps, identification du visage face-profil, façon Bertillon, again.

— Vous êtes prêt pour les photos de famille ? (sic).

— Seul ?

— Vous dites ?

— Seul ?... des photos de famille, seul ?

— Oui, c'est la pose devant l'appareil qui m'intéresse, pas la famille... Quand vous avez des vertiges, c'est l'espace qui bascule autour de vous, ou bien c'est vous qui basculez dans l'espace ?

— Je ne me suis jamais posé la question...

— Ah.

— Les mains, je les mets où ?

— ...? Ça m'est égal. Dans le dos si vous voulez. Ce qui m'importe, c'est la silhouette!

Face. Profil droit. Profil gauche. Dos. Clic! quatre fois.

— Bon, vous montez sur ce socle.

— Un socle de sculpture?

— Oui, c'est vous la sculpture! Z'êtes Hermès, le messager.

Socle en bois, assez haut, carré, large.

— Attention, je déverrouille le socle, le plateau est mouvant, trouvez votre équilibre...

Salsmann cherche son équilibre en Kangoo bleu indigo, dans une période 98 kilos, barbe et cheveux de pope grec. Maugrée intérieurement de n'avoir pas choisi une période 80 kilos, glabre, cheveux courts, Marlon Brando en Dim noir mat, plus identifiable à la figure d'Hermès.

— Suis venu consulter pour des maux de tête et des vertiges, il murmure.

— Pardon?

— N'ai rien dit. Je cherche mon équilibre...

— C'est ça, cherchez bien!

Il songe, perplexe, qu'il est embarqué par inadvertance dans la nef des fous.

— Vous y êtes? Bien, j'éteins la lumière, noir complet, nuit équatoriale, vous suivrez des yeux les étoiles qui brillent dans le ciel, enfin, sur le mur, devant vous.

Flaf! Ténèbres! Noir d'encre avec pieds et jambes qui dansent l'équilibre. Cling! une minuscule lumière, en haut, à gauche, qui scintille, telle une étoile ! Cling ! une autre, plus bas, au centre. Ah ! elle s'éloigne. Une autre à droite, deux, trois, parfois une constellation, la Grande Ourse ! le Chariot ! une voûte céleste sur le mur, ça bouge, ça brille, ça s'éteint. Cinq minutes, il en a marre, les cuisses qui tremblent en gelée galantine, les jambes en crampes tétaniques, voudrait que le jour se lève, guette l'aube, le soleil sur sa droite. Lumière. Verrouillage du socle.

— Pouvez vous rhabiller.

Michel patiente dans la cabine 1 mètre sur 2. Se masse mollets et quadriceps. Il médite. Anthropométrie judiciaire... Photos de famille... Silhouette... Hermès en sculpture vivante... Voûte étoilée...

— Le cabinet du professeur, c'est la porte en face. Il vous attend.

Deux chaises, des rayonnages de bibliothèque qui fléchissent sous des amas de dossiers, de revues, de dictionnaires, de boîtes de médicaments, un squelette suspendu dans l'angle droit, un écorché dans l'angle gauche, des planches anatomiques punaisées au mur avec les points d'acupuncture et les méridiens, un bureau enfin, couvert lui aussi de dossiers en piles branlantes. L'endroit est vide, Michel s'assoit, patiente encore, deux, trois minutes, il sursaute, une voix nasillarde soudain s'est élevée à l'arrière des piles, une main blanche, osseuse, apparaît, qui brandit une feuille millimétrée.

— Vous êtes un instable, monsieur Salsmann (sic).

— Ah ?... Bonjour, docteur.

— Votre centre de gravité n'est jamais à l'intérieur de votre polygone de sustentation.

Crâne chauve, couronné de cheveux filasse, visage pâle, traits creusés, lunettes rondes. Salsmann observe la feuille millimétrée, constate le tracé d'un polygone avec des points d'impacts irréguliers griffonnés autour.

— Comprenez ? Les points dessinés sont les projections de votre centre de gravité chaque fois que vous trouviez l'équilibre sur le socle, soit en plein jour, soit en contemplant dans la nuit nos étoiles électriques. Voyez ? Jamais, jamais, les projections ne s'inscrivent dans les limites du polygone. Vous êtes sans arrêt à la recherche de l'équilibre, et pour cause, votre centre de gravité se balade extra-muros. Vous êtes comme ces jeunes danseurs d'herbes chez les Indiens d'Amérique qui préparent le sol pour les autres danses rituelles en frôlant sans cesse le point de déséquilibre, favorisant un jeu de pas ample et tournoyant qui couche les hautes herbes sur une large étendue.

— Ah ?

— Seulement, vous n'êtes ni jeune, ni danseur, ni indien, et dépensez toute votre énergie à rester droit... et vous plaignez d'avoir les muscles des jambes durs et tendus... Je comprends pourquoi, dans votre peinture, vous ancrez toujours vos silhouettes d'homme sur des socles. Vous avez peur qu'ils tombent.

— Vous... vous connaissez mon travail ?

— Oui, monsieur Salsmann, j'ai même chez moi deux de vos œuvres. Et si vous me permettez un conseil, n'abandonnez pas la technique de la lithographie ! La lourde pierre à litho vous fixe à la terre, vous œuvrez autour d'un socle, c'est bon pour vous. En revanche, la sérigraphie ajoute à votre déséquilibre, technique de voiles, du vol à voile ! c'est pas bon pour vous.

— C'est votre ordonnance ?

— Pas tout à fait. Vous avez une circulation trop centrifuge et contrariée des flux magnétiques qui vous enveloppent. Notamment au niveau de la tête, ce qui provoque à la fois céphalées et vertiges. Rappelez-vous, Hermès ! n'a pas seulement des ailes aux talons, il en a également sur son casque. Je vous prescris le port d'un bandeau d'aimants négatifs pour réguler les flux. Voici l'adresse du fabricant. Vous le portez le plus souvent possible. C'est tout.

Le bandeau coûte cher. Les maux de tête ont disparu. Son centre de gravité ? il ignore. Mais, écoute ! Quelques semaines plus tard. Michel travaille dans son atelier, les heures de personne, au milieu de la nuit. On frappe à la porte. La statue du Commandeur ? Non, c'est un voisin, un sculpteur polonais, nocturne lui aussi. Souvent, il aperçoit Salsmann au travers des hautes fenêtres. Il le voit marcher, venir, aller en tous sens, trébucher presque quand il approche ses toiles tendues sur le mur, comme s'il peignait pour ne pas tomber.

— Ah ?

— C'est étrange tant de mouvements, non ? Ça m'intrigue. Ça me poursuit... Alors voilà, j'ai une idée. Te vexe pas, hein ? Tu devrais chausser des patins à roulettes, des rollers, tu te déplacerais plus vite, tu peindrais plus nettement ce passage permanent de l'équilibre au déséquilibre, ou l'inverse... tu vois !

Le lendemain, le sculpteur frappait de nouveau à sa porte, et lui offrait sa paire de rollers.

— C'était ma pointure, et chaque nuit j'étais tenté. Mais je n'ai pas osé. La peur de m'ouvrir le crâne sur le sol en béton...

— Te fallait un casque, truffé d'aimants.

Voilà, nous rions. Me redresse dans mon fauteuil. La pluie a cessé. Nous sortons boire un verre à la cafétéria. Il fait humide et froid dans l'allée d'arbres luisants qui dégouttent sur les trottoirs et les feuilles mortes ; crépitements secs à l'oreille, puis le son mat et rythmé de ses semelles de crêpe, le froissement continu de mes pneus sur le bitume détrempé, et le silence plus vaste qui nous absorbe. La terrasse est déserte, les chaises sont retournées sur les tables. On respire une odeur épaisse de fromage grillé et de tabac refroidi. Près du bar, un paraplégique boit une tisane en compagnie d'un couple âgé en visite, ils chuchotent, penchés sur la table. Près de l'étal des magazines, une femme lit le journal dans son fauteuil, devant un ballon de blanc. Je salue le serveur, nous commandons une bière.

— Suis certain que ton professeur Baron m'aurait aidé à marcher...

— On n'en sait rien, Lucas. Peut-être...

Qu'est-ce qu'on fout là, emportés soudain dans un mutisme qui nous suffoque, sans plus la force d'articuler un mot. La pluie s'est remise à tomber, des gouttes courent en saccades, se défont en lignes d'eau plus maigres, se recomposent ailleurs et continuent de glisser sur les vitres embuées. Michel commande deux autres bières. Nous buvons. Ne sommes plus là. Chacun, seul.

*

Un soir de mars, la tension monte. Gilles, Hamed, Manuel, Kéo, Julie (nouvelle détenue, cascadeuse tombée d'un cheval au galop) : on entame une fine mirabelles, on fume de la marie-jeanne, on attend Tadeusz pour un poker, on évoque, attendris, les spermatozoïdes de Clinton miraculeusement retrouvés sur la jupe de Monica, on s'ennuie.

— Ça fait quarante minutes de retard. Qu'est-ce qui fout, Tadeusz ? Encore à surfer sur le net, tu paries ?

Tadeusz s'enferme des heures par jour dans sa

chambre, à visiter, explorer, fouiller, sur le web tous les sites paraplégiques point com, .fr, .org, htlm... L'empile les documents imprimés sur son bureau, constitue des dossiers. Il tourne flic, détective, limier international. Il traque les moindres témoignages, expériences en labo, recherches biologiques, chimiques, avancées sur les rats, lapins, chats, singes, nouvelles prothèses, il veut la toison d'or qui nous mettrait debout, une armée de paraplégiques se lève, 300 000, rien qu'en Europe de l'Ouest. Il surgit dans la salle de convivialité, vitesse grand prix, F1, pôle position, dangereux. Il est blême, en nage, ses lunettes glissent sur le nez, ses yeux pétillent de malice, la figure d'un enfant d'une cinquantaine d'années, avec des cheveux gris taillés en brosse. Il brandit une liasse de feuillets A4, il bégaye.

— Gagné, Hamed! c'était ça.

— Tu déconnes, Tadeusz, ça fait une heure qu'on poireaute. Installe-toi, je bats les cartes.

Mais Tadeusz n'entend personne, il détient un scoop de première importance, il nous voit, tous, courir demain soir, après-demain matin au plus tard. Le projet s'intitule «Stand up and walk». Quoi? «Lève-toi et marche», si tu préfères. Financement européen dans le cadre du programme BIOMED II...

— BIOMED II, BIOMED III, le retour, on s'en fout...

— Merde! Écoutez-moi! Ils ont implanté sur un paraplégique un stimulateur électronique relié par des câbles à dix électrodes, eux-mêmes implantés dans les muscles des jambes : fessier, moyen fessier, quadriceps, etc. Écoutez, je lis : « Le stimulateur envoie des impulsions électriques de 20 mA vers les électrodes des jambes, excitant les muscles de façon à produire la marche, en déplaçant hanche et genou... » oh ! oh ! si vous continuez votre bordel, j'arrête de suite, hein ?

— Te fâche pas, Tadeusz ! vas-y, on t'écoute.

— ... nan nan nan, nan ?... « grâce ! à cet implant qui commande aux jambes de bouger, d'avancer à telle vitesse, de tourner, on réalise le travail que la moelle épinière ne peut plus faire chez un paraplégique. » Tiens ! qu'est-ce que je vous disais ? c'est pas un scoop, ça ? et c'est ré-a-li-sé ! ça existe ! il marche, le type ! regardez la photo.

— Y a une suite ?

— Oui.

— Lis ! Lis !

— « Un programme informatique décide de la durée des impulsions, de leur distribution temporelle... Géré dans un boîtier situé à l'extérieur du corps sur une ceinture, il pilote le stimulateur implanté, auquel il envoie ses ordres par radiofréquences, via une antenne. Le programme est écrit en langage C+ et pourrait prendre dans l'avenir la forme d'un réseau de neurones artificiels pour mieux s'adapter aux spécificités de chaque patient, telles que la fatigabilité ou la sensibilité aux impulsions. »

— Dis, Lucas, tu pourrais nous expliquer les subtilités électriques, là ?

— C'est plutôt de l'électronique... Fais voir le document ?

— Dans les grandes lignes, c'est facile à comprendre. Le type marche à l'électricité. Impulsion-excitation, hop ! les muscles dansent la gigue...

— La cuisse de grenouille en classe de collège...

— Un homme qui marche à l'électricité, qui vient se charger à la prise, c'est Robocop votre truc...

— On ne sait plus qui on est, mi-homme, mi-robot...

— M'enfin ! naturellement ça se passe comme ça ! Le cerveau envoie des signaux électriques qui descendent dans la moelle, et qui se distribuent dans les muscles concernés, non ?

— Que ce soit l'électricité du cerveau ou celle des centrales nucléaires, je serai pas regardant...

— Moi, demain, je me porte volontaire ! Implantez-moi, les gars, implantez ! Me déclare officiellement : zone d'implants !

— Bon, on le fait ce poker ? j'interromps.

— Oh ! Oh ! y a pas le feu ! Pour une fois que Tadeusz nous rapporte la pêche miraculeuse...

— C'est vrai, Lucas. Et pourquoi tu tires cette

tronche ? Ça devrait t'intéresser, c'est ta partie en plus, l'ingénieur ?

Depuis dix minutes, je rumine ma hargne. J'ai l'amère impression qu'on est roulés dans la farine. Prothèse. Prothèse. Comme si on était de purs esprits. Après tout, un morceau de corps en plus, en moins, puisqu'on peut y substituer des machines, que les fonctions sont assurées ! C'est une mise sous dépendance dans le moindre repli de nos chairs. Pour saisir un verre, une fourchette, pour pisser, bander, marcher. Aucun problème, mon bon monsieur, on a ce qu'il vous faut. Du sur mesure ! Maintenance, pièces détachées, garantie 160 % ! La caisse se trouve à votre gauche. Vous payez, on vous emballe le tout, voici votre carte Privilège, vous êtes des nôtres. On est des Tchétchènes passés par les camps de filtration, version libérale, économie de marché. Pourquoi les laboratoires ne s'orientent pas vers une recherche qui répare le vivant, qui fasse repousser la moelle, qui nous libère ! Tant d'années perdues, d'argent dépensé, pour inventer les prothèses les plus fantaisistes, qui instrumentalisent nos gestes les plus intimes, prothèses obsolètes à la vitesse de l'invention du presse-citron électrique ou du pousse-feuilles d'automne à moteur. Ramassis de requins qui nous tiennent, qui interposent de plus en plus d'objets mécaniques-électriques-troniques entre nous et le monde, un marché colossal de dépendances, des montagnes de pognon, pour nous autoriser à tenir debout dans la peur de la panne. Nous attendent au tournant de l'accident du travail, de la route. Allez hop ! un nouveau client, à perpète ! Dieu est de mèche, Il les inspire, les justifie. C'est l'esprit qui compte, c'est l'âme seule qui monte au Ciel, le corps n'est qu'une prison, un vulgaire ensemble de fonctions, du matériel, du hard, d'une machine l'autre, on assure l'échange standard, on réactualise tous les quatre ans ! L'immatériel, le soft, sont préservés, l'âme continue son ascèse, c'est l'essentiel, non ? Par ici la monnaie, money ! money !

— Putain, Lucas ! Tu entres en delirium ? T'as perdu une case dans le couloir ? Les Tchétchènes ? Dieu ? L'économie libérale ? Tu tires trop sur la marie-jeanne...

— Vous avez vu combien ça coûte, leur programme, pour faire trois pas branlants comme un robot ménager ? Vous avez vu ? Rien que la mise au point du dispositif : 9 millions lourds, 9 ! C'est qui les partenaires ? C'est qui ? Lisez ! IBM pour le développement des microprocesseurs du stimulateur. Thomson-CSF pour la transmission, Neuromedics pour le stimulateur extérieur et l'implant complet, et MXM pour l'assemblage. Robotiser tous les paraplégiques d'Europe, trois pas en avant, trois pas en arrière, c'est un filon ! de l'or en barre ! Moi, je préfère qu'on investisse dans le génie génétique, la culture des cellules souches, les greffes de cellules gliales du système olfactif, la transplantation des cellules de porc transgéniques...

— Mais, ducon, c'est pas contradictoire ! Qu'est-ce que tu fais des vieux blessés médullaires qui n'ont que des tissus nécrosés à la place de la moelle ? Tu vas pratiquer ton agriculture dans un désert de pierres ? Ça va pousser, tu crois ?

— Le temps passe. Les budgets de recherche sont limités, et s'ils sont orientés par le marché...

— Parce que t'imagines que tes cultures de cellules souches vont échapper aux lois du marché ? Que les mêmes groupes industriels qui fabriquent aujourd'hui les prothèses ne feront pas demain le commerce des cellules ? Tu rêves ! Nous ! Nous ! qu'est-ce que tu veux qu'on y fasse ! Oui, si demain ils me mettent debout à l'énergie nucléaire, câblé, informatisé, je dis d'accord ! même si je marche comme... un robot ménager. Et puis toi, c'est facile de jouer la critique, le point de vue en surplomb...

— Comment ça ?

— Je t'ai vu, hier...

— Vas-y, crache le morceau !

— J'étais content pour toi, d'ailleurs... Je t'ai vu, hier, faire ces deux pas entre les barres ! alors...

— Ah, vous me gonflez ! Salut, je rentre.

— C'est ça, va te coucher, éteins bien les lumières !

*

Mémoire reptilienne d'une ascendance aquatique ou profonde mutation, pieds et mains palmés, fourrure sur le dos, et ouïes derrière les pavillons d'oreille ? C'est un ravissement de jeune otarie, un vrai transport, une dose morphine grande seringue pendant les séances natatoires, en piscine. Le poids du corps est divisé par sept. On a beau être introduit dans l'eau avec un siège grue à bras élévateur, une fois immergé, c'est un lâcher, c'est l'envol. Un coup de reins, une reptation, une brasse vigoureuse, et l'on fend les eaux turquoise. Le menton sur la poitrine et c'est une roulade, un saut périlleux, avec une espèce de conviction physique que les jambes et les pieds participent au mouvement, actifs et volontaires. Quand on se croise dans le bassin, à trois ou quatre, on a tous sur le visage des sourires de ressuscités. Je m'en retournais donc à ma chambre dans mon beau fauteuil bleu, dans mon beau peignoir blanc, les cheveux humides, sifflotant, on s'est presque cognés dans le sas d'entrée pour policier en faction.

— Mathilde ! En tailleur Saint Laurent vert électrique, soie sauvage ! parfum Ivoire de chez très cher !

— Ah darling ! Chouette ! ça fait dix minutes, j'ai les nerfs en pelote, j'allais repartir. Shit ! ça sonne, excuse-moi. Yes, Peter! Where are you? Seattle? Fine! Could you call me in one hour? OK? Bye! Dingue! ça n'arrête jamais...

— Mathilde! dans l'hôpital, il faut couper le...

— Encore? Allô? si, si, va bene Dante, tutto a posto per il 24, 25, 26, si, si, ma posso telefonarti più tardi questo pomeriggio, si? a Milano? si! ciao! ciao! Allez, je désamorce la bombe, qu'on soit peinard... sont tous sur les dents, le concert à Chicago, la tournée en Italie, faut que ça se calme, sinon je fonds les plombs, ce sera l'arrêt du réacteur. Je te trouve bonne mine, chéri, tu sais... tu es allé nager? tu as une piscine? Dis donc, c'est Carlton, ici!

Depuis quinze ans, elle évoque le ralentissement prochain de ses activités. Elle est l'agent pour la planète des musiciens de jazz les plus célèbres : Lee Konitz, Michel Petrucciani, Stan Getz, Ornette Coleman, Joachim Kühn, Joshua Redman, elle doit être leur mère à tous, leur mère écuyère qui sait les tenir en bride, avec son gabarit 49 kilos, taille de guêpe, 1,60 m, chevelure crinière. Ils sont tous imprévisibles, qui, en route pour un concert, aperçoivent une biche dans un bosquet, un rouge-gorge sur une branche, et les suivent au tréfonds des bois, la biche au besoin peut être une jolie fille, le rouge-gorge, un mélange whisky cocaïne entre amis depuis trente-six heures, oubliant le rendez-vous avec une salle de 800 personnes. Ou alors, une fois sur scène, ne veulent plus s'arrêter de jouer, jusqu'à l'aube, avec quelques dizaines d'aficionados qui les écoutent encore. Et puis, elle négocie les contrats avec les producteurs de concerts, s'occupe de la presse, des billets d'avion, des réservations d'hôtel, elle a des nerfs en Almelec, du 57 millimètres pour très haute tension.

— Je suis rentrée du Caire mercredi. Je pars demain pour Tokyo, j'en ai marre, Lucas, j'ai 40 ans, ma vie ? une cellule de nonne, lire de la philosophie toute la sainte journée... si je n'ai pas d'enfant, ce sera la solution, je crois.

— Merci pour tes fleurs...
— Mes fleurs ?
— Au mois de décembre...
— Ah oui... merde ! j'aurais pu t'en apporter aujourd'hui, bad girl !... tu vois, je n'ai même plus le temps de faire de l'équitation, là, c'est : no return !

Mathilde Lefournier est toujours lyrique à propos des chevaux. Elle monte depuis l'âge de neuf ans. C'est une vraie école de la vie, elle dit, avec un animal de cette puissance, 500 kilos de muscles, tu es obligée de composer, de ruser, d'être calme, sinon il t'emmène droit aux enfers, les musicos, en comparaison, sont de petits chats. Le cheval est une éponge, il sent ton stress, ta raideur, ton corps qui n'épouse pas le mouvement de son dos, l'animal le plus craintif de la Création, une fragilité psychologique extrême, il faut apprivoiser sa peur... La voilà donc repartie dans le chapitre de l'art équestre. Je la soupçonne de vouloir éviter provisoirement la question de mon état, alors plutôt que de parler de la pluie... Mais aujourd'hui, elle détaille plus avant sa complicité avec les chevaux, ceux de son oncle qu'elle montait, enfant, près de Royaumont. Oui, elle cause avec l'animal, elle instaure une sympathie, langage silencieux, ondes positives, osmose des champs magnétiques. Avec les chiens aussi.

— Ah ?

Oui, un chien en rage, babines retroussées, baveuses, gencives rouge sang, crocs en avant, prêt à bondir, illico presto, elle ouvre le dialogue, deux esprits se rencontrent, la dialectique selon Platon, la conversation supraconductrice des ondes, le chien n'aboie plus, ne rugit plus, ne grogne plus, il jappe doucement, s'apaise, remue la queue, se couche, lui lèche les doigts de pied.

— Non ! pas toi aussi, Mathilde, la mystique du bestiaire à présent. Maman, version quadrupèdes zé mammifères...

— C'est vrai, Lucas ! Laisse-moi te raconter l'histoire de Cheyenne, la jument noire de l'oncle Édouard.

Un matin, son oncle doit emmener la jument chez le maréchal-ferrant. Ferrer un cheval est un travail dangereux, on lui met le tord-nez, une corde autour des naseaux, qu'on vrille jusqu'à garrotter et tordre en 8 lesdits naseaux : douleur, torture, qui suffoque tant l'animal qu'il demeure immobile, paralysé, le temps de changer les fers. Mathilde a 12 ans, elle insiste auprès de tonton Édouard, bec et ongles, c'est elle qui mènera Cheyenne chez le maréchal ! Elle s'enferme dans l'écurie, avec le cheval, tête-à-tête d'une bonne heure, non pas les yeux dans les yeux, tu vois, mais plutôt une imprégnation sensible de l'une par l'autre, chaleur et confiance. Bref ! ça y est, Édouard, elle est prête, j'y vais. Arrivée de la gamine et de la jument chez l'artisan du village.

— Ça va pas, non !? Tu veux qu'elle détruise l'atelier, que je prenne six mois d'hôpital ?

— Oncle Édouard est d'accord, je m'en occupe.

— Je lui téléphone... Allô ? Monsieur Lefournier ? oui... oui ? bon... On essaye.

Elle demeure près de l'animal, sans jamais cesser de lui parler, en silence, là où se causent volontiers les esprits des plantes, des animaux, dans l'invisible azur. Et ! sans tord-nez ni violence, Cheyenne s'est laissé ferrer.

— Qu'a dit le maréchal-ferrant ?

— Rien. Dans les campagnes, les sourciers, rebouteux, guérisseurs, hypnotiseurs, c'est assez ordinaire. Il pensait seulement que j'avais le don...

— d'une sorcière...

— d'une magnétiseuse, l'esprit animal.

Et les chiens rugissants, pour revenir à un mammifère moins noble. À Viroflay, dans la rue du Louvre, sur le chemin de l'école, ses camarades s'enfuyaient des trottoirs, terrorisés par les propriétaires des villas cossues s'incarnant matin et soir en des gueules de chiens molosses, têtes-mâchoires-dents-longues, claquant comme des pièges à loup, toutes prêtes à déchirer la tendre chair des enfants, entre les barreaux des grilles. Mathilde ne bougeait pas, elle ! laissant ces pauvres gamins courir vers leur terreur. Elle regardait le chien, concentrée, mais disponible, souple, apaisante, deux, trois, quatre, cinq minutes, un travail là encore de pilonnage d'ondes positives et pacifiantes de l'esprit chien, exorcisant en lui l'âme belliqueuse de son maître propriétaire. Le chien n'étant plus hanté par le plan cadastral du géomètre et de l'acte notarié, redevenait chien, simplement, un chien Chien, donc, rencontrant en l'impalpable aérien l'âme sœur de Mathilde...

— Tu déconnes, Lucas, c'est pas de culte zoophile ni d'animisme que je te cause, c'est d'ondes ! de champs magnétiques !

... un chien Chien dont les flux magnétiques, gravitationnels et orbitaux se mêlaient à ceux de Mathilde, en spirale sympathique jusqu'à dessiner ensemble un nautile radioactif d'ondes complices.

— Tu te fous de ma gueule, darling !... N'empêche que je les ai tous apprivoisés dans la rue, des agneaux ! Et c'est vraiment une question de présence d'esprit. D'énergie psychique. À l'instant où tu sors de cet état, où tes pensées vagabondent ailleurs, tu perds ce lien mystérieux à l'animal et il recommence à hurler.

Mathilde m'épate. Elle n'a rien d'une mystique, je me demande de quoi elle parle. Je pense aux lignes à très haute tension, aux supraconducteurs, aux grands-pères des Indiens, aux aimants du professeur Baron, au pendule de Georges et à ses fanons de baleine, aux rayons thérapeutiques de l'Axe Lumineux, au coton de maman, aux ondes sons-images de nos satellites, c'est un boom démographique des ondes de tout poil, attention ! danger de surpeuplement dans l'invisible ! Comprends mieux qu'on dépense des milliards de dollars à investir dans l'immatériel éther, la place va bientôt manquer. Aujourd'hui, riche et puissant, on ne fait plus bâtir des cités en marbre de Carrare ou en granit rose, non ! la matière est lourdement lourde... et matérielle ! Non, il faut acheter de l'espace ondulatoire, se faire construire des réseaux électromagnétiques à fort débit, s'approprier l'énergie vibratoire. Les prochains maîtres du monde régneront sur l'éther, le light, le soft, l'invisible, le médium favori du troisième millénaire sera l'impalpable aérien. Le sens du toucher est en voie de disparition. Le Ciel, oui ! toujours ! mais équipé tout électrique, 24 h/24 ! encombré de satellites, avec le Saint-Esprit en rayon laser (Light Amplification by Stimulated Emission of Radiation). Dieu, lui-même, en lumière naturelle et voix intérieure, risque de se retrouver à l'étroit, parqué dans une réserve, réfugié dans quelque niche métaphysique, sous un périphérique de rayons gamma, entre deux bretelles d'autoroute hertzienne.

— Si je t'emmerde avec mes histoires de chiens, dis-le !

— Mais, pas du tout, Mathilde, je pensais juste aux ailes d'avion, la colle pour remplacer les rivets, à l'assemblage. Et puis, aux montures de lunettes en titane. Et aux bicyclettes en fibre de carbone. Cette idée fixe de tout rendre immatériel, cette obsession de l'allégement... si on pouvait ne plus toucher terre, notre destin : l'Ascension. Soyons légers ! Arrachons-nous à la pesanteur de la viande !

— Et quel rapport ?

— C'est à cause de tes expériences de télépathie avec les chevaux, les chiens... plus la communication est à distance, plus elle est désirable. Sans objet, sans fil électrique, et toi, avec les animaux, le top ! sans langage en plus, même pas binaire ! S'entretenir avec un canasson, un cador ou avec Dieu, c'est aussi étrange, non ? Juste la Grâce.

— Qu'est-ce que tu racontes ! C'est pas de la télépathie ! Je n'étais pas à 300 kilomètres de ma jument quand on l'a ferrée. Les chiens de Viroflay, j'étais à 3 mètres ! Les champs magnétiques se touchent au contraire, c'est une présence physique !

— Des ondes tout de même !

— Mais quand tu parles avec quelqu'un, ce sont bien des ondes sonores. Et la musique ? c'est quoi ? Tu mélanges tout, chéri.

— Peut-être...

— Pourquoi tous ces livres sur les Indiens ?

— C'est l'enfance qui profite de ma paralysie, elle remonte et prolifère. *Le Dernier des Mohicans*, c'est la remontée, les autres livres, c'est la prolifération. Ne suis pas certain que ça l'intéresse, mais pour continuer sur le thème des chevaux, lui apprends qu'ils n'entrent dans la vie des Indiens d'Amérique du Nord qu'au XVIIIe siècle, après avoir été introduits au Mexique par les conquistadors. Avant cela, la bête de somme était le chien. Elle s'en étonne, sincèrement, stupéfaite de voir combien cet animal semble participer depuis les origines à la culture indienne. C'est tellement difficile de monter un cheval à cru ! Les Indiens ont des techniques de dressage et de monte, à l'inverse, elle précise, de celle des cowboys, tout en brutalité, qui travaillent à soumettre, dominer, mater l'animal. Quand un cheval est lancé au galop, son cavalier de cow-boy l'arrête à la seule force de ses bras musculeux, tirant violemment sur les rênes, alors qu'avec deux doigts : elle mime le geste avec les index, bras parallèles semi-tendus, tirant doucement une bride imaginaire au-dessus de la tête de sa jument, une plume comme elle stoppe un cheval fou. Pour Mathilde, l'histoire des Indiens et des cow-boys se résume en quelques gestes d'équitation comparative. D'un côté Crazy Horse, de l'autre Ronald Reagan.

— Tu me connais, chéri. Les Indiens, j'y pense pas tous les jours. Et puis, l'automne dernier, je me balade dans le Wyoming, j'arrive sur une hauteur, les paysages étaient si beaux, immenses et si beaux, à s'y perdre ! Je ne raconterais ça à personne, je me suis mise à pleurer, darling, je chialais comme une fleur bleue, parce que je sentais l'absence des Indiens, l'absence de ceux qui savaient habiter ces paysages, qui savaient s'y fondre, y être à leur place.

— Reste les paysages.

— Oui, mais pour personne. Plus de société humaine pour les vivre et y vivre. Juste le sentiment d'un désert traversé par des touristes, comme moi.

— Cinq millions d'Indiens en 1800, 235 000 en 1900, les Américains ont-ils fait des excuses publiques pour le génocide indien ? « Les lentes deviendront des poux. » L'extermination comme solution finale et socle fondateur du monde libre...

— J'en sais rien, Lucas, j'en sais rien.

Mathilde me déconcerte. Son lyrisme me touche, sa peine me rattrape. Je pense au membre fantôme. Bras coupé, jambe coupée, qui produisent des sensations de douleur parce que ce bras ou cette jambe disparus ont encore leur tracé neuronal dans le cortex. Le membre fantôme continue d'exister physiquement dans la réalité de la douleur. J'ai mal à mon bras qui n'est plus. Le tracé neuronal des Sioux massacrés doit encore exister dans le paysage du Wyoming, du Dakota, et dans notre imagination.

— Peut-être avons-nous mal aux Indiens, Mathilde, comme on peut avoir mal aux Arméniens, aux Juifs, aux Palestiniens, aux Tibétains, aux Tchétchènes... selon l'histoire de notre cortex ?

Elle me prend la main, on est silencieux, tristes, envahis d'une mélancolie d'enfance. Et soudain, patatras ! reviens buter sur ces mots : « membre fantôme », qui me précipitent dans l'angoisse du mien, un membre vachement fantôme pour ce qui est de sa membrure et de sa dilatation musculaire. Depuis l'accident, Pénis n'a plus jamais bombé le torse ni redressé la tête, Pénis ignore Phallus, le lien est rompu, pas même de retrouvailles réflexes à la faveur d'une séance de lavage avec l'infirmière, me nettoie seul, disais-je. La branlette, en pratique militante, appliquée et quotidienne n'a aucun effet notable, même en visionnant les cassettes porno de Bernard, dans la chambre, toutes lumières éteintes. Le spectacle n'est d'ailleurs pas forcément bandant, avec ou sans le son, ou encore en gémissements orgastiques rythmés techno.

— Quoi ? darling... que je te taille une pipe ?

Tu m'entraînes dans le recueillement des civilisations perdues, dans l'émotion d'une métaphore neurologique et... c'est... c'est à cause du membre fantôme ?

— À cause de mon état, Mathilde...

— Oui, et on conclut dans...

— La rééducation, j'ai confiance en toi, tu sais y faire, dix-huit ans d'amitié...

— Et je te taille un calumet de la paix, chéri, c'est ça que tu me demandes ? Tu abuses !

Mathilde a raison. De toute façon, le pompier, c'est pas mon truc. Elle remarque mon désarroi, me propose en compensation une branlette de la dernière chance, en joker, de ses fines mains expertes, au nom de la rééducation, elle laissera paumes et doigts travailler Biroute, à l'intuition, savante, la renaissance sensible des corps caverneux, une vasodilatation au top, via les commandes encéphalo-rachidiennes. Pas l'érection réflexe ! non ! la vraie, la psychogène, avec mes yeux plongeant dans l'échancrure de sa robe en soie sauvage, et la naissance de ses seins, ronds, galbés. Les mains, seules ! en délégation. Carte blanche. Avec leur compétence intrinsèque. En tout bien tout honneur. Pour preuve, elle en profitera pour téléphoner à Clint, son fils joue de la contrebasse dans un quatuor, avec le décalage horaire Paris-Nashville, elle doit l'appeler de suite, Mathilde s'occupe du fils, mais le père tout-puissant a l'œil sur les contrats du quatuor pour un concert à Londres et à Berlin. Elle branche le portable, en mains libres, le pose sur le drap blanc, et tente de réanimer Biroute avec la voix de l'homme des hautes plaines en fond sonore.

— Tu veux, darling ? On essaye ? J'ai les mains radiantes aujourd'hui, je le sens.

— Tu es adorable, Mathilde. Mais, avec les ondes électromagnétiques du portable, ça risque de capoter. Non, merci, laisse tomber... j'ai trop la trouille.

On a encore échangé quelques mots, on s'est embrassés, puis Mathilde est repartie, pour everywhere, avec ses musiciens.

C'est le lendemain de sa visite que j'ai perdu mon sang-froid, juste après le sondage du matin. Submergé d'angoisse, suis sorti de ma chambre en poussant sur mes roues comme un forcené, virage à droite en sortie de sas, direction bureau d'Ozias, 100 mètres plus loin. Veux voir le professeur ! madame l'assistante collaboratrice, Ozias, illico, Ozias, presto, Ozias, subito, en peux plus, étouffe, c'est la même scène, madame la collaboratrice, suis à la gare Saint-Lazare, le soir, foule compacte des banlieusards, n'y a que deux destinations ; 19 h 52 pour Banc-des-Zons, et 20 h 08 pour Un-Puits-Sans-Seau, pas d'erreur, entre Zons et Seau, faut choper le premier. Cavale vers la consigne, couloir sombre, des hommes qui attendent, une queue d'hommes, ils ont tous des chapeaux, feutres noirs, ne disent rien, tant pis, je resquille, dépasse 50 clients, arrive dans une salle haute, éclairée blanche, aveuglante, ah! le type de la consigne, dans sa blouse anthracite, avec sa casquette bandeau rouge, une étoile, derrière un comptoir en bois, je cherche mon ticket, dix poches au moins, fouille et farfouille, en perquisitions et brutalités policières, deviens fou, ce ticket, nom de Dieu! déchire les poches de ma veste. Le chef de consigne a le nez pointu, un sourire en lame de couteau, fixe. Dans son dos, sur le mur, immense comme le Mur des lamentations, des bites et testicules accrochés au clou, avec un numéro sous chaque clou, des bites du sol au plafond, que des bites, c'est la consigne des bites, des pâles, des noires, des brunes, fripées, ratatinées, lisses, droites, longues, fines, asticots, des courtes, râblées, en muscles, des grandes, grosses, en braquemart, des glands coiffés, des glands tête nue, gris, roses, livides, parfois des phimosis, des champignons, des blennorragies, couilles poilues, glabres, ramassées, ténues, pendouillantes, qui penchent à droite, à gauche, et ce ticket, nom de nom, je vais rater le train de 52!

— Vous avez des signes particuliers, monsieur?

— Ben, non, aucun signe, moyenne, brune, coiffée, tirant sur la gauche...

— Parce que je connais mon dépôt! Réfléchissez! Réfléchissez bien!

— Ah! les couilles sont poilues, commencent

à grisonner... euh ? trois grains de beauté, non, quatre ! enfin, plusieurs, sous la verge, voyez ?

— C'est insuffisant. Insuffisant ! Vous demande la sonorité, la tessiture, le timbre !

— Comment ça, la sonorité ?

— Ah la la ! Z'êtes agaçant à la fin ! Vous demande la sonorité parce que je connais mon dépôt ! Écoutez ! Écoutez bien !

Il a une échelle roulante appuyée sur le mur. Il s'immobilise, ferme les yeux, inspire lentement, puis soudain, grimpe trois échelons, saute, déplace l'échelle, court, en remonte six, en descend quatre, et chaque fois il presse une couille ici, une couille là, en sort des sons vibrants par le méat qui s'ouvre telle une bouche, des sons d'instruments à vent, qu'il organise comme sur des registres d'orgue, ça se déploie, une ligne mélodique, il court, toujours plus vite, escalade, dégringole, glisse, presse des couilles et des couilles, entre pouce, index et majeur, ça s'épaissit, ça s'enfle, flûtes, hautbois, gambes, trompettes, clairons, bourdon, bombarde, c'est une symphonie, c'est la messe en *si*, alléluia ! alléluia ! allez lou yaaaa ! Dans le couloir, les hommes à genoux prient, tous chauves, le feutre posé sur le carrelage.

Sainte Bite, priez pour moi, l'est tapé ce mec ! Maestro, oh ! Maestro, c'est la 318, j'ai l'impression de la reconnaître, oui, la 318 !

— Sans ticket, mon brave monsieur... imaginez, le vrai propriétaire qui...

— Ça y est ! je l'ai ! dans mon portefeuille, coincé sous la carte d'identité, tenez, la... 813.

— Ah ! Voyez ?

Il pousse l'échelle sur la gauche, monte huit degrés, décroche ma bite de son clou.

— Ah ! Vous entendez ? manque un hautbois, dame ! ça se remarque.

Je n'entends plus rien, suis sourd, le credo explose dans mes tympans. Fourre Biroute dans ma poche revolver, il est 49, bondis dans le couloir noir, déboule dans le hall, zing ! zong ! 15, 60, 215, 456 personnes, que je croise, esquive, dépasse, zing ! zong ! 19 h 50, me faufile, quai 3, train direct : Banc-des-Zons, lumière rouge, ça sonne, accès interdit, j'accélère, saute sur le marchepied, ça démarre, j'y suis, la porte se referme, l'ai eu ! l'ai eu ! Essoufflé, trouve une place, 1re classe. Avant de m'asseoir, sors Biroute de la poche, mauvais pressentiment, elle repose là, dans ma main, rose, trop rose, trapue, courte, trop courte, prépuce maigre, frein épais, gland aplati, poils roux !... C'est pas la mienne ! Prends une dame à témoin, assise en face, cheveux blanc-mauve, plongée dans son magazine féminin, c'est pas elle ! Si, c'est *Elle*, celui de la semaine ! Non ! c'est pas Biroute ! c'est pas Biroute ! Ah ! c'est embêtant, mon pauvre monsieur, je vous plains. Je sursaute, cours par-dessus les valoches, les paniers à minous, tire le signal d'alarme, les roues hurlent, le train s'arrête, j'ouvre la porte, saute sur la voie, l'express Paris-

Nice surgit, stop! stop! Ah!!! me renverse, les jambes coupées-tranchées, net, à mi-cuisses. Un cauchemar! madame la collaboratrice, un cauchemar, pas un hasard! Ozias veux voir! Calme, elle dit, calme, avec des jambes coupées et une bite qui n'est pas à moi!... Professeur invisible, inaccessible, en réunion, staff du matin à propos des nouveaux blessés. Troupe fraîche d'handicapés, chaque semaine, on est sur la ligne arrière du front, la guerre continue.

— M'en fous, veux le voir, maintenant!

— Calmez-vous, monsieur Lancry, je vais demander si madame Clément peut vous recevoir.

— Ah! Isabelle, son bras droit?

— Droit, c'est ça.

J'attends dans le couloir. Vais et viens. Fais les cent tours de roues.

— Elle arrive...

La voilà. Droite. Mince. Élancée. Cheveux courts. Regard clair. Blouse blanche. La suis dans son bureau.

— Alors, monsieur Lancry, que se passe-t-il?

Je lui explique. Ne bande plus, sensibilité charnelle zéro, continence neurologique 300 %, bite débranchée, déjà qu'elle ne sait plus pisser seule... Mes codétenus m'ont informé de l'éventualité d'une... prothèse pénienne! Tubes pneumatiques dans les corps caverneux de la verge! Pompe avec valve installée dans le testicule droit! Liquide de gonflage stocké dans le testicule gauche ! Plans et descriptifs détaillés accessibles sur le net. N'en est pas question ! Veto ! Je refuse ! Le godemiché pneumatique pleine peau, jamais ! Saloperie ! Monstruosité ! Vous êtes de mèche à ce point ! Votre ordre du monde :

— Dieu : m'occupe des âmes !

— Science : m'occupe des corps !

Dédouanée de la sorte, se vautre dans l'abus. Faux nez, faux seins, faux cœur, faux poumons, faux reins, faux cul, fausse bite, fausses mains, fausses jambes, faux mouvements. Je ne vous cause même pas de la parthénogénèse, réalisée en Italie, fatal ! vie en éprouvette réinsérée furtive dans l'utérus d'une vierge des années 80, sans trop déchirer l'hymen, surtout ! Science serait quasi à prospérer sur les plates-bandes de Saint-Esprit. Limite ! N'empêche. Ce sont les mêmes arrière-pensées. Commerce lucratif des âmes et des corps version miraculeuse, afin de mettre sous dépendance et tutelle. Au finish, de génération en génération, l'ardoise est salée, la dette incompressible. Total à payer : mon âme à Dieu, mon corps à la Science. L'âme ? Connais pas. Fait ce qu'elle veut, vit sa vie. S'acoquine avec le Père qui êtes aux Cieux, ça la regarde. M'en fous. Mais le corps, lui, palpable, pondéreux, chaud, qui palpite. Pas question de l'abandonner les yeux fermés à Science et ses prothèses. Esprit, conscience, mémoire, y logent ! Pas seulement dans ma tête ! mais aussi dans mon dos, mes mains, mes jambes, ma bite. Alors, madame Clément, c'est niet ! Pas-de-prothèse-pénienne !

Son regard se trouble. Elle vacille entre l'inquiétude et l'ahurissement. Suis peut-être confus...

— Soyons concrets, monsieur Lancry. Je peux vous répondre aussitôt sur un point ! Nous ne posons plus de prothèse pénienne. C'est dépassé aujourd'hui. Vos camarades d'infortune, les plus anciens, vous ont fait une blague...

— Ah ?

Ses paroles sont du baume. Elle me parle de réanimer le vivant, notre chair si chère. Le Viagra a produit un bouleversement tectonique, rendant la prothèse pénienne aussi obsolète que le frottement des silex pour allumer un feu... Pilule bleue, trois dosages : 25, 50, et 100. Certes, à 60 francs le comprimé, non remboursé, c'est un budget mensuel lourd. On pourrait acheter du 50 et le couper en deux, ou du 100 et le couper en trois, si le 25 suffit. De sacrées iconocroques ! mais les laboratoires fabriquent des pilules non sécables. Au couteau, le comprimé explose. Faudrait tenter avec un fil à beurre, une lame de rasoir, une scie circulaire, un rayon laser, enfin, c'est un problème d'artisan taillandier, s'agit d'explorer !

Le Viagra donc, en socle d'érection. Sinon, il est toujours possible d'effectuer une injection intracaverneuse de Caverject. La verge dans la

main gauche, bien tendue, et de l'autre, floc !
une piqûre dans le flanc droit, pas en dessous,
passe l'urètre ! pas au-dessus, passent les veines !
Et voilà Biroute qui s'ébroue, gonfle les pectoraux, redresse la tête, le vasodilatateur dope les tissus, Biroute prend l'air et converse avec autrui. Dans l'arsenal de réanimation, on dispose aussi du vibromasseur, amplitude idéale : 2,5. Fréquence 100 Hz pour la vitesse vibratile. Trois minutes de stimulation, trois minutes de repos.

— Voyez, monsieur Lancry, nous avons d'autres réponses, soyez rassuré.

Mais ! attention ! Érection ne signifie pas éjaculation ! Éjaculation ne signifie aucunement orgasme ! Ah ? ça se complique... L'éjaculation, par exemple, n'est pas fatale. Certes, certes... On peut la susciter par une stimulation électrique endorectale. Une sonde dans le derrière qui envoie des courants électriques qui stimulent des plexus nerveux qui déclenchent ladite éjaculation qui... l'électricité, décidément... L'orgasme, comprenez, c'est une autre dimension. Affective, fantasmatique, psychogène, mais avec une lésion médullaire sérieuse en D (dorsale) ou en C (cervicale), l'orgasme, ma foi, devient une entreprise de tête, jouir avec son cou réclame une plasticité du cortex tout acrobatique. Je pense à Leturdu et à sa délocalisation des zones érogènes. Justement. Big boss 75 milliards d'euros financera bien mes premières boîtes de pilules bleu électrique, aux couleurs de la Maison Mère. Comme dit son texte slogan : « On vous doit plus que la lumière. » Je commence modeste : trois boîtes dosées 25, attention à l'overdose, risque de priapisme, six heures de bandaison ininterrompue, et c'est la nécrose des tissus ! Qui va piano va sano.

— Êtes-vous moins angoissé, monsieur Lancry ?

À dire vrai, n'en sais rien. Suis freiné dans la spirale anxiogène, arrêté, presque. Faut réfléchir. Merci, Isabelle. L'aurais embrassée, nonobstant.

*

C'est un mercredi ensoleillé d'avril, la fenêtre est ouverte, j'entends les oiseaux dans les arbres, des ramures sont en fleurs, d'autres en feuilles, d'un vert tendre. C'est maman qui surgit, accompagnée de Chantal Corneau, son ex-chef, virée de chez Rhône-Poulenc, à force de proférer des prières en japonais ancien, et de militer pour l'Axe Lumineux auprès même de clients qui transitaient par son standard. Chantal se consacre donc exclusivement à son dojo de l'allée des Myosotis, à Montreuil, elle compte à présent 83 fidèles, faut déménager, prendre un appartement plus spacieux, toujours dans la cité Bellevue où sa notoriété de grande prêtresse prend racine comme lierre ombragé sur un tronc d'arbre humide. Non, papa préfère venir un autre jour, avec son ami Jacques ou Levannier, d'une compagnie moins pénétrée des mystères de ce monde. Elles affichent toutes deux des sourires cannibales, je soupçonne un raid magnétique concerté. Je remarque de suite le maquillage psychédélique de l'œil gauche de Chantal : jaune-violet-mauve-noir, sur l'arcade sourcilière et sous l'œil jusqu'à la pommette. Après son mari, rue Condorcet (voir plus haut), c'est elle qui s'est pris un pain samedi dernier, un coup de talon plus exactement, d'une de ses disciples en transe, Léa, qui était calmement agenouillée, à recevoir par tous ses chakras béants multitudes d'ondes lumineuses zé divines, quand elle s'est mise à geindre, à dodeliner de la tête, jusqu'à se dresser, yeux ouverts, fixes, hurlant comme une louve polaire à la lune, genre métempsycose prématurée. C'est avéré, ajoute Chantal, sera une louve d'Alaska à poil blanc, courant troisième millénaire, à moins qu'elle ne soit déjà une résurrection de l'animal médiéval du centre Europe, toutes dents dehors, pression des mâchoires : une tonne au cm^2 ; le diagnostic reste incertain. Toujours est-il qu'elle a mordu sévèrement notre concupiscent Gérard-sourire-des-grands-espaces, qui jouait, paisible bonze, son rôle de capteur-passeur de lumière, il a l'oreille droite déchiquetée, avec six points de suture. Elle a renversé la bibliothèque et la télévision grand écran sur son pied à roulettes, arraché les rideaux ; le miroir vénitien et la table basse verre fumé sont en miettes, c'était une furie ! le grand salon est dévasté, tornade fauve, incontrôlable, à cinq fidèles pour la maîtriser. Les mauvais esprits sont agrippés à elle, c'est insensé comme ils nous font payer cher leur changement de domicile ! (sic). Elle a fini en arc électrique sur la moquette pure laine jonchée de morceaux de verre, ne touchant plus le sol qu'avec nuque et talons, en convulsions vibratiles telles qu'elle se déplaçait encore en cette position pas humaine. SOS médecins puis le SAMU sont intervenus pour l'embarquer aux urgences, lardée de piqûres sédatif morphine, en compagnie de Gérard qui pissait le sang de son cartilage d'oreille prémastiqué. Ça faisait désordre dans la cérémonie, s'agit de remeubler le salon, calmer les esprits, le dojo est fermé pour une semaine, son mari Antoine est inquiet pour l'avenir, sont les risques du sacerdoce, conclut Chantal, attendrie et confortée dans sa mission.

Elle a quitté la jupe fourreau polyester migenoux. Sous sa gabardine panthère vinyle, elle porte à présent une longue robe noire, droite, et sans taille. Elle a un bandeau violet dans sa chevelure blonde décolorée, des bottines pourpres. Avec le maquillage de l'œil gauche, l'ensemble est ad hoc. Leur propose un petit remontant, alcool, bière, jus de fruits ? De l'eau minérale plate, elles répondent en chœur, suffira. Alors, trois verres d'eau *Suffira*, sans trinquer, mais le cœur y est.

— Au fait, maman, tu stockes toujours des planches et des bouteilles d'eau ?

— Non, non, trésor, on m'a dit que c'était plus la peine.

— Ah ?

Parce que 900 litres d'eau en packs de 6 bouteilles sont déjà dans la cave de la rue de la Fraternité. Les planches, c'est pour clouer les volets, en consolider la fermeture, avoir le noir complet, rapport aux radiations de lumière atomique qui vont nous brûler les yeux et la peau au jour J de l'Apocalypse, dans quelques mois... Toutes les eaux, marines et douces, vont être nucléarisées, nucléiques, nucléoniques, nucléaires donc, à l'exception des eaux minérales emmagasinées dans nos sous-sols. Depuis un an déjà, Andrée m'exhorte à prévenir les amis propriétaires qui me louent leur maisonnette, à Écouen.

— Ils ont des volets en bois ? Il faut les avertir, mon petit Lucas, c'est maintenant, après ce sera trop tard.

Leur immeuble parisien du XVIIe siècle, dans l'île Saint-Louis, est effectivement pourvu de vieilles persiennes sur cour, mais en façade, sur la rue Saint-Louis-en-l'Île, nenni !

— Comment faire ?

— Il faut condamner les pièces sur rue ! qu'ils se cantonnent à l'arrière, portes clouées, aussi !

— Heureusement que je n'ai pas inquiété les

Arbeau pour rien. Tu les vois, à leur âge, avec leurs deux enfants, clouant les 32 persiennes sur cour, sans parler des portes. Remarque, avec leur cave de 1 800 bouteilles grand cru, ils pouvaient voir venir.

— On m'a confirmé que c'était remis...

C'est une bonne nouvelle. Si l'Apocalypse peut attendre encore un millénaire, après tout, rien ne presse. On va picoler les réserves d'eau, en fourguer aux amis avec un ruban cadeau, écouler les surplus dans les lave-glaces et les batteries de nos bagnoles, rien n'est perdu, hop! l'Histoire continue.

Mes soupçons se vérifient. Elles sont là pour un raid magnétique version Axe Lumineux du Soleil levant.

— Tu sais, trésor, c'est quand je suis venue avec la petite Paule, tu m'as dit : tu ne récites pas tes prières japonaises ? Sur le coup, j'ai pas réagi, et puis j'ai cogité, sans doute il a raison, c'est KO KU BI DJI SO qu'il faut pratiquer, à l'hôpital même !

Restait la difficile mise en place de la chambre d'ionisation, l'installation du décor, de l'autel, des reliques. Il fallait emprunter à un maître spirituel, qui refuse habituellement tout net le délestage, même provisoire, du cœur-noyau-substance de son dojo, à moins qu'il ne soit demandé en Personne pour pratiquer la pratique : 7 300 balles intra-muros, 9 600 extra, sans facture. Faut être sûr de son maître. Avec Chantal qui réaménage son dojo : murs capitonnés, rideau de fer et meubles en caoutchouc incassable, c'était l'occase, l'aubaine, pour investir la chambre 7. Elle ouvre une sacoche cuir jaune, en extirpe un cadre argenté avec une photo noir et blanc, floue, piquée, où l'on distingue vaguement le grand prophète d'Okinawa : un vieillard chauve, ridé, dans un kimono noir, yeux mi-clos, longue barbichette, assis en tailleur devant une calligraphie, le kanji signifie *lumière* et *cristal*, il paraît. Un socle en bois laqué rouge, une coupelle et un flacon en faïence blanche, deux bougies, une bouteille de saké, quatre galets gris de la plage de Cayeux-sur-Mer, et trois bâtons d'encens.

— Z'êtes sûr ? Faut vraiment ? Pas indispensable... vais beaucoup mieux...

Andrée se glace, pâle, elle se décompose, confrontée à l'aveuglement du monde, un mur d'incompréhension qui se dresse soudain entre elle et son propre fils, une épreuve de plus, encore une ? Elle passe sa vie à sauver des dizaines de personnes, toutes plus anonymes, «mes malades», elle dit, et on l'empêcherait de sauver la chair de sa chair ! Bon, bon, n'insiste pas, aucun passage d'infirmière n'est prévu avant trois heures, allons-zi !

La table en Formica pour le plateau-repas est donc calée contre le mur. Un morceau de drap blanc pur coton la recouvre, le portrait du prophète est posé debout sur son socle, le saké est versé dans le flacon et la coupelle disposés devant le socle, deux bougies sur soucoupes métal sont allumées, les quatre galets sont empilés sur le flanc gauche du prophète, les bâtons d'encens fument, fichés verticaux dans une gouttière à trous, la cure d'ondes peut commencer. Suis dans mon fauteuil roulant, face à l'autel, Andrée à gauche, Chantal à droite, le dispositif n'a rien d'orthodoxe, ça sent l'hérésie, l'emprunt pirate, l'interprétation abusive :

a) Personne n'est à genoux !

b) Ce sont leurs deux paumes de main qui visent en tir croisé et simultané mon troisième œil !

c) Il y a un face-à-face forcé avec le prophète ! Je guette, anxieux, les odeurs de soufre, mais sans commentaire. On ferme les yeux, inspiration profonde :

KO KU BI DJI SO GUEN GUEN SHI KA HI TA KA HA MA HA LA HA NI KA MU LU GUI KA MU LU NI O MI SHI KA LA NO TSE TO HI TO...

La suite est consignée plus haut, je ne répète pas. Suis devenu cible, voudrais voir les ondulations sinusoïdales fondre sur mon front, je pense à cet enfant paraplégique qu'on plonge dans les eaux de Lourdes à l'aide d'un bras grue. On le ressort des eaux miraculeuses, son fauteuil chaussé de pneus neufs. Pénétré-sérieux, en toute circonstance, s'avère difficile, je respire consciencieusement les effluves d'Orient.

... HO GU TSU MI SHI MA TSU HI KA LA HI TSU HI LI KA MA NÔÔÔÔ...

— N'ouvre pas les yeux, Lucas, n'ouvre pas ! C'est pas fini.

Ce sont à présent des murmures, chuchotements et silences mêlés, c'est un ajout, une scholie, du rab au rituel canon, inédit ! Cinq bonnes minutes, suis au bord de l'assoupissement. Trois claquements de deux paires de mains. Un... un, deux.

— Ça y est, trésor.

J'écarquille les yeux, maman est penchée sur moi, elle m'embrasse les cheveux, la tempe, Chantal m'a pris la main qu'elle tapote entre les siennes, froides, bifteck, on dirait qu'elles me félicitent, j'ai battu le record du 400 mètres haies.

— Et moi, je ne vous fais pas l'imposition ?

— T'inquiète pas, mon petit Lucas, en certaines circonstances on est dispensé.

Le soleil entre à flots dans la pièce, en lumière rayée par l'ombre des barreaux. Si on sortait de la prison, si on allait dans la douceur du printemps, si on se promenait dans la forêt de Vaucresson ? Chantal remballe la vaisselle sacrée dans la sacoche. Un verre d'eauderechef, j'enfile un pull, un blouson, enlève mes pantoufles et chausse les baskets, ma mère sourcille à peine, me regarde faire, en coin, discrète. La vieille Renault 14 est garée devant l'entrée, suis sur le fauteuil, penché, les mains sur le siège passager, coup de reins, lancer de tête, mouvement d'épaules, ouste ! suis installé. Le roulant est plié, rangé dans le coffre, on démarre, c'est parti. Je fredonne *La bohème, la bohèèèmeu, on était jeunes, on était fous...* Aznavour reste l'interprète préféré d'Andrée, elle se met à chanter elle aussi, avec toutes les paroles, et Chantal, à l'arrière, j'accompagne à présent, en sifflet sonore. Dix minutes à monter la colline par les petites rues pavillonnaires. On se gare à l'entrée d'un chemin profond bordé de grands arbres. Nous y sommes, ma mère dans sa gabardine rouge col fourrure, pantalon à carreaux, Chantal dans sa vinyle panthère, nous avançons dans l'allée sylvestre tachetée de soleil. La poitrine s'emplit d'espace, le nez d'odeurs de bois, d'herbes et de feuilles, il y a toujours ce bruit de pas, désagréable à l'oreille parce que les miens ne s'y mélangent pas, mais aujourd'hui, qu'importe, le bonheur d'être dehors suffira, comme l'eau minérale. Les femmes entament la conversation, se goinfrent plus exactement.

• Les becs de perroquet sur la colonne arthrosée de madame Truc ? Elle exécute des doubles saltos arrière sur le trampoline.

• L'anorexie de la petite Ouin Ouin ? Elle mange comme trois.

• Le cancer du canal cholédoque de monsieur Tartempion ? Disparu ! Et les cheveux repoussent !

• Le goitre de madame Zonzon ? Elle a un cou de jeune fille.

• La stérilité de mademoiselle Pouët Pouët ? Elle attend des quadruplés.

• Le chômage longue durée de monsieur Gulu Gulu ? Il obtient une place de directeur général dans une multinationale.

• Le mariage raté-naufragé de madame Machin ? Son mari est devenu un ange. Ils s'adorent, ne se quittent plus, passent leurs journées au lit, soudés... oui, oui, c'est vrai !

• Le terrifiant retard de madame Boum Boum ? Ce n'était pas un carambolage de 50 voitures avec 15 morts et 4 brûlés vifs, c'était une panne d'alternateur.

• Le sida de mademoiselle An-An ? Aucune trace, tous tests négatifs, la médecine muette est interloquée.

• La prostate de monsieur Bidule ? Six heures d'autonomie en buvant deux litres d'eau.

• Le siamois épileptique dangereux de madame Tic Tac ? Il ronronne sur ses genoux du matin au soir.

• La maladie d'Alzheimer de monsieur Duchemole ? Il récite sans une seconde d'hésitation ses tables de logarithmes et *La Légende des siècles*.

Commencent à me casser les bonbons avec

leur exhaustif recensement des millions de miraculés de l'Axe Lumineux. Pousse plus fort sur les roues, prends 20 mètres d'avance, traque le silence des bois et le cui-cui des zoizeaux. Avance lentement, en promeneur heureux, une légère brise fraîchit le front et les joues, regarde à droite, à gauche, dix minutes coulent, c'est là, dans cette vaste clairière où l'herbe tendre chasse les dernières feuilles de l'hiver. J'aperçois un écureuil qui court d'un arbre à l'autre, je sais que c'est là et j'attends. J'attends que les femmes passent, qu'elles poursuivent leur chemin.

• La cataracte de monsieur Meu Meu ? Il lit sans lunettes le *Journal officiel* et le *Petit Larousse*.

• L'obésité de mademoiselle Louf Louf ? Elle est mannequin chez les grands couturiers...

— Continuez, continuez, je vous rattrape.

100 mètres nous séparent. Ni vu ni connu, j'engage le roulant dans la clairière, une branche m'arrête, mets le frein à main, observe le sol, repère une trajectoire sans trop d'accidents géologiques. Hier, j'ai fait sept pas entre les barres parallèles, j'ai touché mon image debout dans le miroir, puis je suis reparti, sept pas à reculons, me suis écroulé au quatrième, perte d'équilibre... N'empêche ! Onze pas sans faillir. On a fêté l'événement avec Gilles, Hamed, Kéo, Rolande, Manuel, Bernard, Julie, Tadeusz.

— Essaie de te rappeler, nom d'une pipe, quand est-ce que c'est revenu, le premier moment, l'instant *n* où tes jambes te portent. C'est progressif ? C'est soudain ? Tu sais quand tu peux ? Tu te prépares ? Tu te lances ?

— Non, aucun avertissement. Un jour, c'est là, tu n'as rien deviné, tu marches, fragile, mais comme depuis toujours. Par contre, la sensation au toucher, à la température, à la position des jambes, est plus exacte, plus nette, plus précise.

On a bu, fumé et chanté, sans une ombre d'amertume chez mes compagnons noctambules, juste l'espoir en partage. C'était cette nuit, j'ai des restes de gueule de bois dans les bois de Vaucresson, hi hi hi ! Pas de miroir, ni de barres parallèles, l'espace, le vide, immense comme la clairière, vertigineux comme l'abîme. Première chose : trouver un appui. Le premier point d'appui au karaté, c'est le regard posé sur quelque chose, le visage de son adversaire, la ligne de ses yeux. Le regard donne alors la direction, l'élan, le ventre donne l'équilibre, la vitesse. Je fixe le tronc d'un marronnier, à hauteur d'homme, je masse les jambes, les pétris, les frictionne, pose les mains sur les accoudoirs, les pieds sur l'herbe, hop ! suis debout. Allez ! me jette. Pied gauche : un pas, pied droit : deux... six... huit, neuf, ne marche pas, ça marche ! ça avance ! arrive au milieu de la planète, en ravissement extrême... quel con ! je lève les yeux vers la trouée du ciel, bleu, ça tourne, ça chavire, je tombe, un sac, en vrille, sur les chevilles entortillées. Envie de rire, envie de barrir, bramer, beugler, devenir animal, de joie. Sérieux, mec ! sérieux ! À genoux, mains au sol, me redresse, regarder droit devant soi, course de côte en quatorze stations, merdre ! Jarry ! mais, baskets aux pieds, léger, sans croix, juste le poids de ma viande, I'm travelling light, Lady Day, etc. Debout ! C'est reparti. Écrire un hymne à la position verticale, un sonnet, une ode, non ! une ballade ! Ben Webster. Encore quelques pas, le marronnier est là, vite, j'ai des contractures dans les mollets et les cuisses, dépasse le tronc, zut ! un fossé rempli de feuilles, je m'étale, ça crisse, ça bruisse, ça friture, ça sent l'humus humide, me marre, fou rire, fou, rire, pense à mon père, Robert, aurais voulu que tu sois là, qu'on rie ensemble, comme ce jour dans ton grenier, pas vrai, Robert ? Oui. Voudrais remercier Adès, Ozias, mademoiselle Laure, mesdames Raymonde, Patricia, Hélène, Isabelle Clément, voudrais remercier Gustave, Georges, papa, maman, Mathilde, Levannier, les Salsmann, Auguste, Georgette, le père Violet, la chance, maître Chouraqui, et puis, venue d'un buisson, incandescent dans un rai de soleil, une voix grave qui proteste :

— Et moi ? et moi ?
— Qui ça, toi ?
— Ben, Dieu, pardi !
— Pardon ?
— Dieu !
— Ah, non ! pas question ! Fais souffler les

vents, tordre les nacelles, et puis de retour pour encaisser les bénéfices...

— C'est pas Moi, c'est le Diable qui t'a fait tomber!

— Tu parles! Dieu et Diable, siégez au même conseil d'administration, actionnaires 50/50. Z'êtes Coca et Cola, Elf et Total Fina, Audi et Volkswagen, Micro et Soft. Niet! Nenni! Aucun remerciement, même de complaisance, dans la liesse forestière.

J'entends des appels angoissés, paniques.

— Lucas! Lucas! Où es-tu? Lucas!

— Ici! Coucou! Ici!

Voici les femmes qui surgissent, entre bouleaux et marronniers.

— Mais, qu'est-ce que tu fais là?

— Je me promène...

— Sur le dos?

J'explique. Après Armstrong sur la lune, Lucas sur la terre.

— Depuis le fauteuil?

— Depuis le fauteuil, positif, mon amiral.

— Alors, c'est vrai? T'es guéri! Ah, c'est incroyable! c'est incroyable! On marchait... et puis...? je... j'entends la voix de ton grand-père, oui, la voix de p'tit père, je ne t'ai rien dit, Chantal, non, mais je l'ai bien entendu, très distinctement, il murmurait : «Lucas est guéri, Lucas est guéri.» J'en étais toute bouleversée. Je me retourne pour te voir, tu n'étais plus derrière nous. Et voilà! Rends-toi compte, Lucas! c'est

ton grand-père, c'est grâce à lui! Je sais qu'il nous protège, chaque jour, mais à ce point! Oh, j'ai tant prié, tant travaillé, oh, merci mon Dieu!
— Faudrait savoir...
— Comment?
— Non, rien.

Rien, maman. Rien. Après ma naissance, Andrée aimerait tellement signer la renaissance. Parce qu'à la suite de cette inédite grossesse extra-utérine (fœtus que je fus, en errance nomade parmi ses viscères), elle œuvra, des années durant, au façonnage de ma fragile carcasse égarée dans une mauvaise et maléfique croissance. Les pieds plats, en dedans, à remodeler en semelles et chaussures orthopédiques; la cage thoracique, en dedans aussi, rachitique, comprimant cœur et poumons, à desserrer en entraînement athlétique et pratique d'agrès trihebdomadaire; les foie-vésicule-intestins, enfin, à régénérer en observance végétarienne... Alors, ici, maintenant, au tréfonds de la forêt, elle désirerait ardemment façonner la renaissance en complicité fusionnelle avec Dieu. Mais il y a sa déconcertante intuition, son intelligence obscure et infaillible, qui lui dictent d'emprunter pour cela le chemin de son père, sans prévenir, notre douleur à tous deux, son père, grand-père, Fred, dont elle a manqué les derniers instants, perdus que nous étions dans cette nuit de neige, à gravir et descendre la montagne suisse. Fredo portait la casquette, embaumait l'eau de lavande, roulait ses cigarettes dans une grosse boîte argentée, parlait la langue des affranchis, celle des personnages de Simonin, et se promenait dans Courbevoie avec l'élégance d'un voyou, gilet de soie, costume gris, chemise blanche et cravate pourpre fixée d'une pince en or à chaînette. Enfant adopté, boxeur professionnel poids léger, concierge, conducteur des postes puis d'autocars de tourisme après la guerre, pompiste enfin, pour arrondir les fins de mois de sa maigre retraite. Insomniaque, il lisait tous les romans de la Série noire de Duhamel. À 5 heures du matin, dans l'aube mauve et piquante, il m'emmenait, l'été, sur les bords du Loir, près de Bonneval, pêcher la truite. Il causait peu, avait une présence pleine, intense, on entendait le clapotis du courant sur les pierres, le vent dans les frondaisons, on attendait le poisson, simplement. Nous sommes rentrés d'Arlesheim le lendemain de sa mort. Robert et Andrée sont hagards, silencieux, j'apprends officiellement que c'était bien une atmosphère de deuil qui nous tenait, transis, dans la voiture dérapant sur la route en lacets. Nous voici devant le cimetière de Courbevoie, une vingtaine de personnes qui piétinent dans l'allée, droite, bordée sur les trottoirs de marbriers et fleuristes. La lourde porte à double battant est grande ouverte sur l'horizon des tombes. Fred va retrouver Blanche sous le marbre des Fouquet. Ça y est, tout le monde est là, derrière le cercueil, en ordre de marche. Et puis l'oncle, soudain, qui court chez Peugeot de promotion en promotion, se tourne vers Andrée :

— Tu ne vas pas laisser Lucas entrer dans le cimetière avec cette tenue ? il demande, responsable, superbe.

— Pardon ? Comment ?

— Un pantalon rouge, un pull jaune, un blouson crème, ce n'est pas un habit de deuil !

— Ah ? bon... elle répond, hébétée de chagrin.

L'oncle Roland connaît son devoir. Il possède un fils premier de la classe, qu'il fait parader depuis Noël dernier dans une flamboyante panoplie de cow-boy, et qu'il a, aujourd'hui, tout de bleu marine vêtu. L'oncle se penche vers moi, me dit de les attendre là, sagement, sur le trottoir. J'ai 7 ans, me tais et sors du cortège. Andrée ne réagit pas, Robert n'a rien saisi de la scène... Le convoi s'ébranle, corbillard fleuri en tête, silhouettes sombres à sa suite sous le ciel bas, poisseux, de cette matinée de février. Je les regarde s'éloigner, se brouiller puis disparaître parmi les croix et les mausolées. J'ai froid, arpente l'asphalte, saute à cloche-pied devant les vitrines remplies de fleurs et de stèles. Je lis sur les plaques de mobilier funéraire en présentoir : « À notre fils disparu », « À ma mère qui nous quitte », « À mon amie pour toujours », « Affection sincère », « À mon père regretté »... Suis envahi d'un sentiment diffus de solitude et d'attente, le ressentiment viendra plus tard, la blessure se dessine à retardement. J'avais toujours trottiné avec bonheur au côté de l'homme tendre au pas chaloupé, main dans la main, et j'avais, confus, indicible, mais sûr, le suffocant désir de marcher à sa suite, de marcher tout près, une fois encore, juste derrière Fredo, pépé, grand-père, noyé sous les couronnes de fleurs, dans son cercueil verni, le voir rejoindre sa Blanche, en terre. Manqué! Question de couleurs chez les êtres responsables.

C'est donc Fred qui accompagne, en ce mercredi d'avril, mes premiers pas de marcheur valide? Pourquoi pas. C'est une heureuse idée de l'associer à ce recommencement, même si Andrée travaille, souterraine, à revendiquer le copyright. Assis dans les feuilles mortes, ne résiste pas, suis d'accord. Grand-père, avec nous! Je frictionne vigoureusement mollets et cuisses, tente de chasser les contractures, Andrée rapproche le fauteuil, elles me relèvent, glissent leurs épaules sous mes bras, me portent, quasi, 5 mètres jusqu'au roulant, les pauvrettes soufflent comme des forges. M'affale, les jambes refusent de porter et d'avancer, rien de grave, elles marchèrent, ont marché, marcheront! L'euphorie ne nous quitte plus, chantons à tue-tête : *la bohème, la bohèèèmeu!* dans la forêt de Vaucresson.

*

Tirais à l'arc sur l'une des cinq cibles incrustées dans un mur de liège de la salle des sports. L'effort musculaire des épaules, du ventre et de la poitrine pour bander l'arc me font perdre l'équilibre quand je suis debout. Reste donc sagement dans mon fauteuil, roues bloquées. Me concentre et m'abandonne à la fois, apprends la respiration, la tension de l'arc sans crispation, le lâcher de la corde sans vibration, la destination de la cible sans viser, encore dix ans de travail, peut-être... Pense aux Indiens, aux samouraïs, aux hommes-chevaux, archers-centaures, ma corde tremble et dévie la flèche quand j'ouvre les doigts, me souviens de cette image du maître Kenzo Awa, que cite Herrigel : « D'une extrémité de son arc, l'archer perce le ciel. À l'autre bout, fixée à un fil de soie, se trouve la terre. Si l'on déclenche le coup d'une violente secousse, on est exposé au danger de voir le fil se rompre. Et la faille est alors définitive [...] l'homme demeure entre ciel et terre dans cette position intermédiaire qui n'offre pas de salut. »

Beaucoup de mes codétenus pratiquent avec la même ferveur. On entre dans son propre silence, on dit, et la flèche nous prolonge, elle tisse le lien entre nous et la cible, entre nous et là-bas. La flèche nous fait don d'espace, nous délivre de notre prison viande.

J'entends sa voix dans mon dos.

— Bravo, l'homme !

Les Salsmann sont tous deux dans le cadre de la double porte.

— Bonjour, Lucas, sourit Marie-Andrée, on nous a envoyés ici, tu y passes tous tes après-midi, il paraît.

Elle porte un foulard fleuri dans ses cheveux repoussés, un chemisier rouge, un pantalon pirate gris et des ballerines noires, Michel est tête nue, cheveux courts, sans barbe ni moustaches, de nouveau la minceur de ses 85 kilos, dans un polo marine et un pantalon de coton noir, son corps et son visage se souviennent du jeune Marlon Brando. Sont rayonnants quand ils entrent dans la salle.

— Non, bougez pas ! N'approchez pas ! Fermez les yeux !

Je pose l'arc et les flèches, oh hisse ! pousse sur les bras, me lève, suis debout. Fais cinq pas vers eux, le plus chat possible avec ma démarche de pélican. Le parquet craque.

— Pouvez regarder ! Pouvez...
— Quoi ! Tu marches ? C'était ça la surprise !

Ils rient comme des enfants. On s'embrasse. Michel me prend dans ses bras :

— Eh bien, l'ami ! t'es de retour parmi nous ? J'étais sûr, hein, Marie ?

Me tiens à leur bras, avançons ensemble quelques pas miraculeux qui résonnent, clairs dans la haute salle, déserte à cette heure. En accord, enfin, avec ce bruit-là. Revenons doucement vers le fauteuil, m'assois, me repose.

Michel ramasse l'arc, les flèches, parle de son goût pour le tir, évoque ce même livre de Herrigel, cette idée qu'à bien mirer la cible l'archer se vise aussi lui-même, et que peut-être il parviendra à s'atteindre... Hanté par cette lecture de jeunesse, il demande à son ami Luis, cameraman et champion de tir à l'arme à feu, de l'emmener dans son club, aménagé dans l'ancienne carrière de blanc de Meudon. Luis choisit un jour où les tireurs d'élite du GIGN viennent s'y entraîner. Manient peu l'arc en bois, préfèrent le pistolet et le fusil, tir rapide, balles explosives, haute précision, technologie dernier cri pour l'éventuelle mise à mort. Qu'importe. Salsmann garde intacts ses souvenirs du *Zen dans l'art chevaleresque du tir à l'arc*. Et il emporte avec lui plusieurs peintures, de ses *Bonhommes*, silhouettes en découpe, bitumées, charpentées de cartons et de papiers collés, silhouettes de 50 centimètres, les pieds fondus dans leur socle et qui tiennent debout contre un vase, un mur, ce qu'on veut. Ses silhouettes ont une épaisseur de chair, sont colorées de pigments, de pastels, de graphite ; la peau porte des traces de coupures, griffures, scarifications, elles ont vécu comme la peau d'un marin. Salsmann compte recueillir de nouvelles traces : impacts de balles, perforantes, nettes, précises, ou bien impacts de plombs, en mitraille... enfin, de nouvelles blessures, de nouvelles cicatrices, laissant ses bonhommes se frotter au monde une fois encore.

Attente. Impatience. Jubilation. Les voici donc dans la carrière de Meudon. S'engouffrent dans une espèce de mine désaffectée, un labyrinthe souterrain, parois et sols secs, durs et blancs, presque pierreux : carbonate de calcium naturel. Ils arpentent de longues galeries, traversent de vastes salles, croisent de profonds boyaux en cul-de-sac, où des hommes, ici et là, tirent sur des cibles en carton. L'air vibre sourdement du bruit des balles.

— Bonjour. Enchanté. Bonjour.

Les tireurs du GIGN sont peu bavards, calmes, paisibles, grande économie des gestes et des mots.

Michel montre ses peintures, quatre, qui circulent de main en main. Lumière électrique, voix sans timbre ni résonance, silence mat, étouffé, quand les armes se taisent.

— Oui ?

— Souhaiterais, désirerais, aimerais que vous tiriez sur mes silhouettes ?

On s'étonne, on s'inquiète pour l'artiste et ses œuvres. Se rend-il bien compte de sa demande ? Détruire ses peintures ? Du tac au tac, Salsmann, en réplique de théâtre : se rendent-ils compte, eux, qu'ils détruisent des hommes ? Ce n'est ici que de la peinture, non des vivants ! Les professionnels ne sourcillent pas. Oui, oui, savent parfaitement ce que signifie tuer et détruire, sont payés pour ça, légitimes, missionnés, la cause d'État, légal, républicain. C'est lui, l'artiste, qui ignore tout du tir et de ses conséquences. Sûr? Malgré tout? Ils insistent dans la perplexité attentive. Vraiment? Peintures en fond de couloir? Pan! Pan! L'artiste s'entête? Bien. Allons-y. Les œuvres sont installées sur des supports de cible, à 15 mètres, contre le mur, c'est une exposition d'art contemporain, la galerie est ouverte! Vernissage, cocktail, on regarde, on contemple, on admire, on bouffe des cacahuètes, on boit du mauvais champagne. C'est vous l'artiste? J'aime beaucoup votre travail! C'est vous Michel Salsmann? J'aime beaucoup ce que vous faites! Ils ont des fusils à pompe, prennent position, les quatre tireurs en ligne, espacés de 3 mètres. Clic clac! chargement des magasins. Ils ajustent les peintures, et ce n'est pas : pan! pan! c'est boom! à quatre reprises et deux secondes d'intervalle entre chaque tireur, en partant de la gauche. Un tir, un mort. 4 fois : boom! juste. Sourd, énorme, effrayant, en mitraille, du shrapnell, une explosion d'acier. Formes déchiquetées, silhouettes dissoutes, passées au hachoir, pâtée de carton, purée de papier, plus de couleurs, déchets gris et noirs, par terre, pas reconnaissables, en huit secondes. Salsmann pense : poussière tu es, à la poussière tu retourneras... un peu ahuri, nonobstant, arrêté par le massacre, suppose «après coup» (sic) qu'ils n'ont pas choisi le fusil à pompe pour rien, mais pour qu'il ne reste rien, pas même un tour de tête, un arrondi d'épaule, une ligne de hanche, un extrait de jambe, non, plus rien, pas un morceau n'est récupérable, retour à la matière, au magma, sans détours, la peinture ne préserve de rien, la peinture ne protège pas, sa peinture ne le protégera pas. C'était la première leçon à l'artiste : voilà, mon cher, ce que veut dire tirer pour tuer, ce que veut dire détruire, faire le geste, définitif, peinture-ou-pas.

Salsmann peint également des silhouettes à sa taille. Il les nomme ses *silhouettes-boucliers*. Pensait les peindre sur des vitres, toutes sortes de vitres sécurit, plus ou moins blindées, de belles peintures sur verre, somptueuses, veloutées, lumineuses, à l'ancienne. Et puis, Michel se glissant derrière. Oh ! Oh ! les tireurs d'élite... À vos armes ! Pointez ! Feu ! et pan ! pan ! pan ! Déluge de plomb. Vacarme d'enfer. Écailles de peinture, effritements de couleurs, jusqu'à nettoyer le verre, balle après balle. Et que le peintre apparaisse, de plus en plus corps, de plus en plus chair, de plus en plus homme, et qu'enfin, si détruite soit la peinture à ses pieds, si visible soit l'artiste derrière sa vitre bouclier, les tireurs en viennent à ne plus pouvoir tirer, interdits devant l'apparition d'un homme, simplement, que sa peinture habillait et qui se présente maintenant, nu, devant les fusils.

Songe soudain aux Indiens et à leurs peintures de guerre à même leur corps et celui des chevaux, qui devaient les protéger et qui les ont si peu préservés des pluies de feu et de mort vomies par les carabines et les mitrailleuses des héroïques Tuniques bleues américaines pur sucre.

— Pourquoi ne pas mettre une caméra à ta place pour filmer les tireurs?

Non, il veut être là, derrière sa vitre peinture, parce qu'on ne tire pas de la même façon sur une caméra et sur un homme, croit-il. Salsmann voudrait d'ailleurs installer deux caméras, l'une derrière la nuque des tireurs, l'autre derrière la sienne. Plans fixes, temps réel, stop. Montage? à voir. Un film dépouillé, donc. Sans effet. Mais en revenant de Meudon, silencieux et hagard, dans la voiture de Luis, avec les essuie-glaces qui couinent sous le crachin, je me dis que Michel doit penser, rendu circonspect, soudain, « rendu » tout court, oui, avec drapeau blanc, en berne : peut-être ne faut-il pas recruter des tueurs, pardon! des tireurs professionnels, même républicains. Seraient capables de :

1° Détruire la peinture.

2° Exploser la vitre blindée sous une mitraille de balles perforantes.

3° Déchiqueter le corps du peintre, bouillie de chair et d'os, en silhouette de sang sur le mur.

4° Créer une nouvelle peinture monochrome, image d'homme, couleur rouge plasma, chaude et fumante, origine garantie, non encore coagulée, pour finir, en finir avec l'artiste et ses questions

Serait un comble ! Les tireurs d'élite, dans leur costume de guerre, posant pour la photo, devant leur œuvre, en peintres rupestres ! Se prétendraient bientôt Nouveaux Artistes sentant la poudre plutôt que la térébenthine, signant un nouveau manifeste très radical : non plus UN artiste mais UN homme = UNE peinture. Un peu à la manière de l'art funéraire égyptien : UN corps = UN sarcophage. Mais en plus expéditif, la peinture au fusil, ou au pistolet mitrailleur, jusqu'à transformer la planète en un vaste musée désert, aux murs peuplés d'ombres sanglantes et funestes. Genre journal télévisé.

Bon ! S'agit de reconsidérer la question en abyssale profondeur. Le projet du film demeure enviable si on reste en vie ! Quant au Zen, sans doute faut-il déposer de suite les armes à feu et s'en tenir à une simple pratique du tir à l'arc. À suivre !

— Et tu n'as pas ramassé le moindre morceau de bonhomme ?

— Non ! je te dis, je n'y ai pas pensé, ne suis pas même allé voir sur place, ils avaient disparu sous le feu de l'artillerie. Vo-la-ti-li-sés ! Bravo, messieurs ! z'êtes drôlement efficaces. Au revoir et merci.

Je pousse sur mes roues et nous regagnons la chambre 7, tranquilles et rigolards. Allez ! champagne, encore frais, sorti du sac avec trois verres flûtes et un paquet de biscuits. Attends ! Attends ! ouvre la fenêtre, il fait soleil. Passe la bouteille, s'il te plaît, aujourd'hui j'ai droit! Dénoue le fil de fer, libère le bouchon, attention! tention! vise l'ouverture, paf! c'est parti! en fusée galactique entre les barreaux, direct dans l'allée Widal, glou, glou, glou, vite! dans les verres, un peu sur mon pantalon.

— Oh! Oh!

— Mince! Mince! Professeur Ozias, en personne, dans l'encadrement de la fenêtre, le bras passé entre les barreaux, sa main qui brandit un bouchon de champagne, le même, peut-être?

— Sur le fait! monsieur Lancry, la main dans le sac! Heureusement, vous visez mal, pour les yeux faut tirer plus bas, l'ai juste pris sur la tête.

— Trinquez avec nous, docteur!

— Une gorgée, alors, par la fenêtre.

Tchine, tchine, et tchine! Bruit plastique-transparent-rigide du verre de secours rempli de liquide à bulles, peu audible, qu'il convient de commenter : tchine! donc.

— À vos prochaines courses à pied, Lucas. Sincèrement!

Il avale sa flûte, presque cul sec.

— Faut que je file, pardonnez-moi... et joyeuse beuverie!

On l'écoute. On essore la bouteille sans fléchir, puis sortons respirer le printemps dans les allées du Centre, près du terrain de basket. Je marche à leur bras, prudemment, redoute les pertes d'équilibre... Les patins à roulettes, me glisse Salsmann, seraient la solution! Je pense à

Serge Chouraqui, le maître de karaté, venu me voir avant-hier, bronzé, souriant. Rentrait d'un stage international qu'il codirigeait à Tokyo. A tout de suite compris ce que j'attendais de lui. Faut dire : regarde ! regarde ! ô Senseï, suis debout ! regarde, regarde, ô je marche ! regarde, regarde, ô à reculons. Huss ! Salut, dos bien droit. Je me rassois. Il m'a donc parlé de rééducation active, en situation. Premier objectif : retrouver les appuis en zenkutsu, kokutsu et kiba, sentir à nouveau son ventre et ses hanches en centre de gravité, tant de gestes, de rythmes, de vitesses à réapprendre, des mois et des mois, probablement. Mais c'est devant ! suffit d'avancer. Shomeni rei ! Senseï rei !

Avec les Salsmann, on reparle de posturologie, de polygone de sustentation... dites ! Ozias a bien connu le professeur Baron ! oui, oui. M'a d'ailleurs expliqué à cette occasion l'expérience test du docteur Fukuda. Connaissez ? Simple ! Yeux ouverts dans une pièce obscure, debout, les bras tendus à l'horizontale devant soi, bien parallèles, les deux index tendus dans la même direction, les autres doigts repliés. Vous avez ôté boucles d'oreilles, bagues, collier, montre, ceinture, vous êtes sans bijoux, métaux, verroteries ! Bien. Regardez droit devant vous, z'avez le repère sur le mur ? Une tache, un clou, un tableau, une affiche, un masque, un vase, une photo, une tête de lion, des bois de cerf, ce qu'on veut. Bien. Fermez les yeux, comptez lentement jusqu'à 50 en marchant sur place. Ouvrez les yeux. Mince ! oh ? mince ! où suis-je ? Selon les personnes, ça peut dériver jusqu'à 90, 120, 170 degrés, en jurant tous ses grands dieux qu'on a marché droit devant soi sans faillir d'un pouce ! Suffirait de compter jusqu'à 100 pour opérer un tour complet ! Difficile d'expliquer le phénomène. Structure interne de l'œil ? de la mâchoire ? des os du crâne ? de l'encéphale ? Déséquilibre physique des masses, assurément, avec de graves perturbations météo dans les flux neurologiques et magnétiques du corps que chacun compense comme il peut pour avancer droit, simplement. Quand Baron et Ozias collaboraient, maintes fois Ozias a constaté l'effet positif des aimants sur le retour à l'équilibre de ses patients... Suffisait de trouver la quantité, la masse, et l'emplacement idoines desdits aimants. L'est donc convaincu qu'il s'agit très souvent de réorienter le mouvement et la direction des flux autour de la tête et du corps pour que : ça marche ! Reste que les critères de scientificité sont quasi impossibles à respecter. Par exemple, fabriquer de faux aimants placebo, avec des matériaux d'une densité équivalente, est presque infaisable parce qu'on ne peut assurer qu'ils seront sans aucune incidence sur le champ magnétique. Il y avait ainsi beaucoup de suspicion à l'encontre de son service, à Sainte-Anne, et peu de crédits alloués.

On s'assoit sur un banc, au soleil. Brise douce

dans les feuillages, pépiements d'oiseaux, cris et rires des enfants qui s'envoient des ballons sur le terrain de basket. C'est peut-être ces bruissements de cour de récréation dans la chaleur de mai qui nous épinglent à tous trois ce sourire au visage.

Leur évoque la visite d'Andrée et de Chantal en grande prêtresse vinyle panthère, il y a trois semaines. L'Axe Lumineux, l'installation de l'autel sur la table roulante, le harcèlement des chakras en pilonnage d'ondes divines, les deux femmes en officiantes cannibales déclamant des prières japonaises. Notre promenade, enfin, dans la forêt de Vaucresson, les premiers pas, seul dans la clairière, ma mère entendant son père lui murmurer : « Lucas est guéri, Lucas est guéri... » Le souvenir de grand-père Fred, son enterrement, l'oncle qui me chasse du cortège, à l'entrée du cimetière de Courbevoie. Couleurs interdites...

— Tu vois, interrompt Michel, quand je serai mort, je veux qu'on me foute dans une fusée, qu'on m'envoie dans l'espace, en tenue d'astronaute, avec sur le casque un capteur-réflecteur de lumière sidérale. Que la fusée me largue en orbite autour de la terre, qu'on règle le mouvement orbital de mon corps sur un passage annuel au-dessus de notre maison des Vosges, afin que Margot, Thomas, Antonin puissent, en levant la tête, apercevoir cette lumière qui scintille dans la nuit cosmique. Et qu'ils puissent se dire : tiens ! voilà papa ! il nous dit bonjour... Que veux-tu ? Il voyage... l'a toujours rêvé d'être Ulysse. Une fois par an, au printemps. Plus de problème de corbillard, de cortège funèbre, de tombe à fleurir, non ! Une mise à feu des réacteurs, un décollage vertical de Kourou, en guise d'enterrement.

Les raccompagne à leur voiture, on s'embrasse, de grands signes de la main, ils disparaissent au bout de l'allée. À bientôt ! À bientôt ! j'articule pour personne, debout, l'épaule contre un arbre.

ÉPILOGUE

Le rendez-vous amoureux. Encore. L'homme arrive chaque fois en retard. Ou plutôt il est en avance, mais il se cache pour la voir arriver, pour la regarder l'attendre, lui. Alors il se découvre, il court vers elle, la prend dans ses bras, l'étreint, l'embrasse. De rendez-vous en rendez-vous, il la regarde attendre de plus en plus longtemps, se découvre de plus en plus tard, et puis un jour, lasse de l'attendre, elle repart. Il est recroquevillé sur lui-même de douleur, de souffrance, de la voir ainsi s'éloigner, son dos, ses épaules, sa nuque, ses jambes, ses mains qui le quittent, un point de couleur au bout de la rue... Pourtant un sursaut l'envahit soudain, il se redresse, court vers elle, court, elle tourne au coin de la rue, court, la rattrape, lui saisit le bras. Elle se retourne brusquement :

— Mais ? Lâchez moi ! Qu'est-ce qui vous prend ?

— Oh ! Pardon ! Je suis désolé, je croyais que vous...

Il n'y a pourtant aucune autre femme sur l'avenue à portée de regard. L'homme est seul. Personne ne l'a quitté. Ce n'est pas une femme qu'il poursuivait, c'était la vie. Il est seul sur le trottoir, mais il l'a rattrapée. Il est seul, mais dans la vie parce qu'il a fait le geste. L'homme cette fois a couru.

*

Tout le monde sont là ? chuchote Robert, pour rire. On se serre dans la maisonnette d'Écouen. Comptais sur le jardin pour caser les invités, mais un vent froid en ce début juillet nous rabat un à un vers les deux pièces du rez-de-chaussée. Sur la table : des petits farcis, de l'hoummous, du caviar d'aubergine, des foies de volaille citronnés, du raki, du vin rouge, du résiné... Il y a Georgette, Auguste, maman, papa, Gustave et Christine Cabin, les Salsmann, Mathilde et Joachim, Daniel, Denis, Christophe, Jaume, Claudette, Nadine et Guy, Corinne Perraud et Patrick Laurent, les collègues du bureau d'études, Serge Chouraqui, les Levannier, Alain et Joe, mademoiselle Laure, madame Raymonde et ses deux grandes filles, chevelure rasta multicolore, qui jouent du saxophone... mais ? c'est bien Vanessa que j'aperçois, la main dans la braguette de.. son ami ? Je m'approche, un peu hésitant, tu es venue, Vanessa ? On s'embrasse avec effusion, elle désire me présenter son homme au chapeau, dont je vois le dos, il ôte son feutre noir, mince! un crâne de bonze, se retourne pour m'en serrer cinq... suis-je bête! vous vous connaissez? Merde! crâne d'œuf sans sourcils ni bacchantes, mais toujours en pull beigeasse, laine naturelle, sourire des hauts plateaux andins, Gérard! nom de Dieu! Gérard! et Vanessa à... à son bras, la canaille, le serpent! n'aurais jamais dû lui dire pour ses pellicules, et sa moustache multi-couches salives-anciennes-nourritures-avariées, bon! bon! grimace pince à linge, salut, Gérard, salut, prenez un verre, sans rien dedans! de l'eau mécanique à la rigueur, extractible à la force du poignet au robinet de la cuisine, passons, me casse plus loin, en d'autres zones de compagnie heureuse. J'entends un galop de cheval, des fers qui claquent sur les pavés du trottoir, un hennissement, vois une tête de pur-sang fauve, encolure flamboyante, qui se cabre par-dessus le mur du jardin, repère les brides que des mains gantées nouent autour d'un barreau de la grille, le portail qui s'ouvre dans les massifs de lilas: Leturdu, 75 milliards d'euros! qui surgit, les éperons cliquetants, habillé en tunique bleue, boutons dorés, deux lignes sur sa veste de général, genre Custer empâté, le revolver dans un étui noir sur la cuisse droite, le sabre rutilant sur l'autre, un drapeau US dans la main gauche, qui salue l'assemblée avec son grand chapeau... l'est pas invité pourtant, comprends pas! La première personne qui s'élance vers lui, ils s'étreignent, virils, des hommes! c'est l'oncle Roland, puis Pascal, mon cousin, se connaissent ceux-là? Commencent à s'entretenir des implantations Peugeot en Amérique latine, des marchés EDF au Brésil, en Chine. C'est quoi, ce pataquès! Et Georges! qui me prend le bras, m'entraîne à l'écart, t'étais pas mort, Georges? à Beaujon? dans ton pyjama rayé? Il soupire, hausse les épaules, on se faufile, on s'éloigne, il m'arrête sur le côté de la maison, le pendule tourne dans le sens des aiguilles, de plus en plus vite, Georges désigne le sol de l'index, c'est ici! faut que tu creuses ici! un forage, 68 mètres, trouverai de l'eau, de source, oui! gazeuse, oui! sulfureuse, oui! avec un bassin argileux au fond du jardin, ouvrirai un centre de thalassothérapie, piscines chaudes plein air plein ciel, avec vue sur la forêt et le château Renaissance, immersion irradiante, thérapeutique, dans des baignoires d'argile verte, et rose, aussi! à quarante minutes de Paris. Une main tapote mon bras, ça sent l'eau de lavande.

— Dis, petit Lucas, on doit partir.

Cette voix! Je tourne la tête, c'est Fred! C'est grand-père!

— Partir? Où? Qui?

— Avec Georges... on ne sera jamais sur les bords du Loir pour 5 heures!

Il a sa casquette blanche vissée sur le crâne, son regard perçant, il porte un étui de canne à

pêche en bandoulière, une épuisette, un panier dans la main droite, son autre main est sur mon épaule, je reconnais ses doigts, fins, ses phalanges, poilues, sa chevalière en or, les initiales F.F., sa main qui me serre, sa main pierre, marbre.
— Non ! Partez pas déjà ! Restez un peu ! Restez ! Faut qu'on reprenne la conversation...
La terre tremble, tremble et s'entrouvre à l'endroit de la source, la maison vacille, penche. Georges et grand-père m'embrassent, ses joues rasées sont parfumées, non ! Restez ! Et ne t'inquiète pas, Fredo, je serai là ! Personne ne m'empêchera ! Au premier rang du cortège ! même en costume perroquet, clown, arlequin, qu'on m'habille comme on veut, je serai là. Personne ! Fredo, même l'oncle avec ses flingues à la ceinture cartouchière ne m'interdira, non ! Je suffoque, les larmes qui montent, non ! Attendez ! je viens avec vous, attendez ! Peux plus bouger, les pieds englués dans l'argile, cherche l'air tel un noyé, pleure, me réveille, suis bien dans ma chambre, au premier étage, à Écouen, la fête est finie, c'était trois mois plus tôt. Mouillé, fuites, ai pissé dans mon lit. Dehors il pleut, tonne, vente, ciel gris, bas, d'automne, feuilles tombantes, dans une semaine, le 18 octobre, ça fera un an, jour pour jour, la nacelle, la chute.
Suis sorti du centre de Garches le 3 juin, travaille de nouveau au bureau d'études de Saint-Denis depuis le 1er septembre. Les collabora-

teurs ont été plein d'attentions les quinze premiers jours : ont installé mon bureau près de la fenêtre, quand je lève le nez de l'écran ou d'un rapport technique, j'ai le ciel, le toit des immeubles, les flèches de la basilique, devant les yeux. Ils ont commandé, exigé, qu'on m'installe un fauteuil des plus confortable, six roulettes, réglable en tout sens, stable, dos et assise ergonomiques, beau tissu... Voudrais une assise en bois ou en plastique dur, qui se nettoie facilement, une mousse dure épaisse n'est pas lavable, j'ai la trouille, chaque jour, de pisser sur mon fauteuil, l'urine pue en quelques heures, s'en rendront compte de suite. Je n'ose encore leur demander de changer de fauteuil, vais invoquer une sciatique, la nécessité d'utiliser une chaise plus raide. J'emporte toujours avec moi slip et pantalon de rechange, n'ai jamais eu d'incontinence au travail, me sonde matin et soir, et me force à pisser toutes les trois heures ; les seuls accidents sont survenus en voiture — j'ai une housse plastique —, et à la maison, sans témoin, quatre fuites en trois mois, ça va, ça va. Porte des pantalons noirs, mouillé ça ne se voit pas. Ferai l'étonné comme sous une averse en plein soleil, chercherai l'arc-en-ciel. Mince ! oh, mince, ça goutte ! Une flaque à mes pieds ? Mince ! Mince ! d'où ça peut venir, cherchant dans le plafond l'auréole coupable. Vite, vite, un plombier ! la tuyauterie a explosé chez les voisins du dessus ! vite, vite ! En profite pour filer aux toilettes, me changer, pantalon à l'identique, ni vu ni connu...

— Non, vois pas de fuite, dit le SOS plombier, mais ? c'est pas de l'eau qu'est par terre ! Ah, si de l'urine tombe des plafonds, à présent ! etc.

L'obsession constante : éviter l'humiliation, suis normal ! Pas de couche-culotte, non, merci, ça irrite la peau, déforme les pantalons, endort la vigilance, pèse dans l'entrecuisse une fois mouillée, oblige à marcher comme un cow-boy les jambes écartées, oui, c'est trop douloureusement régressif, essaie d'éviter, certains sont obligés... Pour la bandaison ? Report de la question à la session de printemps. J'ai avalé deux fois du Viagra, juste pour regarder la verge s'allonger, se redresser, gonfler ses corps caverneux, ses veines, rouler des muscles, avec son gland rubicond, rouge pétard, faire son tour de piste en athlète automate, l'érection inéluctable, ça marche, mais attention à la fable du Bœuf et de la Grenouille. Surveiller Priape au moment du dosage ! La sensation ? Nenni ! L'érection psychogène ? L'orgasme ? Ne sont pas d'actualité. Problème en suspens. Par sécurité, j'ai du Viagra dans mon portefeuille comme l'espion sa pilule de cyanure en période de guerre froide. Chaque chose en son temps. L'histoire avance. Patience est mère des vertus. Qui vivra verra. Wait and see, etc. Encore.

Comme il ne peut être fait état des menaces que Vessie et Biroute font peser sur ma personne entamée, j'apparais normal, entier, réparé. Donc. Fus l'objet d'attentions quinze jours durant, tous, charmants, prévenants, gentils, mais on ne peut indéfiniment mariner dans cette ambiance hospitalière, la vie reprend son cours, la marée ses châteaux de sable, la rivière, nourrie des neiges, son lit, les mauvaises herbes leurs graviers, le bitume ses paysages, la liste est longue et terrifiante. La vie reprend son cours, dis-je, charriant de nouveau ses soucis pour chacun, la pression de l'entreprise, les projets, les objectifs, les budgets, les rendements, les résultats, les vexations, les injustices, les jalousies, les ressentiments, les promotions, les mutations, les incertitudes, les transports, le logement, les dettes, les crédits, ici encore la liste est terrifiante, qui dessine notre quotidien. Lancry est debout, il marche comme tout le monde, l'a son bureau près de la fenêtre, après tout, l'aurais bien gardée cette place, avec le panorama. Et puis, l'est jamais content, fait chier, veut changer de fauteuil, l'a le plus beau du service, ça lui convient pas, au miraculé, avec le bol qu'il a de s'en sortir à si bon compte, sans parler des indemnités royales de la Maison Mère, pourrait être plus humble, modeste, reconnaissant, pas nous faire ses caprices de cul, de dos, avec son assise soi-disant trop molle, Monsieur joue les pachas, aurais bien aimé, moi, avoir un an d'arrêt, TTC!

Savais une chose en quittant le centre de

rééducation. Les suicides des para, hémi, tétraplégiques sont nombreux et se fomentent toujours une fois rentré chez soi, dans ses meubles, ses casseroles, ses gestes, sa mobilité, d'avant ; sa solitude, sa concubine, son époux, ses parents, ses enfants, d'avant ; de quoi mesurer l'ampleur du désastre, l'échelle grandeur nature de ce qui est perdu. Là, les pensées suicidaires s'organisent, concoctent, trament, cogitent comme dit maman. Savais aussi que les suicides les plus fréquents se complotent chez ceux qui s'en reviennent verticaux, debout, marchant. Oui, monsieur ! Parce que l'apparence est ordinaire, pas d'anomalie repérable, à la différence de celui-celle en fauteuil roulant dont on ne peut ignorer l'état. Non ! celui-ci, l'est guéri, l'est comme tout le monde, ça se voit ! Aucune circonstance atténuante, clame la vox populi campée dans l'ignorance naïve, involontaire et fatale, des troubles urinaires zé sexuels qui nous fauchent, presque tous, et nous hantent à chaque minute. Apparence correcte, honnête, humaine-très-humaine, fragilité intérieure essentielle et inavouable, faire face à la société, sa vitesse, son âpreté, sa violence, beaucoup jettent l'éponge, comme dit papa. Non ! moi, ça va, ça va, je savais, j'étais prévenu, j'avais anticipé ce retour à la vie normale, tendue, excitée, fébrile, speed, stress, hurry up ! start up ! keep going ! vas-y ! vas-y ! plus vite ! t'as gagné un centième de seconde, putain ! la face du monde en est bouleversée, le destin de l'Histoire, n'en parlons pas ! Si tu marches au lieu de courir dans les flux tendus, tu tombes vite dans le fossé-caniveau-égout-déchetterie pour finir, thérapie globale, par te tirer une bastos dans l'encéphale si tu peux encore te payer des cartouches. Non ! ça va, ça va, comme tout le monde, trop vite, mais ça va, j'étais prévenu, je répète. Pantalon noir de rechange, assise lavable et pilule bleue, suis exempté chaque matin d'exonération rectale avec l'index ongle court, n'ai pas d'assistance Pampers, ne me plains pas ! Je marche vite, trottine même, cours bientôt, je touche du bois, ça va ! Restent les contractures et les douleurs, évidemment...

Ah ! les contractures, l'étau, la main invisible qui s'abat sur tes muscles, celle du mauvais esprit, dirait maman, drôlement outillé, ne travaille pas à main nue, pas assez de poigne ! même pour un esprit mauvais-très-mauvais. Non ! équipé d'une pince étau, celle qui, une fois verrouillée, ne desserre plus l'étreinte, ne lâche plus la viande, mâchoires chien, c'est la viande qui lâche prise, en filaments broyés déchirés, enfin, je parle d'une sensation ! Celle de la pince étau du mauvais esprit, un outil bien spécifique, d'une efficacité absolue, dans un bon métal traité au vanadium, pas du 0,1 % pipi de chat fausse marque mauvaise copie, non, traité au pourcentage haut de gamme, professionnel, de chez Facom, la vraie pince étau ! eh bien, ladite pince vous serre soudain le quadriceps tout entier, ou le biceps crural, ou les jumeaux internes, oui, tout entier, contraction spastique ou minérale, c'est selon, dans le dernier cas vous pensez au regard de la Gorgone transformant votre cuisse ou mollet en pierre, vous êtes médusé par le spectacle, votre cerveau n'y peut rien. Exemple : j'ai rendez-vous avec des interlocuteurs importants : mes directeurs d'ingénierie, des financiers, à propos d'un nouveau matériau, une nouvelle conduction, un nouveau tracé, de nouveaux investissements. Nous grimpons l'escalier qui mène en salle de réunion, ça discute déjà, et subito, la cuisse ou le mollet, parfois les deux, se cabrent, se durcissent, se tendent, en muscles pierre, neuro-motricité locale involontaire parasite, suis balayé, tombe à terre, dégringole les marches, peux plus me relever, mon dossier s'étale, les feuilles du rapport se dispersent, mes vêtements se froissent, s'empoussièrent, on s'interroge sur cette agitation dénuée de fondement. Ça fait désordre.

Autre circonstance. Je trotte après un autobus. Vais le louper, nom de nom ! Mince ! Vite ! Vais le louper ! Trotte et trotte. Soudain, m'affaisse tel un sac sur l'asphalte, avec la jambe qui sursaute et tressaute, seule, comme une queue de homard frappée de Parkinson. Les passants cherchent à repérer l'étron assassin, la peau de banane recuite, la feuille d'automne détrempée, le papier gras mayonnaise poulet sur lequel j'ai dérapé ? Rien, rien, sol sec, propre, adhérence 100 %, aucune farce du hasard urbain. Les plus généreux proposent de m'aider à me relever, peux pas dire : oui, merci, sinon retombe aussitôt. S'agit d'attendre, avec l'impassibilité d'un moine bouddhiste, la fin de la contracture, les yeux rivés sur le bel autobus qui se perd doucement vers l'horizon du boulevard, dans la douce lumière orangée d'un soleil couchant et le bruit rauque du diesel fumant, sans filtre à particules.

Les raisons ? Les causes ? C'est un brouillage électromécanique des ordres moteurs et des signaux sensibles sur l'autoroute rachidienne, à la hauteur D10 de l'hématome cicatrisé dans la moelle. Une cicatrice point tête d'épingle dure, nécrosée, ossifiée, un mur posé au milieu de l'autoroute, où les connexions des fibres nerveuses sont plus ou moins interrompues, nécessitant d'anarchiques déviations qui perturbent le débit, provoquant bouchons, crispations et consignes neurologiques locales des plus fantaisistes, sous le regard interloqué du génie électro-biologique impuissant.

Quant aux douleurs, comme je l'expliquais à maman, ce serait l'esprit malin qui travaille plutôt que les mauvais esprits. Le diable n'existe pas, elle répond, cinglante. Ce sont pourtant des douleurs d'incendie, des brûlures internes comme si les flammes de l'enfer habitaient mes jambes, souvent dans des moments d'anxiété ou d'angoisse. On guette, quasi, le changement de couleur de la cuisse, son passage progressif à l'état de charbon de bois, avec la sensation exacte, précise, que ça se consume de l'intérieur, telles ces sorcières du Moyen Âge, qui se labouraient la poitrine de leurs ongles crochus, rongées d'un feu ardent et maléfique. Sinon qu'ici le diable hésite entre deux techniques : l'une, ancestrale, du feu de bois, l'autre, moderne, de l'électricité. Qui ? me brûle, m'incendie, me torréfie, m'électrocute ? Qui ? Vous ! m'est répondu du tac au tac. Et devant mon regard de veau-poisson-amibe : douleurs de désafférentation, m'ajoute professeur Kephalê. Allô ? oui ? pardon, je reçois mal, pouvez répéter, friture sur la ligne, c'est ça, oui : dé-sa-ffé-ren-ta-tion, *id est*, c.à.d, c'est-à-dire, vous explique ! Le tracé de la douleur, avec toutes ses couleurs, tonalités, registres, est inscrit dans le cerveau pour toutes les parties du corps. Jusque-là, je comprends. Je pense aux tracés des lignes électriques, avec :

a) Leur puissance.
b) Leurs connexions.
c) Leurs sources.
d) Leur distribution.
c) Leur état de fonctionnement en temps réel. Lesquels tracés sont inscrits en diagrammes et plans lumineux sur nos pupitres à commandes groupées des postes de Villejust ou mieux, de Saint-Denis, pour l'ensemble du territoire. Une duplication en central de la géo-

graphie électrique du pays. Peux donc imaginer cette même duplication dans le cerveau d'une géographie corporelle de la douleur. Oui, oui ! Donc ?

— Bien, je continue. Le corps produit de lui-même et en lui-même, sur l'ensemble du réseau nerveux, des signes-signaux d'excitation autant que d'inhibition, les premiers montent, les seconds descendent. Oui ? Bien. Le monde extérieur, lui, perçu par nos sens, produit de la même façon des signes neurologiques d'excitation et d'inhibition. Tous ces signaux, internes ou externes, constituent ce qu'on appelle le « bruit de fond », un bruit de fond permanent, ininterrompu, dans lequel nous baignons nécessairement. Oui ? Bien. Donc, selon une économie obscure et indéchiffrable, toutes ces impulsions, tous ces signes-signaux excitateurs et inhibiteurs qui vont et viennent sans cesse, se croisent, se rencontrent à des carrefours neuronaux, où ils se mesurent et se filtrent réciproquement, pour se neutraliser, s'annuler, ou au contraire se valider, se confirmer, restituant au cerveau une perception à peu près correcte de soi et du monde, afin d'agir de manière idoine, selon la personnalité de chacun. Oui ? Oui ? Bien. Suite à votre hématome médullaire en D10, certaines zones correspondantes de vos jambes, oui, je sais, la cuisse gauche et le mollet droit, sont encore aujourd'hui, et sans doute définitivement, sous-innervées ; leur perception du monde extérieur est quasi inexistante. Chouette ! C'est comme d'entrer dans une pièce totalement insonorisée, un studio d'enregistrement, par exemple. Soudain, plus un bruit extérieur. Alors, vous entendez avec une acuité presque inquiétante le gong de votre cœur, le battement du sang aux tempes, les gargouillis de vos entrailles, le craquement de vos articulations... ça va, ça va, j'ai compris. Bien ! c'est pareil. Cuisse et mollet sont entrés dans un studio insonorisé. Plus un bruit ! derechef. L'économie des signaux neurologiques en ces zones des membres inférieurs en est gravement perturbée. Et c'est votre corps seul, qui produit en ces zones les signes et signaux qu'il veut, selon son bon plaisir, sans plus aucune confrontation ni régulation avec les signes du monde extérieur. Les afférences périphériques de la perception sont bien en déficit de signes. C'est une dé-sa-ffé-ren-ta-tion, monsieur Lancry... ffou ! trop chaud, docteur ! pardonnez-moi, prends mon mouchoir, m'éponge le front, la nuque. Faites, faites. Et le corps en profite souvent pour fabriquer de la douleur, une vraie profonde douleur émise par le cerveau, et que vous éprouvez dans vos jambes, une douleur de nature strictement neurologique, strictement électrique. Parce qu'à la différence de vos pupitres à commandes groupées, le cerveau peut inventer et produire des signes d'alerte et de douleur qui ne sont pas l'expression de la réalité, mais au contraire une réponse à l'absence de réalité.

— C'est de schizophrénie que vous me parlez, là ?

— ... ?

— Z'êtes en train de dire que ma cuisse gauche et mon mollet droit seraient schizophrènes ! Coupés du monde, ils ont tout loisir de souffrir à la faveur d'une fiction et d'un délire neurologique interne !

— ... Si vous voulez... si le modèle vous convient... Ce qui compte, ma foi, c'est que vous ayez une représentation claire de votre douleur, que vous en ayez une image mentale. La schizophrénie de la cuisse gauche, pourquoi pas ? Ça ou la peinture byzantine du diable accroché à votre jambe...

— Représentation claire ? M'en fous, docteur Kephalê ! Veux plus souffrir de la sorte, dévoré par l'électricité à chaque montée de stress ou de tension !

— C'est le cas de le dire !

— Pardon ?

— Non, rien... On ne peut pas grand-chose, monsieur Lancry. Cette image mentale va peut-être modifier le terrain... Sachez simplement que d'autres blessés médullaires ayant des zones corporelles devenues insensibles, et qui, en outre, n'éprouvent aucune douleur interne en ces zones, vivent, eux, des paniques et des angoisses terribles car ils ont le sentiment que ces parties d'eux-mêmes sont bel et bien mortes.

*

Je pense à la cosmogonie indienne, celle des Sioux des grandes plaines, celle dont parle Élan-Noir. Les six grands-pères sont les esprits du Nord, du Sud, de l'Ouest et de l'Est. Le cinquième est l'esprit du Ciel, le sixième celui de la Terre. Les quatre premiers grands-pères puisent leur constitution dans le paysage même de ces quatre directions. Celui du Nord est un géant blanc, froid, venteux, comme la neige et l'hiver. Celui du Sud est chaud, fertile, luxuriant, comme l'été. Celui de l'Est est lumineux comme le jour qui point, c'est de lui que survient toute éclosion et naissance. Celui de l'Ouest est noir, il tonne, déverse les pluies d'orage et fait tomber la nuit. Tous sont nécessaires à la réalité du monde, ils sont les points cardinaux entre lesquels l'Indien doit savoir s'orienter pour trouver refuge, eau et nourriture, et les quatre lieux symboliques que l'Indien éprouve, vit et traverse de sa naissance à sa mort, composant ainsi avec les forces cardinales. Quant aux esprits du Ciel et de la Terre, ils dessinent l'axe vertical, celui de la foudre, de la corde de l'arc et de l'homme debout. Cosmogonie simple, qui n'écrase ni n'oppresse. Elle pourvoit l'homme d'une mémoire qui donne sens à sa marche et à son orientation, elle offre enfin ce sens particulier de l'équilibre, qui préserve de la chute.

Suis sans doute très loin de la complexité des croyances indiennes, c'est ce que j'en ai brièvement compris au cours de mes lectures, et pour cause, durant ces interminables journées où le temps pourrissait en ma viande assise ou couchée. Et puis, je voyais des hommes qui marchaient, couraient, escaladaient les montagnes, les pylônes électriques, les gratte-ciel de New York, avec des appuis sûrs et sans vertige. Grâce à eux, marcher dans des paysages immenses devenait désirable au-delà de ma guérison, désirable, me l'avaient-ils montré, comme une condition humaine. Ce n'est pas toutes les nuits, non, pas exagérer! mais, souvent, je rêve de ces rochers déchiquetés du Croisic aux failles bouillonnant d'écume laiteuse, je vois les flancs noirs et pierreux des versants de l'Etna, du Vésuve, les herbages pentus du Jura, des monts du Cantal, les torrents furieux de la montagne corse, les champs de lave à peine refroidie des cratères de Hawaï, parfois c'est ordinairement l'avenue Salengro à Gonesse, le boulevard Voltaire à Paris, vais pas recenser la planète en cartes postales, stop! Sont simplement des endroits traversés avec des êtres chers, mais, dans mes rêves, je les traverse toujours avec la sensation de courir, d'escalader, de dévaler, j'ai une foulée puissante sans jamais perdre l'équilibre, ignore où je vais, n'éprouve aucune fatigue, aucun ennui, aucun doute, juste le désir éperdu que le paysage n'arrête plus de s'ouvrir, indéfiniment, sous mes pas. Puis me réveille, me souviens qu'il m'est difficile de tenir quelques secondes en position zenkutsu et kiba, en kokutsu je tombe sur le dos comme une tortue échouée sur sa carapace, me souviens que je trottine, trotte... au-delà, le vertige me prend. Mais ça va ! le réveil est pénible, c'est tout.

Un jour, je vais marcher et courir en oubliant mes gestes, mes jambes, et je ne courrai pas après un train ni dans des flux tendus, non ! Ce sera de nouveau une sensation simple d'énergie qui se déploie dans le paysage, ce sera, un jour... Oui, je voudrais être un Indien.

INDEX

*Index des noms communs**

Aimant : 191, 287.
Aimer : 30, 46, 65, 66, 82, 85, 116, 152, 154, 158, 174, 175, 201, 231, 251, 284, 294, 300, 301, 307, 364, 365, 384.
Algérien : 36.
Amour : 43, 49, 93, 256.
Animal : 22, 51, 93, 94, 158, 177, 180, 208, 325, 326, 327, 329, 331, 344.
Animisme : 328.
Anniversaire : 157, 194, 248.
Anthropométrie : 310, 312.
Anus : 23, 254, 295.
Arc : 20, 64, 105, 123, 124, 139, 256, 270, 300, 345, 361, 362, 363, 368, 393.
Argent : 86, 125, 245, 275, 320.
Argile : 93, 234, 235, 236, 237, 380, 393.
Arme : 122, 123, 124, 165, 245, 363, 364, 366, 368.
Arménien : 333.

Art : 86, 124, 158, 186, 363, 365.
Artiste : 86, 119, 205, 290, 304, 364, 365, 366, 367, 368.
Atelier : 34, 61, 192, 212, 213, 228, 314, 327.
Axone : 101, 245.

Baiser : 46, 91, 109, 131.
Bandaison : 200, 202, 249, 299, 300, 343, 383.
Bander : 16, 37, 51, 130, 138, 196, 214, 235, 251, 301, 302, 320, 339, 361.
Barres parallèles : 221, 241, 308, 309, 353, 354.
Basculer : 49, 133, 232, 310.
Biroute : 60, 89, 164, 200, 294, 301, 302, 334, 335, 338, 342, 383.
Bite : 20, 48, 84, 88, 200, 251, 301, 336, 337, 338, 339, 340, 341.
Bonheur : 114, 156, 252, 260, 351, 360.

---

* Nous considérons (abusivement) que les verbes et les adjectifs appartiennent à l'index des noms communs.

Bouddhiste : 206, 388.
Bruit : 31, 35, 36, 53, 58, 66, 70, 71, 114, 119, 125, 136, 221, 258, 273, 351, 362, 364, 369, 388, 391.
Bruit de fond : 390.

Câbles : 64, 106, 112, 125, 166, 167, 168, 171, 172, 174, 243, 244, 246, 269, 270, 271, 272, 281, 282, 283, 318.
Cellules : 63, 113, 173, 174, 245, 321, 322.
Cerveau : 61, 71, 106, 107, 208, 243, 302, 319, 387, 389, 390, 391.
Chair : 24, 28, 32, 38, 93, 103, 110, 115, 194, 203, 204, 206, 242, 259, 287, 292, 299, 304, 305, 320, 328, 341, 348, 363, 366, 367.
Chakra : 138, 139, 140, 145, 184, 344, 372.
Chavirer : 176, 288, 354.
Cheval : 39, 236, 246, 298, 316, 325, 326, 327, 330, 331, 361, 366, 379.
Chirurgien : 17, 37, 291, 292, 293.
Chute : 16, 24, 31, 44, 66, 70, 84, 114, 115, 119, 125, 127, 167, 198, 216, 217, 254, 261, 263, 268, 272, 290, 381, 394.
Cible : 123, 349, 361, 363, 364, 365.
Consigne : 47, 48, 271, 335, 336, 388.
Constipation : 253, 295.

Contracture : 221, 355, 360, 386, 388.
Corps : 19, 38, 42, 47, 48, 62, 63, 65, 71, 74, 86, 91, 95, 97, 101, 106, 114, 119, 121, 123, 127, 128, 140, 147, 158, 165, 181, 187, 200, 201, 202, 206, 214, 216, 230, 241, 243, 252, 254, 268, 284, 286, 289, 292, 299, 302, 310, 318, 321, 323, 326, 340, 362, 366, 367, 371, 372, 389, 390, 391.
Corps caverneux : 334, 339, 383.
Cortex : 302, 333, 342.
Cosmogonie : 95, 393.
Courir : 82, 83, 108, 127, 168, 169, 194, 201, 262, 277, 278, 288, 291, 297, 298, 307, 316, 317, 328, 337, 338, 353, 359, 377, 378, 386, 394, 395.
Croire : 30, 46, 67, 90, 91, 116, 124, 153, 154, 179, 190, 202, 208, 236, 283, 284, 287, 288, 306, 310, 322, 325, 367.

Défi : 67, 208, 209, 272.
Dehors : 56, 66, 74, 81, 113, 121, 129, 176, 217, 265, 278, 344, 351, 381.
Démérisation : 159.
Derme : 304.
Désafférentation : 389, 391.
Désir : 155, 205, 290, 299, 360, 394, 395.
Détenu : 222, 224, 316.
Diable : 40, 82, 121, 249, 356, 388, 389, 392.

Diététique : 92, 93, 133, 235.
Douleur : 156, 164, 165.

Éjaculation : 342.
Électricité : 61, 62, 91, 105, 112, 134, 146, 163, 165, 170, 243, 278, 298, 303, 319, 342, 389, 392.
Encéphale : 371, 386.
Encéphalogramme : 16, 63.
Énergie : 37, 40, 41, 99, 105, 106, 107, 120, 124, 155, 163, 165, 203, 214, 224, 241, 278, 290, 306, 313.
Enerver : 29, 44, 107, 143, 155, 163, 198.
Enfance : 134, 156, 175, 252, 286, 331, 333.
Enfant : 25, 42, 43, 53, 81, 123, 124, 127, 158, 189, 201, 236, 253, 255, 256, 257, 258, 262, 263, 264, 265, 289, 317, 325, 326, 328, 347, 349, 358, 362, 372, 385.
Épiderme : 76, 206, 287, 304.
Équilibre : 120, 185, 187, 213, 215, 226, 232, 259, 273, 283, 288, 309, 311, 313, 315, 353, 354, 361, 369, 371, 394.
Équitation : 325, 332.
Érogène : 302, 342.
Escarre : 19, 38, 303, 304, 305, 306, 308.
Espécialiste : 90, 91, 101, 111, 132, 159, 163, 195, 203.
Esprit : 72, 82, 91, 135, 136, 140, 144, 162, 202, 224, 274, 284, 298, 320, 321, 326, 327, 329, 340, 345, 386, 388, 393.
Exonération (rectale) : 295, 386.

Faim : 89, 253.
Fanon (de baleine) : 92, 100, 329.
Fauteuil : 22, 41, 43, 109, 111, 113, 131, 166, 176, 183, 188, 196, 210, 221, 225, 226, 227, 229, 230, 232, 243, 246, 247, 248, 256, 260, 267, 268, 285, 299, 306, 308, 315, 316, 323, 349, 351, 356, 360, 361, 362, 382, 384, 385.
Fenêtre : 23, 66, 67, 97, 98, 113, 139, 156, 173, 180, 224, 266, 286, 287, 292, 308, 314, 343, 369, 382, 384.
Fibres (nerveuses) : 60, 104, 165, 196, 197, 244, 388.
Finir : 28, 30, 38, 40, 44, 47, 50, 69, 70, 72, 87, 93, 97, 99, 108, 132, 133, 143, 148, 181, 186, 208, 230, 248, 254, 258, 275, 279, 282, 287, 307, 345, 350, 367, 381, 386.
Flux : 85, 107, 170, 214, 237, 284, 314, 328, 371, 386, 395.
Foi : 41, 43, 83, 163, 231, 342, 392.
Force : 29, 47, 49, 74, 75, 90, 95, 124, 125, 129, 134, 135, 144, 146, 163, 181, 192, 204, 215, 222, 224, 236, 240, 243, 246, 247, 251, 254, 256, 259, 260,

266, 285, 288, 294, 316, 331, 343, 379, 382, 393.
Furet : 156, 194.
Fusil : 45, 363, 365, 366, 368.

Génocide : 332.
Génuflexion : 144.
Gisant : 17, 157, 195, 208, 241, 306.
Grâce : 32, 73, 91, 318, 330.
Grand-père : 52, 161, 283, 329, 357, 360, 380, 381, 393.
Guérir : 26, 30, 176, 356, 372, 385.
Guérison : 15, 25, 50, 72, 88, 102, 161.
Guerre : 42, 122, 123, 124, 188, 189, 190, 191, 192, 230-231, 235, 266, 283, 284, 289, 299, 339, 358, 366, 367, 368, 383.

Hélicoptère : 128, 270, 279, 296, 297, 303.
Homéopathie : 182, 251.
Horizontale : 46, 65, 84, 121, 129, 133, 176, 310, 370.
Hypnose : 20, 62, 115, 150, 240.

Impuissance : 85, 159.
Incontinence : 23, 72, 382.
Indien : 124, 189, 190, 191, 193, 194, 195, 250, 256, 264, 272, 273, 283, 284, 298, 303, 313, 329, 331, 332, 361, 366, 393, 394.
Instable : 313.

Irradiation : 86, 97.
Irradier : 39, 47, 74, 89, 138, 142, 157, 184, 185, 234, 301, 380.

Jambes : 15, 16, 19, 20, 37, 40, 41, 48, 51, 60, 62, 63, 65, 67, 69, 74, 80, 84, 87, 88, 89, 90, 91, 97, 102, 103, 104, 107, 108, 109, 110, 113, 115, 131, 147, 176, 181, 183, 186, 192, 197, 199, 200, 213, 214, 221, 224, 226, 232, 233, 242, 243, 247, 262, 263, 287, 295, 299, 309, 311, 312, 313, 318, 323, 333, 339, 340, 341, 354, 360, 366, 377, 383, 388, 391, 392, 395.
Judo : 116, 118, 120, 192.
Juif : 333.

Karaté : 16, 120, 354, 370.
Kiné : 226.
Kinési : 203, 225, 241, 268, 306.

Laser : 138, 144, 159, 245, 255, 330, 341.
Ligaments : 83, 146, 290.
Livre : 35, 54, 92, 115, 160, 264, 267, 268, 272, 289, 331, 363.
Lumière : 17, 18, 25, 26, 35, 43, 49, 68, 89, 94, 95, 113, 114, 132, 135, 136, 137, 138, 140, 141, 146, 148, 150, 173, 185, 195, 214, 215, 255, 264, 275, 277,

311, 312, 322, 330, 333, 338, 343, 344, 346, 348, 350, 364, 370, 372, 388.

Magnétisme : 92, 306, 310.
Main : 20, 22, 26, 28, 36, 37, 39, 40, 43, 45, 51, 52, 53, 54, 64, 69, 71, 72, 73, 76, 84, 86, 87, 88, 89, 90, 94, 96, 98, 99, 100, 108, 109, 113, 114, 117, 119, 120, 121, 122, 129, 130, 131, 134, 136, 137, 138, 140, 143, 144, 145, 147, 149, 151, 152, 156, 157, 163, 166, 169, 170, 176, 179, 180, 184, 187, 188, 189, 193, 194, 206, 211, 217, 225, 226, 227, 229, 230, 232, 234, 235, 236, 241, 242, 247, 249, 258, 262, 266, 270, 273, 274, 276, 277, 278, 285, 288, 292, 295, 301, 303, 308, 312, 323, 333, 334, 335, 338, 340, 341, 342, 349, 350, 351, 353, 354, 355, 360, 364, 369, 377, 378, 379, 386.
Marcher : 26, 63, 75, 91 101, 108, 112, 114, 127, 133, 157, 165, 178, 182, 187, 201, 202, 206, 221, 227, 232, 237, 241, 263, 272, 273, 284, 308, 314, 317, 318, 319, 320, 322, 354, 358, 360, 362, 369, 370, 371, 383, 384, 386, 394, 395.
Membre : 86, 164, 197, 202, 224, 244, 279, 292, 332, 333, 334, 391.
Messe : 43, 73, 274, 278, 338.
Métaphysique : 94, 144, 150, 177, 263, 280, 300, 330.
Miracle : 26, 88, 89, 90, 91, 175, 187, 236, 288, 300.
Moelle (épinière) : 16, 17, 18, 63, 107, 108, 110, 112, 113, 129, 198, 199, 244, 266, 308, 318, 319, 320.
Mort : 15, 28, 37, 40, 42, 113, 116, 124, 156, 161, 162, 177, 180, 188, 209, 217, 218, 236, 241, 248, 251, 258, 266, 284, 300, 304, 306, 315, 352, 358, 360, 363, 365, 366, 372, 380, 393.
Moteur : 16, 32, 33, 35, 80, 82, 83, 104, 105, 106, 107, 157, 162, 173, 213, 223, 236, 237, 243, 246, 271, 287, 294, 303, 320, 388.
Moto : 39, 65, 152, 153, 154, 158, 231, 256.
Muscle : 32, 37, 53, 64, 91, 93, 110, 140, 165, 196, 198, 200, 202, 213, 214, 216, 221, 242, 243, 245, 308, 309, 313, 318, 319, 325, 336, 383, 386, 387.
Musique : 20, 50, 114, 115, 163, 187, 188, 233, 277, 331

Nacelle : 16, 30, 52, 63, 71, 77, 91, 125, 126, 129, 167, 175, 215, 270, 271, 297, 356, 381.

Naissance : 129, 130, 156, 157, 175, 209, 216, 334, 357, 393.
Nerfs : 15, 29, 40, 58, 63, 91, 101, 106, 111, 112, 155, 164, 169, 198, 203, 244, 323, 325.
Nourriture : 22, 37, 80, 88, 89, 99, 206, 253, 275, 286, 379, 393.

Œil (troisième) : 138, 139, 144, 145, 184, 349.

Ondes : 85, 86, 89, 138, 140, 163, 174, 185, 212, 293, 298, 302, 326, 328, 329, 331, 335, 344, 349, 372.
Orbite : 246, 372.
Organisme : 148.
Orgasme : 302, 342, 383.
Orientation : 39, 86, 129, 133, 283, 393, 394.
Orthèse : 226, 241, 308.
Orthopédistes : 89.
Osmose : 286, 326.

Palestinien : 333.
Panne : 62, 83, 112, 172, 173, 174, 215, 271, 273, 276, 278, 279, 281, 321, 352.
Parachute : 217, 218.
Paralysie : 62, 106, 128, 210, 225, 281, 291, 331.
Paralytique : 72.
Parasite : 125, 151, 177, 237, 244, 387
Parthénogenèse : 340.
Patins à roulettes : 45, 223, 261, 262, 315, 369.

Paysage : 134, 161, 192, 201, 269, 272, 284, 304, 332, 333, 384, 393, 394, 395.
Peau : 15, 16, 24, 25, 28, 44, 45, 51, 76, 102, 109, 122, 126, 131, 136, 144, 145, 147, 156, 170, 172, 189, 190, 199, 204, 222, 233, 234, 236, 242, 254, 265, 282, 304, 340, 346, 363, 383.
Peinture : 39, 118, 163, 189, 268, 292, 313, 363, 364, 365, 366, 367, 368, 392.
Pendule : 89, 92, 94, 95, 97, 142, 329, 380.
Pied : 15, 16, 20, 27, 38, 40, 46, 47, 53, 69, 71, 79, 80, 81, 84, 90, 109, 110, 114, 119, 120, 129, 135, 141, 146, 151, 156, 171, 172, 179, 181, 192, 193, 196, 201, 202, 213, 228, 229, 232, 233, 236, 241, 242, 249, 253, 258, 259, 262, 266, 272, 273, 280, 283, 285, 287, 288, 289, 297, 309, 311, 323, 326, 354, 355, 357, 359, 363, 366, 381, 382.
Pierre : 78, 81, 82, 113, 118, 120, 125, 143, 162, 239, 241, 242, 253, 314, 322, 358, 387.
Pistolet : 121, 122, 127, 196, 363, 368.
Points (cardinaux) : 149, 283, 393.
Portable : 89, 138, 139, 202, 213, 278, 298, 303, 335.

Posturologie : 214, 309, 310, 370.
Poubelle : 79, 99, 111, 156, 190, 231.
Préfet : 210.
Prison : 67, 68, 128, 201, 202, 208, 321, 350, 361.
Prothèse : 31, 114, 158, 317, 320, 322, 340.
Prothèse pénienne : 339, 341.
Pylône : 31, 60, 70, 71, 125, 126, 129, 167, 171, 215, 246, 269, 272, 273, 283, 284, 394.

Queue (de homard) : 387.

Rachidien (canal) : 91, 107, 244.
Rachis : 18, 300.
Radiation : 159, 184, 234, 235, 346.
Radiesthésie : 142.
Rayons (lumineux) : 184.
Réflexe : 24, 30, 32, 33, 34, 38, 60, 103, 106, 109, 111, 112, 176, 197, 198, 291, 293, 300, 301, 333.
Renaissance : 157, 304, 334, 357, 380.
Rendez-vous : 79, 185, 225, 280, 307, 324, 377, 387.
Résurrection : 16, 300, 301, 344.
Revolver : 49, 338.

Sang : 54, 62, 66, 71, 156, 180, 213, 246, 260, 271, 287, 326, 335, 345, 367, 368, 391.

Saut : 66, 67, 70, 114, 115, 216, 217, 223.
Schizophrénie : 392.
Sens : 32, 49, 51, 86, 94, 111, 140, 146, 178, 181, 182, 263, 272, 277, 283, 302, 329, 335, 380, 383, 390, 394.
Sensori-moteur : 16, 59, 245, 300, 315.
Signaux : 33, 104, 105, 106, 107, 243, 245, 302, 319, 388, 390, 391.
Signes : 48, 60, 83, 103, 116, 164, 210, 225, 336, 373, 390, 391.
Sol : 17, 19, 31, 65, 66, 101, 103, 125, 126, 127, 134, 135, 139, 167, 171, 187, 215, 217, 218, 234, 252, 270, 272, 273, 282, 283, 284, 313, 336, 346, 355, 364, 380, 388.
Son : 19, 36, 115, 119, 146, 185, 187, 277, 329, 337.
Sonde : 16, 23, 31, 32, 37, 57, 58, 59, 60, 166, 167, 168, 293, 294, 295, 306, 342.
Souffrance : 47, 50, 68, 106, 145, 156, 164, 178, 287, 377.
Sphincter : 24, 59, 290, 291, 294.
Suicide : 222, 385.
Supraconducteur : 163.

Tchétchène : 201, 320, 321, 333.
Télépathie : 330.
Tension : 19, 44, 60, 62, 64,

88, 102, 105, 107, 112, 125, 128, 129, 146, 168, 172, 266, 270, 271, 281, 316, 325, 329, 361, 392.
Terre : 27, 31, 62, 64, 65, 71, 79, 125, 126, 128, 134, 135, 141, 171, 193, 208, 217, 218, 221, 234, 248, 254, 256, 259, 265, 271, 272, 273, 282, 289, 298, 314, 330, 360, 361, 365, 372, 383, 387, 393.
Tétanie : 45.
Tibétain : 333.
Tomahawk : 123, 191, 256.
Tomber : 41, 46, 70, 81, 82, 90, 91, 94, 97, 114, 115, 120, 127, 140, 142, 153, 156, 161, 172, 175, 183, 185, 205, 210, 216, 226, 238, 258, 260, 272, 274, 315, 316, 335, 356, 381, 383, 387, 393, 395.
Train : 35, 47, 48, 49, 50, 51, 141, 275, 298, 336, 338, 395.

Urètre : 16, 24, 32, 33, 58, 59, 126, 290, 291, 294, 342.
Urinaire : 33, 58, 59, 102, 293, 385.
Urine : 32, 57, 60, 254, 290, 294, 382, 383.

Variole : 303.
Végétarien : 78, 93, 97, 154, 157, 206, 253, 260, 286, 357.
Vélo : 122, 260, 261, 287, 288.

Verticale : 44, 65, 133, 187, 213, 214, 241, 263, 310, 355.
Vertige : 116, 150, 207, 214, 285, 310, 311, 314, 395.
Vessie : 32, 33, 46, 58, 59, 63, 126, 290, 291, 293, 295, 383.
Viande : 15, 19, 37, 39, 47, 60, 65, 70, 89, 93, 101, 111, 115, 116, 158, 175, 185, 202, 214, 216, 222, 233, 241, 255, 267, 285, 295, 306, 308, 330, 355, 361, 386, 394.
Vieillir : 28, 207, 277, 285.
Viscères : 156, 357.
Vision : 34, 116, 145, 225, 250, 263, 283, 284, 298.
Vitesse : 24, 34, 65, 88, 120, 135, 150, 174, 195, 198, 199, 227, 228, 230, 239, 259, 287, 317, 318, 320, 342, 354, 370, 385.
Volts : 63, 64, 125, 135, 167, 181, 270, 273, 281, 285, 297.

Waterproof : 250.
Watts : 280.

X (rayons) : 231.

Yo-yo : 21.

Zone : 20, 97, 105, 122, 130, 174, 233, 245, 302, 342, 379, 390, 391, 392.
Zoophile : 43, 328.

Index des noms propres

Aaron : 80.
Abé (Ishiro) : 118.
Aberdeen : 272.
Achille : 103, 109, 197, 304, 307.
Adam : 21, 53.
Adès (professeur) : 18, 101, 102, 103, 104, 108, 109, 110, 111, 112, 195, 196, 197, 200, 203, 233, 291, 292, 355.
Alzheimer : 352.
Amérique : 272, 283, 331, 380.
Apocalypse : 83, 181, 346, 347.
Arcachon : 45, 252, 260.
Arlesheim : 161, 162, 358.
Armendarès (Michel) : 53, 54, 55.
Armstrong : 221, 356.
Arnouville : 28.
Asie : 124, 190.
Asnières : 39, 43, 93, 188, 249, 261.
Auckland : 273, 276, 278, 281.

Audi : 356.
Aulnay : 230, 237.
Austen (Jane) : 180.
Austerlitz : 35, 207, 222.
Awa (Kenzo) : 361.
Aznavour (Charles) : 351.

Babinski : 110, 112, 198, 200.
Bacchus : 247.
Baron (professeur) : 214, 309, 310, 316, 329, 370, 371.
Barthes (Roland) : 54.
Bauer (Franck) : 71.
Baulon (Georges) : 92, 93, 94, 95, 96, 97, 98, 99, 100, 101, 329, 355, 380, 381.
Baulon (Marie) : 93, 97, 98, 99.
Beaujon (hôpital) : 101, 380.
Bellegarde : 114.
Bertillon : 207, 310.
Biarritz : 114.
Bichat : 67, 68.
Boncourt (Docteur) : 119.
Bonneval : 358.
Boottes (Jean-Louis) : 54.

Bouddha : 120.
Brando (Marlon) : 205, 311, 362.
Brave Wolf : 283.
Briançon : 114.

Cabin (Gustave) : 21, 60, 61, 62, 63, 64, 65, 71, 164, 165, 170, 171, 172, 265, 267, 268, 269, 270, 282, 283, 284, 355, 378.
Cage (John) : 146.
Carton (Paul) : 253.
Caverject : 341.
Chardon (commissaire) : 119.
Charonne : 35, 36.
Châtelet : 53.
Chaupître (abbé) : 142, 182.
Cheyenne : 326, 327.
Chine : 125, 142.
Chirac (Jacques) : 44, 252.
Chouraqui (Serge) : 355, 370, 378.
Clément (Isabelle) : 292, 339, 341, 343, 355.
Clinton (Bill) : 316.
Coca-Cola : 356.
Coleman (Ornette) : 324.
CGR (Compagnie générale de radiologie) : 34, 192.
Connemara : 39.
Cooper (Fenimore) : 264.
Cooper (Gary) : 49, 50, 298.
Corneau (Antoine) : 136, 140, 149.
Corneau (Chantal) : 30, 136, 143, 149, 343, 344, 345, 347, 348, 349, 350, 351, 356, 372.

Courbevoie : 25, 78, 192, 358, 372.
Crazy Horse : 283, 332.
Crest : 254, 257.
Croisic : 394.
Custer (général George Armstrong) : 264, 379.

Dakota : 272, 333.
Dalbeigue (Marguerite) : 289.
Dextreit (Raymond) : 253.
Dieu : 25, 26, 29, 32, 40, 41, 48, 56, 63, 73, 74, 80, 82, 85, 86, 89, 90, 91, 95, 96, 97, 100, 108, 109, 121, 122, 132, 141, 144, 153, 157, 163, 167, 172, 174, 175, 177, 178, 181, 182, 186, 188, 202, 213, 232, 233, 255, 256, 260, 277, 278, 280, 300, 321, 330, 336, 340, 355, 356, 357, 379.
Domino (Christophe) : 69, 70, 378.
Dozulé : 77, 79, 80, 84, 175, 187.
Duhamel (Maurice) : 53, 358.

Eastwood (Clint) : 334.
Écouen : 287, 346, 378, 381.
EDF : 167, 223, 380.
Élan-Noir : 264, 284, 298, 393.
Elf : 356.
Eltsine (Boris) : 251, 252.
Érinyes : 181.
Étampes : 164.

Etna : 394.
Ève : 300.

Faraday : 84.
Feldmann (professeur) : 121.
Ferrat (Jean) : 137.
Forton : 289.
Fouquet (Blanche) : 358, 360.
Fouquet (Fred) : 52, 357, 358, 360, 372, 380, 381.
Fukuda (docteur) : 370.

Garches : 203, 204, 210, 211, 215, 223, 226, 290.
Getz (Stan) : 324.
GIGN : 363, 364.
Goethe : 163.
Gonesse : 28, 83, 119, 141, 150, 187, 233, 265, 290, 394.
Gorgone : 387.
Goya : 268.

Hawaï : 394.
Hercule : 138.
Hermès : 311, 312, 314.
Herrigel (E.) : 361, 363.

IBM : 139, 321.
Issy-les-Moulineaux : 35, 192.

Japon : 117, 125.
Jarry (Alfred) : 355.
Jésus : 25, 83, 85, 90, 98, 99, 175, 187, 255, 271, 285.

Katmandou : 248.
Kawashi : 118.

Kelly (Grace) : 49.
Kephalê (professeur) : 389, 392.
Klein (Yves) : 119.
Kodokan : 118.
Koenigsberg : 45.
Konitz (Lee) : 324.
Kourou (Guyane) : 373.
Kühn (Joachim) : 324.

Lady Day (Billie Holiday) : 355.
La Hume : 252, 261.
Lajoie (mademoiselle) : 102, 104, 108, 111, 195, 196, 198, 203.
Lancry (Andrée) : 22, 23, 24, 27, 29, 78, 86, 92, 98, 100, 134, 142, 153, 160, 161, 162, 175, 176, 177, 179, 180, 181, 182, 187, 188, 192, 194, 238, 250, 253, 256, 257, 264, 285, 346, 348, 349, 351, 358, 359, 360, 372.
Lancry (Robert) : 21, 25, 26, 27, 31, 34, 36, 37, 98, 100, 113, 114, 116, 117, 119, 122, 124, 127, 134, 142, 143, 150, 153, 160, 161, 175, 176, 188, 193, 195, 234, 235, 236, 238, 240, 250, 253, 255, 260, 264, 285, 287, 288, 289, 290, 355, 358, 359, 378.
La Salpêtrière (hôpital) : 159, 210, 222, 225, 226, 298.
Lazare : 26, 90, 91.
Le Bourget : 237.

Le Dall (Auguste) : 21, 41, 42, 44, 45, 46, 135, 175, 177, 188, 189, 195, 249, 251, 252, 254, 264, 285, 355, 378.
Le Dall (Georgette) : 21, 30, 41, 42, 43, 44, 45, 46, 74, 135, 175, 188, 189, 191, 194, 249, 251, 252, 261, 262, 263, 264, 285, 355, 378.
Lefournier (Mathilde) : 267, 323, 324, 325, 326, 327, 328, 329, 330, 332, 333, 334, 335, 355, 378.
Lemoigne (Jeanine) : 27, 28, 29, 30, 77.
Leturdu (Yvon) : 21, 33, 50, 51, 52, 55, 56, 167, 223, 224, 225, 293, 296, 297, 299, 301, 303, 342, 379.
Levannier (Lucien) : 21, 114, 115, 116, 118, 120, 123, 124, 128, 344, 355, 378.
Loir : 358, 380.
London (Jack) : 289.
Louis (le père) : 77, 80, 177, 178, 179, 180, 181, 182, 183, 184, 185, 186, 187, 188, 237.
Lourdes : 50, 349.

Macbeth : 269.
Manet : 268.
Marie-Christine : 65, 69, 114, 115, 289.
Marie (la Vierge) : 25, 83, 85, 89.

Martin (Catherine) : 78, 142, 143, 155, 251.
Martin (Vanessa) : 21, 88, 90, 129, 131, 132, 133, 134, 135, 137, 140, 141, 144, 145, 146, 147, 152, 154, 155, 157, 158, 159, 162, 164, 185, 251, 378, 379.
Mercedès : 79, 276.
Meudon : 363, 364, 367.
Mexique : 331.
Microsoft : 356.
Moïse : 80.
Montreuil : 137, 343.
MXM : 321.

Nakatsuka (Kiyoshi) : 135, 137, 139, 140, 147, 149, 151, 152, 184.
Neihardt (John G.) : 284.
Neuromedics : 321.
New York : 172, 174, 175, 394.

Okinawa : 142, 151, 348.
Olympe : 174.
Ozias (professeur) : 243, 247, 269, 291, 292, 293, 297, 335, 339, 355, 369, 370, 371.

Pampers : 72, 88, 102, 386.
Pandore : 93.
Paris : 36, 42, 76, 80, 143, 150, 166, 173, 183, 212, 239, 240, 241, 282, 334, 338, 380, 394.
Parkinson : 387.
Paul (monsieur) : 225, 227, 228, 231, 233, 265.

Paule (la petite) : 73, 74, 77, 78, 84, 85, 86, 90, 92, 347.
Pégase : 247.
Perraud (Corinne) : 21, 50, 51, 56, 295, 378.
Petrucciani (Michel) : 324.
Peugeot : 192, 233, 359, 380.
Pic Harney : 284.
Poincaré (hôpital) : 211, 223, 248, 290.
Priape : 200, 343, 383.

Reagan (Ronald) : 332.
Redman (Joshua) : 324.
Rhône-Poulenc : 74, 78, 136, 343.
Rodin : 24.
Roland (l'oncle) : 192, 193, 194, 288, 359, 372, 380, 381.
Royaumont : 326.

Saint-Denis : 152, 168, 169, 381, 389.
Saint Laurent (Yves) : 323.
Saint-Louis : 204, 223, 346.
Sainte-Anne : 214, 310, 371.
Salard (Alain) : 78, 79, 80, 81, 84, 90.
Salsmann (Marie-Andrée) : 21, 203, 204, 205, 206, 210, 211, 306, 355, 362, 370, 378.
Salsmann (Michel) : 21, 203, 205, 206, 207, 208, 210, 211, 212, 214, 215, 217, 303, 306, 309, 310, 311, 312, 313, 314, 316, 355, 362, 363, 364, 365, 366, 367, 369, 370, 378.

Seberg (Jean) : 122.
Simonin : 358.
Sitting Bull : 298.
SNCF : 168, 282.
Sodome : 257.
Steiner (Rudolf) : 160, 162.

Thatcher (Margaret) : 44.
Thomson-CSF : 321.
Timor : 44.
Tite-Live : 147.
Total-Fina : 356.
Toutankhamon : 158.
Turner : 268.

Ulysse : 373.

Valérie (kinésithérapeute) : 225, 241.
Vaucresson : 211, 215, 221, 223, 247, 249, 350, 354, 360, 372.
Verne (Jules) : 289.
Vésuve : 394.
Viagra : 341, 383.
Villejust : 166, 168, 169, 170, 389.
Villiers-le-Bel : 28, 121, 287.
Vinay (M. et Mme) : 254, 255, 256, 257, 258, 259.
Violet (le père) : 95, 96.
Viroflay : 328, 330.
Volkswagen : 183.

Webster (Ben) : 355.
Welch (James) : 264.
Wyoming : 332, 333.

Zaraï (Rika) : 235.
Zen : 122, 363, 368, 375, 380.
Zénon : 307

Nord-sud	13
Est-ouest	219
Épilogue	375
Index des noms communs	399
Index des noms propres	407

DU MÊME AUTEUR

Aux Éditions Gallimard

VOYAGE SUR LA LIGNE D'HORIZON, roman, 1988 (prix Jean Freustié 1989). Folio, *n° 3178*.
LIVERPOOL MARÉE HAUTE, roman, 1991.
FURIES, roman, 1995.

Aux Éditions Fayard

MILLE SIX CENTS VENTRES, roman, 1998 (prix Goncourt des lycéens, 1998). Folio, *n° 3339*.

Aux Éditions Stock

LES INDIENS, roman, 2001. Folio, *n° 3877*.

Aux Éditions du Regard

LES INVISIBLES, 12 récits sur l'art contemporain, 2002.

Aux Éditions Inventaire/Invention

NOTES POUR UNE POÉTIQUE DU ROMAN, 2002.

Composition Bussière
et impression Bussière Camedan Imprimeries
à Saint-Amand (Cher), le 10 juin 2003.
Dépôt légal : juin 2003.
Numéro d'imprimeur : 32321-032741/1.
ISBN 2-07-042247-X./Imprimé en France.

8600